Foundation and Empire
파운데이션과 제국

브릿G britg.kr

종이책의 감성을 온라인으로
황금가지의
온라인 소설 플랫폼

인기 출판소설 무료 연재 중!

FOUNDATION SERIES 02

Foundation and Empire
파운데이션과 제국

Isaac Asimov
아이작 아시모프
김옥수 옮김

황금가지

FOUNDATION AND EMPIRE
by Isaac Asimov

Copyright © 1952, 1980 by the Estate of Isaac Asimov
All rights reserved.

Korean edition is published by arrangement with
Doubleday, an imprint of The Knopf Doubleday Publishing Group,
a division of Random House, Inc., through EYA.

이 책의 한국어 판 저작권은 EYA를 통해
The Knopf Doubleday Group과 독점 계약한 ㈜민음인에 있습니다.
저작권법에 의해 한국 내에서 보호를 받는 저작물이므로 무단 전재와 무단 복제를 금합니다.

차례

서문 —— 9

제1부 장군
1장 마법사를 찾아서 —— 15
2장 마법사들 —— 29
3장 죽음의 손 —— 38
4장 황제 —— 47
5장 전쟁 개시 —— 57
6장 총애하는 신하 —— 76
7장 매수 —— 82
8장 트랜터를 향하여 —— 103
9장 트랜터에서 —— 116
10장 전쟁 종식 —— 127

제2부 뮬
11장 신랑과 신부 —— 137
12장 대위와 시장 —— 156
13장 중위와 어릿광대 —— 167
14장 돌연변이 —— 181
15장 심리학자 —— 197
16장 회의 —— 208
17장 비지소너 —— 222
18장 파운데이션 함락 —— 237
19장 탐색 개시 —— 247
20장 음모자 —— 262
21장 우주의 간주곡 —— 277
22장 네오트랜터에서의 죽음 —— 293
23장 폐허로 변한 트랜터 —— 313
24장 전향자 —— 319
25장 심리학자의 죽음 —— 331
26장 탐색 완료 —— 350

아버지(1896~1969)에게 이 책을 바칩니다.

서문

은하제국은 몰락하고 있었다.

은하수라 불리는 거대한 이중나선의 끝에서 끝까지 뻗어 나간 이루 헤아릴 수 없는 천체들로 구성되어 있는 거대한 제국이었다. 그래서 제국의 몰락 역시 아주 오랜 세월에 걸쳐서 어마어마한 규모로 진행되고 있었다.

한 남자가 이런 사실을 알아챈 것은 붕괴가 일어나기 시작하고 이미 수 세기나 지난 다음이었다. 이 남자의 이름은 해리 셀던. 그야말로 엄청난 붕괴가 일어나는 속에서도 가장 창조적인 활동을 펼쳐 나가며 심리역사학을 개발해 가장 높은 차원으로 끌어 올린 인물이다.

심리역사학은 한 인간이 아니라 인간 집단을 대상으로 한 학문이다. 그것은 군중의 흐름을 파악하는 과학으로 그 대상인 군중의 숫자 역시 수십억 단위에 이른다. 낮은 수준의 과학이 당구공의 진행 방향을 정확히 예측할 수 있다면 심리역사학은 다양한 자극에 대한 인간 집단의 반응을 정확히 예측할 수 있다. 기존의 수학으로 한 인간의 반응을 예측할 순 없지만 수십억 단위의 인간이 보이는 반응이라면 이야기가 달라지는 것이다.

　해리 셸던은 그 시대의 사회적·경제적 경향을 도표로 만들고 그 도표 곡선을 세밀하게 조사한 결과 문명의 붕괴가 계속 빨라지고 있으며 그 폐허를 딛고 새로운 문명이 나타나기까지 무려 3만 년이란 세월이 지나야 한다는 사실까지 발견했다.

　이미 광범위하게 진행된 붕괴를 막을 방법은 없지만 완전히 붕괴된 후에 펼쳐질 문명의 공백기를 최대한 단축할 방법은 있다는 사실도 발견했다. 그래서 셸던은 은하계 양쪽 끝에 두 곳의 파운데이션을 세웠다. 1000년이라는 짧은 기간 동안 제각기 발전시킨 사상을 하나로 조화시켜 더 강력하고 더 영원하고 더 인간적인 제2제국이 생겨나도록 만들려면 서로 최대한 멀리 떨어져서 독자적인 문명을 유지할 필요가 있었기 때문이다.

　이 책은 처음 2세기 동안 한쪽 파운데이션에서 일어난 사건을 정리해 놓았다.

　이 파운데이션은 은하계의 한쪽 끝에 있는 행성 터미너스에 물리학자들을 이주시키며 첫발을 내디뎠다. 혼란에 빠진 제국에서 멀리 벗어난 물리학자들은 해리 셸던이 세상을 떠나기 전에 그들에게 부과한 엄청나게 중요한 역사적 책임을 제대로 이해하지도 못한 채 모든 지식을 집대성해서 『은하대백과사전』을 제작하는 업무에 몰두했다.

　제국이 붕괴함에 따라 변경 지역은 독자적인 '왕'들의 손에 넘어갔다. 파운데이션은 그들의 위협을 받았다. 하지만 초대 시장 샐버 하딘은 탁월한 외교력을 발휘해 여러 왕이 자기네끼리 다투게 유도했고 소중한 독립을 간신히 유지해 나갔다. 그리고 모든 학문과 지식을 잃어버린 채 석탄과 석유의 시대로 되돌아간 행성들 가운데에서 파운데이션은 원자력을 보유한 유일한 나라로서 상대적 우월성을 확보해 나가다가 마침내 인근 행성 왕국들의 '종교적' 중심지가 되었다.

파운데이션은 무역 경제를 천천히 발전시켜 나갔고 그와 더불어 백과사전은 뒷전으로 밀려나기 시작했다. 무역상인들은 제국의 전성기에도 만들어 내지 못한 정밀한 원자력 장치를 이용해서 외곽성역을 누비며 수백 광년을 날아다녔다.

파운데이션의 초대 무역 왕 호버 말로는 경제전쟁 기술을 다양하게 발전시켰으며 그 결과 제국의 잔존 세력이 지원하는 코렐 공화국까지 물리칠 수 있게 되었다.

그리고 200년이란 시간이 지날 즈음에 파운데이션은 은하계에서 가장 강력한 나라로 성장했다. 파운데이션보다 강한 세력은 은하계 제3중심부에 밀집한 우주 전체 인구와 경제력의 4분의 3을 차지한 제국밖에 없었다.

몰락해 가는 제국이 마지막 힘을 끌어모아 파운데이션에 최후의 공격을 가할 가능성이 그만큼 높아지게 된 것이다.

파운데이션이 제국과 전쟁을 일으킬 수밖에 없는 조건은 그렇게 무르익어 가고 있었다.

제1부

장군

1장

마법사를 찾아서

벨 라이오즈

비교적 짧은 경력에도 불구하고 라이오즈는 탁월한 능력에 걸맞게 제국 최후의 사령관이라는 호칭을 얻었다. 그가 펼친 작전을 살펴보면 전술 구사 능력은 전설적인 명장 페우리포이에 필적하고 부하를 이끄는 통솔력은 더 우수하다는 사실을 느낄 수 있다. 하지만 제국의 쇠퇴기에 태어났기 때문에 벨 라이오즈는 페우리포이에 버금가는 정복자라는 명성을 누릴 수 없었다. 그럼에도 그는 제국 군대를 이끄는 장군 가운데 처음으로 파운데이션과 정면으로 충돌해 절호의 기회를 맞았는데⋯⋯.

—『은하대백과사전』

여기에서 인용한 『은하대백과사전』의 모든 내용은 FE 1020년에 터미너스 은하대백과사전 출판사에서 간행한 『은하대백과사전』 제116판에 실린 내용을 출판사 측의 허가를 받아서 실은 것임을 밝혀 둔다.

    은하제국 변경의 음산한 성계에 정박한 함대 사령관 벨 라이오즈는 부관도 대동하지 않고 혼자 길을 나섰다. 제국 함대의 사령관으로서 관례에 어긋나는 매우 이례적인 행동이 아닐 수 없었다.

    그러나 벨 라이오즈는 젊었고 정열적인 성격의 소유자였다. 계산이 빠르고 이기적인 황궁 대신들이 그를 최대한 멀리 떨어진 변경 지대로 발령할 수밖에 없을 정도로 정열적인 성격이었다. 그리고 호기심도 많았다. 많은 사람이 입에 담기 시작하고 더 많은 사람이 눈치껏 알아듣는 도저히 있을 법하지 않은 이상한 이야기가 그 호기심을 자극했으며 군사적 도발에 대한 가능성은 젊음과 정열이라는 두 가지 특징을 일깨웠던 것이다. 그리고 젊음과 정열을 합친 힘은 정말 대단했다.

벨 라이오즈는 자신이 배정받은 초라한 육상용 자동차에서 나와 목적지인 고색창연한 저택의 현관 앞으로 다가갔다. 그리고 기다렸다. 현관에 달린 광자(光子) 눈이 현관 입구를 살폈지만 문을 연 건 사람의 손이었다.

벨 라이오즈가 노인한테 미소를 지으며 말했다.

"나는 벨 라이오즈……"

"알고 있소. 무슨 용건이오?"

노인이 뻣뻣이 선 채로 물었다. 놀란 기색은 조금도 없었다.

벨 라이오즈가 한 걸음 물러나며 예의를 표했다.

"평화로운 용건으로 왔습니다. 당신이 듀켐 바가 맞는다면 이야기를 나누고 싶군요."

듀켐 바가 옆으로 비켜서자 벽이 환하게 빛나는 실내가 눈에 들어왔다.

벨 라이오즈 사령관은 대낮처럼 환한 실내로 들어섰다. 그리고 흥미롭다는 표정으로 서재의 벽을 쓰다듬은 다음에 손가락 끝을 살피며 물었다.

"사이웨나에 이런 것도 있습니까?"

듀켐 바가 희미한 미소를 지었다.

"다른 곳엔 없다고 알고 있소. 모든 시설을 내 손으로 직접 수리해서 보존하려고 애쓰고 있답니다. 문밖에서 기다리게 해서 미안하오. 자동장치가 방문객을 인식하긴 하지만 문을 열어 주는 기능은 이제 없어졌다오."

"수리가 완전하지 않은 모양이군요?"

사령관의 목소리에는 알 듯 말 듯한 비웃음이 어려 있었다.

"부품을 더 이상 구할 수 없으니까. 자, 앉으시오. 차를 드시겠소?"

"사이웨나에서 말입니까? 고맙습니다, 여기에서 차를 안 마신다면 실례가 될 것 같군요."

노귀족은 풍요로웠던 지난 세기 귀족 제도의 유물이라고 할 수 있는 예의의 일환으로 고개를 살짝 숙인 다음 서재를 조용히 빠져나갔다.

벨 라이오즈는 집주인의 뒷모습을 바라보았다. 그동안 애써 몸에 익힌 세련된 자세가 살짝 흔들리는 것 같았다. 벨 라이오즈가 받은 교육은 순전히 군대식이었으며 지금까지 경험한 내용 역시 마찬가지였다. 상투적인 표현이지만 말 그대로 죽을 고비를 수없이 넘기기도 했다. 벨 라이오즈한테 죽음은 아주 친근하고 구체적인 현상의 하나일 뿐이었다.

따라서 제20함대의 용감무쌍한 투사가 고풍스러운 서재의 케케묵은 분위기 속에서 갑작스레 한기를 느끼는 건 너무나 당연했다.

벨 라이오즈 사령관은 선반에 길게 늘여놓은 작은 검은색 상자들이 책이란 사실을 알아챘다. 하지만 거기에 붙은 제목 모두가 낯설었다. 서재 한구석에 놓여 있는 커다란 기계는 필요할 때마다 책에 담긴 내용을 영상과 음향으로 재생하는 수신기 같았다. 물론 그런 수신기가 있다는 말은 들은 적이 있지만 실제로 그 기계가 작동되는 모습을 본 적은 없었다.

아주 오래 전, 제국이 은하계 전체를 통치하던 황금시대에는 열에 아홉 꼴로 거의 모든 집에 이런 책과 수신기가 있었다는 말을 들은 적이 있었다.

그러나 지금은 변경 지대를 감시해야 하기 때문에 책이란 물건은 노인들의 전유물이 되고 말았다. 게다가 옛날에 대한 이야기 절반은 이제 신화가 되고 말았다. 아니, 절반 이상이…….

차가 나오고 벨 라이오즈는 자리에 앉았다. 듀켐 바가 찻잔을 들면서 말했다.

"당신의 명예를 위해."

"고맙습니다, 당신의 명예를 위해."

"장군, 당신은 젊다고 들었소. 서른다섯?"

듀켐 바가 의도적으로 물었다.

"거의 비슷합니다. 서른넷."

사령관이 대답하자 듀켐 바가 약간 단호한 어조로 말했다.

"그렇다면 안타깝게도 나한테는 최음제나 정력제 또는 마법의 약 따위가 없다는 사실부터 밝혀 두는 게 좋을 것 같소. 젊은 여인이 당신을 좋아하게끔 만들어 줄 능력 같은 건 더더욱 없고 말이오."

"그 부분에서 딱히 도움이 필요하진 않습니다. 당신에게 그런 걸 요구하는 사람이 꽤 많은 모양이군요."

사령관의 목소리에서 자신만만한 느낌과 동시에 재미있다는 느낌이 묻어났다.

"그렇소. 안타깝게도 예비지식이 없는 일반인은 학문과 마법을 혼동하는 경향이 있소. 게다가 애정 생활은 학문이 아닌 마법의 힘으로 끊임없이 땜질해야 할 대상으로 보이니까."

"그리고 가장 자연스러운 대상으로 보이기도 하지요. 하지만 난 다릅니다. 나는 어려운 문제에 대한 답을 구하는 수단으로 학문을 바라보고 있습니다."

사이웨나인 노인이 진지한 어투로 대답했다.

"그 생각 역시 틀린 것일 수 있소."

"그럴 수도 있고 아닐 수도 있겠죠."

젊은 사령관은 나팔꽃 모양의 그릇에 찻잔을 넣어서 차를 가득 담았다. 그러고는 노인이 내민 향기로운 캡슐을 찻잔에 풍덩 떨어뜨렸다.

"말씀해 주십시오, 마법사는 누굽니까? 누가 진짜 마법사입니까?"

듀켐 바는 오랫동안 사용하지 않던 호칭을 듣고 다소 놀란 표정이었다.

"마법사는 없소."

"하지만 사람들이 마법사 얘기를 하고 있습니다. 사이웨나 전체에 퍼져 나가고 있지요. 일각에서는 일종의 숭배 의식까지 생겨날 정도입니다. 그런데 당신이 사는 이 나라 사람들 가운데 옛날을 그리워하며 자유니 자치니 하는 헛소리를 하는 집단과 미법 사이에 이상한 연관성이 있는 것 같단 말입니다. 이러다가는 국가가 위험에 빠지는 사태까지 일어날 수도 있습니다."

사령관의 말에 노인이 고개를 저었다.

"그런 걸 왜 나한테 묻는 거요? 내가 반역의 우두머리라는 냄새라도 맡은 거요?"

벨 라이오즈는 어깨를 으쓱했다.

"아닙니다, 아니에요. 그러나 그럴 가능성이 전혀 없는 것도 아니지요. 당신의 부친은 젊은 나이에 추방당했고 당신도 젊었을 때는 아주 투철한 애국자이자 민족주의자였지요. 손님으로 찾아와서 이렇게 묻는 것 자체가 예의에 어긋나는 줄 알지만 내가 맡은 임무 때문에 어쩔 수가 없습니다. 아직도 음모를 꾸미는 사람이 있습니까? 아마 없을 겁니다. 그런 근성은 3세대에 걸쳐 사이웨나에서 완전히 박멸되었으니까."

벨 라이오즈의 말에 노인이 어렵게 대답했다.

"나 역시 손님을 맞는 주인으로 예의에 어긋나는 일인 줄 아오만 당신에게 해 줄 얘기가 있소. 옛날에 총독이 있었는데 당신과 마찬가지로 사이웨나인의 독립 정신을 말살하려고 했소. 그래서 총독의 명령으로 우리 아버지는 빈털터리 도망자가 되었고 우리 형제들은 순교자가 되었으며 우리 누이는 자살했소. 그러나 결국에는 총독 자신도 바로 그 노예 같은 사이웨나인에 의해 아주 비참한 최후를 맞았다오."

"아, 듣고 싶은 얘기를 이제야 꺼내시는군요. 이 곳 총독이 당한 수수께끼 같은 죽음이 나한테는 조금도 이상하지 않았답니다. 총독의 경호원 가운데 아주 흥미로운 행동을 보인 젊은 병사 한 명이 있었거든요. 당신이 바로 그 병사였지요. 하지만 더 이상 자세히 언급할 필요는 없을 것 같군요."

듀켐 바 노인은 별다른 반응을 보이지 않았다. 이렇게 말할 뿐이었다.

"그렇소. 당신이 나한테 바라는 게 뭐요?"

"내 질문에 대한 답변."

"협박이라면 대답할 수 없소. 난 살 만큼 산 늙은이오. 더 오래 살고 싶은 욕심도 없소."

"그렇습니까. 지금은 어려운 시절이고 당신에겐 자녀와 친구 들이 있지 않습니까? 예전에 사랑의 노래를 남몰래 부르던 조국도 있고요. 그러지 마십시오. 내가 무력을 써야 한다면 그 목표는 당신처럼 힘없는 사람이 아닐 겁니다."

듀켐 바 노인이 다시 차갑게 물었다.

"원하는 게 뭐요?"

벨 라이오즈는 빈 잔을 쥐면서 입을 열었다.

"내 말 잘 들으십시오. 요즈음 가장 성공한 군인이란 축제 날 황궁 뜰에서 화려하게 차려입은 군대를 이끌고 행진하거나 황제 폐하께서 타신 눈부시게 화려한 유람선을 피서지 행성까지 경호하는 역할이나 하는 자들입니다. 나는…… 나는 실패자입니다. 서른넷의 나이에 실패자가 되었고 앞으로도 그럴 겁니다. 왜냐하면 당신도 알다시피 나는 싸우는 걸 좋아하는 사람이기 때문입니다.

바로 그 이유 때문에 그들은 나를 이런 변경으로 내쫓았습니다. 난 황궁에서 골칫거리예요. 소위 에티켓이란 것은 나한테 어울리지 않습니다. 난 황궁의 멋쟁이나 해군 제독들을 공격하지만 함대와 부하들을 지휘하는 능력이 탁월하기 때문에 우주에 유배를 보내는 식으로 처리할 수도 없습니다. 그래서 사이웨나까지 오게 된 겁니다. 이곳은 최전선이지요. 반역의 꿈이 무르익는 황량한 지역. 그리고 아주 머나먼 곳. 모두가 만족할 정도로 멀리 떨어져 있는 곳.

하지만 나는 낙심했습니다. 진압할 반역자는 어디에도 없고 변경의 총독들도 최근에는 반란을 일으키지 않습니다. 돌아가신 선황제께서 파라마이의 마운텔 사건을 통해 놀라운 교훈을 보여 주신 다음부터는."

"강력한 황제였지."

듀켐 바 노인이 중얼거렸다.

"그렇습니다, 우리한테는 그런 황제가 필요해요. 그런 황제 폐하가 바로 나의 주인입니다. 그 점을 잊지 마십시오. 내가 지키려는 건 바로 그런 황제 폐하의 정신입니다."

듀켐 바 노인은 상관없다는 듯 어깨를 으쓱하며 물었다.

"그게 마법사와 무슨 관계가 있다는 거요?"

"두 마디로 알려 드리지요. 내가 언급한 마법사들은 국경 수비대 너머 아주 먼 곳에서 왔습니다. 별들이 드문드문 흩어져 있는……."

듀켐 바 노인이 그 말을 그대로 반복하며 중얼거렸다.

"별들이 드문드문 흩어져 있는 곳……. 우주의 차가운 기운이 배어 나오는 곳."

벨 라이오즈가 얼굴을 찡그렸다. 분위기와 어울리지 않는 엉뚱한 소리란 생각이 들었기 때문이다.

"그건 시구입니까? 어쨌든 마법사들은 외곽성역에서…… 내가 황제 폐하의 영광을 위해 마음껏 싸울 수 있는 유일한 지역에서 왔습니다."

"그리하여 황제의 이익에 기여하고 훌륭하게 싸워서 그대 스스로를 만족시킬지니."

"그래요. 하지만 나는 싸울 상대를 파악해야 합니다. 그래서 당신의 도움이 필요한 겁니다."

"내가 어떻게 도울 수 있단 말이오?"

벨 라이오즈가 건성으로 과자를 조금씩 우물거리며 대답했다.

"지난 3년 동안 나는 마법사에 관한 모든 소문, 모든 신화, 모든 속삭임을 추적하고 도서관에서 모든 정보를 끌어모았습니다. 그래서 서로 동떨어진 두 가지 사실이 문구 하나 다르지 않게 일치하고 있으며 따라서 틀림없는 사실임을 알게 되었습니다. 하나는 마법사들이 사이웨나 반대쪽 은하계 끝에서 왔다는 사실입니다. 그리고 다른 하나는 당신의 부친이 옛날에 마법사를 직접 만나 구체적인 얘기를 나누었다는 사실이지요."

사이웨나인 노인은 눈도 깜빡이지 않은 채 물끄러미 보고만 있었다.

벨 라이오즈는 계속 말했다.

"당신이 아는 대로 전부 털어놓는 게 좋을 겁니다."

듀켐 바 노인이 신중하게 말문을 열었다.

"당신에게 그 내용을 전달하는 것도 재미있을 것 같소. 나 자신의 심리역사학적 실험이 될 수도 있겠구려."

"무슨 실험?"

"심리역사학적 실험."

노인은 입가에 기분 나쁜 웃음을 머금다가 다시 분명하게 말했다.

"차를 더 드시는 게 좋겠소. 이야기가 약간 길어질 테니."

벨 라이오즈는 쿠션이 부드러운 의자 등받이에 지그시 기댔다. 벽에서 뿜어 대던 환한 불빛이 어느덧 연한 분홍빛으로 바뀌어 장군의 딱딱한 얼굴까지 부드러워 보였다.

듀켐 바 노인이 이야기를 시작했다.

"내가 이런 내용을 알게 된 것은 내가 우리 부친의 아들로 태어났다는 것과 내가 사이웨나에서 태어났다는 두 가지 우연 때문이오. 이야기는 40년 전, 그러니까 대학살 직후로 거슬러 올라가지. 당시 우리 부친은 남쪽 오지에 있는 숲으로 피란했고 난 총독 직속 함대의 소총수가 되었소. 대학살을 명령하고 결국에는 자신도 처참한 최후를 맞이한 바로 그 총독."

듀켐 바 노인은 우울한 미소를 떠올리며 이야기를 계속했다.

"우리 부친은 제국의 귀족이자 사이웨나의 상원의원이었소. 부친의 존함은 오넘 바라고 하오."

벨 라이오즈가 답답해하며 끼어들었다.

"당신 부친의 피란과 관련된 상황은 나도 잘 알고 있습니다. 그런 부분까지 자세히 설명할 필요는 없습니다."

사이웨나인 노인은 그 말을 무시한 채 계속 담담하게 이야기를 풀어 나갔다.

"우리 부친은 피란 도중 한 방랑자를 만났소. 은하계 끝에서 온 무역상. 이상한 억양으로 말하는 젊은 무역상은 제국의 최근 역사에 대해 아는 게 하나도 없을 뿐만 아니라 개인용 역장 방어벽으로 자신을 보호하고 있었소."

벨 라이오즈가 눈을 부라리며 물었다.

"개인용 역장 방어벽이라고 했습니까? 정말 터무니없는 말씀을 하시는군요. 방어벽을 사람 크기로 응축시킬 정도로 강력한 동력 발생기가 어디에 있단 말입니까? 젊은 무역상이 5000만 톤에 달하는 원자 동력원을 조그만 달구지에 싣고 다니기라도 했단 말인가요?"

듀켐 바 노인이 조용히 대답했다.

"당신이 소문과 신화와 속삭임을 통해 들었다는 전설의 마법사가 바로 그 사람이오. 아무나 마법사란 소릴 듣는 건 아니잖소. 그는 눈에 보일 정도로 커다란 발전기를 가지고 다니진 않았소. 그렇지만 당신이 손에 들고 다니는 그 어떤 강력한 무기도 그 사람이 몸에 설치한 방어벽에 조그만 흠집조차 낼 수 없었을 거요."

"모든 이야기가 그런 식인가요? 오랜 피란 생활에 지친 노인의 얼토당토않은 망상이 마법사란 존재를 만들어 낸 거란 말입니까?"

"마법사 이야기는 우리 부친 이전에도 있었소. 아주 구체적인 증거도 있소. 마법사라 불린 젊은 무역상은 부친이 가르쳐 준 어느 도시의 기술자를 찾아가 자신이 몸에 지니고 있던 방어벽 발생기를 남겨 놓았소. 그 발생기는 피에 굶주린 총독이 살해당한 후에 추방에서 돌아온 우리 부친이 되찾았소. 그것을 찾는 데 아주 오랜 시간이 걸렸지.

그 발생기는 지금 당신 뒤편 벽에 걸려 있소. 하지만 지금은 작동되지 않는다오. 처음 이틀간 작동된 게 전부였소. 자세히 살피면 알겠지만 제국의 누구도 저런 기계를 만들어 낸 적이 없소."

벨 라이오즈는 완만하게 굽은 벽에 걸린 금속 벨트에 손을 댔다. 손이 닿는 순간에 빨판처럼 생긴 접착 부위가 희미한 소리를 내며 벽에서 떨어졌다. 벨트 한가운데 붙어 있는 타원 모양이 눈에 들어왔다. 호두만 한 크기였다.

"이게……."

벨 라이오즈가 중얼거리자, 듀켐 바 노인이 고개를 끄덕이며 대답했다.

"바로 그 발생기요. 정확하게 말하자면 발생기였던 물건이지. 작동 원리는 아직도 알아내지 못했소. 준전자 검사를 해서 금속 덩어리 하나로 주조되었다는 사실은 파악했는데 아무리 이것저것 검사해 봐도 주조하기 이전에 끼워 넣은 각각의 부품은 도저히 알아낼 수가 없소."

"그렇다면 당신이 말한 증거라는 것도 결국에는 근거 없는 뜬구름처럼 되고 말았군요."

듀켐 바 노인이 어깨를 으쓱했다.

"아까는 내가 아는 내용을 말하라고 요구하더니 이제는 그 내용을 왜곡하고 있구려. 당신이 그걸 의심한다면 내가 뭘 어쩌겠소? 이야기를 그만두길 바라오?"

벨 라이오즈가 거칠게 소리쳤다.

"계속하십시오!"

"부친이 세상을 뜬 뒤에도 나는 부친의 연구를 계속했소. 아까 내가 말한 두 번째 우연이 많은 도움이 되었지. 왜냐하면 해리 셸던이 사이웨나를 잘 알고 있었기 때문이오."

"해리 셸던이 누구입니까?"

"달루벤 4세가 통치하던 시대의 과학자. 그는 아주 뛰어난 마지막 심리역사학자였소. 예전에 사이웨나가 상업의 중심지로서 과학과 예술의 전성기를 누리고 있을 때 이곳을 방문한 적이 있다오."

벨 라이오즈가 마땅찮은 표정으로 대꾸했다.

"으흠. 침체에 빠진 행성 어디를 가도 예전에는 다 엄청난 번영을 누렸다고 주장하지요."

"나는 지금 200년 전 얘기를 하는 거요. 황제가 여전히 광범위한 천체를 통치하고 있을 때 말이오. 당시의 사이웨나는 지금과 같은 황폐한 변경 지역이 아니라 중심 지역의 일부였소. 그런데 해리 셸던은 당시에 이미 제국이 쇠퇴하고 은하계 전체가 황폐해질 거라고 예언했소."

벨 라이오즈가 갑자기 웃음을 터뜨렸다.

"그 사람이 그것을 예언했다고요? 그렇다면 그 예언은 틀린 겁니다, 과학자 나리. 당신도 자신을 이렇게 부를 것 같군요. 어쨌든 제국은 지금 그 어느 때보다 강력해요. 황폐하고 쓸쓸한 변경의 분위기 때문에 당신의 노안이 많이 어두워진 것 같군요. 언제 시간이 나면 중심 지역으로 가 보십시오. 풍요롭고 따뜻한 제국의 분위기를 느껴 보란 말입니다."

노인이 우울한 표정으로 고개를 저었다.

"이탈 현상은 외곽의 약한 고리에서 제일 먼저 일어나는 법이니, 중심 지역까지 황폐하게 변하려면 시간이 걸리겠지. 누가 보더라도 분명한 황폐화. 1500년 동안 계속된 중심부의 부패와 뚜렷하게 다른 황폐화."

"그렇다면 해리 셀던이란 자는 은하계 전체가 황폐하게 변한다고 예언했다는 말이로군요. 그래서 그다음엔 어떻게 된다는 겁니까?"

벨 라이오즈가 재미있다는 표정으로 물었다.

"해리 셀던은 은하계의 양쪽 끝에 파운데이션 두 곳을 세웠소. 제일 뛰어나고 제일 활기차고 제일 힘이 세고 그래서 새롭게 번성하고 성장하고 발전하는 파운데이션. 그 위치는 모든 걸 세심하게 판단해서 골랐소. 물론 그 시기와 환경도 세심하게 고려했지. 심리역사학 불변의 수학적 수치가 예견한 대로 두 곳의 파운데이션이 각자 독자적인 형태로 제국 문명의 중심에서 일찍 벗어나 나름대로 천천히 성장하며 제2은하제국의 모체로 발전할 수 있도록 모든 조건을 충족시킨 것이오. 그래서 3만 년이라는 피할 수 없는 문명의 공백기를 약 1000년 정도로 줄인다는 것이오."

"그런 사실은 어디에서 찾아낸 겁니까? 꽤 자세히 알고 있는 것 같은데……."

듀켐 바 노인이 차분하게 대답했다.

"난 지금이나 예전에나 그런 사실을 찾아다닌 적이 없소. 부친이 알아낸 증거와 나 자신이 발견한 몇 가지 사실을 어렵게 조합해서 얻은 고통스러운 결과일 뿐이오. 근거가 빈약해서 그 빈틈을 메우기 위해 상당한 상상력을 동원해야 했지. 그러나 나는 본질적으로 그렇게 될 수밖에 없다고 확신하오."

"너무 쉽게 확신하시는군요."

"정말 그렇게 생각하시오? 연구하는 데 40년이나 걸렸는데 말이오."

"으흠, 40년이라! 나 같으면 40일도 안 걸렸을 겁니다. 나 정도라면 그래야 한다고 믿으니까. 결론은…… 다르겠지만."

"어떻게 그런다는 거요?"

"가장 확실한 방법을 쓰겠죠. 나 자신이 탐험가가 되는 겁니다. 당신이 말한 파운데이션을 직접 찾아가 내 눈으로 확인하는 거지요. 파운데이션이 두 곳이라고 했습니까?"

"기록에 의하면 두 곳이 있는데 근거가 확실한 건 한 곳이오. 다른 하나는 은하계의 기다란 축 반대편 끝에 있으니 그럴 수밖에."

"그렇다면 가까운 쪽을 먼저 찾아가야겠군요."

벨 라이오즈가 일어나서 복장을 추슬렀다.

"어디로 가야 하는지 아시오?"

듀켐 바 노인이 묻자, 벨 라이오즈가 대답했다.

"방법이 있을 겁니다. 당신이 노련하게 해치운 전임 총독이 정리한 기록에 변방의 야만인에 대한 수상한 이야기들이 있더군요. 전임 총독이 자신의 딸 한 명을 야만인 왕자한테 시집 보냈다는 내용도 보이고. 나는 어떤 식으로든 그곳으로 가는 길을 찾아낼 겁니다."

벨 라이오즈가 손을 내밀며 덧붙였다.

"환대에 감사합니다."

듀켐 바 노인이 손가락으로 그 손을 잡으며 정중하게 허리를 숙였다.

"방문해 주어 영광이오."

"당신이 나한테 준 정보에 대해선 내가 돌아온 다음에 사례할 방법을 찾아보겠습니다."

벨 라이오즈가 말했다.

듀켐 바 노인은 문밖까지 나가서 손님을 공손하게 배웅한 다음, 멀어지는 벨 라이오즈의 육상용 자동차를 바라보며 나지막이 중얼거렸다.

"돌아올 수 있다면……."

2장

마법사들

파운데이션

……40여 년 동안 계속 팽창하던 파운데이션은 라이오즈의 전면적인 공격을 받게 되었다. 하딘과 말로라는 두 영웅의 시대가 완전히 끝나고 진취적인 기상도 함께 사라져…….

―『은하대백과사전』

방에는 네 사람이 있었다. 외부인이 접근하기 힘든 외딴 방이었다. 네 사람은 서로를 흘긋 보고 나서 한가운데 놓인 탁자를 오랫동안 바라보았다. 탁자에는 음료수가 든 병 네 개와 가득 채운 잔 네 개가 놓여 있었다. 그러나 아무도 거기에 손대지 않았다.

문이랑 가장 가까이 앉은 사람이 팔을 뻗어 탁자를 박자에 맞춰 천천히 두드리고는 말했다.

"그렇게 앉아서 언제까지 걱정만 하고 있을 참이오? 누가 먼저 입을 여는 게 그렇게 중요합니까?"

맞은편에 앉은 덩치 큰 사내가 말을 받았다.

"그럼 당신이 먼저 하시죠. 제일 많이 걱정하는 사람은 당신일 테니."

세네트 포렐이 어이없다는 표정으로 조그맣게 껄껄 웃으며 대답했다.

"내가 가장 부자라고 생각해서 그러는 것 같군. 으음……. 내가 먼저 말을 꺼냈으니 계속하라는 의미 같기도 하고. 그들의 정찰선을 포획한 건 내가 소유한 무역 함대라는 사실을 잊은 건 아니겠죠?"

세 번째 사내가 끼어들었다.

"당신이 거느린 함대가 가장 크고 조종사도 가장 우수하니까요. 그 자체가 당신이 제일 부자라는 사실을 입증하기도 하고요. 어쨌든 이번 일은 너무 위험했습니다. 우리들 가운데 한 명한테 그런 일이 닥쳤다면 아주 커다란 피해를 보았을 겁니다."

세네트 포렐이 다시 껄껄 웃었다.

"나는 선친에게 위험을 무릅쓰는 기질을 물려받았소. 중요한 건 위험을 감수하면 그 대가도 크다는 사실이오. 하지만 적의 정찰선을 고립시켜서 함대 본진에 통보할 틈도 주지 않고 포획하는 동안 우리 측은 아무런 피해도 입지 않았다는 사실에 주목하시오."

이렇게 말한 세네트 포렐이 전설적인 위인 호버 말로 제독의 먼 친척이란 사실은 파운데이션 전역에 널리 알려져 있었다. 개중에는 그가 말로의 사생아라고 믿는 사람도 아주 많았다.

네 번째 남자가 가느다란 눈을 살짝 깜박이더니, 얇은 입술 사이로 말을 흘려 내기 시작했다.

"조그만 정찰선 한 척을 포획한 정도로 승리감에 빠져들 순 없어요. 그 젊은 친구의 화만 북돋웠을 가능성이 훨씬 높으니까요."

"당신은 그가 우리를 공격할 평계를 찾는다고 생각하시오?"

세네트 포렐이 짜증스레 묻자, 네 번째 사내가 천천히 대답했다.

"그래요. 그리고 이번 사건이 그런 평계를 만들어 내려고 애쓰던 젊은 친구의 고민거리를 해결해 주었을 가능성도 있지요. 호버 말로가 살아 있다면 다른 식으로 풀어 나갔을 거예요. 샐버 하딘도 마찬가지고. 두 사람이라면 상대편의 군사 행동을 오도하면서 은밀한 작전을 펼쳐 단호하게 공격했을 거예요."

세네트 포렐이 어깨를 으쓱했다.

"그 정찰선은 상당한 가치가 있는 것으로 드러났소. 핑계는 보잘것없었고 우리는 정찰선을 넘겨서 상당한 이익을 보았으니 말이오."

세네트 포렐이 타고난 상인 특유의 만족스러운 표정을 지으며 계속 말했다.

"그 젊은 친구는 구제국 출신이오."

"우리도 그 사실을 알고 있었어요."

덩치 큰 두 번째 사내가 불만스러운 어투로 대답하자, 세네트 포렐이 부드럽게 다시 말했다.

"의심했던 거지요. 어떤 사람이 함선에 값진 물건을 싣고 와서 우호적인 무역을 제안한다면 그 제안을 긍정적으로 받아들여야 마땅하잖소, 상대가 검은 속셈을 노골적으로 드러내기 전까지는. 그러나 지금은……"

세 번째 사내가 투덜거리며 끼어들었다.

"더 신중하게 움직였어야죠. 먼저 그 의도부터 파악했어야 했습니다. 그를 놓아주기 전에 그 의도부터 파악했어야 하는 거예요. 그게 가장 현명한 방법이었을 겁니다."

"그 문제는 충분히 협의해서 결정한 것이오."

세네트 포렐이 단호한 어투로 단숨에 물리쳤다.

"정부가 너무 물렁해요. 시장은 멍청하고……"

세 번째 남자가 다시 투덜거렸다.

네 번째 남자가 다른 세 사람을 차례대로 둘러보고 입에서 꽁초로 변한 담배를 떼어 내다가 오른쪽에 있는 조그만 틈새에 슬쩍 떨어뜨렸다. 꽁초는 환한 빛을 터뜨리며 조용히 사라졌다.

네 번째 남자가 빈정대며 입을 열었다.

"방금 말씀하신 신사분은 습관적으로 그렇게 말씀하신 것 같군요. 하지만 정부는 바로 우리 자신이라는 사실을 명심할 필요가 있습니다."

동의하는 수군거림이 일어났다.

네 번째 사내가 조그만 눈으로 탁자를 가만히 내려다보다가 다시 입을 열었다.

"그러니 정부 정책에 대한 말은 더 이상 꺼내지 맙시다. 우리가 만난 젊은이…… 이번에 만난 이방인은 우리 고객일 가능성도 있어요. 그런 사례가 전에도 있었으니까요. 그래서 여기 세 사람은 젊은이를 달래서 계약을 맺으려고 했어요. 우리한테 그런 행동을 금지하는 협정이(신사협약이) 있는데도 여기 세 사람은 그렇게 하려고 했어요."

"그건 당신도 마찬가지였잖습니까."

두 번째 사내가 화난 목소리로 말하자, 네 번째 사내가 차분하게 대답했다.

"나도 알고 있어요."

세네트 포렐이 급히 끼어들었다.

"그렇다면 그럴 수밖에 없었던 일은 우리 모두 잊어버리고 앞으로 어떻게 해야 할지를 논의합시다. 어쨌든 우리가 그자를 잡아서 감옥에 가두거나 죽였다면 어떻게 되었겠소? 젊은이의 의도를 확실히 모를 뿐만 아니라 최악의 경우라도 한 남자의 생명을 없애는 식으로 제국을 물리칠 순 없었을 것이오. 건너편 어딘가에서 젊은이의 귀환을 기다리는 대함대가 있었을 가능성도 있고 말이오."

네 번째 사내가 맞장구를 치며 말했다.

"맞아요. 그런데 당신이 포획한 정찰선에서 얻은 게 뭔가요? 늙어서 그런지 제대로 알아들을 수가 없군요."

세네트 포렐이 딱딱한 표정으로 대답했다.

"단 몇 마디로 말씀드릴 수 있소. 그 젊은이는 제국의 사령관이거나 그에 상당하는 지위를 지니고 있는 자요. 군사적인 수완이 탁월하여 부하들은 그를 우상처럼 숭배한다고 하더군. 아주 매혹적인 경력의 소유자였소. 그들이 젊은이에 대해 말한 내용 가운데 절반은 거짓이라 해도 그 정도면 아주 경이적인 인물이라고 할 수 있을 거요."

"그들이라니 누구를 말하는 겁니까?"

두 번째 사내가 물었다.

"나포한 정찰선 승무원들. 그들이 증언한 내용 전체를 내가 마이크로필름에 담아서 안전한 장소에 보관해 두었소. 원한다면 나중에 보여드리리다. 그리고 꼭 필요하다면 그들과 직접 대면할 수도 있소. 여기까지 말한 게 핵심 내용이오."

"그런 증언을 어떻게 끌어냈나요? 그들이 사실대로 말했다는 걸 어떻게 장담할 수 있지요?"

세네트 포렐이 얼굴을 찡그렸다.

"물론 신사적인 방법은 아니었소. 때리기도 하고 약을 먹이기도 하고 정신 탐침도 무자비하게 사용했소. 그래서 털어놓은 것이니 믿어도 괜찮을 것이오."

"옛날에는 순수한 심리학을 사용했을 거예요. 고통이 없는 아주 확실한 방법이지요. 속일 여지도 전혀 없고."

세 번째 사내가 갑자기 엉뚱한 말을 하며 끼어들었다.

"그래요. 옛날에는 좋은 방법이 많았소. 하지만 지금은 옛날이 아니오."

세네트 포렐이 냉정하게 말을 잘랐다.

네 번째 사내가 물었다. 고집스럽고 집요한 어투였다.

"하지만 그 사령관이, 그 로맨틱하고 경이로운 젊은이가 이곳에 온 이유는 뭘까요?"

세네트 포렐은 상대를 날카롭게 쳐다보았다.

"당신은 그가 나라의 정책을 부하들한테 다 털어놓았을 거라고 생각하시오? 그들은 아는 게 없었소. 그 점에 대해서 그들에게서 얻어 낸 건 하나도 없소. 하지만 내가 노력했다는 사실 하나는 모두가 알 거요."

"그렇다면 이제 우리가 할 일은……"

세네트 포렐이 손가락으로 탁자를 다시 소리 나지 않게 두들기며 대답했다.

"우리 스스로 결론을 끌어내는 것이겠지요. 젊은 친구는 제국 군대의 일개 사령관이지만 외곽성역 구석구석에 흩어져 있는 행성에서 일종의 군주처럼 군림하고 있소. 그것 하나만으로도 자신의 진정한 동기를 우리한테 알리지 않으려고 애쓸 게 분명하오. 군대 사령관이라는 특징과 우리 선대에 제국이 주변의 영주를 부추겨 우리를 공격하도록 만든 사례가 있다는 사실을 조합하면 아주 불길한 결론을 도출할 수 있을 것이오. 첫 번째 공격이 실패했으니, 제국이 우리를 그리 좋아하진 않겠지."

네 번째 사내가 조심스럽게 물었다.

"그렇다면 당신이 알아낸 것 가운데 확실한 건 하나도 없는 건가요? 혹시 뭔가를 감추고 있는 건 아니에요?"

세네트 포렐이 차분한 어투로 대답했다.

"나는 아무것도 감추지 않소. 이런 일에 사업적으로 경쟁한다는 건 있을 수 없소. 우리 모두 일치단결해야 하오."

"애국심?"

이 말에도 세네트 포렐은 차분하게 대답했다.

"애국심 같은 건 엿이나 먹으라고 하시오. 당신은 내가 미래의 제2제국을 위해 원자력 방사선이라도 살포할 것이라고 생각하시오? 국가의 미래를 위해 단 한 척의 무역선이라도 위험에 빠뜨릴 거라고 생각하시오? 하지만…… 제국에 정복당하면 내 사업이나 당신 사업에 무슨 도움이 되겠소? 제국이 이기면 썩은 고기를 찾는 까마귀 떼가 끊임없이 몰려들어 전쟁 보상금을 챙기려 들 텐데 말이오."

"그러면 우리가 바로 그 희생 제물이 되겠지요."

네 번째 사내가 쌀쌀맞게 말했다.

두 번째 사내가 갑자기 침묵을 깨면서 커다란 몸집을 거칠게 흔들어 댔다. 의자가 삐걱거릴 정도였다.

"그렇게 말하는 이유가 뭔데요? 제국이 우리를 이길 순 없는 거 아닌가요? 우리가 결국 제2제국으로 발전하게 된다는 사실은 해리 셸던이 보증했어요. 이번 역시 하나의 위기에 불과해요. 이전에도 위기가 세 번이나 있었잖아요."

세네트 포렐이 곰곰이 생각하며 대답했다.

"그렇소. 이번 역시 하나의 위기에 불과하오. 하지만 처음 두 번은 샐버 하딘이 우리를 이끌었고 세 번째는 호버 말로가 있었소. 그런데 지금은 누가 있소?"

세네트 포렐이 우울한 표정으로 좌중을 둘러보며 계속 말했다.

"우리가 강력하게 의존하고 있는 해리 셀던의 심리역사학 법칙에는 파운데이션 시민이 스스로 들고 일어나서 주도권을 행사한다는 아주 중요한 변수가 있소. 셀던의 법칙은 스스로 돕는 사람을 돕지요."

세 번째 사내가 끼어들었다.

"시대가 사람을 만든다는 격언도 있고요."

세네트 포렐이 불만스러운 어투로 대답했다.

"그런 애매한 격언만 믿고 있을 순 없소. 자, 내가 생각하는 방법은 다음과 같소. 만일 이번이 네 번째 위기라면 셀던이 미리 예상했을 것이오. 그렇다면 이번 위험도 확실히 물리칠 수 있고 그렇게 하는 방법도 분명히 있을 것이오.

지금 제국은 우리보다 강한 힘을 지니고 있소. 예전부터 항상 그랬지. 하지만 제국에게 직접 공격당하는 위험에 맞닥뜨린 건 이번이 처음이며 그 파괴력은 정말 엄청날 것이오. 제국의 공격을 물리치려면 과거에 위기가 닥칠 때마다 그래 왔던 것처럼 이번에도 순수한 군사력 이상의 방법이 필요할 것이오. 상대의 약한 고리를 찾아 집중적으로 공격하는 게 바로 그것이오."

"그렇다면 상대의 약한 고리라는 게 뭔가요? 자세히 알려 줄 수 있나요?"

"아니요. 내가 생각한 건 바로 여기까지요. 과거에도 우리의 위대한 지도자들은 상대의 약한 고리를 찾아서 집중 공격했소. 하지만 지금은……."

세네트 포렐의 목소리에서 힘이 쭉 빠졌다. 자발적으로 입을 여는 사람도 순간적으로 없었다.

네 번째 사내가 말했다.

"첩자가 필요해요."

세네트 포렐이 그쪽을 재빨리 쳐다보며 대답했다.

"맞소! 제국이 언제 공격할지 모르니. 아직은 시간이 있을 거요."

"호버 말로는 제국이 지배하는 영지에 직접 들어갔어요."

두 번째 사내가 제안했다.

하지만 세네트 포렐은 고개를 저었다.

"직접 들어갈 순 없소. 우리 중엔 그렇게 젊은 사람이 없소. 게다가 형식뿐인 잡다한 행정 업무에 시달리느라 우리 모두 몸이 망가졌소. 지금 우리와 똑같은 업무에 종사하는 젊은 친구들이 필요한 거요."

"독립 무역상들?"

네 번째 사내가 물었다.

세네트 포렐이 고개를 끄덕이며 속삭였다.

"아직 시간이 있다면……."

3장
죽음의 손

부관이 들어오자 벨 라이오즈는 초조하게 왔다 갔다 하던 걸음을 멈추고 잔뜩 기대하는 표정으로 돌아보며 물었다.

"정찰선 '작은 별'에 대한 소식이 있는가?"

"전혀 없습니다. 정찰대가 우주를 샅샅이 뒤졌지만 아직까지 아무것도 못 찾아냈습니다. 윰 함장님이 함대 전체가 보복 공격할 태세를 갖추었다고 알려 왔습니다."

장군이 고개를 저었다.

"아니야, 정찰선 한 척 때문에 그럴 것까지는 없어. 아직은 아니야. 그에게 회항하라고 전해……. 잠깐! 내가 직접 통신문을 써 주겠어. 암호로 만들어서 타이트 빔으로 보내도록."

그는 통신문을 작성해서 부관에게 건네주고는 물었다.

"사이웨나인 귀족 노인은 아직 도착하지 않았나?"

"네, 아직……"

"으음. 그가 도착하는 즉시 이리로 데려오도록 해."

부관이 힘차게 경례하고 나가자, 벨 라이오즈는 다시 큰 걸음으로 방안을 돌아다녔다.

 방문이 다시 열렸을 때는 듀켐 바 노인이 문 앞에 서 있었다. 노인은 부관을 따라 실내로 천천히 들어왔다. 은하계 전체를 입체적인 홀로그램에 담아 천장을 장식한 화려한 실내 한가운데에 전투복 차림의 벨 라이오즈가 서 있었다.

 "안녕하십니까, 귀족."

 장군이 발로 의자를 밀고 부관한테 나가라는 몸짓을 하며 지시했다.

 "내가 문을 열 때까지 아무도 들이지 말도록."

 벨 라이오즈는 다리를 벌리고 뒷짐을 진 채 노인 앞에 서서 천천히 균형을 유지했다. 그리고 거칠게 말했다.

 "당신은 우리 황제의 충복입니까?"

 무관심한 표정으로 침묵을 지키던 듀켐 바 노인이 애매하게 이맛살을 찌푸리며 대답했다.

 "내가 제국의 통치를 좋아할 이유는 없소."

 "자신이 반역자라는 말과 꽤 거리가 있는 말이로군요."

 "그렇소. 그러나 반역자가 아니라는 표현 역시 적극적인 협조자라는 말과 꽤 거리가 있소이다."

 "보통은 그렇죠. 그러나 이 시점에서 협력을 거부한다는 건 반역 행위로 여겨져서 그에 걸맞게 처리될 수도 있습니다!"

 벨 라이오즈가 신중하게 말했다.

 듀켐 바 노인이 눈썹을 모았다.

 "그런 협박은 당신 부하들에게나 하시오. 나에게는 원하는 것을 단도직입적으로 말하는 정도로 충분하니까."

 벨 라이오즈가 앉아서 다리를 꼬았다.

"우리가 반년 전에 했던 이야기를 기억하십니까?"

"마법사에 대해서."

"으음, 내가 무엇을 어떻게 하겠다고 한 말도 기억하겠군요."

벨 라이오즈의 말에 듀켐 바 노인이 고개를 끄덕였다. 두 팔은 무릎 밑으로 축 내려놓은 상태였다.

"당신은 그들을 추적하겠다며 지난 넉 달 동안 사방을 돌아다녔소. 그래, 그들을 찾았소?"

"그들을 찾았냐고요? 물론 찾았지요."

벨 라이오즈가 소리쳤다. 입술이 딱딱하게 굳어 있었다. 이를 악물어 부드득 갈지 않으려고 애쓰는 것 같았다.

"그들은 마법사가 아닙니다. 그들은 악마예요. 여기에서 은하계 외곽만큼이나 믿음과는 거리가 먼 자들이라고요. 생각해 보십시오. 그곳은 손바닥만 한, 아니, 손톱만큼이나 작은 세계였습니다. 자원도 적고 힘도 미약하고 인구는 암흑성운의 군주가 다스리는 가장 낙후된 세계조차 채울 수 없을 정도로 작아요. 그런데도 그들은 은하계를 통치하겠다는 꿈을 체계적으로 은밀하게 펼쳐 나갈 정도로 야심만만하고 자신감이 대단하더군요.

게다가 그들은 확신에 차서 서두르지 않고 신중하게 움직이며 은하계 정복에 걸리는 시간을 말하고 있었습니다. 그들은 여유만만하게 행성을 삼키면서 성계들 사이로 태연자약하게 뻗어 나가고 있습니다. 그래서 성공하고 있고요. 막을 자는 아무도 없습니다. 그들은 무역 공동체를 개발하여 그 빈약한 우주선으로는 도저히 갈 수 없는 광범위한 성계 곳곳에 그 촉수를 뻗치고 있습니다. 심지어 그들이 파견한 무역상은(그들은 대리인을 그렇게 부르나 본데) 몇 파섹 거리까지 침투했더군요."

듀켐 바 노인이 흥분한 어조로 끼어들었다.

"그 정보 가운데 어디까지가 진실이고 어디부터가 분노요?"

장군이 한숨을 내쉬며 평정을 찾았다.

"분노에 눈이 먼 것은 아닙니다. 분명히 말하는데, 지금까지 나는 파운데이션보다 사이웨나에 가까운 세상에서 살아왔습니다. 하지만 파운데이션에게 제국은 머나먼 신화에 불과했는데 그곳의 무역상은 살아 있는 현실이었습니다. 우리조차 무역상으로 오해받을 정도였으니까."

"파운데이션 스스로 은하제국을 점령하는 게 그들의 목표라고 말했단 거요?"

듀켐 바 노인의 질문에 벨 라이오즈가 다시 흥분했다.

"나한테 말했냐고요? 말하는 정도가 아니었지요. 물론 관리들은 아무런 말도 안 했습니다. 사업 이야기만 하더군요. 하지만 나는 민간인들을 만나서 그들의 생각을 들었습니다. '확실한 운명'과 위대한 미래를 차분하게 받아들이는 마음을 보았지요. 숨길 수도 없고 숨기려 하지도 않는 보편적인 낙관주의를 보았습니다."

사이웨나인 노인이 아주 만족스러운 기색을 노골적으로 드러내며 말했다.

"내가 빈약한 자료를 모아 재구성한 결론이 지금까지는 아주 정확하게 들어맞은 것 같구려."

벨 라이오즈가 초조한 표정으로 비아냥거리듯 대답했다.

"당신의 뛰어난 분석력 덕분이라는 건 의심할 여지가 없지요. 하지만 그건 황제 폐하의 통치를 위협하는 세력이 그만큼 늘어나고 있다는 오만불손하면서도 진심 어린 지적이기도 합니다."

듀켐 바 노인이 애매한 표정으로 어깨를 으쓱하자, 벨 라이오즈가 갑자기 몸을 앞으로 숙여서 노인의 어깨를 잡더니 이상하리만치 부드러운 눈길로 그 눈을 똑바로 쳐다보며 말했다.

"아닙니다, 그런 게 아니에요. 나는 야만적인 행동을 할 생각이 없습니다. 나한테 중요한 건 황제의 지배에 대한 사이웨나인 특유의 적개심입니다. 나는 그런 적개심을 없애기 위해서 무슨 일이든 할 용의가 있어요. 하지만 내 권한은 군사 분야에 한정되기 때문에 민간인 사이에서 벌어지는 다양한 문제에 간섭할 수 없답니다. 그런 일에 간섭하면 나는 그 즉시 소환되어 모든 권한을 박탈당할 겁니다. 무슨 말인지 알겠습니까? 그래, 이해하신 것 같군요. 그러니 당신과 나만이라도 40년 전의 잔인한 사건을 잊기로 합시다. 어차피 당신은 그 원흉을 직접 처단해서 복수까지 했으니까요. 나는 당신의 도움이 필요해요. 내가 솔직하게 인정하겠습니다."

젊은 사령관이 초조하게 말했지만 듀켐 바 노인은 머리를 천천히 흔들어서 거부의 뜻을 명확히 밝혔다.

벨 라이오즈가 다시 간절하게 말했다.

"당신은 이해를 하지 못하고, 나한테는 당신을 이해시킬 능력이 없는 것 같군요. 나는 당신의 입장에서 논쟁할 수 없습니다. 당신은 학자고 나는 아니니까요. 하지만 이것 하나는 확실히 말할 수 있습니다. 당신이 제국을 어떻게 생각하든, 지금까지 제국이 엄청난 역할을 해 왔다는 사실만은 당신도 인정할 겁니다. 비록 제국 군대가 단발적으로 여러 범죄를 저지르긴 했지만 대체적으로 지금까지 평화와 문명을 지키는 역할을 담당한 것 역시 사실이니까요. 수천 년 동안 은하계 전체를 평화롭게 유지한 건 바로 제국 해군이었습니다. 제국의 '우주선과 태양' 문장 아래 유지되어 온 수천 년의 평화와 그 이전에 행성마다 무정부주의가 판치던 수천 년의 무질서를 비교해 보십시오. 당시의 수많은 전쟁과 파괴를 떠올리면서도 제국은 결점이 많아서 보존할 가치가 없다고 당신은 나한테 자신 있게 말할 수 있겠습니까?"

벨 라이오즈는 계속 몰아쳤다.

"은하계 외곽이 최근에 제국에서 벗어나 독립했다가 절망의 구렁텅이로 빠져드는 모습을 보면서도 당신은 사소한 복수심 때문에 사이웨나가 강력한 해군의 보호에서 벗어나길 바라는 겁니까? 독립이라는 명분 아래 모두가 산산이 흩어져서 비참하게 살아가는 야만적인 은하계의 야만적인 세상으로 전락하길 원하는 겁니까?"

"그렇게 나쁜 상황인가…… 이렇게 빨리?"

듀켐 바 노인이 중얼거리자, 벨 라이오즈가 인정했다.

"아니오. 물론 그렇게 되는 일은 없을 것이고 우리 수명은 네 배로 늘어날 겁니다. 하지만 나는 제국을 위해서, 그리고 나 자신이 가장 소중하게 여기는(하지만 노인한테 납득시킬 수 없는) 군대의 선동을 위해서 싸웁니다. 내가 중요하게 여기는 건 제국의 제도를 바탕으로 쌓아 올린 군대의 전통입니다."

"모호한 말을 하는데, 나는 상대의 신비주의를 꿰뚫어 보는 능력이 많이 떨어진다오."

"그건 아무래도 괜찮습니다. 어쨌든 당신은 이 파운데이션의 위험성을 알고 있으니까요."

"당신이 사이웨나 밖으로 나가기 전에 그 위험성을 지적한 사람이 바로 나요."

"그렇다면 지금 당장 막지 않으면 영원히 막지 못한다는 사실도 알겠군요. 당신은 그 누구보다 먼저 파운데이션에 대해 들었어요. 그리고 제국을 통틀어 파운데이션에 대해 그 누구보다 많은 걸 알고 있고요. 당신이라면 최선의 공격 방법은 물론 상대의 대응 방식에 대해서도 나한테 알려 줄 수 있을 겁니다. 나랑 손잡고 일해 봅시다."

듀켐 바 노인이 일어나 단호하게 말했다.

"내가 당신을 도와주든 도와주지 않든 아무런 의미가 없소. 그러니 당신의 강력한 요구를 거절해야 할 것 같소."

"의미가 있는지 여부는 내가 판단합니다."

"아니오, 진심이오. 제국의 무력을 모두 동원한다고 해도 그 조그만 나라를 무너뜨릴 순 없소."

벨 라이오즈의 두 눈이 날카롭게 빛났다.

"그 이유가 무엇입니까? 아니, 그대로 앉으세요. 떠나도 되는 시점은 내가 알려 줄 테니. 그 이유가 뭡니까? 지금 막 발견한 적을 내가 과소평가할 거라 생각한다면 그건 당신 생각이 틀린 겁니다."

벨 라이오즈가 잠시 주저하다가 다시 말했다.

"나는 돌아오는 길에 정찰선 한 척을 잃었습니다. 물론 파운데이션의 손에 떨어졌다는 증거는 없지요. 하지만 그때 이후 행방이 묘연합니다. 만일 사고를 당한 거라면 그 잔해가 우리가 지나온 항로에 있어야 합니다. 물론 중요한 손실은 아니에요, 벼룩한테 물린 것의 10분의 1도 안 되는 손실이니까. 그게 중요한 건 파운데이션이 적대감을 노골적으로 드러낸 증거일 가능성 때문입니다. 결과조차 무시한 채 그렇게 적극적으로 나오는 배경에 내가 모르는 어떤 강력한 힘이 있을 수도 있기 때문이라고요. 그러니 내가 구체적으로 묻는 질문에 대답하는 식으로 나를 도와줄 수 있겠죠? 그들은 군사력이 어느 정도입니까?"

"전혀 모르오."

"그렇다면 당신의 관점에서 설명해 보세요. 제국이 이 조그만 나라를 무찌를 수 없다고 말하는 이유가 뭡니까?"

사이웨나인 노인은 다시 의자에 앉으며 벨 라이오즈의 이글거리는 눈을 피했다. 그리고 무겁게 입을 열었다.

"그 이유는 심리역사학의 원리를 내가 믿기 때문이오. 심리역사학은 이상한 학문이오. 해리 셀던이란 사내에 의해 수학적으로 최고의 경지에 올랐다가 그 사내와 함께 죽어 버렸지. 그때 이후 복잡하게 얽히고 설킨 다양한 변수를 능숙하게 다룬 사람이 한 명도 나오지 않았으니까. 하지만 그 짧은 기간에 심리역사학이야말로 인류의 미래를 예견하는 가장 강력한 도구란 사실이 입증되었소. 인간 개인의 반응을 무시한 채 수학적 분석과 외삽법을 이용해서 인간 집단 전체의 반응을 분석하고 예측해 아주 구체적인 법칙을 만들어 냈다오."

"그래서……"

"해리 셀던과 그 동료들은 바로 그 법칙에 전적으로 의존해서 파운데이션을 만들었소. 공간과 시간 등 수학적으로 필요한 모든 조건을 충족시켜 제2은하제국으로 발전할 수밖에 없도록 만든 것이오."

벨 라이오즈는 화가 나서 덜덜 떨리는 목소리로 물었다.

"당신 말은 해리 셀던이란 작자의 예측이 나온 이상, 내가 파운데이션을 공격해도 이런저런 이유 때문에 이런저런 전투에서 질 수밖에 없다는 뜻입니까? 내가 사전에 예정된 파멸의 길을 로봇처럼 멍청하게 따라가고 있다는 말을 하려는 겁니까?"

늙은 귀족이 날카롭게 대답했다.

"아니오. 나는 심리역사학에서 개인의 반응을 무시한다고 이미 말했소. 심리역사학에서 연구하는 대상은 아주 방대한 규모라오."

"그렇다면 우리가 역사적 필연성이라는 여신의 강력한 손아귀에 단단히 붙잡힌 셈이로군요."

듀켐 바 노인이 벨 라이오즈의 말을 재빨리 정정했다.

"심리역사학적 필연성."

"만일 내가 자유의지라는 특권을 행사한다면요? 만일 내가 내년으로 공격을 미루거나 전혀 공격하지 않는 쪽을 선택한다면요? 그 여신은 어떻게 대응할까요? 그것도 사전에 충분히 예견했을까요?"

듀켐 바 노인이 어깨를 으쓱했다.

"지금 공격하든 아예 공격을 안 하든, 전투선 한 척으로 공격하든 제국의 모든 군대를 동원하든, 군사 공격을 하든 경제적으로 압박하든, 노골적으로 선전포고하든 은밀하게 기습 공격하든, 귀하의 자유의지를 최대치로 끌어올려서 마음껏 행사하시오. 그래도 결과는 같을 것이오."

"해리 셸던이 죽기 전에 예측한 것 때문에?"

"멈출 수도 없고 방향을 바꿀 수도 없고 연기할 수도 없는 인간의 집단적인 행위를 수학적으로 예측한 것 때문에."

두 사람은 서로 얼굴을 뚫어지게 쳐다보았다. 이윽고 장군은 뒤로 물러나며 이렇게 선언했다.

"한번 도전해 보겠습니다. 살아 있는 인간의 의지로 죽은 자의 예측에 맞서 싸울 겁니다."

4장

황제

클레온 2세

일반적으로 '위대한 황제'라고 불린다. 제1제국 최후의 강력한 황제로서 오랜 통치 기간 동안 정치적·문화적 르네상스를 일으키는 중요한 역할을 담당하였다. 하지만 벨 라이오즈와 관련된 황제로 특히 많이 알려져서 일반인들은 그를 '벨 라이오즈의 황제'라고 부른다. 40여 년에 걸쳐 통치했지만 마지막 재위 1년 동안에 커다란 사건이 계속 일어나면서······.

—『은하대백과사전』

클레온 2세는 우주를 통치하는 황제였다. 하지만 병명조차 모르는 고통스러운 질병에 시달리고 있었다. 황제라는 화려한 지위와 질병에 시달리는 비참한 몰골이라는 두 가지 특징은 이상하게 배배 꼬이곤 하는 인생살이 전체를 놓고 볼 때 특별히 이상하거나 아주 독특한 현상이라고 할 수 없다. 역사적으로도 그와 비슷한 사례는 아주 피곤할 정도로 많다.

하지만 클레온 2세는 그런 역사적인 선례에 관심이 없었다. 비슷한 사례를 겪은 사람들의 이름을 길게 늘어놓은 목록을 본다고 해서 지금 자신이 겪는 고통이 덜해지는 건 아니기 때문이다. 아니면 증조부는 먼지 입자만큼이나 작은 행성의 해적 지배자였던 반면에 지금 자신은 역사가 짧은 은하계 지배자 가문의 후계자인데도 아메네틱 대제의 황궁에서 호사를 누리고 있다는 생각이 고통을 가볍게 해 주는 것도 아니었다. 선황이 광활한 제국 내부의 모든 반란을 깨끗하게 소탕해 스태널 6세가 통치할 당시의 평화에 더해 통일까지 이룩했으며 자신이 재임한 25년이란 세월 동안 자신의 찬란한 영광에 누를 끼칠 그 어떤 반란의 낌새도 없었다는 사실 또한 지금 당장은 클레온 2세한테 별다른 위안이 될 수 없었다.

은하계의 황제이자 만물의 군주인 클레온 2세는 원기 회복기가 있는 베개에 머리를 누이며 신음을 뱉어 냈다. 베개가 아무런 감촉도 없는 것처럼 기분 좋게 물러나며 머리를 받쳐 줄 때 비로소 클레온 2세는 조금이나마 편하게 쉴 수 있었다. 하지만 다시 힘들게 일어나 앉아서 웅장한 침실의 사방 벽을 우울하게 둘러보았다. 혼자 지내기에 나쁜 침실이었다. 너무 컸다. 모든 침실이 너무 컸다.

그러나 이렇게 통증이 몰려들 때는 예복을 차려입은 신하들이 동정어린 눈길로 굽실대며 지껄이는 멍한 소리를 듣는 것보다 혼자 있는 편이 훨씬 나았다. 속으로는 저자가 언제 죽을까, 후계자는 누가 될까 골똘히 계산하면서 아첨만 해 대는 작자들을 지루하게 쳐다보느니 차라리 혼자 있는 게 훨씬 편했다.

후계자 생각만 하면 클레온 2세도 머릿속이 복잡하게 변했다. 그는 아들이 셋 있었다. 모두가 전도유망하고 착하고 훌륭한 아들이었다. 그런데 이렇게 힘든 시기에 그들은 다 어디로 사라졌을까? 그래, 가만히 기다리고 있는 게 분명해. 서로가 서로를 감시하면서, 황제만 지켜보면서.

클레온 2세는 불편한 몸을 꿈틀거렸다. 지금 브로드릭이 알현을 청하고 있었다. 태생이 비천한 충복 브로드릭. 열두 개로 갈라진 파벌 모두가 증오하는 유일한 인물. 그래서 황제한테 충성할 수밖에 없는 믿음직한 브로드릭.

브로드릭⋯⋯. 황제가 제일 좋아하는 충복. 은하계에서 가장 빠른 우주선을 항상 옆에 두고 있다가 황제가 서거하는 즉시 재빨리 도망치지 않으면 그다음 날로 원자 처형실로 끌려갈 수밖에 없는, 그래서 황제한테 충성을 바칠 수밖에 없는 자.

클레온 2세가 커다란 침대의자 팔걸이에 붙어 있는 부드러운 손잡이를 건들자 침실 건너편 끝에 있는 거대한 문이 투명하게 변했다.

브로드릭이 붉은 카펫을 밟으며 다가와 무릎을 꿇고 황제의 여윈 손에 입을 맞추었다.

"건강은 어떠십니까, 폐하?"

황제의 비서실장 브로드릭이 근심 어린 어투로 나직하게 묻자, 황제가 분통을 터뜨리며 대답했다.

"아직까지 살아 있네, 의학 서적을 읽을 줄 아는 악당들이 모조리 몰려와서 나를 이리저리 굴려 가며 실험용으로 삼는 것도 살아 있는 거라고 말할 수 있다면. 화학요법이든 물리요법이든 원자핵 요법이든 아직까지 검증되지 않은 독특한 치료법을 고안한 놈들이 두메산골에서도 찾아와서 내 몸을 가지고 실험하고 있어. 그러다가 새로운 치료법을 수록한 의학 서적이라면서 쓰레기 같은 책을 만들어 팔아 대겠지."

클레온 2세가 잔뜩 화가 나서 계속 말했다.

"선황께서 통치하던 시대와 비교하면 지금은 눈으로 보면서도 질병을 찾아낼 수 있는 의사가 하나도 없는 것 같아. 고대 의학서를 펼쳐 놓지 않고선 맥박을 잴 수 있는 놈이 하나도 없어. 내가 이렇게 고통스러운데도 그놈들은 '모르는 병'이래. 멍청한 놈들! 1000년이란 세월이 흘렀는데도 옛사람들이 연구해서 밝혀낸 것 외에는 절대로 고칠 수가 없어. 옛사람이 다시 살아나든가 내가 옛날로 돌아가든가 해야 할 것 같아."

황제가 나지막하게 욕설을 퍼부어 대는 동안 브로드릭은 공손하게 기다렸다. 이윽고 클레온 2세가 침실 입구 쪽으로 고갯짓하면서 짜증스레 물었다.

"바깥에서 몇 명이나 기다리고 있지?"

브로드릭이 침착하게 대답했다.

"대전이 꽉 찼습니다."

"으음, 계속 그렇게 기다리게 놔둬. 내가 국정 문제에 몰두하고 있다고 해. 경호 대장한테 그렇게 선포하라고 해. 아니, 잠깐, 국정 문제는 놔둬. 내가 아무도 만나지 않겠다고만 선포해. 경호대장한테 우울한 표정을 지으라고 해. 그러면 사기꾼들이 모습을 드러낼 거야."

황제가 냉소를 지었다.

브로드릭이 부드럽게 말했다.

"폐하께서 심장에 문제가 있다는 소문이 돌고 있습니다, 폐하."

황제의 냉소가 희미한 미소로 변했다.

"그 소문을 믿고 성급하게 나서는 사람이 있다면 나보다 더 끔찍한 고통을 겪게 될 거야. 그런데 자네가 나를 찾아온 용건은 뭔가? 그것부터 검토하세."

브로드릭이 황제의 허락을 받고 무릎을 꿇은 자세에서 일어나며 대답했다.

"사이웨나 주둔군 사령관 벨 라이오즈 장군에 관한 내용입니다."

클레온 2세가 눈살을 찌푸렸다.

"벨 라이오즈? 누군지 모르겠군. 잠깐, 몇 달 전에 얼토당토않은 보고서를 보낸 친구인가? 그래, 기억이 나. 제국과 황제의 영광을 위해 변경 지역을 정복하도록 허락해 달라고 요청했지."

"맞습니다, 폐하."

황제가 잠시 웃다가 말했다.

"내가 그런 장군을 멀리할 거라고 생각했나, 브로드릭? 그자는 재미있는 변종 같아. 그래, 뭐라고 대답했지? 자네가 잘 처리했을 거라고 믿네."

"그렇습니다, 폐하. 더 자세한 정보를 보내고 폐하의 명령 없이 군사 행동을 취하지 말라고 지시했습니다."

"으음. 잘했군. 벨 라이오즈란 자는 어떤 자인가? 왕궁에 있었던 자인가?"

브로드릭이 고개를 끄덕였다. 그리고 입술을 약간 비틀었다.

"그자는 10년 전에 황궁 경호대 사관 후보생으로 군 생활을 시작했습니다. 그리고 레뮬 성단에서 일어난 사건에 관여했습니다."

"레뮬 성단? 기억이 완벽하진 않지만…… 그 즈음에 정규 노선에서 군함 두 척이 정면충돌할 위기를 젊은 군인이 해결한 적이 있는데…… 혹시 그 사건을 말하는 건가?"

클레온 2세가 묻더니, 한 손을 급히 내저으며 덧붙였다.

"자세한 내용은 기억이 안 나는군. 어쨌든 아주 영웅적인 행동이었어."

"벨 라이오즈가 바로 그 군인입니다. 그 공적으로 군함 함장으로 승진해서 분쟁 현장에 파견되었지요."

"그러다가 지금은 젊은 나이에 변경 지역 주둔군 사령관이 된 것이군. 능력이 뛰어난 친구야, 브로드릭!"

"그게 문제입니다, 폐하. 그는 과거를 살고 있습니다. 그는 옛날을 꿈꾸는, 아니 옛날에나 있음 직한 신화를 꿈꾸는 자입니다. 그런 자는 그 자체로 해를 끼치지 않지만 현실성 없는 이상한 주장으로 다른 사람을 멍청하게 만듭니다. 가령, 그자의 부하들 모두가 충실한 심복으로 변했다고 합니다. 그는 지금 가장 인기 있는 장군 가운데 한 명입니다."

황제가 곰곰이 생각하며 말했다.

"그래? 으음, 그러지 말게, 브로드릭. 내 밑에 유능한 인물도 가끔은 있어야 하지 않겠나. 능력 없는 자는 충성스러운 신하가 될 수 없어."

"능력 없는 반역자는 위험하지도 않습니다. 우리는 능력이 뛰어난 자를 조심해야 합니다."

"자네도 그런 자 가운데 하나가 아닌가, 브로드릭?"

클레온 2세가 웃음을 터뜨리다가 고통으로 얼굴이 일그러졌다.

"으음, 어쨌든 그 문제는 잠시 미뤄 두게. 그래, 그 젊은 정복자 문제에 대해 뭐 새로운 내용이라도 있는가? 과거에 있었던 일 때문에 이렇게 찾아오진 않았을 테니 말이야."

"벨 라이오즈 장군에게서 새로운 보고가 들어왔습니다, 폐하."

"그래? 어떤 내용이지?"

"그자가 야만인 지역을 정찰했는데 무력으로 공격해야 할 것 같다고 주장합니다. 그 내용이 아주 장황하고 지루합니다. 지금처럼 병중에 계신 폐하께서 귀찮게 신경 쓰실 필요는 전혀 없습니다. 게다가 군주 협의회에서 상세히 논의할 예정이라 특히 더 그렇습니다."

브로드릭이 곁눈질로 황제를 보았다.

클레온 2세가 눈살을 찌푸렸다.

"군주 협의회? 그게 그들한테 넘겨야 할 문제인가, 브로드릭? 그러면 제국 헌장을 더욱 확대해석하자는 요구가 또 나올 거야. 언제나 그랬으니까."

"그건 어쩔 수 없습니다, 폐하. 선황께서 제국 헌장을 허락하지 않은 채 최후의 반란을 진압하셨다면 훨씬 좋았을 겁니다. 하지만 그 헌장을 허락하셨으니, 당장은 그걸 인정해야 합니다."

"자네 말이 맞는 것 같군. 그렇다면 군주 협의회로 넘기도록. 그런데 그게 그렇게 중요한 문제인가? 그래 봤자 아주 사소한 문제 아닌가? 머나먼 변경 지대에서 소규모 군대로 전투를 하든 말든 국가적인 대사는 아닐 텐데 말이야."

브로드릭이 가느다란 미소를 머금으며 차분하게 대답했다.

"그렇습니다, 폐하. 그건 감상적인 바보들이나 중요하게 여기는 문제입니다. 하지만 감상적인 바보들이 현실적인 반역자한테 이용당하면 치명적인 결과를 초래할 수 있습니다, 폐하. 그자는 여기에서도 인기가 있고 그곳에서도 인기가 있습니다. 그리고 젊습니다. 만일 그자가 야만적인 행성을 한두 개 정복하게 되면 그자는 정복자가 됩니다. 그리고 조종사와 광부와 무역상 같은 어중이떠중이 중산층의 열정을 불러일으킬 능력이 있는 젊은 정복자는 언제든 위험한 일을 꾸밀 수 있습니다. 설사 그런 자가 선황께서 반역자 릭커한테 하신 그대로 폐하께 할 생각이 없다 하더라도 우리의 충성스러운 군주 가운데 하나가 그자한테 접근해서 무기로 활용할 수 있습니다."

클레온 2세가 팔을 급히 움직이다가 고통스러워했다. 통증은 천천히 가라앉았지만 미소는 힘이 없고 목소리는 가늘었다.

"자네는 괜찮은 신하야, 브로드릭. 언제나 필요 이상으로 의심해서 나는 그 절반만 받아들여도 충분히 안전할 수 있으니 말이야. 그 문제는 군주 협의회에 맡기도록 하게. 그래서 그들이 하는 말을 듣고 적당한 조치를 취하는 거야. 아직까지 그 젊은이가 적을 공격한 건 아닐 테니까."

"그런 보고는 없습니다. 하지만 이미 병력 증강을 요청한 상태입니다."

황제가 깜짝 놀라 눈을 가늘게 뜨며 물었다.

"병력 증강! 그자의 병력이 어느 정도인가?"

"전함 열 척과 그에 딸린 보조 함정입니다. 전함 두 척은 옛날에 폐기한 대함대에서 떼어 낸 엔진을 장착했습니다. 그중 한 척은 동일 함대에서 떼어 낸 중화기 포대를 탑재했습니다. 나머지 전함은 지난 50년 사이에 새로 건조한 것이지만 그런대로 쓸 만합니다."

"전함 열 척이라면 어떤 작전도 펼칠 수 있을 것 같은데……. 선황께서는 처음에 열 척도 안 되는 전함으로 반역자들과 싸워서 승리하셨으니 말이야. 그자가 공격하려는 야만인이 도대체 어떤 자들인가?"

브로드릭이 새침데기처럼 눈썹을 치켰다.

"그자는 그들을 '파운데이션'이라고 불렀습니다."

"파운데이션? 그게 뭐지?"

"거기에 관해 보고한 내용은 없습니다, 폐하. 그래서 제가 기록 보관소를 샅샅이 뒤졌습니다. 그 지역은 은하계의 일부로 아나크레온이라는 오래된 관구인데, 약 2세기 전에 무정부 상태에 빠져서 온갖 약탈과 만행에 시달리고 있습니다. 하지만 그 관구에도 파운데이션이란 행성은 없습니다. 확실치는 않지만 우리 제국에서 이탈하기 직전에 그쪽 관구로 일단의 과학자들이 파견되었다는 기록은 있습니다. 백과사전을 준비하는 과학자들이었습니다."

브로드릭이 희미하게 웃으며 덧붙였다.

"그래서 백과사전 파운데이션이란 이름을 붙인 것 같습니다."

황제가 그 말을 곰곰이 생각하며 중얼거렸다.

"으음, 논리적인 비약이 심한 것 같군."

"논리적인 비약이 아닙니다. 폐하. 그 지역에서 무정부주의가 횡행한 이후에 그곳을 정찰한 보고서가 전혀 없습니다. 그들의 후손이 아직까지 살아서 그 명칭을 사용한다면 이미 야만인으로 전락했을 가능성이 아주 높습니다."

황제가 브로드릭을 날카롭게 쳐다보며 중얼거렸다.

"그런데도 그자가 병력 증강을 요구한다니, 아주 이상하군. 전함 열 척으로 일개 야만국을 공격한다는 것도 그렇고, 사전에 병력 증강을 요구하는 것도 그렇고. 그런데 벨 라이오즈가 조금씩 기억나는 것 같아. 그는 귀족 가문의 잘생긴 청년이었어. 브로드릭, 이번 일에 내가 이해할 수 없는 복잡한 뭔가가 있어. 겉으로 보이는 이상으로 중요한 무언가가 있어."

황제가 뻣뻣하게 굳은 다리에 덮은 화려한 담요를 손가락으로 만지작거리다가 다시 말했다.

"그곳에 사람을 보내야겠어. 관찰력이 예리하고 두뇌 회전이 빠르고 충성심이 강한 자로. 브로드릭……."

브로드릭이 순순히 머리를 숙이며 물었다.

"전함도 보내나요, 폐하?"

"아직은 아니야!"

황제는 몸을 편하게 하려고 이리저리 뒤척이다가 신음을 뱉어 냈다.

황제가 손가락 하나를 힘없이 들면서 다시 말했다.

"더 자세한 내용을 파악할 때까진 아니야. 일주일 안으로 군주 협의회를 소집하도록. 새해 예산안을 확정하는 좋은 기회가 될 거야. 그것만은 무슨 일이 있어도 통과시켜야 해."

황제가 원기 회복 베개에 머리를 편하게 눕혔다.

"이제 나가서 의사를 보내도록, 브로드릭. 그중에서도 실력이 제일 형편없는 놈이긴 하지만."

5장
전쟁 개시

사이웨나의 방사상 기지에서 출발한 제국 군대는 미지의 외곽성역을 향해 어둠 속으로 조심스럽게 나아갔다. 거대한 전함들이 은하계 변두리에 있는 떠돌이별 사이의 광대한 공간을 지나다가 파운데이션 영향권에 들어섰다.

2세기 동안 새로운 야만 시대에 빠져 고립되어 있던 행성들은 황제의 군대가 자신들의 영토에 들어왔다는 사실에 흥분했다. 그리고 자신들의 수도 행성을 에워싼 거대한 포대를 목격하고는 모두가 충성을 맹세하고 동맹을 맺었다.

제국 군대는 각각의 행성에 주둔군을 남겼다. 제국의 제복을 몸에 두르고 어깨에 '우주선과 태양' 문장을 단 주둔군이었다. 노인들은 그들을 보고 증조부한테 들은 옛날이야기를, 지금 그들이 보고 있는 '우주선과 태양' 문장이 모든 걸 지배하고 광활한 우주 전체가 풍요와 평화를 만끽하던 시절에 대한 이야기를 떠올렸다.

이윽고 거대한 전함들은 파운데이션 주위를 에워싸면서 공격대형을 갖추었고, 동맹 세력들이 촘촘히 빈틈을 메웠다. 태양조차 없는 떠돌이 행성의 바위투성이 황무지에 설치한 총사령부의 벨 라이오즈한테 공격 준비를 마쳤다는 보고가 들어갔다.

벨 라이오즈는 보고를 받고 듀켐 바 노인을 느긋하게 바라보며 이렇게 물었다.

"으음, 당신 생각은 어떠십니까?"

"나? 내 생각이 무슨 소용이겠소? 나는 군인이 아니오."

듀켐 바 노인이 탐탁잖은 눈빛으로 바위가 울퉁불퉁 튀어나온 내부 공간을 힘없이 바라보았다. 동굴 벽을 뚫어서 넓힌 다음에 공기와 조명과 온도를 조절하는 장치를 설치해 넣어, 넓고 황량한 세상 가운데 유일하게 생기가 감돌도록 만든 공간이었다.

"나는 당신을 도울 능력도 없고 돕고 싶은 마음도 없소. 나를 사이웨나로 돌려보내는 게 좋을 거요."

"아직은 아닙니다. 아직은 때가 아니에요."

장군이 실내 구석으로 의자를 돌렸다. 그곳에서는 환하게 빛나는 거대한 천체 지도가 구제국의 아나크레온과 그 주변을 완벽하게 보여 주고 있었다.

"나중에 이 일이 끝나면 많은 책이 기다리는 곳으로 당신을 보내 주겠습니다. 당신 가문의 영지를 당신과 당신의 자녀들에게 다시 돌려줄 생각입니다."

"고맙구려. 그러나 나한테는 당신이 믿는 것처럼 행복한 결과가 나오리라는 믿음이 없소."

벨 라이오즈가 거칠게 웃었다.

"그런 불길한 예언은 두 번 다시 꺼내지 마십시오. 이 지도가 당신의 비관적인 이론보다 훨씬 많은 걸 이야기하고 있으니까요."

벨 라이오즈는 투명한 천체 지도의 외곽선을 부드럽게 어루만지며 덧붙였다.

"당신은 방사 투영도를 읽을 수 있습니까? 그럴 수 있죠? 으음, 이리 와서 직접 보세요. 금색으로 표시한 별은 제국의 영토고 붉은색 별은 파운데이션에 속합니다. 그리고 분홍색은 파운데이션에 경제적인 영향을 받고 있다고 여겨지고요. 자, 보십시오."

벨 라이오즈가 손으로 둥근 손잡이를 건드리자 짙은 하얀색 부분이 천천히 짙은 파란색으로 변해 붉은색과 분홍색 부분을 휘감았다.

벨 라이오즈가 아주 흡족한 표정으로 다시 말했다.

"저 파란색 별들은 우리 군대가 점령한 곳입니다. 파란색 부분이 계속 넓어지고 있습니다. 아직까지 그 어떤 반발도 일어나지 않았고요. 야만인들이 아주 조용해요. 파운데이션 군대의 반격은 더더욱 없었고요. 그들 모두가 조용히 깊은 잠을 자고 있습니다."

"당신은 군대를 고루 분산시켜 놓았구려, 그렇지 않소?"

듀켐 바 노인이 물었다.

"겉으로는 그렇게 보이지만 사실은 아닙니다. 내가 주둔군을 배치해서 요새를 설치한 숫자는 얼마 안 되지만 하나하나가 세심하게 판단해서 선정한 지역이에요. 그래서 군사력 소모를 최소한으로 줄이면서 전술적으로 최고의 효과를 발휘할 수 있지요. 우주 공간 전술을 자세히 연구하지 않은 사람은 모르겠지만 이 작전은 굉장히 많은 장점이 있습니다. 예를 들면, 상대를 동그랗게 포위하고 있다가 우리는 원하는 지점에서 적을 공격할 수 있는데, 파운데이션 측에서는 우리가 공격을 마친 다음에도 우리 군의 측면이나 후면을 공격할 수가 없다는 게 누가 보더라도 분명하거든요. 파운데이션 측에서 보면 우리 군대는 어디에도 측면이나 후면이 없기 때문입니다.

이런 식의 전위 포위망 전술은 예전에도 많이 시도했지만, 그리고 약 2000년 전에 로리스 6세가 시도해서 커다란 효과를 보았지만 언제나 불완전했지요. 적군에게 정보가 항상 노출되어 끊임없는 방해 공작에 시달렸으니까요. 그러나 이번에는 다릅니다."

"이번에는 전술 교본에 나오는 전형이라도 되나 보오?"

듀켐 바 노인이 물었다. 심드렁한 목소리였다.

벨 라이오즈는 조바심이 났다.

"이래도 당신은 우리 군대가 패하리라고 생각합니까?"

"그럴 수밖에 없소."

"역사적으로 볼 때 포위망을 완벽하게 구축한 다음에 공격한 군대가 이기지 못한 경우는 없습니다. 포위망을 뚫을 정도로 강력한 해군이 포위망 바깥에 배치되어 있다면 모를까."

"그럼, 그 말이 맞겠지."

"그래도 믿음을 꺾을 순 없다는 말씀이군요."

"그렇소."

벨 라이오즈가 어깨를 으쓱했다.

"정 그렇다면 마음대로 하시지요."

듀켐 바 노인은 벨 라이오즈의 화가 가라앉을 때까지 잠시 기다리다가 조용히 물었다.

"황제가 당신을 보냈소?"

벨 라이오즈는 뒤에 있는 벽장에서 담배를 꺼내 필터를 입술 사이에 끼우고 조심스럽게 불을 붙였다.

벨 라이오즈가 반문했다.

"병력 증강 요청 말입니까? 답신이야 왔죠. 그러나 그게 전부입니다. 답신만 왔거든요."

"전함은 없구려."

"단 한 척도. 나도 그럴 거라고 대충 예상했답니다. 솔직히 말해서, 나는 노인의 이론에 넘어가서 증원부터 요청하지 말았어야 했습니다. 괜히 쓸데없는 오해만 불러일으켰으니 말입니다."

"그렇소?"

"물론입니다. 전함은 아주 소중합니다. 지난 2세기에 걸친 내전으로 대함대의 절반 이상이 파괴되었고 나머지는 커다란 손상을 입었어요. 지금 건조하는 우주선은 쓸 만한 가치가 없다는 사실을 당신도 잘 알고 있을 겁니다. 일류 초원자력 엔진을 만들 수 있는 사람은 현재 은하계에 없는 것 같아요."

사이웨나인 노인의 눈은 항상 그런 것처럼 깊은 생각에 잠겨 있었다.

"나도 그건 알고 있소. 하지만 당신이 그 사실을 알고 있는 줄은 몰랐소. 그래서 황제에게는 추가로 파병할 전함이 없소. 심리역사학은 그런 사실을 예견했을 것이오. 바로 그게 심리역사학이니까. 오래전에 죽은 해리 셀던의 예측이 살아 있는 인간의 의지와 싸워서 1라운드를 이긴 것 같군."

벨 라이오즈가 날카롭게 반박했다.

"내가 지금 지휘하는 함대만으로도 충분합니다. 당신의 해리 셀던은 결코 승리할 수 없어요. 사태가 심각해지면 더 많은 전함이 도착할 겁니다. 아직까지는 황제께서 모든 사정을 아시는 건 아니니까요."

"그렇소? 그렇다면 아직 보고하지 않은 내용이라도 있다는 것이오?"

벨 라이오즈가 빈정거리는 투로 대답했다.

"그렇지요……. 당신의 이론. 당신한테는 안됐지만 그 이론은 원천적으로 불가능해요. 사태가 돌변한다면, 그래서 충분한 근거가 나타나 내 눈으로 똑똑히 볼 수 있게 되면, 그때는 그 이론을 인정하지요."

벨 라이오즈가 느긋하게 계속 말했다.

"게다가 그 이론은 확실한 근거도 없이 반역의 느낌만 줄 수 있기 때문에 황제 폐하께서 그리 좋아하지 않으실 겁니다."

늙은 귀족이 미소를 지었다.

"우주 구석에서 나타난 한 떼의 초라한 야만인들 때문에 황제의 근엄한 옥좌가 위험에 처할 수 있다는 사실을 알려 봤자 아무도 믿지 않을 테고 좋아할 사람도 없을 거라는 말이구려. 황제한테 아무것도 기대하지 않는다는 뜻이기도 하고."

"황제의 특사 파견은 기대하고 있지요."

"그렇다면 특사를 파견하는 이유가 무엇이오?"

"그건 오랜 관습입니다. 정부가 지원하는 군사 활동에는 언제나 황제의 대리인이 참여하게 되어 있지요."

"그렇소? 어찌하여?"

"그것은 모든 군사 활동을 폐하가 직접 지휘한다는 상징입니다. 그러면 장교들의 충성을 확보하는 부차적인 효과가 있지요. 그 점에서 항상 성공하는 건 아니지만."

"당신한테는 귀찮은 일이 되겠군, 장군. 외부에서 치고 들어오는 권위자라."

"그렇지요. 하지만 어쩔 수 없잖습니까."

벨 라이오즈가 얼굴을 살짝 붉히며 말했다.

그 순간 벨 라이오즈가 손에 들고 있던 수신기에 약한 불이 들어오더니, 희미한 마찰음과 함께 구멍에서 원통처럼 둘둘 만 통신문이 튀어나왔다. 벨 라이오즈는 통신문을 펼치고는 뛸 듯이 기뻐했다.

"됐어! 바로 이거야!"

듀켐 바 노인이 궁금한 표정으로 눈썹을 천천히 치키자 벨 라이오즈는 이렇게 설명했다.

"무역상 가운데 한 명을 체포했습니다. 산 채로, 손상되지 않은 무역선과 함께."

"나도 그 소식은 들었소."

"음, 지금 여기로 호송하는 중입니다. 곧 여기에 도착할 거예요. 당신도 자리를 지키세요, 귀족. 내가 심문하는 장면을 옆에서 지켜보시지요. 내가 오늘 당신을 여기에 오라고 한 이유가 바로 이것 때문이랍니다. 내가 요점을 놓치기라도 하면 당신이 알려 주시길 바랍니다."

문에서 신호가 울리고 장군이 발끝으로 살짝 건들자 문이 활짝 열렸다. 문턱에 올라선 사람은 키가 크고 턱수염을 길렀으며 가죽처럼 부드러운 플라스틱으로 만든 짧은 코트를 입었는데 코트에 달려 있는 후드를 뒤로 젖힌 상태였다. 양손은 묶이지 않았으며 주변을 에워싼 무장 군인들을 보았는지 어쨌는지 그다지 겁먹은 표정이 아니었다. 사내는 태연히 들어와 주변을 살폈다. 그러다가 장군 쪽으로 손을 가볍게 흔들고 고개를 반쯤 숙이며 인사했다.

"이름은?"

벨 라이오즈가 경쾌하게 물었다.

"라산 데버즈."

무역상이 대답하더니, 넓고 화려한 벨트에 엄지손가락 두 개를 걸치며 물었다.

"당신이 대장인가요?"

"자네는 파운데이션 무역상인가?"

"그렇습니다만. 당신이 이곳 대장이라면 부하들한테 내 화물에 접근하지 말라고 하는 편이 좋을 겁니다."

장군이 고개를 들어서 포로를 차갑게 쳐다보았다.

"질문에 대답해. 마음대로 지껄이지 말고."

"좋아요, 그렇게 하죠. 그나저나 당신 부하 하나가 손가락을 잘못 놀려서 자기 가슴에 커다란 구멍을 내고 말았더군요."

벨 라이오즈가 담당 중위한테 시선을 돌리며 물었다.

"이자 말이 사실인가? 브랑크, 자네가 사상자는 없다고 보고하지 않았나?"

중위가 경직된 자세로 불안하게 대답했다.

"그때까지는 없었습니다, 사령관님. 그런데 나중에 순찰대가 선내를 수색하던 도중에 여자가 있다는 소문이 돌았습니다. 하지만 여자는 없었고 저 포로가 팔 물건이라고 주장하는 정체불명의 화물이 잔뜩 쌓여 있는 걸 발견했습니다. 거기에 손을 대는 순간에 화물 하나가 갑자기 폭발해서 병사 하나가 죽었습니다."

장군이 무역상을 다시 돌아보았다.

"당신 무역선에 원자 폭발물이 실려 있는가?"

"그럴 리가 없죠. 뭐하러 그러겠습니까? 그 어리석은 병사가 원자총을 거꾸로 쥐고 최고 분사 상태에서 발사한 거뿐이에요. 당신이라면 그렇게 하지 않았겠죠. 중성자총으로 자기 머리를 겨누는 격이니. 내 가슴에 다섯 사람이 올라타고 있지만 않았어도 내가 막을 수 있었을 텐데."

벨 라이오즈가 대기하고 있는 병사에게 손짓하며 명령했다.

"자네, 어서 가서 그 무역선에 아무도 들어가지 못하게 지켜. 앉아, 데버즈."

무역상은 지정받은 의자에 앉아 제국 사령관의 탐색하는 듯한 시선과 사이웨나인 귀족의 호기심 어린 시선을 담담하게 받아들였다.

벨 라이오즈가 다시 말했다.

"당신은 분별력 있는 사람이야, 데버즈."

"고맙군요. 내 얼굴에 감명을 받아서 그렇게 말하는 건가요, 아니면 나한테 뭔가 바라는 게 있어서 그러는 건가요? 내가 분명히 말하는데 나는 꽤 괜찮은 무역상입니다."

"그건 우리도 마찬가지야. 당신이 무역선을 순순히 넘겨주어서 다행이야. 그렇지 않았으면 우리는 포탄을 낭비할 수밖에 없고 당신의 몸뚱이는 원자 먼지가 되어 산산이 흩어졌을 테니. 당신이 계속 그렇게 나온다면 우리도 당신한테 좋은 대우를 해 줄 수 있어."

"좋은 대우야말로 내가 가장 바라는 겁니다, 대장."

"좋아. 내가 가장 바라는 것은 협력이니까."

벨 라이오즈가 방긋 웃으며 듀켐 바 노인한테 나지막하게 말했다.

"저자가 바란다는 것과 내가 생각하는 게 같은 내용이라면 좋겠군요. 지금까지 저런 야만적인 사투리를 들어 본 적이 있습니까?"

바로 그 순간 데버즈가 유쾌하게 끼어들었다.

"좋아요. 무슨 말인지 알겠어요. 하지만 당신이 말하는 협조라는 게 어떤 겁니까, 대장? 솔직하게 말해서 난 여기가 어딘지도 모르겠는데."

데버즈가 주변을 둘러보며 다시 물었다.

"이곳은 뭐 하는 곳이고 당신이 원하는 건 뭐죠?"

사내의 말에 벨 라이오즈는 기분이 좋아졌다.

"아, 마저 소개하는 걸 내가 깜빡 잊고 있었군. 미안하네. 이 신사분은 듀켐 바, 제국의 귀족. 나는 벨 라이오즈, 제국의 귀족이자 황제 폐하 군대의 3급 사령관이다."

무역상이 입을 벌리고 있다가 물었다.

"황제? 학교에서 가르치는 구제국의 황제? 하하! 재미있군요! 나는 그런 게 더 이상 존재하지 않는 줄 알았는데."

"잘 보아 두어라. 확실히 존재하니까."

벨 라이오즈가 엄숙하게 말하자, 라산 데버즈가 턱수염을 위로 잡아당기며 중얼거렸다.

"애초에 그런 생각을 했어야 하는 건데…… 내 조그만 무역선을 포획한 건 번쩍번쩍 빛나는 엄청나게 큰 전함이었으니까. 외곽성역의 그 어떤 왕국도 그런 전함을 만들어 낼 순 없는데 말이야."

데버즈가 눈썹을 찡그리며 물었다.

"그래서 원하는 게 뭡니까, 대장? 아니, 장군이라 부를까요?"

"내가 원하는 건 전쟁이다."

"제국 대 파운데이션의 전쟁?"

"그렇다."

"이유는?"

"이유는 자네도 알고 있을 텐데?"

벨 라이오즈의 반문에 무역상이 날카롭게 쳐다보다가 고개를 저었다.

벨 라이오즈는 상대가 잠시 생각할 수 있도록 여유를 둔 다음에 다시 조용히 말했다.

"자네는 그 이유를 분명히 알고 있어."

"실내가 덥네."

라산 데버즈가 중얼거리면서 일어나 후드가 달린 윗옷을 벗었다. 그런 다음에 다시 앉아 벨 라이오즈 앞으로 다리를 뻗고는 편하게 말했다.

"아마 당신은 내가 순식간에 달려들어서 공격할 수도 있다는 생각을 하고 있을 겁니다. 그렇죠. 나는 마음만 먹으면 언제라도 당신을 꼼짝 못하게 제압할 수 있어요. 그래도 저기에 앉아서 한마디도 하지 않는 저 노인은 나를 막을 수 없을 테고요."

"하지만 당신은 그런 짓을 하지 않을 거야."

벨 라이오즈가 자신 있게 대답하자, 데버즈는 그 말에 온화하게 동의했다.

"그래요. 내가 설사 당신을 죽인다 해도 전쟁을 막을 수는 없을 테니까. 당신네 나라에는 장군이 여전히 많을 테고."

"계산이 아주 정확하군."

"게다가 당신을 해치고 2초도 안 돼서 나는 바닥에 깔린 채 당장 죽임을 당하거나 나중에 천천히 교수형을 당할 테니까. 그러니 나는 그런 계획을 세울 생각이 전혀 없어요. 나한테 아무런 이익이 없으니까."

"자네는 분별력 있는 사람이라고 내가 애초에 말했잖아."

"하지만 당신에게 듣고 싶은 게 있군요, 대장. 당신이 우리를 공격하는 이유를 내가 안다고 했는데 그게 무슨 뜻인지 알려 주겠습니까? 나는 모르겠으니까. 혼자서 추측하는 건 머리만 아프고."

"그래? 그렇다면 해리 셀던에 대해 들어 본 적은 있나?"

"없어요. 나는 추측하는 걸 좋아하지 않는다고 말했는데."

벨 라이오즈는 듀켐 바 노인을 슬쩍 보았다. 노인은 점잖은 미소를 머금고 깊은 명상에 빠져든 표정을 하고 있었다.

벨 라이오즈가 엄숙한 표정으로 말했다.

"섣부른 장난은 그만해라, 데버즈. 너희 파운데이션에는 제2제국의 토대가 될 거라는 전통인지 전설인지 아니면 진지한 역사 같은 게 있어. 나는 그게 무엇이든 상관없어. 하지만 나는 해리 셀던의 심리역사학이라는 실없는 얘기에 대해 아주 많이 알고 있지. 너희의 궁극적인 목표가 결국은 제국 침략이라는 사실까지."

데버즈가 심각한 표정으로 고개를 끄덕이며 물었다.

"그래요? 도대체 당신한테 누가 그런 이야기를 하던가요?"

"그게 중요한가? 자네는 여기에 질문하러 온 게 아니야. 나는 셀던의 전설에 대해서 자네가 알고 있는 내용을 모두 알아야겠어."

벨 라이오즈가 부드럽지만 경고의 의미를 담아 말했다.

"그러나 그게 전설에 불과하다면……."

"말장난 마라, 데버즈."

"말장난이 아닙니다. 당신에게 솔직하게 이야기하죠. 내가 아는 건 당신이 다 아는 내용입니다. 하지만 그건 말도 안 되는 헛소리에 불과한데. 어떤 세계든 과장 섞인 전설은 있기 마련이고 당신은 그런 전설을 막을 수가 없지요. 그래, 나도 그런 이야기를 들었어요. 셀던, 제2제국 등등. 우리나라에서는 밤에 아이들을 재울 때 그런 이야기를 해 주지요. 발랄한 아이들은 휴대용 영사기를 들고 빈방에 모여서 셀던의 모험담에 빠져들기도 하고. 하지만 어른들은 아닙니다. 최소한, 지각 있는 어른들은."

무역상이 고개를 내저었다.

제국 사령관의 눈빛이 어두워졌다.

"그게 사실이냐? 쓸데없는 거짓말로 시간을 낭비하지 마라. 나는 터미너스 행성에 다녀왔고, 너희 파운데이션을 보았다. 내 눈으로 똑똑히 보았단 말이야."

"그런데도 나한테 묻는 겁니까? 10년 동안 그곳에서 지낸 기간이 두 달도 안 되는 나한테? 당신이야말로 시간을 쓸데없이 낭비하고 있군요. 하지만 당신이 전설에 대한 믿음이 변치 않는다면, 전쟁을 계속 하시죠."

듀켐 바 노인이 처음으로 부드럽게 말했다.

"그러면 파운데이션이 이길 거라고 당신은 자신하오?"

무역상이 그쪽을 쳐다보았다. 얼굴이 약간 상기되어서 관자놀이에 있는 오래된 흉터가 하얗게 보였다.

"으흠, 조용한 양반, 내가 한 말에서 어떻게 그런 결론을 끌어내시는 겁니까?"

벨 라이오즈가 고개를 살짝 끄덕거리자, 듀켐 바 노인은 나지막한 목소리로 계속 말했다.

"만일 자네의 행성이 전쟁에 져서 패배의 쓰라린 고통을 겪을 수도 있다면 자네가 괴로워할 것이기 때문이오. 옛날 나의 조국도 그래서 아직까지 고통을 겪고 있는 중이라오."

라산 데버즈는 턱수염을 만지작거리더니 두 사람 얼굴을 한 번씩 쳐다보다가 짧게 웃었다.

"저 노인은 늘 저런 식으로 말하는 걸 좋아하는 겁니까, 대장? 내 말 잘 들어요."

데버즈가 훨씬 심각한 표정을 지었다.

"패배하는 게 대체 뭐란 말입니까? 나는 지금까지 다양한 전쟁과 패배를 목격했습니다. 전쟁에 지면 어떻게 된다는 겁니까? 누가 고통을 받는다는 거죠? 나? 나 같은 야만인 말인가요?"

데버즈가 어이없다는 표정으로 고개를 저었다. 그러다가 강하고 솔직한 어조로 다시 말했다.

"이것 보세요. 일반 행성에는 대개 기름진 지배자가 대여섯 명 있어요. 그들은 결정적인 타격을 받겠지만 난 그들 때문에 신경 쓰고 싶지 않아요. 보시죠. 일반 국민들? 평범한 사람들? 물론 이들 가운데 일부는 살해되고 나머지는 한동안 특별세를 지불하겠지요. 하지만 그건 시간이 지나면 해결될 겁니다. 원상태로 돌아가겠죠. 그러다가 또 다른 대여섯 명이 지배하는 상황으로 돌아오고 말게 뻔하고요."

듀켐 바 노인의 콧구멍이 벌름거렸고 쭈글쭈글한 오른손 힘줄이 씰룩거렸다. 그러나 노인은 아무 말도 하지 않았다.

라산 데버즈는 노인의 얼굴에 두 눈을 고정하고 있었다. 모든 걸 꿰뚫어 보는 시선이었다.

"이봐요. 나는 싸구려 물건을 들고 우주를 돌아다니다가 귀국해서 기업합동 일당에게 돈을 뜯기며 살아가고 있어요. 그곳에도 기름진 자들이 있지요."

데버즈가 엄지로 자신의 등 뒤를 가리켰다.

"그들은 집에 편히 앉아서 내 1년 치 수입을 1분 만에 벌어들이고 있답니다. 나 같은 사람들한테 고혈을 짜내서 말이에요. 하지만 만일 당신이 파운데이션을 운영한다고 생각해 봐요. 아마 당신한테도 나와 같은 무역상이 필요할 겁니다. 아니, 기존의 기업합동 일당 이상으로 우리 같은 사람이 필요할 겁니다. 왜냐하면 당신네는 거래선을 모르는 데다가 현금을 벌어 오는 건 우리기 때문이죠. 게다가 우리는 제국과 더 좋은 거래를 할 수도 있고요. 그래, 정말 그럴 겁니다. 나는 무역상이에요. 이익만 남는다면 난 그쪽을 지지할 거고요."

말을 마친 데버즈가 냉소적이면서도 도전적인 표정으로 두 사람을 쳐다보았다.

잠시 침묵이 흘렀다. 그때 원통형 통신문이 수신기 구멍으로 덜커덩 떨어졌다. 사령관은 전문을 펴서 깔끔하게 찍힌 활자를 훑어본 다음 부하들한테 소리쳤다.

"출동 중인 함정에 전투 준비 명령을 하달하라. 완전 방어 태세를 갖추고 명령을 기다리도록!"

벨 라이오즈는 망토를 집어 들어 어깨에 두르고 단추를 끼우면서 듀켐 바 노인한테 단조로운 어조로 속삭였다.

"이자를 당신에게 맡기겠습니다. 결과를 기대할게요. 지금은 전시 중이니 실패는 용납하지 않습니다. 명심하세요!"

사령관은 두 사람한테 경례하고 떠났다.

라산 데버즈는 그 뒷모습을 가만히 보며 중얼거렸다.

"무언가가 아픈 곳을 건드렸나 보군요. 무슨 일인 것 같습니까?"

듀켐 바 노인이 무뚝뚝하게 대답했다.

"물론 전투일 거요. 파운데이션 군대가 첫 싸움을 벌이러 나오고 있소. 나를 따라오도록 하시오."

실내에 있던 무장 군인들이 앞장섰다. 태도는 공손했지만 얼굴은 딱딱하게 굳어 있었다. 데버즈는 자존심 강한 사이웨나인 노인을 따라 밖으로 나왔다.

무장 군인이 두 사람을 데려간 곳은 사령관실보다 좁고 볼품없었다. 침대가 두 개, 영상 스크린, 샤워와 세면 시설이 전부였다. 병사들이 절도 있는 걸음으로 나가면서 두꺼운 문을 쾅 닫았다.

데버즈는 불만스러운 표정으로 주위를 둘러보았다.

"으으음! 영원히 열리지 않을 것 같군요."

"그렇소."

듀켐 바 노인이 짧게 대꾸하고는 등을 돌렸다.

무역상이 화난 어투로 물었다.

"당신이 노리는 건 뭐죠, 선생?"

"난 아무것도 노리지 않소. 당신을 책임지는 것, 그것뿐이오."

무역상이 일어나서 다가왔다. 무역상의 거대한 체구가 귀족을 압도할 듯했지만 그는 미동조차 하지 않았다.

"그런가요? 하지만 선생도 나와 마찬가지로 감옥에 갇혔잖습니까. 그리고 여기로 끌려올 때 총구는 나만이 아니라 당신도 겨누고 있었고요. 그런데도 당신은 '전쟁과 평화'에 대한 내 생각을 듣고 불쾌한 반응을 보이더군요."

데버즈는 이렇게 말하고 가만히 기다렸다. 하지만 아무런 대답도 없자, 다시 말했다.

"좋아요. 선생에게 몇 가지 물어보죠. 선생은 당신네 조국이 예전에 전쟁을 겪었다고 했지요. 그렇다면 그건 누가 일으킨 전쟁이죠? 외곽 성운의 혜성인들?"

듀켐 바 노인이 고개를 들고 대답했다.

"제국."

"그래요? 그런데 선생은 지금 여기에서 무엇을 하고 있는 거죠?"

듀켐 바 노인은 침묵으로 대답했다.

무역상이 아랫입술을 내밀고 고개를 천천히 끄덕였다. 그러다가 오른쪽 손목에 끼고 있던 납작한 팔찌를 풀어서 내밀었다.

"이것이 무어라고 생각합니까?"

데버즈가 물었다. 왼쪽 손목에 똑같은 팔찌가 하나 더 있었다.

사이웨나인 노인은 팔찌를 받았다. 그리고 무역상의 동작을 따라 자신의 손목에 천천히 끼웠다. 손목에 이상하게 간지러운 느낌이 들다가 금방 사라졌다.

데버즈가 갑자기 목소리를 바꾸며 말했다.

"좋아요, 선생. 당신한테도 예방 조치를 취했어요. 이제 편하게 말해도 괜찮아요. 설사 이 방에 도청장치가 있다 해도 저들은 아무런 소리도 못 들을 테니까요. 선생이 팔목에 낀 팔찌는 자기장 왜곡장치거든요. 천재적인 지도자 말로가 만든 물건. 여기에서 우주 끝까지 어디에서나 25크레디트에 팔리죠. 하지만 선생한테는 공짜로 주겠어요. 말할 때 입술을 움직이지 마요. 그러다 보면 금방 익숙해질 겁니다."

듀켐 바 노인은 갑자기 피곤했다. 무역상의 집요한 눈빛이 부담스럽게 번뜩였다. 왠시 거부할 수 없을 듯한 느낌이 들있다.

"당신이 원하는 게 뭐요?"

듀켐 바 노인이 말했다. 움직이지 않는 입술 사이로 뱉어 내는 소리를 알아듣기가 어려웠다.

"이미 말했잖아요. 선생은 소위 애국자 같은 어투로 말하고 있더군요. 선생네 나라는 제국에 유린당했다는데, 선생은 여기에서 제국의 금발 사령관이랑 놀아나고 있다니. 그게 도대체 있을 법한 일입니까?"

듀켐 바 노인이 대답했다.

"나는 내 할 일을 다 했소. 우리를 정복한 제국의 총독을 내 손으로 처단했소."

"그래요? 최근에?"

"40년 전에."

"40……년…… 전!"

무역상은 커다란 충격을 받은 것처럼 보였다. 그는 눈살을 찌푸리며 말했다.

"아주 오래 전 이야기군요. 사령관 제복을 입은 젊은이도 그 사실을 알고 있습니까?"

듀켐 바 노인이 고개를 끄덕였다.

데버즈는 어두운 눈빛으로 생각에 잠겨 있었다.

"선생은 제국이 이기기를 바라십니까?"

사이웨나 귀족 노인이 갑자기 화를 내며 소리쳤다.

"내가 바라는 건 제국은 물론 제국에서 벌이는 모든 일까지 완벽하게 무너지는 것이오. 사이웨나인 모두가 날마다 그렇게 기도하오. 나한테도 한때 형제도 자매도 아버님도 있었소. 하지만 지금은 자식과 손자들뿐이오. 그나마 그들이 있는 곳도 사령관만 알고 있소."

데버즈는 가만히 기다렸다.

듀켐 바 노인이 속삭이듯 말했다.

"하지만 그 정도로 나를 막을 순 없소. 최악의 결과가 나와도 괜찮소. 아이들도 어떻게 죽어야 하는지 알고 있을 것이오."

무역상이 부드럽게 물었다.

"예전에 총독을 죽인 적이 있다고 했죠? 몇 가지 사실이 기억났습니다. 우리에게는 옛날에 호버 말로라는 이름의 시장이 있었답니다. 그는 사이웨나를 방문한 적이 있지요. 사이웨나는 선생네 나라가 맞죠? 말로 시장은 그곳에서 '바'라는 이름의 남자를 만났지요."

듀켐 바 노인이 의혹의 눈으로 뚫어져라 보며 물었다.

"당신이 그 일을 어디까지 아시오?"

"파운데이션의 무역상 모두가 아는 만큼만 알고 있죠. 저들이 여기에 단둘이 가둔 걸 보면 선생은 아주 똑똑한 사람인 것 같군요. 게다가 저들은 선생한테도 총구를 겨누었고 선생은 제국을 증오한 나머지 제국이 완벽하게 멸망하길 바라고 있고요. 그러니 내가 흉금을 터놓고 선생한테 모든 사실을 알려 준다 해도 사령관한테는 그 말이 들어가지 않을 듯하군요. 어차피 그렇게 될 가능성 자체가 그리 높지 않으니까요, 선생.

그럼에도 나는 선생이 사이웨나 오넘 바의 아들이란 사실을, 대학살을 피해서 살아남은 여섯째 막내아들이란 사실을 증명해 주길 바랍니다."

벽감으로 들어가 편편한 금속 상자를 꺼내서 뚜껑을 여는 듀켐 바 노인의 손이 떨렸다. 노인이 금속성 물체 하나를 꺼내서 무역상의 손에 넘길 때 쌩그랑 소리가 희미하게 났다.

"이걸 보시오."

노인이 말했다.

데버즈는 그것을 자세히 보았다. 그리고 쇠사슬 중심 고리의 널찍한 부분을 가까이 가져와 살피다가 나지막하게 중얼거렸다.

"말로 시장의 머리글자가 분명하군요. 내가 잘못 보지 않았다면 적어도 50년은 된 글자가 분명해요."

무역상이 고개를 들며 빙그레 웃었다.

"내 손을 잡아요, 선생. 개인용 원자력 방어벽이야말로 지금 이 순간에 나한테 가장 필요한 증거물입니다."

데버즈는 커다란 손을 내밀었다.

6장

총애하는 신하

거대한 심연에서 조그만 전투함들이 나타나 제국 함대 깊숙이 돌진했다. 그들은 에너지를 분사하는 흔적도 없이 제국의 전함이 밀집한 지역을 누비고 다니면서 포를 쏘아 댔고 제국의 전함은 육중한 맹수처럼 그 뒤를 쫓아다녔다. 그러다가 정밀하게 조준 포격한 섬광 두 개가 조용히 발사되자 모기처럼 조그만 전투함 두 척이 원자 분해를 일으키며 쪼그라들었고 나머지는 모두 사라졌다.

거대한 전함들은 주변을 탐색하다가 원래 자리로 돌아가 행성에서 행성으로 이어지는 대포위망을 유지했다.

브로드릭은 위풍당당한 유니폼을 입었다. 정성스럽게 만들어서 정성스럽게 차려입은 제복이었다. 제국 임시 사령부가 설치되어 있는 별 볼 일 없는 완다 행성의 정원을 거닐고 있는 그의 발걸음은 느긋했지만 표정은 침울했다.

곁에서는 벨 라이오즈가 전투복 목깃을 열어젖힌 채 함께 걷고 있었다. 단조로운 짙은 회색 전투복이 우울해 보였다.

벨 라이오즈는 커다란 주걱 모양의 평평한 잎사귀가 하얀 태양을 막아 주며 향기를 내뿜는 나무고사리 아래의 검은색 부드러운 벤치를 가리켰다.

"저것을 보십시오, 특사님. 바로 저게 제국의 유물입니다. 연인들을 위해 만든 화려한 벤치는 아직도 깨끗하고 유용한 반면에 공장이나 왕궁은 망각의 저편으로 사라지고 말았습니다."

벨 라이오즈는 벤치에 앉았다. 그러나 클레온 2세가 파견한 특사 브로드릭은 그 앞에 똑바로 서서 상앗빛 지팡이를 정확하게 휘둘러 머리 위 나뭇잎을 깨끗하게 잘라 내고 있었다.

벨 라이오즈는 다리를 꼬고 앉아 상대에게 담배를 권했다. 그리고 한 개비를 새로 꺼내 들며 말했다.

"특사님처럼 훌륭한 관찰자를 파견하신 것을 보면 황제 폐하는 역시 지혜로우십니다. 훨씬 더 중요하고 급한 일 때문에 외곽성역의 조그만 군사 작전이 뒷전으로 밀리는 건 아닌가 하는 저의 소심한 걱정이 이제 말끔히 사라졌습니다."

브로드릭이 기계적으로 대답했다.

"황제 폐하는 모든 곳을 보시네. 우리는 이번 군사 작전의 중요성을 과소평가하지 않아. 그럼에도 자네가 이번 작전에 너무 많은 의미를 두는 건 아닌가 걱정하고 있네. 대포위망을 정교하게 구축한 다음에 움직여야 할 정도로 저들의 조그만 전투함이 위협적인 건 아닐 텐데 말이야."

벨 라이오즈는 얼굴이 벌겋게 달아올랐지만 평상심을 유지하려고 애썼다.

"하지만 저로서는 너무 성급하게 공격해서 그렇지 않아도 모자란 부하들을 위험에 빠뜨리거나 보충하기도 어려운 전함이 파괴되는 위험을 감수할 수 없습니다. 비록 어렵긴 하지만 대포위망을 성공적으로 구축하면 최종 공격을 가할 때 우리 측 손실을 4분의 1로 줄일 수 있습니다. 이에 대한 군사적인 배경은 어제 충분히 설명해 드렸습니다."

"그래, 알았네, 알았어. 나는 군인이 아니야. 이런 경우에는 자네가 나한테 겉으로는 아주 그럴싸하게 보이는 것이 실제로는 그렇지 않다는 사실을 납득시켜야 하네. 그러면 우리가 허락할 것이야. 그럼에도 귀관의 조심성은 도가 지나쳐. 자네는 두 번째 전문에서 지원 병력을 요청했더군. 그런데 상대는 가난하고 빈약한 야만인들이야, 그땐 자네가 소규모 전초전조차 붙어 본 적이 없었고. 그런 상황에서 지원 병력을 요구하는 건 귀관의 무능함을 드러내는 거 아닌가, 예전에 귀관이 보여 준 대담하고 창조적인 전술 능력을 감안할 때 말이야?"

사령관이 냉랭하게 대답했다.

"고맙습니다. 그러나 저는 대담한 것과 맹목적인 것은 다르다는 사실을 말씀드리고 싶습니다. 적을 파악해서 최소한 대략적이라도 위험을 계산할 수 있다면 대담한 모험을 벌일 여지가 있습니다. 그러나 우리가 모르는 적을 전면 공격하는 건 맹목적인 만용에 불과합니다. 한 사람이 환한 대낮에 장애물 코스를 잘 달리다가도 깜깜한 밤에는 자기 방에서 가구에 걸려 넘어질 수 있다는 사실을 아셔야 합니다."

브로드릭이 손가락을 멋지게 들어 말을 막았다.

"좋은 비교이긴 하지만 충분하진 않아. 자네는 야만국에 직접 다녀왔어. 게다가 충분히 포섭할 수 있는 포로까지 있지 않은가! 무역상 말이야. 자네랑 그 포로 사이에는 깜깜한 어둠이 깔려 있지 않아."

"그런가요? 한 달 방문한 정도로는 지난 2세기 동안 독자적으로 발전해 온 행성을 공격할 만큼 치밀하게 파악할 수 없다는 사실을 고려해 주시기 바랍니다. 저는 군인입니다. 3차원 모험물에 나오는 쩍 갈라진 턱과 떡 벌어진 가슴을 가진 영웅이 아닙니다. 더구나 일개 포로가, 그것도 적군 지휘부와 별 관련이 없는 무역업 종사자가 지휘부만 아는 적군의 기밀을 저한테 알려 줄 수 있겠습니까?"

"그자를 심문했나?"

"심문했습니다."

"그래?"

"도움이 되기는 했습니다만 결정적인 내용은 없습니다. 그자가 모는 무역선도 보잘것없을 정도로 조그만 규모입니다. 장난감을 팔러 다니는 무역상이니까요. 황제 폐하께 드리려고 그중에서 괜찮은 것 몇 개를 골라 놓았습니다. 물론 무역선과 그 작동 원리에 대해서 이해할 수 없는 게 많긴 하지만 저는 기술자가 아니니까요."

"그러나 사네 휘하에 기술자들이 있지 않나?"

브로드릭의 지적에 사령관이 약간 빈정거리는 어조로 대답했다.

"저도 그렇게 생각했습니다. 하지만 멍청한 기술자들이 제 기대에 부응하려면 아직 멀었습니다. 그래서 원자장 회로의 작동 원리를 알고 있는 똑똑한 기술자 몇 명을 보내 달라고 요청한 상태입니다. 하지만 아직까지 아무런 답신이 없군요."

"그럴 만한 기술자가 많지 않네, 사령관. 자네가 주둔한 방대한 지역에 원자력을 알고 있는 기술자가 분명히 있을 거야."

"그런 사람이 있었다면 제가 지휘하는 전함 두 척의 동력 공급 모터를 고쳤을 겁니다. 얼마 안 되는 전함들 가운데 두 척이나 동력 공급이 충분치 않아서 대규모 전투에 투입 못하고 있습니다. 제 병력 가운데

5분의 1이 후방에서 팔짱만 끼고 있어야 하는 겁니다."

브로드릭 특사는 더 들어줄 수 없다는 표정으로 손가락을 흔들었다.

"자네만 그런 것이 아니네, 사령관. 황제 폐하 역시 비슷한 어려움을 겪고 계시다네."

사령관이 불을 붙이지 않은 채 조금씩 뜯어내던 담배를 내던지고 한 개비를 새로 꺼내서 불을 붙이다가 어깨를 으쓱했다.

"으흠, 일급 기술자가 부족하다는 건 아주 급박한 문제입니다. 정신 탐침이 고장 나지 않았다면 그 포로한테서 훨씬 많은 정보를 캐냈을 겁니다."

특사가 눈썹을 치켰다.

"정신 탐침이 있나?"

"낡은 겁니다. 필요할 때마다 고장이 나는 구식입니다. 포로가 잠자는 사이에 작동해 보았지만 아무런 효과가 없었습니다. 나중에 제 부하들한테 시험할 때는 정신 탐침 성능이 아주 좋았는데 말입니다. 그런데 이번에도 포로한테만 작동이 안 되는 이유를 뚜렷하게 파악할 기술자가 제 부하 가운데 하나도 없었습니다. 기술자는 아니지만 그 방면의 이론가인 듀켐 바는 포로의 정신 구조가 탐지기의 영향을 받지 않는 것 같다고 말했습니다. 어린 시절부터 외계 환경에서 중성적인 자극에 노출된 채 자라면 그런 경우가 있다고 합니다. 잘 모르겠지만 나중에 도움이 될 것 같아서 제가 보호하고 있습니다."

브로드릭이 지팡이에 몸을 기댔다.

"수도에 있는 전문가를 부를 수 있는지 알아보겠네. 그런 그렇고, 자네가 방금 전에 말한 자는 누군가, 사이웨나인인가? 자네는 휘하에 적을 너무 많이 거느리고 있군그래."

"그자는 적을 알고 있습니다. 앞으로 도움이 될 가능성이 높습니다."

"하지만 그자는 사이웨나인이자 추방된 반역자의 아들이야."

"늙고 무력한 노인인 데다가 가족은 모두 인질로 잡혀 있습니다."

"그렇군. 그런데 내가 무역상이란 작자를 직접 만나 볼 필요가 있을 것 같아."

"물론입니다."

"나 혼자."

특사가 차갑게 덧붙이며 강조하자, 벨 라이오즈는 부드럽게 대답했다.

"물론입니다. 황제 폐하의 충성스러운 신하로서 저는 황제 폐하의 대리인을 상관으로 받들겠습니다. 하지만 무역상이 영구 기지에 있어서 전선을 떠나셔야 합니다, 지금처럼 흥미로운 시점에 말이죠."

"그래? 뭐가 흥미롭다는 거지?"

"대포위망이 오늘 완성된다는 사실, 그리고 일주일 안에 국경 제20함대가 저항군의 거점을 향해 진군한다는 사실이 그렇습니다."

벨 라이오즈가 빙그레 웃으며 발길을 돌리자, 브로드릭은 이유는 알 수 없지만 허를 찔렸다는 느낌에 시달렸다.

7장
매수

　모리 루크 하사는 동료들 사이에서 모범적인 병사였다. 플레아데스 성단의 거대한 농업 행성 출신인데, 그곳에서는 농토를 벗어나 고된 노동에 시달리지 않고 살아가는 유일한 길이 바로 군인이었다. 그는 한마디로 전형적인 농촌 출신이라고 할 수 있었다. 상상력이 없어서 두려움을 모르고 위험에 맞설 수 있을 뿐만 아니라 그 위험에 성공적으로 대처할 만큼 체력이 강하고 동작도 빨랐다. 그는 명령대로 움직이고 부하들을 확고하게 몰아붙였으며 자신의 사령관을 철저하게 숭배했다.

　게다가 그는 긍정적인 성격의 소유자이기도 했다. 전투 중에는 주저 없이 사람을 죽였고 후회 따위는 전혀 하지 않았다.

　실내에 들어서기 전에 문 앞에서 반드시 노크를 한다는 사실도 루크 하사의 됨됨이를 잘 보여 준다. 왜냐하면 그는 노크하지 않고 실내에 들어설 권리가 있었기 때문이다.

　실내에 있던 두 사람이 저녁을 먹다가 고개를 들었다. 그 가운데 한 사람이 다리를 뻗어 낡은 포켓용 트랜지스터에서 경쾌하게 흘러나오는 지직거리는 소리를 끄고는 물었다. 라산 데버즈였다.

"책을 더 가져온 겁니까?"

루크 하사는 단단하게 감아 놓은 원통형 필름을 내밀며 뒤통수를 긁적거렸다.

"이것은 오레 기술자의 물건이라 다시 돌려주어야 합니다. 아이들한테 보낼 거라고 하더군요, 일종의 기념품으로."

듀켐 바 노인이 흥미롭다는 표정으로 원통형 필름을 받아 이리저리 살피며 물었다.

"그 기술자는 이것을 어디에서 구했지? 그 사람한테는 수신기도 없을 텐데?"

루크 하사는 당연하다는 듯 고개를 끄덕이더니 침대 발치에 있는 고물을 가리켰다.

"저것이 여기에 있는 유일한 수신기입니다. 오레라는 친구는 우리가 정복한 돼지우리 같은 여러 행성 가운데 한 곳에서 그 책을 손에 넣었다고 합니다. 커다란 선물 안에 있있는데, 그 책을 빼앗으려고 원주민 몇 명을 죽여야 했다지요."

루크 하사가 감탄하는 표정으로 그 책을 다시 바라보다가 덧붙였다.

"훌륭한 기념품이 될 겁니다, 아이들한테는."

그는 잠시 입을 다물다가 재빨리 다시 말했다.

"그런데 굉장한 뉴스가 돌아다니고 있어요. 헛소문이라고 치부하기에는 정말 굉장한 뉴스예요. 사령관이 다시 해내셨답니다."

루크 하사가 말을 마치고 심각한 표정으로 고개를 끄덕였다.

데버즈가 물었다.

"그래요? 무엇을 해냈다는 겁니까?"

루크 하사가 웃음을 터뜨리며 자랑스럽게 대답했다.

"포위망을 완성하셨답니다. 정말 대단하지 않아요? 정말 멋지지 않아요? 공상적인 이야기에 능숙한 제 친구가 그러는데 포위망 구축 작업 전체가 마치 천체에서 흘러나오는 선율처럼 부드럽게 진행되었다고 표현하더군요."

"지금부터 대규모 공격이 시작되는 거요?"

듀켐 바 노인이 은근한 어조로 묻자, 루크 하사가 단호하게 대답했다.

"그러면 좋겠습니다. 이제 팔도 다 나았으니 소속 전함으로 돌아가고 싶습니다. 여기에서 빈둥거리고 있으니까 지겨워 죽겠습니다."

"그건 나도 마찬가지랍니다."

데버즈가 아랫입술 한쪽을 깨물더니 갑자기 무섭게 중얼거렸다.

루크 하사가 의심스러운 눈으로 데버즈를 쳐다보다가 말했다.

"이제 가 보겠습니다. 함장이 순찰할 시간이니, 이곳에 있다가 들키면 큰일입니다."

루크 하사가 문가로 가다가 멈추더니 갑자기 수줍은 표정으로 데버즈한테 말했다.

"그런데…… 아내가 전갈을 보냈는데 선생님이 주신 조그만 냉동기를 잘 쓰고 있다고 합니다. 비용도 거의 안 들이고 한 달 치 식량을 완벽하게 냉동할 수 있답니다. 감사합니다."

"괜찮아요. 잊어버려요."

빙그레 웃는 루크 하사의 얼굴 앞에서 육중한 문이 소리 없이 닫혔다.

듀켐 바 노인이 의자에서 일어났다.

"으음, 저 친구가 냉동기에 대한 보답으로 좋은 선물을 가져왔군. 어떤 책인지 볼까? 아! 제목이 떨어져 나갔군."

듀켐 바 노인이 필름을 1미터 정도 풀어 가며 빛에 비추어 보다가 중얼거렸다.

"하사 말마따나 여기에서 가만히 빈둥거리고 있기가 정말 지겹군. 이 책은 『수마의 정원』이오, 데버즈."

"그래요?"

무역상이 흥미 없다는 투로 대답했다. 그리고 남은 음식을 한쪽으로 치우며 덧붙였다.

"여기에 앉아 보시죠, 선생. 옛날에 나온 문학 같은 건 나한테 아무런 소용이 없으니까요. 하사가 하는 말을 들었습니까?"

"들었소. 그게 어떻다는 거요?"

"공격이 시작될 겁니다. 그런데 우리는 여기에 처박혀 있으니!"

"가고 싶은 데라도 있다는 거요?"

"내 말이 무슨 뜻인지 알잖습니까. 가만히 기다리는 건 아무런 소용이 없어요."

"그렇소?"

듀켐 바 노인은 송신기에서 낡은 필름을 조심스럽게 꺼내고 새것을 집어넣으며 계속 말했다.

"지난 한 달 동안 당신이 나에게 파운데이션의 역사를 아주 많이 들려주었는데, 내 귀에는 커다란 위기 때마다 과거의 위대한 지도자들은 가만히 앉아서 기다리기만 한 것처럼 들리더군."

"하지만 선생, 그들은 무엇을 어떻게 해야 할지 알고 있었답니다."

"그렇소? 내가 듣기에는 위기가 끝난 다음에 그렇게 말한 것 같던데. 물론 그 말이 맞을 수도 있겠지. 하지만 설사 그들이 그런 걸 몰랐다 해서 상황이 그런 식으로 풀리지 않았거나 좋아지지 않았으리란 증거는 어디에도 없소. 경제적·사회적 방향성은 어느 개인의 능력에 의해 정해지는 게 아니라오."

데버즈가 코웃음을 쳤다.

"상황이 더 나빠지지 않았으리란 증거도 없죠. 선생은 지금 결과론적으로 말하는 겁니다."

데버즈가 이렇게 말하고는 무언가를 깊이 생각하다가 불쑥 제안했다.

"가령 내가 그자를 살해한다면?"

"누구? 벨 라이오즈?"

"그래요."

듀켐 바 노인이 한숨을 쉬었다. 오래전 과거가 떠올라서 괴로운 눈빛이었다.

"암살은 해결책이 아니오, 데버즈. 예전에 스무 살 때 도발적으로 그런 적이 있었는데…… 해결된 건 하나도 없었소. 사이웨나에서 악당 한 명을 제거했을 뿐 제국의 굴레를 벗겨 낼 순 없었소. 중요한 건 악당 한 명이 아니라 바로 제국의 굴레요."

"하지만 벨 라이오즈는 단순한 악당이 아니에요, 선생. 그자는 저 몹쓸 군대 그 자체죠. 그자가 사라지면 군대도 무너질 겁니다. 군대 전체가 그자한테 아기처럼 매달리고 있으니까. 루크 하사도 그자 이야기만 나오면 좋아서 어쩔 줄 모를 정도로 말이에요."

"그래도 마찬가지요. 다른 군대와 다른 장군도 많소. 좀 더 근본적인 문제를 바라보아야 하오. 예를 들면 브로드릭 같은 자도 있소. 황제와 그 누구보다 가까운 자요. 그는 벨 라이오즈가 전함 열 척으로 끙끙대고 있는 곳에 전함 수백 척을 끌어올 수도 있소. 나는 세간에 도는 풍문으로 그자에 대해 잘 알고 있소."

"그래요? 그자는 또 어떤 사람이죠?"

무역상의 두 눈에서 좌절감과 날카로운 호기심이 동시에 떠올랐다.

"그자에 대해서 듣고 싶소? 그자는 천한 출신의 악당이오. 끊임없는 아부로 황제의 변덕을 채워 주지. 똑같은 기생충에 불과한 황궁 귀족들 모두가 그자를 싫어하오. 출신 가문도 비천하고 겸손한 자세도 보이지 않기 때문이오. 그자는 국정 전반에 걸쳐서 황제의 고문을 맡고 있지만 최악의 문제에서는 황제의 앞잡이를 자처하오. 그자한테 불신감은 선택이고 충성심은 필수요. 그렇게 사악하고 노골적으로 자신의 이익을 추구하는 자는 제국 어디에도 없소. 소문에 의하면 그자를 통하지 않고서는 황제의 은총을 받을 수 없다 하고, 추악한 행위를 통하지 않고서는 그자의 신임을 얻을 수 없다 하오."

데버즈가 말끔하게 다듬은 턱수염을 쓰다듬으며 골똘히 생각했다.

"대단하구먼! 황제가 자신의 충복을 여기에 보내서 벨 라이오즈를 감시하게 만든 거군요. 나한테 좋은 생각이 떠올랐는데, 어때요?"

"알 것 같소."

"그 브로드릭이란 자가 우리의 젊은 사령관을 싫어하게 된다면 어떻겠습니까?"

"아마 이미 싫어하고 있을 거요. 누구를 좋아할 능력이 없는 자니까."

"그게 아주 심해진다면. 황제는 그 말을 들을 거고 벨 라이오즈는 곤경에 빠질 겁니다."

"으흠. 그럴듯하오. 하지만 어떻게 그렇게 한다는 거요?"

"모르겠군요. 뇌물을 주는 건 어떨까요?"

귀족이 다정하게 웃었다.

"그것도 좋은 방법이겠지. 하지만 하사한테 뇌물을 주는 방식으론…… 조그만 냉동기 정도론 안 될 거요. 그리고 설사 그 욕심을 채워 주다 해도 그만한 값어치는 못 할 거요. 그자처럼 뇌물을 잘 받는 자도 없겠지만 그렇게 기본적인 신의조차 없는 자도 없으니 말이오. 아무리 많은 뇌물을 주어도 그자는 꿀꺽 삼킨 다음 오리발을 내밀고 말 거요. 다른 방법을 생각하시오."

데버즈는 무릎에 한 발을 올려놓고 발가락을 끊임없이 꼼지락거렸다.

"지금 막 떠오른 생각인데……"

데버즈가 갑자기 입을 다물었다. 문에 달린 신호등이 다시 깜박거리더니 하사가 문턱을 넘어왔다. 잔뜩 흥분한 얼굴이었다. 빨갛게 달아오른 넓적한 얼굴에 웃음기가 없었다.

루크 하사가 잔뜩 흥분한 상태로 대뜸 고맙다는 말부터 꺼내기 시작했다.

"선생님, 냉동기를 주셔서 정말 고맙습니다요. 한낱 농부의 자식에 불과한 저를 선생님처럼 고귀한 분께서 항상 친절하게 대해 주시는 것도 고맙고요."

얼마나 흥분했는지, 플레아데스 사투리가 너무 강해서 제대로 알아들을 수도 없었다. 오랫동안 갈고닦은 병사 특유의 자세도 완전히 사라지고 농사꾼 본래의 모습이 그대로 드러난 것이다.

듀켐 바 노인이 다정하게 물었다.

"무슨 일이오, 하사?"

"브로드릭 경이 선생님을 만나러 올 겁니다요. 내일! 함장님이 저한테 부하들이 입을 예복을 점검하라고 시켜서 알았습지요. 선생님한테 미리 알려 줘야 한다고 생각했습지요."

듀켐 바 노인이 대답했다.

"고맙소, 하사, 정말 고맙소. 하지만 괜찮소이다, 하사. 그럴 필요까지는……."

루크 하사의 얼굴에 공포의 그림자가 또렷하게 어렸다. 그가 거친 어투로 속삭였다.

"그 사람에 대한 소문을 못 들으셨군요. 그 사람은 우주의 악마에게 영혼을 팔았답니다요. 아니, 웃지 마세요. 정말 끔찍한 소문이 돌아다닙니다요. 그 사람은 어디를 가든 전자총으로 무장한 수행원을 데리고 다니는데, 심심할 때마다 앞에 있는 사람을 쏘라고 한답니다요. 그래서 그걸 구경하며 재미있어한답니다요. 소문에 의하면 황제도 그 사람을 두려워한대요. 황제한테 세금을 올리게 한 것도 바로 그 사람이고 백성들의 불만이 그 귀에 들어가지 않도록 막는 것도 바로 그 사람이래요.

그리고 그 사람은 장군을 싫어한다고 합니다요. 그래서 장군을 잘 죽이는데, 그 이유는 장군들이 아주 잘나고 똑똑하기 때문이라고 합니다요. 하지만 우리 사령관님은 그렇게 만만한 상대가 아닌 데다가 브로드릭 경이 나쁜 사람이라는 걸 알고 있어서 그렇게 하지 못한 겁니다요."

루크 하사가 눈을 끔뻑이다가 자신이 내뱉은 장광설에 놀라며 수줍은 표정으로 웃었다. 문으로 향하던 그가 머리를 끄덕이며 덧붙였다.

"제 말을 명심하세요. 그 사람을 조심하세요."

루크 하사가 고개를 숙이며 나갔다.

데버즈가 고개를 들어 똑바로 쳐다보며 말했다.

"일이 제대로 풀려 나가는 것 같군요, 선생?"

"브로드릭한테 달렸겠지, 그렇지 않소?"

하지만 데버즈는 생각에 골몰해 이 말을 듣지 않았다. 그는 열심히 생각하고 있었다.

두 사람이 갇혀 지내는 좁은 공간으로 브로드릭 경이 머리를 숙이며 들어서자 무장 경호원 두 명이 재빨리 뒤쫓아 들어와 잔뜩 찡그린 험상궂은 표정으로 총구를 겨눈 채 노려보았다.

브로드릭 특사는 악마한테 영혼을 판 사람처럼 보이지 않았다. 설사 우주의 악마가 그 영혼을 샀다 해도 그 흔적은 조금도 남기지 않은 것 같았다. 오히려 군대의 딱딱하고 황량한 분위기에 왕궁에서나 느낄 수 있는 생기를 불어넣은 느낌이었다.

한 점의 얼룩도 없이 반짝거리는 몸에 딱 맞는 의상은 브로드릭이 높은 곳에서, 냉혹하고 무표정한 눈으로, 콧대를 잔뜩 세우고 무역상을 내려다본다는 착각을 일으켰다. 브로드릭이 상앗빛 지팡이를 짚고 몸을 우아하게 기댈 때 손목에서 화려한 주름 장식이 얇게 펄럭거렸다.

브로드릭이 조그맣게 손짓하며 말했다.

"아니야. 그대로 있어. 장난감은 잊어버려. 내가 온 건 그것 때문이 아니니까."

브로드릭이 의자 하나를 당겨서 하얀 지팡이 끝에 달려 있는 진주색 사각 천으로 먼지를 세심하게 털어 내고 앉았다. 데버즈가 의자에 앉은 상대를 쳐다보았지만 브로드릭은 느긋하게 말했다.

"제국의 귀족 앞이니 자네는 그대로 서 있게."

브로드릭은 빙그레 웃었다.

데버즈가 어깨를 으쓱하며 물었다.

"내가 거래하는 물품에 관심이 없다면 나를 찾아서 여기까지 온 이유가 뭡니까?"

브로드릭 특사가 냉혹한 표정으로 기다리자, 데버즈가 천천히 덧붙였다.

"각하."

그제야 브로드릭은 대답했다.

"은밀한 대화를 나누기 위해서. 내가 쓸데없는 장난감이나 조사하려고 200파섹이나 되는 거리를 달려올 것 같은가? 내가 보고 싶은 건 자네야."

브로드릭은 멋들어지게 조각된 상자에서 조그만 분홍색 알약 하나를 꺼내 이 사이에 조심스럽게 집어넣고 천천히 음미하며 빨아 먹었다. 그리고 다시 말했다.

"예를 들면, 자네는 누구인가? 이번에 군사적 광란을 일으킨 저 야만국의 시민이 맞는가?"

데버즈가 진지하게 고개를 끄덕였다.

"그리고 자네는 그자가 전쟁이라고 부르는 이 시시한 싸움이 일어나기 전에 그자한테 체포된 게 맞는가? 우리 젊은 사령관 말일세."

데버즈는 다시 고개를 끄덕였다.

"그렇군! 아주 좋아, 우리의 소중한 이방인 친구. 자네의 훌륭한 말솜씨가 지금 최소한으로 줄어든 건 같군. 자네가 활발히 말할 수 있는 분위기를 내가 만들어 주지. 우리 사령관이 지금 여기에서 엄청난 화력을 퍼부어 가며 분명히 아무런 의미도 없는 전쟁을 벌이려는 것 같아. 논리적인 사람한테는 총알 한 방 쏠 가치도 없는 것처럼 보이는 벼룩처럼 조그마한, 은하계 어디에 처박혀 있는지도 모르는 행성을 대상으로 말이야. 하지만 우리 사령관은 비논리적인 사람이 아니야. 오히려 아주 똑똑한 사람이라고 할 수 있지. 무슨 말인지 알겠나?"

"그런 것 같지 않더군요, 각하."

브로드릭이 자신의 손톱을 살펴보며 말했다.

"그렇다면 더 들어 보게. 우리 사령관은 사소한 영광 때문에 부하와 전함을 희생시킬 사람이 아니야. 물론 그자는 제국의 명예와 영광을 말하고 있지만 먼 옛날의 영웅 시대에 등장하는 반인반신의 영웅이 되고 싶은 그런 욕망은 아닌 게 분명해. 여기에는 영광 이상의 무언가가 있어. 그리고 그자는 아무 쓸모도 없는 자네를 이상할 정도로 돌보고 있어. 만일 자네가 내 포로인데 우리 사령관한테 한 것처럼 쓸모없는 말을 했다면 나는 자네 배를 갈라서 그 창자로 자네 목을 졸랐을 거야."

데버즈는 꿈쩍도 하지 않았지만, 두 눈을 살짝 움직여서 험상궂은 표정으로 서 있는 브로드릭의 경호원을 한 명씩 살폈다. 모두 만반의 준비를 갖추고 있었다.

브로드릭이 빙그레 웃었다.

"좋아, 이제는 입을 꾹 다물고 있군. 우리 사령관의 보고에 따르면 자네한테는 정신 탐침도 소용이 없다는데, 그건 우리 사령관이 실수한 거야. 아니면 우리의 멋쟁이 젊은 사령관이 거짓말했거나."

브로드릭은 기분이 아주 좋은 것 같았다.

"우리 정직한 무역상 양반. 나한테도 정신 탐침이 있네. 자네한테 특히 잘 맞는 탐침기. 이걸 보게……."

브로드릭은 분홍색과 노란색으로 정교한 도안을 그려 넣은 사각형 종이 한 장을 엄지와 검지 사이로 가볍게 꺼내 들었다.

데버즈는 한눈에 그 정체를 알아보았다.

"지폐처럼 보입니다만."

"그래, 맞아. 황제의 영토보다 더 광대한 내 영지에서 발행했기 때문에 제국 전역에서 신용도가 가장 높은 지폐야. 10만 크레디트. 그게 여기에 있네! 두 손가락 사이에! 이걸 자네한테 주지!"

"그 대가가 뭡니까, 각하? 저는 정직한 무역상입니다. 무엇이든 받는 게 있으면 주는 게 있지요."

"그 대가? 진실! 우리 사령관이 추구하는 진짜 목적이 뭐냐? 그자가 여기에서 전쟁을 일으키는 이유가 뭐냐?"

라산 데버즈는 한숨을 내쉬고 턱수염을 천천히 쓰다듬었다. 그리고 물었다.

"사령관이 추구하는 진짜 목적이 뭐냐고 물으셨습니까?"

데버즈는 지폐를 한 장씩 천천히 세는 브로드릭의 두 손을 쳐다보다가 대답했다.

"한마디로 제국이죠."

"으으음. 너무나 평범하군! 결국에는 무엇이든 제국으로 이어지니까. 하지만 어떻게? 은하계 끄트머리에서 제국의 최고봉으로 나아가는 매혹적인 방법은 뭐지?"

브로드릭의 말에 데비즈가 씁쓸한 투로 대답했다.

"파운데이션에 비밀이 있답니다. 파운데이션에는 책이, 옛날 책이 있단 말입니다. 파운데이션의 지휘부 두세 명만 아는 언어로 적혀 있는 아주 낡은 책. 하지만 그 비밀은 종교 의식의 숭배 대상일 뿐 그 누구도 이용할 수 없지요. 제가 그걸 욕심내다가 여기까지 도망치게 된 거랍니다. 그곳에 돌아가면 저는 사형선고를 받게 될 겁니다."

"그렇군. 그렇다면 그 오래된 비밀이 뭐지? 어서 대답하게, 10만 크레디트를 받을 만큼 상세하게."

"원소의 변성."

데버즈가 짤막하게 대답했다.

브로드릭이 초연한 자세를 잃고 두 눈을 가늘게 뜨며 물었다.

"원자 법칙에 따르면 실제적인 원소의 변성은 불가능하다고 들었네."

"그렇지요, 원자력을 이용한다면……. 하지만 고대인은 두뇌가 좋았답니다. 원자보다 훨씬 강하고 훨씬 근본적인 동력원이 여러 개 있습니다. 만약 파운데이션이 그런 동력원을 이용한다면……."

데버즈는 무언가가 배 위로 기어가는 듯한 부드러운 느낌을 받았다. 이제 미끼를 던졌고 물고기가 그 냄새를 맡았다.

브로드릭이 갑자기 재촉했다.

"계속하게. 사령관이 그 모든 사실을 알고 있는 게 분명해. 그런데 이런 시시껄렁한 일을 끝낸 다음에 어떻게 할 작정이었을까?"

데버즈가 단호한 어조로 말했다.

"원소 변성만 이용하면 제국의 경제를 좌지우지할 수 있습니다. 라이오즈가 알루미늄으로 텅스텐을 만들고 철로 이리듐을 만들어 낼 수 있다면 광물자원의 가치는 바닥으로 떨어지겠지요. 어떤 원소는 부족하고 어떤 원소는 풍부하다는 사실에 기초해서 생겨난 현재의 생산 구조가 뿌리째 흔들릴 겁니다. 그러면 제국에는 이제껏 볼 수 없었던 대혼란이 일어날 테고 그 혼란을 잠재울 사람은 벨 라이오즈 한 사람밖에 없게 될 게 분명합니다. 그런데 제가 말씀드린 이 새로운 동력원이 가진 문제라면, 벨 라이오즈는 그것을 사용해도 종교적인 가책을 받지 않는다는 사실입니다.

그를 막을 수 있는 방법은 하나도 없습니다. 그는 지금 파운데이션의 목줄을 단단히 움켜쥐고 있답니다. 이번 일만 제대로 끝내면 그는 2년 안에 황제가 될 수 있다 이 말이죠."

브로드릭이 가볍게 웃었다.

"그래…… 철로 이리듐을 만든다고 했나? 좋아, 내가 국가 기밀 하나를 알려 주지. 파운데이션이 이미 사령관과 협상을 시작했다는 사실을 알고 있나?"

데버즈는 몸이 굳었다.

"놀란 것 같군. 그렇겠지. 이제 알 것 같아. 그들은 평화를 조건으로 1년에 이리듐 100톤을 주겠다고 제안했어. 살기 위해서 종교적인 금기를 어기고 쇠 100톤을 이리듐으로 변성해서 주겠다, 굉장한 제안이야. 하지만 우리의 청렴결백하고 근엄한 사령관께서 단호하게 거절한 게 너무나 당연해. 이리듐이랑 제국을 모두 가질 수 있으니 말이야. 불쌍한 클레온은 그를 아주 정직한 사령관이라고 칭찬했는데. 수염 난 장사꾼 양반, 약속한 돈을 받게."

브로드릭이 돈을 던지는 바람에 데버즈는 사방에 날아다니는 돈을 쫓아다녀야 했다.

브로드릭이 문에서 멈추더니 뒤돌아보며 덧붙였다.

"하나 명심할 것이 있네, 장사꾼. 여기에 총을 들고 있는 내 부하들은 귀도 없고 혀도 없으며 교육을 못 받아서 생각도 없어. 듣고 말하고 쓰는 법을 모르며 정신 탐침에 아무런 반응도 안 나타나. 하지만 흥미진진하게 사형을 집행하는 실력만은 정말 탁월하지. 난 자네를 10만 크레디트에 샀어. 자네는 그만한 가치가 있는 좋은 상인이야. 자네가 나한테 팔렸다는 사실을 잊고 행여나…… 나한테 한 말을 벨 라이오즈한테 그대로 한다면 자네는 죽은 목숨이 될 걸세. 나만의 독특한 방식으로."

그토록 섬세한 얼굴에 갑자기 잔혹한 표정이 떠오르며 세련된 미소가 빨간 입술로 으르렁대는 짐승처럼 변했다. 짧은 순간이지만 데버즈는 상대의 눈에서 우주 악마를 보았다.

데버즈는 브로드릭의 경호원 두 명이 내민 전자총 앞을 조용히 지나서 자신의 거처로 돌아갔다.

기다리던 듀켐 바의 질문에 데버즈는 비교적 만족스레 대답했다.

"아니, 바로 그게 가장 이상한 부분이에요. 그자가 나한테 뇌물을 주었으니까요."

2개월에 걸친 어려운 전투는 벨 라이오즈에게 커다란 영향을 미쳤다. 항상 무거운 분위기가 감돌았고 성미도 급해졌다.

자신을 숭배하는 루크 하사한테 지시할 때도 초조한 기색이 가득했다.

"밖에서 기다리게, 병사. 내가 끝내면 이 사람들을 숙소로 데려가도록. 내가 부를 때까진 아무도 들여보내지 말고. 그 누구도, 알겠나?"

하사는 힘차게 경례하고 밖으로 나갔다. 벨 라이오즈는 책상에 놓여 있는 미결 서류를 역겹다는 듯 낚아채서 윗서랍에 던져 넣고 서랍을 쾅 닫았다. 그리고 가만히 기다리는 두 사람한테 짤막하게 말했다.

"앉으세요. 시간이 많지 않습니다. 엄격하게 말해서 내가 여기에 오면 안 되지만 당신들을 만날 필요가 있어서……."

벨 라이오즈는 듀켐 바 노인을 쳐다보았다. 노인은 황제 클레온 2세의 엄숙한 얼굴이 조각된 수정 흉상을 흥미롭게 바라보며 기다란 손가락으로 만지작거리고 있었다.

사령관이 말했다.

"우선, 당신의 셸던이 지고 있습니다. 확실히 그는 잘 싸우고 있어요. 파운데이션 병사들이 마치 벌 떼처럼 이리저리 날아다니며 정신없이 달려드니 말입니다. 어느 행성이건 맹렬히 저항하다가 점령된 다음에는 정복하는 데 걸린 시간만큼 반란을 일으키지요. 하지만 결국에는 손을 들고 항복하기 마련입니다. 당신의 셀던도 지금 그런 과정을 겪고 있어요."

"하지만 아직 완전히 패한 건 아니오."

듀켐 바 노인이 정중하게 중얼거렸다.

"하지만 파운데이션은 당신처럼 낙관적이지 않아요. 그들은 나에게 셀던을 마지막 시험대에 올리지 않는 조건으로 몇백만 크레디트나 주겠다고 제안했답니다."

"그런 소문이 돌더군."

"아, 그런 소문을 나보다 먼저 들었단 말입니까? 그럼 최신 정보도 들었나요?"

"최신 정보라니?"

"황제의 총애를 받는 브로드릭 경이 자청해서 부사령관으로 임명되었다는 사실 말입니다."

데버즈가 처음으로 말문을 열었다.

"브로드릭이 자청했다고 했나요, 대장? 어떻게 그런 일이? 그자가 대장 마음에 들기라도 한 겁니까?"

데버즈가 껄껄대며 웃었다.

벨 라이오즈는 차분하게 대답했다.

"아니야, 그런 건 아니야. 그자가 적당한 가격으로 그 지위를 산 것뿐이야."

"예를 들면?"

"황제에게 증원을 요청하는 것 같은 거."

데버즈의 얼굴에서 경멸스러운 미소가 번져 나갔다.

"그자가 황제한테 연락을 한 건가요? 그렇다면 지원 병력이 금방 도착할 테니, 당신은 그들이 도착하기만 기다리고 있는 거군요?"

"틀렸어. 그들은 이미 도착했어. 멋지고 강력한 전함 다섯 척이 황제 폐하의 축하 전문을 가지고 일렬로 날아왔다고. 지금 더 많은 전함이 오는 중이야. 뭐가 잘못됐나, 무역상?"

벨 라이오즈가 비꼬듯이 말하자, 데버즈가 갑자기 얼어붙은 입술 사이로 간신히 말했다.

"아닙니다."

벨 라이오즈가 책상 뒤에서 뚜벅뚜벅 걸어 나와 전자총 개머리판에 손을 얹은 채 무역상을 노려보았다.

"잘못된 게 뭐냐고 물었어, 무역상. 그 소식이 당신의 심기를 건드린 것 같군. 설마 갑자기 파운데이션에 관심이 생긴 건 아닐 테고."

"그렇지요."

"그래, 당신한테는 이상한 점이 몇 가지 있어."

"그런가요, 대장? 그게 뭔지 차례대로 말해 봐요, 내가 모조리 해명할 테니까."

데버즈는 딱딱하게 웃으면서 주머니에 넣은 주먹에 힘을 주었다.

"좋아, 내가 말하지. 우선 당신은 너무 쉽게 잡혔어. 대포 한 방에 방어벽이 무너져서 항복했지. 그리고 자기 나라를 너무 쉽게 버렸고, 아무런 대가도 없이. 하나같이 재미있는 사실들 아닌가?"

"나는 승자 편에 서고 싶은 것뿐입니다, 대장, 당신이 말했듯이 나는 분별력 있는 사람이니까요."

벨 라이오즈가 잔뜩 굳은 목소리로 말했다.

"그렇지. 그러나 당신 이후로는 무역상을 단 한 명도 생포할 수 없었어. 모든 무역선이 한껏 속력을 내며 달아났거든. 경순양함이 포격을 퍼부어 대도 모든 무역선이 방어벽으로 막아 내며 무섭게 달려들었고. 필요할 경우에는 모든 무역상이 목숨을 걸고 덤벼들었지. 그리고 우리가 점령한 행성에서 게릴라전을 선동하는 지도자는 물론 우리가 점령한 우주 공간에서 기습 공격을 가하는 세력도 전부 무역상임이 밝혀졌어.

그렇다면 분별력 있는 무역상은 당신밖에 없단 건가? 당신은 싸우지도, 저항하지도, 도망치지도 않았어. 그리고 주저하지 않고 조국을 배신했어. 아주 독특한 사례지, 정말 독특한 사례. 아주 의심스러울 정도로."

데버즈는 부드럽게 대답했다.

"무슨 뜻인지 알겠군요. 하지만 그건 추측일 뿐입니다. 나는 이곳에서 6개월을 지내는 동안 아무 말썽도 부리지 않았습니다."

"그랬지. 그래서 나도 당신을 잘 대우했고 당신 무역선도 손대지 않고 모든 배려를 다 해 주었어. 그러나 당신은 기대에 못 미치고 있어. 가령 당신의 장난감에 대해 숨김없이 설명했더라면 아주 큰 도움이 되었을 텐데 말이지. 그 장난감을 만든 원자력의 기본 원리는 파운데이션의 짜증스러운 무기를 만드는 데도 그대로 적용된 것 같은데, 맞지?"

"난 무역상에 불과해요. 일류 기술자가 아니란 말입니다. 장난감을 판매하는 사람이지 장난감을 만드는 사람이 아니란 말이에요."

"좋아. 그건 곧 밝혀지겠지. 그것 때문에 내가 왔으니까. 요컨대 당신 무역선에 개인용 역장 방어벽이 있는지 조사할 거야. 당신은 그것을 한 번도 착용하지 않았지. 그러나 파운데이션의 모든 병사는 그것을 착용하고 있더군. 그것은 당신이 나한테 알려 주지 않은 정보가 있다는 훌륭한 증거가 될 거야. 그렇지 않아?"

대답이 없자 벨 라이오즈가 계속 말했다.

"더 직접적인 증거도 있을 거야. 나는 정신 탐침을 가져왔어. 전에는 실패했지만 적과 접촉하다 보면 아주 많은 걸 배우게 되지."

은근히 위협하는 목소리와 동시에 데버즈는 옆구리에 와 닿는 딱딱한 총구를 느꼈다.

사령관이 조용히 말했다.

"팔찌를 비롯한 금속 장신구를 모두 벗어서 건네줘. 천천히! 알다시피 원자력장이 왜곡될 수도 있으니까. 정신 탐침은 정전기 상태로 작동하거든. 그래, 잘했어. 이리 줘."

사령관 책상에 놓여 있는 수신기에 빛이 들어오더니 전문이 든 캡슐 하나가 철커덕 구멍으로 떨어졌다. 근처에서는 여전히 듀켐 바 노인이 황제의 흉상을 만지작거리고 있었다.

벨 라이오즈는 전자총을 손에 들고 책상 뒤로 가면서 듀켐 바 노인한테 말했다.

"당신도 마찬가지입니다, 귀족. 팔찌를 푸세요. 당신은 얼마 전까지 많은 도움을 주었고 나는 보복을 즐기는 사람이 아니에요. 하지만 탐침기 결과에 따라 인질로 잡혀 있는 당신 가족의 운명이 결정될 겁니다."

벨 라이오즈가 전문 캡슐을 꺼내려고 몸을 굽히는 순간 듀켐 바 노인은 수정으로 조각한 클레온 2세의 흉상을 들어서 침착하고 정확하게 사령관의 머리를 내리쳤다.

너무나 갑작스러운 일이라 데버즈는 어리벙벙한 눈으로 보기만 했다. 노인의 가슴속에 갑자기 악마가 들어가기라도 한 것 같았다.

듀켐 바 노인이 이를 악물고 속삭였다.

"나가게! 어서!"

듀켐 바 노인은 벨 라이오즈가 떨어뜨린 총을 집어서 윗옷에 넣었다.

두 사람이 문을 살짝 열고 밖으로 나오자, 루크 하사가 뒤돌아보았다. 듀켐 바 노인이 자연스럽게 말했다.

"앞장서게, 하사."

데버즈는 문을 닫았다.

루크 하사는 아무 말 없이 두 사람을 숙소로 안내하다가 잠시 머뭇거렸지만 다시 걸었다. 누군가가 그의 옆구리에 전자총을 찔러 넣고 "무역선으로."라고 굳은 목소리로 귀에 속삭였기 때문이다.

데버즈는 무역선 기밀실을 열기 위해 앞으로 나갔고, 듀켐 바 노인은 하사한테 이렇게 말했다.

"그대로 서 있게, 루크. 자네는 좋은 사람이고 우리는 자네를 죽일 생각이 없어."

바로 그 순간 총에 새겨진 머리글자를 알아본 하사가 숨이 막힐 듯한 분노를 터뜨리며 소리쳤다.

"당신이 사령관을 죽였어!"

하사가 거칠게 울부짖으며 마구 달려드는 순간 전자총이 불을 뿜어서 하사의 몸을 산산조각 내 버렸다.

무역선은 황량한 행성 위로 솟아올랐다. 부드러운 거미줄이 얽히고 설킨 수정체처럼 보이는 거대한 은하계 하늘을 배경으로 신호등 불빛이 섬뜩하게 깜빡거리기 시작했다. 뒤이어 다른 검은 물체들도 솟아올랐다.

데버즈가 진지하게 말했다.

"꽉 잡아요, 선생. 저 전투선들이 내 무역선을 따라잡을 정도로 빠른지 시험해 보죠."

데버즈는 그들한테 그런 전투선이 없다는 사실을 알고 있었다!

그래서 광활한 우주로 나온 다음 무역상은 생기를 잃은 착잡한 목소리로 말했다.
"브로드릭한테 드리운 낚싯줄이 너무 좋았던 것 같군요. 사령관의 병력 지원 요청까지 들어줄 정도로."
두 사람은 은하계 별무리 깊숙이로 빠르게 날아 들어갔다.

8장
트랜터를 향하여

데버즈는 작고 황량한 행성을 내려다보며 사람이 숨은 흔적을 살폈다. 방향 지시기가 강력한 신호를 보내며 눈앞의 공간을 느리지만 샅샅이 훑고 지나갔다.

한쪽 구석에 놓인 간이침대에 걸터앉아 초조하게 바라보던 듀켐 바 노인이 물었다.

"저들이 쫓아오는 표시는 더 없소?"

무역상 역시 불안한 심정을 노골적으로 드러내며 말했다.

"제국의 병사들? 없어요, 오래전에 따돌렸답니다. 단번에! 초공간으로 뛰어들어서. 태양 한가운데로 빠지지 않은 게 다행이죠. 설사 저들이 우리 무역선보다 빠르다 해도 이제 우리를 따라잡을 순 없을 겁니다."

데버즈는 의자에 등을 기대고 앉아서 칼라를 느슨하게 풀었다.

"제국 병사들이 여기에서 무슨 짓을 했는지 모르겠군요. 몇 가지 흐트러진 것들이 있긴 한데……"

"지금 당신은 파운데이션으로 가려는 거요?"

"연맹을 부르고 있는 중입니다…… 연결이 될지 모르지만."

"연맹? 그게 뭐요?"

"독립 무역상 연맹. 한 번도 들어 본 적이 없습니까? 으음, 선생만 그런 건 아니겠지요. 아직은 우리가 수많은 사람을 감탄시킨 적이 한 번도 없으니까."

두 사람은 아무런 반응도 없는 수신 표시기를 바라보며 침묵했다.

듀켐 바 노인이 입을 열었다.

"우리가 지금 통신 범위 안에 있긴 한 거요?"

"모르겠군요. 정신없이 도망치느라 여기가 어디인지도 모르니 말입니다. 방향 지시기를 켜 놓아야겠어요. 몇 년이 걸릴 수도 있겠네요."

"혹시 저게?"

듀켐 바 노인이 뭔가를 가리키자, 데버즈는 벌떡 일어나 이어폰을 조정했다. 작고 어두운 공간에서 백색이 희미하게 반짝거리고 있었다.

데버즈는 느린 빛으로 도달하는 데만 500년이나 걸리는 거리의 두 지점을 초공간으로 연결하는 섬세한 통신 전파선을 30분가량 만지작거렸다.

한참 후 데버즈는 실망한 표정으로 다시 의자에 등을 기댔다. 그리고 고개를 들어서 이어폰을 뺐다.

"어쨌든 뭘 좀 먹도록 하죠, 선생. 원한다면 바늘광선 샤워를 할 수도 있지만 뜨거운 물로 하는 게 좋을 겁니다."

데버즈가 한쪽 벽에 나란히 세워 놓은 캐비닛 가운데 하나를 열고 쭈그리고 앉아서 내부를 뒤적거리며 물었다.

"설마 채식주의자는 아니겠죠?"

듀켐 바 노인이 대답했다.

"난 아무거나 잘 먹소. 그런데 연맹은 어떻게 된 거요? 그들을 잃어버린 거요?"

"그런 것 같네요. 범위가 너무 멀어요, 지나치다 싶을 정도로. 하지만 염려할 건 없습니다. 애초에 그럴 가능성도 생각하고 있었으니까."

데버즈가 똑바로 일어나 탁자에 금속 용기 두 개를 내려놓으며 덧붙였다.

"5분만 기다렸다가 접촉부를 눌러서 여세요. 접시도 나오고 음식도 나오고 포크도 나오니까. 급할 때는 편리하답니다. 냅킨 같은 사소한 물건이 없어도 된다면. 어쨌든 선생은 내가 연맹한테 받은 정보가 무언지 알고 싶은 것 같군요."

"비밀이 아니라면."

데버즈는 고개를 저었다.

"선생한테는 아닙니다. 벨 라이오즈가 말한 내용이 사실이에요."

"공물을 바치겠다는 제안 말이오?"

"그래요. 그들이 제안했다가 거절당했다는군요. 상황이 안 좋아요. 지금 로리스 행성 외곽 태양에서 전투가 일어났다고 하니까."

"로리스라면 파운데이션 근처인가?"

"응? 선생은 모르겠군요. 네 왕국 가운데 하나인데 내부 방위 전선 가운데 하나라고 볼 수 있지요. 하지만 더 커다란 문제가 있습니다. 그들은 지금까지 한 번도 본 적이 없는 거함과 싸우고 있어요. 그 말은 벨 라이오즈가 지금까지 우리들한테 아무 얘기도 안 했다는 뜻이에요. 그는 더 많은 전함을 받았던 겁니다. 내가 엉뚱한 낚싯바늘을 드리워서 브로드릭이 입장을 바꾸었기 때문에."

데버즈는 듀켐 바 노인의 뒤를 이어 음식 용기의 접촉부 버튼을 눌러서 용기가 산뜻하게 열리는 장면을 퀭한 눈으로 지켜보았다. 스튜 같은 요리에서 김이 나면서 음식 냄새가 실내에 퍼졌다. 듀켐 바 노인은 벌써 먹기 시작하고 있었다.

듀켐 바 노인이 말했다.

"그러면 즉흥적인 작전은 여기까지인 건가? 우리가 여기서 할 수 있는 건 하나도 없으니. 제국 군대의 포위망을 뚫고 파운데이션으로 돌아가는 건 무리요. 우리가 할 수 있는 건 여기에서 꾹 참으며 기다리는 것뿐, 그러나 벨 라이오즈가 벌써 내부 방위 전선을 공격하고 있다면 그리 오래 기다릴 필요는 없을 거요."

이 말에 데버즈가 포크를 내려놓고는 눈을 부라리며 화를 냈다.

"지금 기다린다고 했나요? 선생은 그래도 되겠지요. 손해 볼 게 없으니까."

"내가?"

듀켐 바 노인이 엷게 웃으며 되묻자, 데버즈가 초조한 얼굴로 대답했다.

"그래요, 하지만 나는 현미경 슬라이드로 재미난 구경을 하듯이 전투 과정을 그냥 지켜보기만 하는 데 질렸어요. 지금 전쟁터에서 내 친구들이 죽어 가고 있단 말입니다. 그리고 나의 조국이, 내 고향이 멸망해 가고 있단 말입니다. 당신은 외부인이에요. 그래서 모르는 거죠."

"나도 친구들이 죽어 가는 모습을 보았소."

듀켐 바 노인이 이렇게 말하고는 무릎에 두 손을 힘없이 올려놓고 두 눈을 지그시 감으며 물었다.

"결혼했소?"

"무역상은 결혼하지 않아요."

"으음, 나는 두 아들과 조카가 있소. 그들은 경고를 받았소. 하지만 모종의 이유 때문에 어떤 조치도 취할 수 없었소. 우리가 탈출했다는 건 그들의 죽음을 의미하오. 내 딸과 두 손자가 이 일이 벌어지기 전에 행성 밖으로 무사히 탈출했길 바랄 뿐이오. 그러나 그런 일 말고도 나는 이미 당신보다 많은 위험을 겪었고 많은 걸 잃었소."

데버즈가 침울한 얼굴로 시무룩하게 대답했다.

"알고 있어요. 하지만 그건 선택의 문제였답니다. 선생은 벨 라이오즈랑 노는 편이 나았을 텐데. 하지만 난 선생한테 결코……"

듀켐 바 노인이 고개를 저었다.

"그건 선택의 문제가 아니었소, 데버즈. 부담을 느낄 필요는 없소. 당신 때문에 나 자신을 위험에 빠뜨린 건 아니니까. 물론 나는 벨 라이오즈한테 협력할 수도 있소. 그러나 그자한테는 정신 탐침이 있었소."

사이웨나인 귀족은 눈을 크게 떴다. 침통한 눈빛이었다.

"벨 라이오즈가 예전에 나를 찾아온 적이 있소. 1년쯤 전이었지. 그는 마법사를 숭배하는 종교 이야기를 했지만 진실을 놓치고 있었소. 그건 숭배가 전혀 아니었소. 알다시피 사이웨나가 지금 당신네 나라를 공격하는 세력의 수중에 들어간 지 벌써 40년이 되었소. 그동안 반란이 다섯 차례는 일어났지. 그 후에 내가 해리 셀던의 오래된 기록을 발견했고, 기다리는 '숭배 의식'이 시작된 것이오.

우리는 마법사가 나타나길, 모든 준비를 마치고 나타나길 기다렸소. 그렇게 기다리는 무리를 이끄는 지도자가 바로 내 자식들이오. 그것이 내 마음속에 간직한 비밀이고 탐색기에 들키면 절대 안 되는 비밀이오. 그래서 내 자식들은 인질로 죽어야 하오. 반역자로 죽으면 사이웨나인 절반이 함께 죽기 때문이오. 당신도 알다시피 거기에는 선택의 여지가 없었소. 나는 외부인이 아니오."

데버즈는 눈을 내리깔았고 듀켐 바 노인은 계속 조용히 말했다.

"사이웨나인의 희망은 파운데이션의 승리에 달려 있소. 그 승리를 위해 내 자식들이 희생하는 거요. 그리고 해리 셸던은 파운데이션의 필승을 예언했지만 사이웨나의 궁극적인 해방까지 예언하진 않았소. 그래서 난 우리 백성의 미래에 확신이 없소……. 간절히 소망할 뿐."

"그러나 선생은 아직도 기다리는 데 만족하고 있군요. 로리스 행성에 제국 해군이 진격했다는데도 말입니다."

듀켐 바 노인이 짤막하게 대답했다.

"그래도 나는 절대적인 확신을 가지고 기다릴 거요. 설사 그들이 터미너스 행성에 착륙한다고 해도 말이오."

무역상은 절망스러운 표정으로 얼굴을 찡그렸다.

"난 모르겠군요. 그런 식으론 아무것도 할 수 없을 겁니다. 이건 마법이 아니에요. 심리역사학이든 뭐든, 저들은 무시무시하게 강력하고 우리는 너무나 약해요. 이런 상황에서 셸던이 도대체 무엇을 어떻게 할 수 있겠습니까?"

"특별히 해야 할 일은 없소. 모든 미래는 이미 결정되었소. 지금 그쪽으로 나아가고 있을 뿐이오. 바퀴 돌아가는 소리랑 종 치는 소리가 들리지 않는다고 해서 확실하지 않다고 할 순 없소."

"그럴 수도 있겠지요. 그래도 선생이 벨 라이오즈의 머리를 확실히 부수어 버렸다면 훨씬 좋았을 텐데. 그자는 군대 전체보다 위험한 적이니까요."

듀켐 바 노인의 얼굴이 혐오감으로 일그러졌다.

"머리를 깨부순다고? 브로드릭이 부사령관인데? 그러면 사이웨나인 모두가 인질이 되었을 거요. 브로드릭의 진가는 오래전부터 증명되었소. 5년 전에 열 명 가운데 한 명꼴로 남자들이 살해당한 행성이 있소. 터무니없는 세금을 못 냈다는 이유 하나로. 당시 세금 징수 책임자가 바로 브로드릭이었소. 안 돼, 벨 라이오즈는 살아야 하오. 브로드릭이랑 비교하면 그가 내릴 징벌은 오히려 자비롭게 여겨질 거요."

"하지만 6개월 동안, 적의 기지에서 6개월이란 시간을 보내는 동안 그런 징후는 못 보았습니다. 하나도 못 보았어요!"

데버즈가 억센 두 손을 굳세게 맞잡았다. 관절 꺾이는 소리가 날 정도였다.

"그래, 잠깐만 기다리시오. 그 말을 듣고 방금 떠오른 게 있소."

듀켐 바 노인이 주머니를 뒤져 조그만 금속 캡슐 하나를 탁자에 올려놓으며 덧붙였다.

"이걸 확인하는 게 좋겠소."

데버즈가 그것을 낚아채며 물었다.

"이게 뭐죠?"

"전문 캡슐. 나한테 얻어맞기 전에 벨 라이오즈가 받은 통신문. 그게 도움이 되지 않겠소?"

"모르겠군요. 이 속에 무엇이 들었느냐에 달려 있겠죠."

데버즈는 의자에 앉아 그것을 조심스럽게 살펴보았다.

듀켐 바 노인은 차가운 물로 샤워하고 나와 에어 드라이어에서 나오는 따뜻한 바람을 맞으며 즐거운 기분을 만끽하다가 작업대에서 깊은 생각에 잠겨 있는 데버즈를 발견했다.

사이웨나인 노인은 자신의 몸을 규칙적으로 날카롭게 두드리며 데버즈한테 강한 어조로 물었다.

"뭘 하고 있는 거요?"

데버즈가 고개를 들었다. 턱수염에서 땀방울이 반짝거렸다.

"이 캡슐을 열려고 하는 중입니다."

"벨 라이오즈의 개인 지표 없이 열 수 있겠소?"

사이웨나인 노인은 약간 놀란 기색이었다.

"이걸 못 열면 난 연맹에서 탈퇴할 것이고 생명이 붙어 있는 동안 무역선에 두 번 다시 오르지 않을 겁니다. 지금 나한테는 삼차원 내부 전자 분석기가 있고 캡슐을 여는 용도로 만든 소형 진동 변성기가 있어요, 제국에는 단 한 대도 없는 변성기. 난 예전에 강도질을 한 적도 있답니다. 무역상이라면 무슨 일이든 할 수 있어야 하니까."

데버즈는 조그만 금속 캡슐 위로 몸을 낮게 굽혀서 작고 납작한 기구로 조심스럽게 탐색하기 시작했다. 기구가 금속 캡슐에 닿을 때마다 순간적으로 붉은 불꽃이 튀었다.

"캡슐을 조잡하게도 만들었군. 제국 군대 놈들은 이런 간단한 작업도 제대로 해내지 못한다니까. 한눈에 알 수 있죠. 파운데이션에서 만든 캡슐을 본 적 있습니까? 일단 크기도 절반 정도밖에 안 되고 전자 분석 따위는 애초에 불가능하죠."

데버즈가 더 힘을 주고 있는지 윗옷 밑 어깨 근육이 긴장하는 게 보였다. 이윽고 조그만 탐침을 천천히 눌렀다.

캡슐이 소리 없이 열리고 데버즈는 안도의 한숨을 내쉬었다. 한 손에 공 모양으로 반짝이는 물체와 혓바닥처럼 펼쳐진 양피지 전문이 들려 있었다.

"브로드릭이 보낸 거군요."

데버즈가 이렇게 말하고는 경멸적인 어투로 덧붙였다.

"이 통신 용지는 내구성이 꽤 좋군요. 파운데이션 캡슐에서는 전문이 1분 만에 산화해서 기체로 변하는데."

듀켐 바 노인이 손을 저어 조용히 시켰다. 그리고 재빨리 전문을 읽었다.

보낸 이 : 황제 폐하의 특사, 궁내대신이자 제국의 귀족 아멜 브로드릭

받는 이 : 사이웨나 군사 총독, 제국군 사령관이자 제국의 귀족 벨 라이오즈

#1120 행성은 더 이상 저항하지 않음. 공격 작전은 예정대로 진행되고 있음. 적의 약화는 명백함. 최종 목표 달성도 확실함.

듀켐 바 노인은 깨알만 하게 적힌 통신문에서 머리를 들어 씁쓸하게 중얼거렸다.

"멍청이! 쓸모없는 주정뱅이! 이것도 전문이라고!"

"왜 그러시죠?"

데버즈가 물었다. 왠지 실망한 말투였다.

듀켐 바 노인이 이를 부드득 갈며 대답했다.

"중요한 내용이 하나도 없소. 우리의 친애하는 아첨꾼 나리께서 사령관 쪽으로 붙었소. 벨 라이오즈가 없는 상황에서 직접 전선 사령관 역할을 하느라 자신과 아무런 관계도 없는 군사 정세에 대해 과장된 보고서나 써 가며 자신의 알량한 자존심을 달래고 있는 것이오. '이런 저런 행성은 더 이상 저항하지 않음.', '공격을 계속하고 있음.', '적이 약해졌음.' 골 빈 녀석 같으니!"

"으음, 잠깐만."

듀켐 바 노인은 실망스러운 표정으로 고개를 돌리며 소리쳤다.

"그냥 내버리시오! 세상을 뒤흔들 만한 정보가 캡슐에 들어 있을 거라는 생각은 애초에 하지 않았지만 전시에는 아주 사소한 명령이라도 제대로 전달하지 않으면 군사 행동에 문제가 생겨서 결국에는 커다란 문제가 되기 십상이오. 그래서 내가 그것을 가져온 것이오. 하지만 이런 쓰레기일 줄이야! 이런 건 그대로 두는 편이 훨씬 좋았소. 그랬으면 벨 라이오즈의 소중한 시간을 조금이라도 빼앗아서 다른 건설적인 일을 하지 못하도록 만들 수 있었을 터인데."

데버즈가 벌떡 일어났다.

"이제 거드름 좀 그만 부리시죠? 원, 어수선해서······."

데버즈가 듀켐 바 노인의 코앞에 은빛 전문을 들이밀며 덧붙였다.

"자, 다시 읽어 봐요. 그자가 말한 최종 목표란 게 뭐죠?"

"그거야 파운데이션 정복이겠지?"

"그래요? 어쩌면 제국 정복을 의미할 수도 있지 않을까요. 그게 그자의 최종 목표라는 사실은 선생도 알고 있잖아요."

"그렇다면 그자가?"

듀켐 바 노인의 말에 데버즈가 웃음을 거두며 중얼거렸다.

"정말 그렇다면! 자, 보세요. 내가 보여 드리죠."

데버즈가 손가락 하나로 머리글자가 새겨진 전문을 캡슐 구멍에 다시 아무렇게나 밀어 넣었다. 그러자 윙 소리와 함께 전문이 안으로 들어가고 캡슐은 원래 모양으로 돌아갔다. 안쪽 어딘가에서 제어장치가 움직이는 소리가 희미하게 났다.

"저들은 벨 라이오즈의 개인 지표가 없으면 이걸 열 방법이 없다고 생각할 겁니다. 그렇지 않나요?"

"제국으로, 맙소사!"

듀켐 바 노인이 중얼거렸다.

"그리고 안에 든 증거물을 우리는 전혀 모르는 겁니다. 우리는 손을 대지 않았으니까."

듀켐 바 노인이 다시 중얼거렸다.

"제국으로, 그래, 제국으로 가는 거야!"

"그러나 황제는 이것을 열 수 있겠죠? 정부 고관의 개인 지표가 카드에 기재되어 있을 테니 말입니다. 파운데이션에서는 그렇거든요."

"제국의 수도에서도 그렇겠지."

듀켐 바 노인이 동의했다.

"그래서 사이웨나의 귀족이자 제국의 귀족인 선생이 클레온 황제에게 폐하의 온순한 앵무새와 가장 우수한 사령관이 결탁해서 황제를 무너뜨리려 한다고 보고하면서 그 증거로 이 캡슐을 건네준다면 황제는 브로드릭의 최종 목표가 무엇이라고 생각할 것 같습니까?"

듀켐 바 노인이 의자에 힘없이 앉더니 메마른 뺨을 톡톡 치며 물었다.

"잠깐만. 당신이 지금 무슨 말을 하는 건지 모르겠소. 설마 진심은 아니겠지?"

데버즈가 흥분해서 대답했다.

"진심이고말고. 들어 봐요. 이런 경우 황제 열 명 가운데 아홉 명은 그들의 목을 자를 겁니다. 그러지 않으면 야심을 품은 장군에 의해 황제 자신의 복부에 구멍이 뚫릴 테니까요. 선생도 예전에 그렇게 말했잖아요. 늙은 황제는 단번에 우리 말을 믿고 벨 라이오즈의 목을 날려 버릴 겁니다."

듀켐 바 노인이 조그맣게 중얼거렸다.

"황제는 신중한 사람이오. 터무니없고 현실성도 없는 중상모략으로 위기를 극복할 수는 없소. 이 캡슐을 손에 넣지 못했다면 어쩔 뻔했소? 브로드릭이 최종이란 표현을 쓰지 않았으면 어쩔 뻔했소? 셀던은 우연한 행운에 의존하지 않소."

"그런 행운이 다가올 경우에 그것을 이용하면 안 된다는 셀던의 법칙도 없죠."

"물론이오. 하지만……."

듀켐 바 노인은 잠시 말을 멈추더니 침착하고 조심스러운 투로 다시 말을 꺼냈다.

"다른 무엇보다 우선 트랜터 행성으로는 어떻게 갈 것이오? 당신은 그 별이 어디에 있는지도 모르고 나는 위치를 추산할 능력이 없으며 공간좌표를 확실히 떠올릴 능력은 더더욱 없소. 심지어 당신은 지금 우리가 어디에 있는지도 모르지 않소?"

데버즈가 빙그레 웃었다. 그는 벌써 조종장치를 만지고 있었다.

"우주에서는 길을 잃을 수가 없지요. 제일 가까운 행성에 내려서 완벽한 방위를 잡고 브로드릭이 준 10만 크레디트로 항해 지도를 구입하면 되니까요."

"그러면 우리 복부에 구멍이 뚫리고 말 거요. 우리 두 사람을 그린 수배 전단이 제국 전역의 모든 행성에 널려 있을 테니까."

하지만 데버즈는 참을성 있게 계속 말했다.

"선생, 그렇게 겁먹을 필요는 없어요. 벨 라이오즈는 내가 너무 쉽게 굴복했다고 했지요. 그건 농담이 아니에요. 이 무역선에는 외딴 행성에서 만날 수 있는 모든 공격을 막아 낼 만한 방어벽과 충분한 화력이 있답니다. 게다가 개인용 방어벽도 있고. 제국 군대 졸병들이 찾아내지 못했던 거죠. 애초에 발견할 수 없도록 제작했으니까."

듀켐 바 노인이 다시 말했다.

"좋소. 트랜터에 도착했다고 칩시다. 황제는 또 어떻게 만날 생각이오? 황제가 집무실을 열어 놓고 우리를 기다리기라도 한단 말이오?"

"그건 트랜터에 도착한 다음에 생각하죠."

듀켐 바 노인은 힘없이 중얼거렸다.

"그렇다면 좋소. 나도 50년 동안 죽기 전에 트랜터에 꼭 가 보고 싶었으니까. 당신 마음대로 하시오."

초원자력 엔진이 돌아갔다. 빛이 깜빡거리면서 초공간으로 뛰어드는 순간 희미한 내부 충격이 느껴졌다.

9장

트랜터에서

 수많은 별이 황야의 잡초처럼 무성하게 뻗어 나갔다. 라산 데버즈는 소수점 이하의 숫자를 정확히 계산하는 게 초공간 영역을 통과할 때 아주 중요하다는 사실을 알고 있었다. 1광년 정도를 도약할 때는 폐소공포증 같은 게 생기기도 했다. 하늘에는 놀랄 만큼 많은 별이 가득 들어차 어느 쪽을 보아도 빈틈없이 현란하게 반짝이고 있었다. 망망대해를 표류하는 느낌이었다.
 1만여 개의 별로 이루어진 성단 한가운데, 성단이 주위의 어둠을 가르며 토해 내는 빛 한가운데, 거대한 제국의 수도 행성 트랜터가 돌아가고 있었다.
 하지만 그것은 하나의 행성 이상이었다. 그것은 2000만 성계를 거느린 제국의 힘차게 고동치는 심장이었다. 그곳의 유일한 기능은 행정이고 유일한 목적은 통치이며 유일한 생산물은 법률이었다.
 행성 전체가 하나의 기능으로 왜곡되어 있어서 지표면에는 인간과 인간의 애완동물 그리고 몸속 기생충을 제외한 그 어떤 생명체도 없었다. 황궁 밖 250제곱킬로미터 근방에서는 잡초 하나 흙 하나도 찾아볼 수 없었다. 그리고 황궁 지표면에는 신선한 물이라곤 한 방울도 없었다. 행성 전체에 식수를 공급하는 거대한 지하 탱크가 전부였다.

파괴할 수도 없고 부식되지도 않는 금속이 행성 지표면 전체를 싸고 돌아서 행성 전체에 미로처럼 뻗어 나간 거대한 금속 구조물의 토대를 이루었다. 건물은 포장도로로 연결하고 내부에는 복도를 내서 아늑하지만 비좁은 사무실을 설치했으며 1층에는 몇 킬로미터씩 뻗어 나간 거대한 상점가가 있고 꼭대기 층에는 밤마다 불야성을 이루는 유흥가가 있었다.

사람들은 트랜터 거리를 돌아다닐 수 있지만 그 누구도 거대한 건물군을 벗어나거나 도시 전체를 조망할 수 없었다.

트랜터에 사는 400억 인구에게 식료품을 매일 공급하기 위해 제국이 보유한 전함 수보다도 많은 수의 무역선 함대가 화물을 실어 날랐다. 그 대가로 트랜터는 인류 역사상 유례 없이 복잡하고 거대한 정부의 행정 수도로 소용돌이치듯 몰려드는 무수한 행정 업무를 해결했다.

농업 행성 20여 개가 트랜터의 곡창이었고 우주 전체가 트랜터의 머슴이었다.

거대한 금속 팔에 양쪽을 꽉 잡힌 무역선이 격납고로 통하는 거대한 경사로를 내려갔다. 데버즈는 사전에 복잡하게 작성한 위장 서류 네 통을 입국 심사실에 제출했다. 우주 공간에 예비 정류장이 있어서 그곳에서 100가지 항목을 물어보는 서류를 작성하고 100가지에 달하는 반대 심문을 거친 다음에 간단한 탐색기로 의례적인 조사를 받고 무역선 사진을 찍고 두 사람에 대한 인성 분석을 해서 그 내용을 기록하고 수입 금지 품목에 대해 조사한 뒤 입국세를 징수한다. 그리고 마지막으로 신분증명서와 입국 비자를 조사한다.

듀켐 바 노인은 사이웨나인으로 황제의 신민이었지만 라산 데버즈는 필요한 서류가 하나도 없는 이방인이었다. 그래서 담당 사무관이 유감스럽다는 얼굴로 쳐다보았지만 데버즈는 입국할 수가 없었다. 이제 정식으로 조사받을 대상이 된 것이다.

그런데 어디에선가 브로드릭 경의 영지에서 보증하는 빳빳한 새 지폐 100크레디트가 나와서 상대의 손으로 재빨리 넘어갔다. 담당 사무관은 거만하게 헛기침을 해 댔고 유감스럽다는 표정은 사라졌다. 그리고 소정의 서류가 담긴 함에서 서류 한 장이 새로 나왔다. 서류는 능숙하고 신속하게 작성되었으며 데버즈의 개인 지표도 정식으로 부착되었다.

무역상과 귀족 두 사람이 트랜터에 입국한 것이다.

격납고에서는 무역선 사진을 다시 찍고 기록도 다시 하고 승객의 신분증명서 카드를 팩스로 보내고 여기에 대한 요금을 지불하고 영수증을 받았다.

그런 다음에야 데버즈는 밝은 백색 태양이 내리쬐는 거대한 테라스에 올라설 수 있었다. 주변에서는 여자들이 수다를 떨고 아이들은 소리를 지르고 남자들은 나른한 얼굴로 음료수를 홀짝거리면서 텔레비저 수상기에서 요란스럽게 떠들어 대는 제국 뉴스에 귀를 기울였다.

듀켐 바 노인은 이리듐 동전 몇 개를 내고 신문 더미 제일 위에 있는 신문 하나를 집어 들었다. 트랜터의 정부 기관지《제국 뉴스》였다. 신문 제작실 뒤에서 추가 발행분을 인쇄하는 부드러운 찰카닥 소리가 났다. 복도로 약 2만 킬로미터 거리에 있는(송풍기로는 1만 킬로미터 거리에 있는)《제국 뉴스》본사에서 부산하게 움직이는 송신기를 장거리 감응으로 받아서 인쇄하는 소리였다. 행성 전역에 널려 있는 신문 제작실

1000만 개에서 지금 이 순간에 똑같은 신문 1000만 부를 똑같은 방식으로 인쇄하고 있을 터였다.

듀켐 바 노인이 신문 표제를 흘긋 보며 부드럽게 물었다.

"이제 뭘 해야 하지?"

데버즈는 우울한 느낌을 떨쳐 내리려고 애쓰는 중이었다. 이곳은 고향 행성에서 너무나 멀리 떨어진 우주였다. 복잡한 제도가 온몸을 내리눌러 사람들의 행동도 이해할 수 없고 언어도 거의 알아들을 수 없는 세상이었다. 지평선 너머까지 끝없이 길게 뻗어 나가서 사방을 에워싸며 번쩍이는 금속성 고층 건물들도 위압적으로 보였다. 행성 전체가 수도라서 모두가 정신없이 바쁘게 움직이는 가운데 데버즈는 무시무시한 고독감과 동시에 아주 초라한 느낌에 시달렸다.

데버즈가 중얼거리며 대답했다.

"선생이 알아서 하시는 게 좋을 것 같군요."

듀켐 바 노인이 차분하고 나지막한 목소리로 말했다.

"당신한테 미리 설명하려고 했지만 직접 겪어야 믿을 것 같아서 별말 하지 않았소. 하지만 매일 얼마나 많은 사람이 황제를 만나려고 하는지 아시오? 약 100만 명이오. 그럼 황제가 몇 명이나 만나는지 아시오? 약 열 명이오. 정부 민원실에 신청해야 하는데 아주 어려운 방법이오. 물론 귀족을 통하는 방법도 있긴 한데, 우리한테는 그럴 돈이 없소."

"10만 크레디트가 있잖습니까."

"그 정도 돈이면 제국의 귀족 하나는 매수할 수 있을 거요. 하지만 황제까지 연결되려면 적어도 서너 명이 필요해. 정부 민원실을 거칠 경우에는 청장이랑 그 이상의 고위 관리 50여 명을 거쳐야 하는데 아마 한 사람당 100크레디트 정도면 될 거요. 그 작업은 내가 하겠소. 우선 저들은 당신의 말투를 알아듣지 못할 테고 둘째로 당신은 제국 특유의 뇌물 에티켓을 모르기 때문이오. 분명히 말하는데, 그 자체도 하나의 예술이오. 아!"

듀켐 바 노인이 《제국 뉴스》 3면에서 원하는 내용을 찾아 읽고 데버즈한테 건네주었다.

데버즈는 그 기사를 천천히 읽었다. 단어가 생소하지만 그런대로 이해할 수 있었다. 그리고 고개를 들었다. 걱정이 가득한 눈빛이었다. 그러다가 갑자기 손등으로 신문을 내려치며 말했다.

"믿을 만한 기사인가요?"

듀켐 바 노인이 조용히 대답했다.

"어느 정도는…… 파운데이션 함대가 전멸했다는 주장은 거짓말 같소. 이런 보도가 벌써 여러 번 나왔을 것이오. 실제 전투 지역에서 멀리 떨어진 수도에서 상투적인 승전보로 분위기를 띄우는 것이지. 그렇지만 중요한 건 벨 라이오즈가 또 다른 전투에서 이겼다는 내용인데, 그건 가능성이 충분하오. 그가 로리스를 점령했다고 쓰여 있던데, 로리스는 로리스 왕국의 수도 행성이 맞소?"

데버즈가 생각에 잠긴 채 대답했다.

"그래요. 예전에 로리스 왕국이기도 했고. 그곳은 파운데이션에서 20파섹도 안 되는 거리인데, 선생. 작업을 서둘러야겠네요."

듀켐 바 노인이 어깨를 으쓱하며 말했다.

"트랜터에서는 작업을 서두를 수가 없소. 그러다가는 온몸이 갈기갈기 찢어지는 수가 있거든."

"그렇다면 얼마나 걸리겠습니까?"

"한 달, 운이 좋으면. 한 달 그리고 우리가 지닌 10만 크레디트……

이 정도로 충분할지 모르지만. 물론 그사이에 황제가 피서 행성으로 떠나지 않는다는 전제가 성립되어야 하겠지. 그곳에서는 아무도 만나지 않으니까."

"하지만 파운데이션은……"

"……지금까지 그래 왔던 것처럼 스스로 지켜야 할 것이오. 이리 오시오, 저녁이나 먹으러 갑시다. 시장하군. 그런 다음에 밤 시간은 우리 시간이니 최대한 활용하도록 합시다. 트랜터나 트랜터 비슷한 도시는 두 번 다시 볼 수 없을 테니 말이오."

외곽 관구 담당 내무청장은 통통한 손을 힘없이 펴 보이고 올빼미 같은 근시안으로 청원자 두 사람을 보며 대답했다.

"하지만 황제께서는 심기가 불편하시오, 신사분들. 이 문제를 상관에게 올려도 아무런 소용이 없을 거요. 황제 폐하께서 지난 일주일 동안 아무도 만나지 않으셨단 말이오."

듀켐 바 노인은 확신에 찬 목소리로 친근하게 말했다.

"우리는 만나 주실 겁니다. 궁내대신에 대한 문제이니 말입니다."

하지만 청장의 대답은 단호했다.

"불가능하오. 정말 그렇다면 나도 기꺼이 도와주겠소. 그러니 용건을 좀 더 분명하게 밝히시오. 난 노인을 기꺼이 도울 용의가 있소, 알겠소? 하지만 그렇게 막연한 상태로는 안 되오. 상관에게 분명하게 설명할 내용이 충분히 있어야 하오."

"만일 황제가 아닌 다른 사람한테 이야기해도 되는 내용이라면 일부러 폐하를 찾아가서 귀찮게 만들지 않을 겁니다. 난 당신이 이번 기회를 잡기를 바랍니다. 확실히 말하는데, 황제 폐하는 우리가 전하는 내용을 아주 중요하게 받아들일 테고 그러면 당신은 지금 우리를 도와준 것에 합당한 포상을 받을 게 분명하다는 사실을 명심하세요."

듀켐 바 노인이 은근한 어조로 말했다.

"그렇지만……"

청장이 뒷말을 흐리며 어깨를 으쓱해 보이자 듀켐 바 노인은 다시 부추겼다.

"이번이 기회입니다. 위험한 일은 반드시 그만한 보상이 따르기 마련이죠. 우리가 이런 부탁을 하는 건 당신에게는 아주 커다란 기회입니다. 하지만 우리한테 자세히 청원할 기회를 주는 친절한 은혜를 베풀었으니, 당신만 괜찮다면 약간이나마 그 보답을……"

데버즈는 얼굴을 찡그렸다. 지난 한 달 동안 약간씩 다르지만 내용은 비슷한 이야기를 벌써 스무 번이나 들은 터였다. 이야기는 언제나 반쯤 숨긴 지폐 다발을 재빨리 넘기는 것으로 끝났다. 언제나 똑같았다. 그러나 이번에는 뭔가 달랐다. 지폐 다발이 그 즉시 사라지는 게 일반적인데 여기에서는 그 다발이 눈앞에 그대로 있었다. 청장은 지폐를 천천히 세면서 이리저리 살피기까지 했다.

청장의 목소리가 약간 미묘하게 달라졌다.

"궁내대신이 보증하는 지폐로군요. 좋은 지폐야!"

"그럼 본론으로 들어가서……"

듀켐 바 노인이 서두르는 걸 국장이 가로막았다.

"아니, 잠깐만 기다리시오. 쉬운 문제부터 짚어 봅시다. 난 정말 당신 용건이 뭔지 알고 싶소. 이 돈은 방금 찍어 낸 새 지폐고 당신은 상당한 지폐를 지니고 있는 게 분명하오. 이전에도 다른 관리를 계속 만났으니 말이오. 자, 용건이 무언지 이제 털어놓으시오."

듀켐 바 노인이 되물었다.

"무슨 말을 하는 건지 모르겠군요."

"내 말 잘 들으시오. 조용히 앉아 있는 당신 친구의 신분증명서와 입국 서류가 부적절한 점으로 미루어 볼 때 두 사람은 여기에 불법으로 입국한 게 분명하오. 저 사람은 황제 폐하의 신민이 아니오."

"그렇지 않습니다."

듀켐 바 노인이 반발하자, 청장이 아주 퉁명스레 대답했다.

"당신이 뭐라고 하든 상관없소. 100크레디트를 받고 저자의 카드에 서명한 관리들이 다 불었소, 약간의 압력을 받고. 그리고 우리는 당신이 생각하는 이상으로 당신에 대해 많은 걸 알고 있소."

"위험한 일을 부탁하기에 액수가 모자란다는 뜻이라면……"

청장이 빙그레 웃었다.

"정반대요. 적절한 수준 이상이오."

청장이 지폐 뭉치를 옆으로 던지며 계속 말을 이었다.

"내가 말하고자 하는 요지로 돌아가겠소. 당신의 청원에 관심을 보인 건 다름 아닌 황제 폐하요. 사실, 두 사람은 최근까지 벨 라이오즈 사령관의 손님으로 있지 않았소? 그러다가 놀라울 정도로 쉽게 군대에서 도망쳐 나온 것도 사실 아니오? 또한 브로드릭 경의 영지에서 보증하는 지폐로 상당한 액수를 지니고 있는 것도 사실 아니오? 간단히 말해서 두 사람은 이곳에 파견된 2인조 스파이거나 암살자 아니오? 자, 당신에게 돈을 준 사람은 누구이며 그 목적은 무엇인지 솔직히 털어놓으시오."

듀켐 바 노인이 벌컥 화내며 말했다.

"보잘것없는 청장 하나가 우리를 범죄자로 몰아가는 걸 난 받아들일 수 없군요. 그냥 떠나겠습니다."

"그럴 순 없지."

청장이 자리를 박차고 일어났다. 두 눈은 더 이상 근시안이 아니었다.

"지금 당장 질문에 대답할 필요는 없소. 나중에 해도 괜찮으니까, 약간의 압력을 받은 다음에. 그리고 난 청장이 아니라 제국 경찰의 간부요. 당신들을 체포하겠소."

그의 손에서 어느새 고성능 전자총이 번쩍거리고 있었다.

"오늘 우리는 당신네보다 중요한 거물도 체포했소. 우리가 범죄자 일당을 소탕했단 말이오."

데버즈가 투덜거리면서 천천히 자기 총에 손을 뻗었다. 경찰 간부가 환하게 웃으면서 방아쇠를 당겼다. 총구에서 분사된 역장이 선을 그리며 데버즈의 가슴을 강타했다. 하지만 개인용 방어벽에 맞아서 불꽃을 일으키며 그냥 튕겨 나갔다.

뒤이어 데버즈가 총을 쏘자, 경찰 간부의 목이 몸통에서 뚝 떨어지고 상체가 사라져 버렸다. 지금 막 벽에 생긴 구멍으로 들어온 햇살이 빙그레 웃는 머리통의 얼굴을 환하게 비추었다.

두 사람은 뒷문으로 빠져나갔다.

데버즈가 쉰 목소리로 말했다.

"빨리 무역선으로 가야겠군요. 조금 있으면 경보가 울릴 겁니다."

그런 다음에는 사나운 욕설을 섞어 가며 속삭였다.

"젠장, 우리 계획이 또 부작용만 일으켰구먼. 우주의 악마가 내 일을 끊임없이 방해하는 게 분명해."

건물 밖으로 나온 두 사람은 거대한 수신기 앞에 모여서 웅성거리는 군중을 보았지만 계속 걸음을 재촉했다. 간간이 함성이 들렸지만 두 사람은 관심을 기울이지 않았다. 듀켐 바 노인은 거대한 격납고로 뛰어들기 직전에 《제국 뉴스》 한 부를 낚아챘다. 얼마 후 무역선은 불을 뿜으며 올라가서 격납고 지붕에 난 구멍으로 재빨리 빠져나갔다.

"저들을 따돌릴 수 있겠소?"

듀켐 바 노인이 물었다.

무역선은 정규 무선 빔이 설치된 이륙 노선과 제한속도를 무시하며 날아갔고 교통 순찰선 열 척이 그 뒤를 무섭게 쫓아오고 있었다. 게다가 그 뒤에는 살인자를 잡으려고 무역선을 뒤쫓는 날렵한 비밀경찰의 비행선도 있었다.

"잘 보세요."

데버즈가 이렇게 말하고는 트랜터 상공 3000킬로미터에서 초공간으로 무섭게 뛰어들었다. 행성의 거대질량 근처에서 도약했기 때문에 듀켐 바 노인은 곧바로 실신했고 데버즈는 정신이 몽롱한 상태에서 고통스러워했다. 그렇게 몇 광년 거리를 날아가자 주변 우주 공간이 깨끗하게 변했다.

자신의 무역선에 대한 자부심이 데버즈 얼굴에 은근하게 피어올랐다. 그가 말했다.

"제국 어디에도 나를 쫓아올 우주선은 없답니다."

그가 다시 씁쓸하게 말했다.

"하지만 갈 곳이 없구먼. 저들의 거함과 싸울 수도 없고. 이제 어떻게 해야 하지? 우리가 할 수 있는 게 뭐겠소?"

듀켐 바 노인은 간이침대에서 몸을 살짝 뒤척였다. 초공간 이동 때문에 온몸이 콕콕 쑤셨다.

노인이 말했다.

"우리가 해야 할 일은 없소. 다 끝났소. 여기를 보시오."

듀켐 바 노인은 그때까지 움켜쥐고 있던 《제국 뉴스》를 건네주었다. 기사 제목만 보아도 무슨 내용인지 알 수 있었다.

"소환, 체포…… 벨 라이오즈와 브로드릭……"

데버즈가 중얼거렸다. 그리고 듀켐 바 노인을 멍하니 보며 물었다.

"이유가 뭐죠?"

"기사에는 안 나오지만 아무려면 어떻소? 파운데이션에서 전쟁이 끝났고 지금 사이웨나에서 반란이 일어나고 있는데. 기사를 자세히 읽어 보시오. 어디 가까운 별에 착륙해서 자세한 사정을 알아보기로 합시다. 괜찮다면 난 잠이나 자겠소."

졸음이 묻어나는 목소리로 말하더니, 사이웨나인 노인은 금방 잠이 들었다.

무역선은 점차 늘어나는 밀도를 메뚜기처럼 뛰어넘으며 파운데이션으로 귀환하기 위해 광대한 은하계를 빠르게 날아가기 시작했다.

10장

전쟁 종식

라산 데버즈는 심기가 몹시 불편했고 심지어 막연한 분노마저 느꼈다. 이미 훈장을 받은 그는 시장이 진홍빛 휘장을 달아 주면서 내뱉는 부질없는 미사여구에 침묵으로 맞섰다. 자신의 차례는 모두 끝났지만 예의상 그 자리에 계속 남을 수밖에 없었다. 이런 형식적인 절차를(소리 내서 하품할 수도 없고 좌석에 발을 편히 올릴 수도 없는 이런 절차를) 밟을 때마다 데버즈는 아늑한 우주 공간으로 다시 돌아가고 싶은 욕망을 느꼈다.

듀켐 바 노인이 명예 위원으로 참가한 사이웨나 대표단이 협정에 조인하면서 사이웨나는 제국의 정치적 지배에서 벗어나 파운데이션의 경제적 지배로 들어간 최초의 행성이 되었다.

제국의 국경 함대 후방에 있던 사이웨나가 봉기해 포획한 제국 전함 다섯 척이 육중하고 거대한 모습을 드러내 시가지 상공을 나란히 지나가며 축포를 쏘기도 했다.

이제는 점잖게 술을 마시며 대화를 나누는 일만 남았다.

누군가가 데버즈를 불렀다. 포렐이었다. 그가 아침에 벌어들인 소득

만으로 자기 같은 사람 스무 명이라도 살 수 있는 사람이라는 냉혹한 현실이 데버즈의 뇌리에 떠올랐다. 하지만 지금 포렐은 온화한 표정으로 자신을 향해 손가락 하나를 구부리고 있었다.

데버즈는 밤바람이 차가운 발코니로 나가 허리를 적당히 숙이면서 턱수염이 뻣뻣한 얼굴을 찡그렸다.

듀켐 바 노인이 그곳에서 빙그레 웃으며 소리쳤다.

"데버즈, 이리 와서 날 구해 주시오. 지금 내가 너무 겸손하다는 어이없는 비난을 받고 있소."

삐딱하게 물고 있던 굵은 시가를 빼며 포렐이 말했다.

"데버즈, 듀켐 바 경은 당신이 클레온의 수도에 간 것과 벨 라이오즈가 소환된 사건은 아무런 관계도 없다고 주장하고 있어."

데버즈가 퉁명스럽게 대답했다.

"그 말이 맞습니다, 각하. 우리는 황제를 본 적도 없습니다. 귀환 도중에 재판 관련 기사를 입수해서 보았는데, 모든 게 완벽하게 날조된 음모가 분명해요. 사령관이 황궁을 전복하려는 세력과 결탁했다는 혐의를 장황하게 나열한 걸 보면."

"그렇다면 그자가 결백하다는 건가?"

듀켐 바 노인이 끼어들었다.

"벨 라이오즈 말인가요? 그래요! 맹세코! 그리고 브로드릭은 일반적인 관점에서 반역자라고 할 수 있지만 구체적인 혐의에서는 무죄죠. 지금 저들은 법정 연극을 벌이는 겁니다. 꼭 필요하고 충분히 예측 가능한, 필연적인 연극 말입니다."

"심리역사학적 필연이란 뜻이로군."

포렐이 낭랑한 목소리로 말했다. 오랫동안 알고 지낸 사이에서나 통할 재치가 배어 있었다.

듀켐 바 노인이 훨씬 진지한 어투로 대답했다.

"그렇소. 처음에는 몰랐지만 모든 상황이 끝난 다음에 보니 이해가 되더군……. 문제집 뒤에 있는 해답을 보고 나면…… 수학 문제가 간단하게 풀리는 것처럼. 제국의 옥좌를 둘러싼 전쟁이 필연적으로 일어날 수밖에 없을 정도로 제국의 사회적 배경이 심각하게 변한 거요. 허약한 황제 아래에서는 장군들이 유명무실한 황권을 장악하기 위해 수많은 목숨을 희생시키면서 덤벼들기 때문에 제국이 갈가리 찢기고 만다오. 하지만 강력한 황제 아래에서는 제국 전체가 경직 상태에 빠지기 때문에 겉으로는 분열이 잠시 멈춘 것 같지만 그로 인해서 모든 발전 가능성이 사라진다오."

포렐이 노골적으로 콧방귀를 날리며 투덜거렸다.

"논리가 애매하군요, 듀켐 바 경."

듀켐 바 노인이 천천히 웃으며 대답했다.

"그럴 수도 있소. 심리역사학을 공부하지 않은 데서 오는 어려움이오. 수학 방정식을 말로 풀어서 설명하는 것처럼 애매하니까. 하지만 봅시다."

듀켐 바 노인이 생각에 잠긴 사이 포렐은 난간에 느긋하게 기댔고, 데버즈는 비단처럼 부드러운 하늘을 올려다보면서 웅장한 트랜터를 떠올렸다.

이윽고 듀켐 바 노인이 입을 열었다.

"아시다시피 당신이나 데버즈를 비롯한 모든 사람은 제국을 물리치기 위해 황제와 사령관 사이를 먼저 갈라 놓아야 한다고 생각했소. 그리고 그 생각은 옳았소. 상대를 분열시켜야 한다는 주장 자체는 언제나 옳으니까.

그러나 개인적인 행위나 순간적인 영감으로 그런 내부 분열을 불러일으킨다는 생각은 옳지 않소. 당신네는 뇌물을 주거나 거짓말을 하려고 했소. 야심이나 공포심에 호소하려고도 했소. 그러나 그 어떤 노력도 성과가 없었소. 오히려 부작용만 일어났으니까.

하지만 그런 잔물결이 산발적으로 일어나는 한가운데에서 셸던이 예측한 거대한 물결은 조용히 도도하게 흘러갔소……. 누구도 저항할 수 없도록."

듀켐 바 노인이 몸을 돌려 난간 너머로 환락으로 물든 도시의 불빛을 바라보며 계속 말했다.

"강력한 물결이 우리 모두를, 저 강력한 사령관과 위대한 황제를, 우리 세계와 당신네 세계를 밀어붙였소……. 셸던이 예측한 시대의 흐름이. 셸던은 벨 라이오즈 같은 인물이 실패할 수밖에 없다는 사실을 알고 있었소. 그자가 이룩한 성공이 바로 그 파멸을 불러일으키기 때문이오. 크게 성공할수록 확실하게 파멸이 다가오기 때문이오."

포렐이 무미건조한 어투로 말했다.

"아까보다 더 애매하게 들리는군요."

듀켐 바 노인은 진지한 표정으로 계속 설명했다.

"잠깐만. 현 상황을 보시오. 연약한 사령관이 우리를 위험에 빠뜨릴 수 없다는 건 분명하오. 하지만 연약한 황제 휘하의 강력한 장군도 우리를 위험에 빠뜨릴 수 없소. 그런 장군은 훨씬 더 실속 있는 목표를 향해 군사력을 움직일 것이기 때문이오. 지난 2세기 동안 황제에 오른 자 가운데 4분의 3이 반란을 일으킨 장군이나 총독이었다는 사실이 그걸 보여 주고 있소.

그래서 강력한 황제와 강력한 장군의 결합만이 파운데이션을 위협할 수 있소. 강력한 황제는 황제라는 자리를 쉽게 빼앗기지 않을 것이고 따라서 강력한 장군은 국경 너머로 시선을 돌릴 수밖에 없기 때문이오.

그런데, 황제를 강하게 만들어 주는 게 무엇이오? 클레온을 강력하게 유지해 준 게 무엇이오? 그건 아주 명백하오. 그자가 강력한 신하를 허용하지 않았기 때문이오. 지나치게 부유한 신하나 지나치게 인기가 높은 장군은 위험인물이오. 최근 제국의 역사를 보면 황제 모두가 그 점에 특히 유의했다는 사실을 알 수 있소.

벨 라이오즈는 수많은 전투에서 승리했소. 그래서 황제는 그를 더욱 의심했소. 주위의 모든 정황이 그를 의심하도록 몰아갔소. 벨 라이오즈가 뇌물을 거절했어? 그 동기가 궁극적으로 무얼까? 아주 의심스러워. 가장 신뢰하던 신하가 갑자기 벨 라이오즈를 두둔한다고? 궁극적인 동기는 무얼까? 아주 의심스러워. 의심스러운 건 개인의 행위 자체가 아니었소. 모든 게 그렇게 될 수 있었소. 그래서 개인 차원의 음모가 불필요하고 오히려 부작용만 일으킨 것이오. 의심을 불러일으킨 건 벨 라이오즈의 성공 그 자체였소. 그래서 그는 소환당하고 감옥에 갇혀서 반역죄로 처형당한 것이오. 파운데이션이 또 이긴 것이오.

자, 보시오. 모든 상황이 파운데이션의 필연적인 승리를 불러온 것이오. 벨 라이오즈가 무슨 짓을 하든, 우리가 무슨 짓을 하든 그건 피할 수 없는 필연이었소."

파운데이션의 고위 관리가 고개를 무겁게 끄덕이며 말했다.

"그렇군요! 하지만 황제가 직접 원정에 나섰다면 어떻게 되었을까요? 당신의 논리는 이런 경우를 배제한 것 같군요. 그렇다면 당신의 주장은 아직까지 입증되지 않은 것이죠."

듀켐 바 노인이 어깨를 으쓱했다.

"난 어떤 것도 입증할 수 없소. 난 수학자가 아니오. 하지만 난 지금 당신의 이성에 호소하는 것이오. 모든 귀족, 모든 권력자, 모든 약탈자가 옥좌를 노릴 수 있는 제국에서(그것도 역사가 보여 주듯 쉽게 성공하는 상황에서) 강력한 황제가 은하계 끝에서 일어난 국지전에 몰두할 경우에 무슨 일이 일어나겠소? 황제가 수도를 과연 얼마나 비울 수 있겠소? 수도를 비우기 무섭게 반란이 일어나서 다시 돌아가야 할 텐데 말이오. 사회적 환경 때문에 황제는 수도를 오랫동안 비울 수가 없소.

예전에 나는 벨 라이오즈한테 제국이 모든 힘을 쏟아붓는다 해도 해리 셀던이 제시한 거대한 흐름은 피할 수 없다고 말한 적이 있소."

포렐이 아주 즐거워하며 소리쳤다.

"훌륭하군! 훌륭해! 그렇다면 경은 제국이 우리를 다시 공격할 가능성이 없다고 믿습니까?"

듀켐 바 노인이 동의했다.

"내가 보기엔 그럴 것 같소. 솔직히 말해서 클레온은 1년 안에 죽을 가능성이 많소. 그러면 황위 계승 문제가 당연히 거론될 것이고 그러다 보면 제국 최후의 내란이 일어날 것이오."

"그렇다면 더 이상 적을 걱정할 필요는 없겠군요."

듀켐 바 노인이 깊은 생각에 잠기며 대답했다.

"제2의 파운데이션이 있지요."

"은하계 반대편 끝에 있다는? 그건 오래전에 사라졌지요."

이 말에 데버즈가 갑자기 돌아섰다. 포렐을 똑바로 쳐다보는 얼굴에 어두운 기색이 가득했다.

"내부의 적이 있겠지요."

"그래? 예를 들면 어떤?"

포렐의 차가운 물음에 데버즈는 더 차갑게 대답했다.

"예를 들면 백성들. 재물을 좀 더 공평하게 분배하길 바라는 서민들. 재벌에 재화가 집중되는 현상을 막으려는 노동자들. 무슨 뜻인지 아시겠습니까?"

치욕감으로 가득한 포렐의 시선이 서서히 분노로 물들면서 데버즈의 성난 시선과 마주쳤다.

제2부

물

11장

신랑과 신부

뮬

이 사람에 관해서는 은하계 역사에서 비중이 비슷한 그 어떤 인물보다도 알려진 내용이 적다. 그가 명성을 떨치던 시기의 일조차 주로 그를 적대시한 사람들의 시각을 통해서 지금까지 전해 내려오고 있다. 특히, 이제 막 결혼한 신부의 시선을 통해서······.

—『은하대백과사전』

하벤 행성에 대한 베이타의 첫인상은 정말 실망스러웠다. 남편이 말한 대로 하벤은 은하계 한쪽 구석에 묻혀 있는 볼품없는 별이었다. 별이 드문드문한 마지막 성단 너머에서 희미하고 외롭게 반짝거리는 별이었다. 드문드문한 변두리 별 가운데에서도 가장 초라하고 볼품없었다.

하벤이 신혼 생활을 시작하기에 너무나 볼품없는 적색 왜성이란 사실은 물론 토란도 잘 알고 있었다. 그래서 미안한 표정으로 입술을 오므리며 말했다.

"나도 알아, 베이타. 바람직한 변화는 아니라는 사실을······ 파운데이션에서 여기로 온 것이."

"끔찍한 변화야, 토란. 당신과 결혼하지 않는 건데."

순간적으로 남편의 얼굴에 고통스러운 표정이 떠오르는 걸 보고 베이타는 남편이 정색하기 전에 얼른 특유의 정감 어린 목소리로 덧붙였다.

"괜찮아, 멍청하긴. 자, 아랫입술을 내밀고 죽어 가는 거위 표정을 지어 봐. 내가 정전기가 일도록 당신 머리카락을 쓰다듬으면 당신이 머리를 내 어깨에 묻기 직전에 짓는 그 표정 말이야. 당신이 철없는 소리를 했잖아, 안 그래? 당신은 내가 '토란, 당신과 함께라면 어디라도 행복해요.'라고 하거나 '내 사랑, 당신만 곁에 있다면 나는 어느 별에서라도 행복할 거예요.'라고 말하기를 기대하고 있었잖아. 솔직하게 인정해."

베이타는 손가락을 내밀었다가 토란이 이로 물기 직전에 얼른 뺐다.

토란이 말했다.

"만일 내가 항복하면, 그래서 당신 말이 맞는다고 인정하면 저녁 준비를 할 거야?"

베이타가 만족스러운 표정으로 고개를 끄덕이자, 토란은 미소를 머금으며 부인의 얼굴을 가만히 바라보았다.

남들이 말하는 대단한 미인은 아니지만(이건 토란도 인정하는 사실이지만) 베이타한테는 누구라도 한 번 더 돌아보게 하는 매력이 있었다. 머리카락은 검고 숱이 많은 데다가 곧게 뻗었으며 입이 약간 컸다. 하지만 곱게 잘 다듬은 눈썹이 항상 미소 가득한 따사로운 두 눈과 주름살 없는 하얀 이마 사이에 적당하게 자리 잡고 있었다.

인생을 현실적이고 실제적으로 바라보는 강인하고 단호한 모습 뒤에는 부드러운 모습이 숨어 있어서 억지로 찔러 대면 절대 볼 수 없지만 그 방법을 알고 있으면(그리고 그 모습이 보인다는 사실을 겉으로 드러내지 않으면) 쉽게 찾을 수 있었다.

토란은 조종장치를 쓸데없이 만지작거리다가 휴식을 취하기로 했다. 수동 조작을 하기 전에 행성 간 도약을 한 차례 하고 몇 밀리마이크로파섹을 '곧장 나아갈' 필요가 있었다. 토란은 몸을 뒤로 기울여 베이타가 저녁을 준비하는 저장실을 보았다.

토란은 베이타 앞에서 자주 잘난 체하곤 했다. 3년을 열등감 언저리에서 지내다가 마침내 소원을 이룬 사람만이 누릴 수 있는 포만감의 일종이었다.

토란은 시골뜨기였다. 단순한 시골뜨기가 아니라 은퇴한 무역상의 아들이었다. 반면에 베이타는 파운데이션 출신이었다. 그것도 단순한 파운데이션 출신이 아니라 말로의 먼 후손이었다.

이런 이유 때문에 사실 토란은 조금 긴장하고 있었다. 베이타를 데리고 바위투성이 행성의 동굴 도시 하벤으로 돌아와야 한다니 정말 끔찍했다. 하지만 파운데이션에 대한 무역상들의(도시 거주자에 대한 유목민들의) 뿌리 깊은 적개심을 베이타가 겪어야 한다는 사실은 더욱 끔찍했다.

저녁을 먹고 나면 이제 마지막 도약만 남았다.

하벤은 성난 진홍색 불꽃으로, 제2행성은 흐릿한 대기권 테두리가 달린 채 어둠에 절반이 파묻힌 붉은 빛줄기로 보였다. 베이타는 상체를 기울여 하벤 제2행성에 십자선을 정확히 맞춘 조망장치를 보았다.

베이타가 걱정스레 말했다.

"당신 아버님을 먼저 뵙고 싶어. 아버님이 나를 싫어하시면……."

토란이 단호하게 대답했다.

"그러면 당신은 우리 아버지한테 혐오감을 불러일으킨 최초의 미인이 될 거야. 팔 하나를 잃고 은하계를 떠돌아다니는 생활을 그만두시기 전에 우리 아버지는……. 으음, 당신이 직접 여쭤봐. 그러면 그 이야기를 당신한테 귀가 닳도록 해 주실 테니까. 아버지 이야기를 듣다 보면 아버지 말솜씨가 아주 대단하다는 생각이 들곤 해. 똑같은 내용을 똑같은 방식으로 이야기하신 적이 단 한 번도 없기 때문이야."

어느새 하벤 제2행성이 빠르게 가까워지고 있었다. 육지에 둘러싸인 바다가 밑에서 천천히 출렁거리기 시작했다. 슬레이트 같은 회색으로 희미하게 보이는 바다는 여기저기 구름에 가려져 부분적으로 드러났으며 해안선에서는 울퉁불퉁한 산이 뻗어 나갔다.

가까이 다가가자 바다에서 잔물결이 일어나고 수평선 끝에서는 해안을 껴안은 빙원이 살포시 보였다.

토란이 속도를 급하게 줄이며 물었다.

"의복 자물쇠는 단단히 채웠겠지?"

베이타의 포동포동한 얼굴이 내부에서 가열되는 피부 밀착 의복의 해면 기포에 싸인 채 빨갛고 동그랗게 보였다.

우주선은 고원에 오르자마자 넓은 벌판으로 삐걱거리며 내려갔다.

두 사람은 은하계 외곽의 칠흑 같은 어둠 속으로 쭈뼛쭈뼛 기어 나갔다. 갑작스러운 한기와 황량한 바람이 엄습하는 순간 베이타는 숨을 헐떡였다. 토란은 아내의 팔꿈치를 움켜잡고 멀리서 인공조명이 반짝이는 곳을 향해 평평하게 포장한 바닥을 달렸다.

마중 나온 수비대가 도중에 두 사람을 만나 몇 마디 말을 주고받은 다음에 안내를 시작했다. 바위 문이 열렸다가 그들을 안으로 들인 다음에 닫히자 바람과 추위는 사라졌다. 벽 조명이 환하고 따뜻한 내부에는 사람들이 웅성거리는 소리가 가득했다. 사람들이 책상에서 고개를 들자, 토란은 서류를 제출했다.

입국장 직원들이 서류를 잠깐 살핀 다음에 통과하라며 손짓했다.

토란은 아내한테 속삭였다.

"아버지가 손을 써 놓은 게 분명해. 보통 이곳을 통과하려면 다섯 시간은 걸리거든."

두 사람이 넓은 곳으로 나가는 순간 베이타는 감탄했다.

"아! 세상에……."

동굴 도시는 대낮이었다. 신생 태양이 내뿜는 대낮의 하얀 빛이 가득했다. 물론 그건 천연 태양이 아니었다. 하늘이 있어야 할 곳에서 온통 밝은 빛이 뿜어져 나오고 있었다. 따뜻한 공기는 밀도가 적당하고 식물의 향기가 감돌았다.

베이타가 감탄했다.

"토란, 정말 아름다워!"

토란은 다행스러운 마음에 씩 웃었다.

"으음, 그래, 베이타. 파운데이션이랑 다르지만 그래도 이곳은 하벤 제2행성에서 인구가 2만 명이나 되는 가장 커다란 도시야. 당신도 여기를 좋아하게 될 거야. 놀이공원이 없어서 유감이지만 비밀경찰도 없어."

"아, 토란. 장난감 도시 같아. 온통 하얀색과 분홍색이야. 너무나 깨끗해."

"으으음……."

토란은 부인과 함께 도시를 바라보았다. 주택은 대부분 이 지방에서 나오는 부드러운 석재를 쌓아서 만든 이층건물이었다. 파운데이션과 같은 고층 건물도 없고 옛 왕국의 거대한 집합 주택도 없지만 대집단 생활이 판치는 은하계에 마지막으로 남아 있는 개인주의의 독창적인 유물이라고 할 수 있는 소규모 주택 특유의 개성은 살아 있었다.

토란이 갑자기 베이타를 불렀다.

"베이타, 저기에 아버지가 계셔. 바로 저기…… 내가 가리키는 쪽, 아니, 거기 말고, 우리 아버지가 안 보여?"

베이타는 토란의 아버지를 찾아냈다. 커다란 남자가 손가락을 쫙 펴고 허공을 더듬는 것처럼 열심히 흔들고 있었다. 천둥처럼 우렁찬 고함도 들렸다. 베이타는 남편을 따라서 짧게 다듬은 잔디를 빠르게 달려 내려갔다. 하나밖에 없는 팔을 열심히 흔드는 건장한 남자에 가려 보이지 않던 약간 체구가 작은 반백의 남자도 보였다.

토란이 어깨 너머로 커다랗게 소리쳤다.

"우리 아버지 이복형제야. 파운데이션에 간 적이 있다는 분 말이야."

그들은 잔디에서 만나 서로를 반기며 웃었다. 토란의 아버지는 기분이 좋은지 또다시 탄성을 올렸다. 그러고는 짧은 윗옷을 추슬러 유일한 사치품으로 보이는 허리띠의 금속 장식을 조였다.

아버지가 두 젊은이를 번갈아 보다가 숨을 약간 헐떡이며 말했다.

"참 지독한 날을 골라서 고향에 돌아왔구나, 얘야!"

"왜요? 아! 오늘이 셸던의 생일이네요, 그렇죠?"

"그래. 여기에 오느라고 차 한 대를 빌려서 동생 란듀한테 운전을 맡겨야 했다. 택시는 총을 들이대도 탈 수가 없더구나."

이윽고 그 눈이 베이타를 향하더니 떠날 줄을 몰랐다.

시아버지가 며느리에게 상냥하게 말을 걸었다.

"너의 수정 조각상을 여기에 가져왔다. 아주 멋있긴 한데 이걸 제작한 사람이 아무래도 아마추어인 것 같구나."

아버지는 윗옷 주머니에서 작고 투명한 입방체를 꺼냈다. 베이타의 웃는 얼굴이 밝은 빛을 받아 마치 그녀의 축소판처럼 생생한 빛깔로 살아났다.

베이타가 소리쳤다.

"이건……! 토란이 그런 캐리커처를 무엇 때문에 보냈을까요? 아버님이 제가 여기에 와도 좋다고 허락하셔서 놀랐어요."

"지금도 그러냐? 날 프란이라고 부르렴. 난 이런 어수선한 곳은 질색이야. 자, 내 팔을 잡으렴, 우리 모두 차로 가는 게 좋겠구나. 지금까지 나는 아들 녀석이 제 할 일조차 모르는 녀석이라고 생각했는데 이제 그 생각을 바꿔야겠구나. 그래, 생각을 바꿔야겠어."

토란이 반쪽짜리 삼촌한테 조용히 물었다.

"요즘 우리 아빠는 어떠세요? 아직도 여자들을 쫓아다니시나요?"

란듀가 얼굴 전체에 주름이 잡히도록 웃으며 대답했다.

"기회만 생기면, 토란, 기회만 생기면. 이번 생일을 맞으면 예순이 된다는 사실을 가끔 떠올리면서 크게 낙담하기도 하고. 하지만 그런 생각은 금방 떨쳐 내고 원래대로 돌아가. 너희 아빠는 영락없는 구식 무역상이야. 그런데 토란, 넌 어디서 저렇게 예쁜 아내를 찾았니?"

젊은이가 깔깔 웃으면서 팔짱을 끼고 말했다.

"3년 역사를 선 자리에서 다 들으시려고요, 삼촌?"

집에 도착한 베이타는 조그만 거실에 들어가 여행하는 동안 입었던 망토와 모자를 낑낑거리며 벗고는 고개를 흔들어 머리를 풀어 헤쳤다. 그리고 자리에 앉아 다리를 꼬면서 고개를 들어 몸집이 크고 혈색이 좋은 시아버지를 가만히 보았다.

베이타가 말했다.

"아버님이 무슨 생각을 하시는지 알겠어요. 제가 도와 드릴게요. 나이는 스물넷, 키는 165센티미터, 몸무게는 50킬로그램, 전공은 역사예요."

시아버지가 팔 하나가 없다는 사실을 감추려고 항상 구부정하게 선다는 사실을 베이타는 알고 있었다. 그런데 그런 시아버지가 몸을 가까이 숙이더니 이렇게 대답했다.

"네가 말을 꺼냈으니 말인데, 몸무게는 55킬로그램 아니냐?"

시아버지는 얼굴을 붉히는 베이타를 바라보며 껄껄 웃었다. 그런 다음 모두한테 말했다.

"여자는 팔뚝을 보면 몸무게를 알 수 있어. 물론 그만한 경험이 있어야 하지만. 베이타, 한잔 하겠니?"

"네, 아버님."

두 사람은 함께 위층으로 올라갔다. 그동안 토란은 책꽂이에서 새 책을 살피느라 정신이 없었다.

나중에 아버지가 혼자 내려와 말했다.

"베이타도 곧 내려올 게다."

아버지는 한쪽 구석의 커다란 의자에 무겁게 앉더니, 그 앞 걸상에 뻣뻣한 왼발을 올려놓았다. 불그스레한 얼굴에서 웃음기가 사라지고 있었다. 토란이 그쪽을 쳐다보자, 아버지가 말했다.

"얘야, 드디어 돌아왔구나. 네가 이렇게 집에 오니까 정말 기쁘다. 네가 데려온 여자도 마음에 들고. 징징거리는 철부지는 아니더구나."

"우리 결혼했어요."

토란이 짤막하게 대답했다.

아버지의 눈빛이 어두워졌다.

"으음, 그건 완전히 다른 문제다, 아들. 미래를 얽어매는 건 어리석은 짓이야. 나는 지금까지 많은 걸 겪었지만 그런 짓만은 절대로 하지 않았어."

구석에 조용히 서 있던 란듀가 끼어들었다.

"형님, 지금 무슨 비교를 하는 거예요? 6년 전 여기에 불시착할 때까지 형님은 결혼해서 정착할 정도로 한 곳에 오래 머문 적이 없잖아요. 그러니 형님과 결혼하겠다고 나설 여자가 어디 있었겠어요?"

아버지가 의자에서 벌떡 일어나며 소리를 질렀다.

"왜 이래, 나 여자 많았어, 이 머리가 허연 영감탱이 주제에!"

토란이 재빨리 머리를 굴리며 말했다.

"결혼은 법률적인 형식에 불과해요, 아버지. 그렇게 하면 편리하거든요."

"여자들한테는 그렇지."

아버지가 투덜거렸다.

"그렇다고 해도 결정은 이 애가 하는 거예요. 결혼은 파운데이션 사람들 사이에서 오랫동안 내려오는 관습이기도 하고요."

란듀가 거들었지만 아버지는 계속 투덜거렸다.

"파운데이션 사람들은 정직한 무역상한테 적합한 모델이 아니야."

토란이 다시 나섰다.

"제 아내는 파운데이션 사람이에요."

그는 아버지와 삼촌을 번갈아 쳐다보고는 조용히 말했다.

"베이타가 오고 있어요."

저녁 식사를 마친 다음에 시작된 대화는 늘 그렇듯이 주로 프란의 독무대였다. 피비린내 나는 전쟁과 여자와 돈을 소재로 한 흥미로운 이야기를 연달아 세 개나 들려주었다. 조그만 텔레비저를 켜 놓아서 고전 드라마가 거의 들리지 않는 나지막한 소리로 흘러나오고 있었다. 란듀는 낮은 소파에서 뒤척거려 훨씬 편안한 자세를 잡은 다음에 기다란 파이프에서 천천히 피어오르는 연기 너머를 가만히 응시하고 있었고, 그의 시선이 머무는 곳에서는 베이타가 부드러운 흰 양탄자에 무릎을 꿇고 앉아 있었다. 오래전 무역상을 하던 시절에 구입해서 지금은 특별한 경우에만 바닥에 까는 양탄자였다.

"애야, 역사를 공부했다고?"

란듀가 쾌활한 어조로 물었다.

베이타는 고개를 끄덕이며 대답했다.

"선생님들을 많이 실망시키긴 했지만 그래도 조금은 배울 수 있었답니다."

"장학생이었어요!"

토란이 자랑스럽게 말했다.

"그래서 뭘 배웠지?"

란듀가 부드럽게 물었다.

"전부 다 말해야 하나요? 지금?"

베이타가 웃으며 묻자, 백발 사내가 점잖게 웃으며 대답했다.

"으음, 그렇다면 현재 은하계 상황을 어떻게 생각하는지 말해 보렴."

"제 생각에는 셀던이 말한 위기가 임박한 것 같아요. 그렇지 않으면 셀던 프로젝트 전체가 무너질 거라고 생각해요. 완벽한 실패지요."

"휴우! 셀던을 저런 식으로 말하다니……."

프란이 한쪽 구석에서 중얼거렸다. 하지만 큰 소리는 아니었다.

란듀는 파이프를 빨며 생각에 잠겼다.

"그래? 어째서 그렇지? 알다시피 나도 젊은 시절에 파운데이션에 간 적이 있고 한때는 아주 극단적인 사상에 빠져들기도 했어. 하지만 네가 그렇게 생각하는 이유는 뭐니?"

베이타는 하얀색 부드러운 양탄자에 맨발을 올려놓고 꼼지락거리면서 통통한 손 하나로 조그만 턱을 받치며 생각에 잠겼다.

"글쎄요. 셀던 프로젝트의 본질은 옛 은하제국보다 훌륭한 세계를 만드는 데 있는 것 같아요. 3세기 전 셀던이 파운데이션을 처음 만들던 당시의 은하제국은 무너졌어요. 역사책에 실린 내용이 사실이라면 구제국은 타성과 전제주의 그리고 재화의 불평등 분배라는 세 가지 고질병 때문에 와해되었지요."

란듀는 고개를 천천히 끄덕였고, 토란은 자랑스러운 시선으로 아내를 바라보았으며, 프란은 한쪽 구석에서 쯧쯧 혀를 차며 조심스럽게 잔을 채웠다.

베이타가 계속 말했다.

"셀던에 관한 이야기가 사실이라면, 셀던은 심리역사학 법칙에 근거해서 제국의 완벽한 붕괴를 예견했고 제2제국이 새로 나타나 인류의 문명과 문화를 복구할 때까지 약 3만 년에 걸친 비문명 시대를 거쳐야 한다고 예언했어요. 그래서 셀던은 더 빠른 문명의 회복에 필요한 조건을 만드는 것이 평생의 목표였지요."

프란이 굵직한 목소리를 터뜨렸다.

"그래서 파운데이션을 두 군데 만든 거야. 정말 대단한 선각자였지."

베이타도 인정했다.

"그래요. 그래서 두 곳의 파운데이션을 만들었어요. 우리 파운데이션은 망해 가는 제국의 과학자들이 인류의 과학과 지식을 새로운 경지로 끌어올리기 위해 모여든 집합소였지요. 천재적인 셀던이 그 위치와 환경을 정교하게 계산한 결과물이었어요. 그래서 1000년 후에는 훨씬 새롭고 훨씬 위대한 제국이 될 거라고 예언했지요."

무거운 침묵이 흘렀다.

베이타가 부드럽게 설명을 이어 나갔다.

"그건 오래된 이야기예요. 모두가 알고 있지요. 지난 3세기 동안 파운데이션에 사는 모든 사람이 그 얘길 알고 있었어요. 하지만 나는 전체적으로 점검할 필요가 있다고 생각해요, 그것도 아주 빨리. 오늘은 셀던의 생일이에요. 그리고 나는 파운데이션 출신이고 아버님과 삼촌은 하벤 사람이라 하더라도 우리는 공통분모가 있어요."

베이타가 담배에 불을 천천히 붙인 다음에 타들어 가는 불꽃을 가만히 바라보았다.

"역사법칙은 물리법칙만큼이나 절대적이에요. 오류가 일어날 가능성이 있다면 그 이유는 물리에서 다루는 원자만큼 많은 사람을 역사가 검토하지 않았고 그래서 다양한 개인차가 나타났기 때문이에요. 셀던은 1000년의 성장기 전반에 걸쳐서 위기가 여러 차례 나타날 것이며 각각의 위기는 우리 역사를 예정된 방향으로 이끄는 새로운 전환점이 될 거라고 예언했어요. 바로 그런 위기가 우리를 올바른 방향으로 이끄는 거예요. 그래서 지금 새로운 위기가 나타나야 하는 거고요."

베이타가 힘주어 강조했다.

"지금 당장! 마지막 위기를 겪은 게 벌써 1세기인데, 지난 1세기 동안 제국에서 일어난 모든 문제점이 파운데이션에서 그대로 되풀이되고 있어요. 타성! 우리의 지배계급은 하나의 법칙만 알고 있어요. 바뀌지 않는 전제주의 법칙! 그들은 하나의 통치 방법만 알고 있어요. 무력이라는 방법. 그리고 불평등! 그들은 하나의 욕망만 추구해요. 자신의 재물을 지켜야 한다는 욕망."

프란이 갑자기 주먹으로 의자 팔걸이를 내려치며 외쳤다.

"사람들이 굶주리고 있는데 말이야! 얘야, 네 말이 진주와 같구나. 용감한 무역상은 하벤 같은 너저분한 세상에서 가난을 숨기며 사는데 뚱뚱하게 살찐 돼지 같은 놈들은 돈방석에 앉아서 파운데이션을 망가뜨리고 있어. 이건 셀던에 대한 모욕이야. 그 얼굴에 쓰레기를 던지고 그 턱수염에 침을 뱉는 거라고!"

프란이 팔을 높이 치켜들었다. 우울한 얼굴이었다.

"한쪽 팔만 잃지 않았어도! 그들이 내 말에 단 한 번이라도 귀를 기울였더라면."

토란이 끼어들었다.

"아버지, 진정하세요!"

프란이 아들 목소리를 흉내 내며 화난 말투로 말했다.

"진정해라, 진정해라. 여기에서 이렇게 살다가 여기에서 이렇게 죽게 생겼는데 너는 진정하라는 말밖에 못 하니?"

란듀가 담배 파이프로 가리키며 비꼬았다.

"현대판 라산 데버즈가 나타났군요, 우리의 프란 형님. 데버즈는 80년 전에 네 남편의 증조부 되는 분과 함께 노예 광산에서 돌아가셨지. 열정은 대단했지만 지혜가 부족하셨기 때문이야."

이에 프란이 선언했다.

"그래, 은하계 전체를 두고 맹세하지만 내가 그분이었다 해도 똑같이 했을 거야. 데버즈는 역사상 가장 위대한 무역상이었다. 파운데이션 사람들이 숭배하는 허풍선이 말로보다 위대했어. 파운데이션을 지배하는 살인자들이 정의를 사랑했다는 이유 하나로 그분을 죽인 거야. 그런 놈들을 골라서 모조리 죽여야 해."

"베이타, 계속 해 보렴, 어서. 안 그러면 형님이 오늘 밤은 물론이고 내일까지 계속 말할 테니까."

란듀가 말했다.

하지만 베이타는 갑자기 우울한 어투로 대답했다.

"더 할 얘기가 없어요. 위기가 닥쳐야 하는데 어떻게 해야 그렇게 되는지 모르겠어요. 파운데이션에서 진보 세력은 무서운 탄압을 받고 있어요. 무역상들에게 얼마나 의지가 있는지 모르지만 벌써 뿔뿔이 흩어져서 도망 다니느라 바빠요. 만일 파운데이션 안팎의 뜻 있는 세력이 모두 뭉칠 수만 있다면……"

프란이 쉰 소리로 조롱하듯 웃었다.

"저 아이 말을 들어 봐, 란듀, 저 아이 말을 들어 보라고. 파운데이션 안팎이라니. 애야, 파운데이션 내부에는 희망이 없어. 그들 가운데 일부는 채찍을 휘두르고 나머지는 그 채찍에 맞아…… 죽을 정도로. 그 썩어 빠진 세상에는 훌륭한 무역상 한 명에 해당하는 용기조차 남아 있지 않아."

베이타가 중간에 끼어들려고 했지만 프란이 맹렬한 기세로 몰아붙이는 통에 힘없이 물러났다.

토란이 몸을 숙여 베이타의 입술에 손을 갖다 대며 차갑게 말했다.

"아버지, 아버지는 파운데이션에 간 적도 없잖아요. 거기에 대해서 아무것도 모르잖아요. 하지만 그곳에도 용감무쌍하게 지하운동을 하는 사람들이 있어요. 분명히 말하는데, 베이타도 그 가운데 하나예요."

"그래, 알았다, 애야. 화내지 마라. 화낼 이유가 없잖니?"

프란은 몹시 당황한 표정이었다.

하지만 토란은 격한 어조로 계속 말했다.

"아버지, 아버지는 사물을 편협하게 보는 게 문제예요. 아버지는 무역상 수십만 명이 우주에서 제일 구석지고 황폐한 행성으로 내몰렸다는 사실 하나 때문에 무역상들만 위대하다고 생각해요. 물론 파운데이션의 세금 징수원이 이 땅에 들어오면 여기를 온전하게 벗어날 수 없겠지요. 하지만 그건 천박한 영웅주의예요. 파운데이션에서 함대라도 보내면 어쩌려고 그래요?"

"그들을 날려 버려야지."

프란이 날카롭게 외쳤다.

"그런 다음에는 그만큼 보복을 받고 박살 나겠지요. 여기는 숫자나 무기나 조직이나 모든 면에서 열세예요. 파운데이션에서 이곳을 공격할 가치가 있다고 결정을 내리게 되면 아버지도 그 사실을 깨닫겠지요. 그러니 동맹군을 찾는 게 좋아요. 가능하다면 파운데이션 내부에서."

"란듀!"

프란이 소리쳤다. 그리고 덩치만 클 뿐 기운은 하나도 쓰지 못하는 황소처럼 동생을 바라보았다.

란듀가 입에서 파이프를 빼냈다.

"얘 말이 옳아요, 형님. 형님 마음 밑바닥을 들여다보면 형님도 알 거예요. 불쾌하기 때문에 애써 잊으려 하지만 그 생각은 그곳에 그대로 있을 거예요. 토란, 내가 이 문제를 꺼낸 이유를 알려 주마."

란듀는 담배를 빨며 한동안 생각에 잠기더니, 파이프를 재떨이에 놓고 불꽃이 꺼지기를 기다렸다가 깨끗하게 청소했다. 그리고 새끼손가락으로 조심스럽게 천천히 눌러서 파이프에 담배를 다시 채웠다.

이윽고 란듀가 입을 열었다.

"토란, 파운데이션이 우리에게 관심을 보일 수 있다는 네 지적은 아주 적절해. 최근에도 두 번이나 찾아왔더구나…… 세금 문제로. 그런데 문제는 두 번째 온 자가 조그만 순찰선을 끌고 왔다는 사실이야. 우리한테 들키지 않으려고 도시 글레아에 착륙했지. 물론 그들은 당연히 여기를 떠나지 못했어. 그러나 그들은 틀림없이 다시 나타날 거야. 네 아버지도 그 사실을 알고 있단다, 토란, 실제로 모르지 않아.

저 고집스러운 방랑자를 보렴. 너희 아버지도 하벤이 곤경에 처했고 우리 힘으로 어쩔 수 없다는 사실을 알고 있지만 늘 저런 식으로 말하고 있단다. 그걸로 위안을 삼는 거야. 하지만 말하고 싶은 걸 모두 말하고 반항심을 노골적으로 드러낸다고 해서 남자로서 그리고 황소 같은 무역상으로서 자신의 의무를 다한 건 아니란 사실을 깨닫는다면 너희 아버지도 우리만큼 합리적인 사람이 될 수 있어."

"우리만큼이라니, 그게 누군가요?"

베이타가 물었다.

란듀가 베이타를 보며 웃었다.

"우리가 조그만 단체를 만들었단다, 베이타, 우리 도시에서만. 아직까지는 아무 일도 하지 못했어. 다른 도시와 접촉도 하지 못했고. 이제 막 시작했거든."

"목표가 무엇인가요?"

베이타의 질문에 란듀는 고개를 저었다.

"우리도 몰라, 아직은. 지금은 기적을 바라는 수준이야. 네가 말했듯이 우리도 셀던의 위기가 나타나야 한다는 결론을 내렸거든."

란듀가 팔을 크게 흔들며 위쪽을 가리켰다.

"은하계에는 붕괴된 제국의 파편이 사방에 가득해. 군벌이 여기저기에서 들끓고 있어. 그 가운데 한 명이 대담하게 움직일 때가 올 거라고 생각하지 않니?"

베이타는 골똘히 생각하더니 단호하게 고개를 저었다. 끝만 동그랗게 말린 기다란 머리카락이 귀 옆에서 찰랑거렸다.

"아니에요. 전혀 아니에요. 파운데이션을 공격하는 건 자살 행위란 사실을 모르는 군벌은 하나도 없어요. 구제국의 벨 라이오즈는 그 누구보다 뛰어난 사령관이었어요. 그런 그가 은하제국의 병력을 동원해서 공격했는데도 셸던 프로젝트를 막을 수는 없었어요. 그걸 모르는 군벌이 있을까요?"

"우리가 몰아가면 어떨까?"

"어디로요? 원자 용광로 속으로요? 무엇으로 그들을 몰아가죠?"

"으음, 한 사람이 있어, 새로운 사람. 최근 1~2년 사이에 사람들이 뮬이라고 부르는 이상한 사람에 대한 소문이 돌고 있어."

베이타가 곰곰이 생각하며 물었다.

"뮬이라고요? 토란, 들어 본 적 있어?"

토란이 고개를 저었다.

베이타가 다시 물었다.

"어떤 사람이죠?"

"나도 몰라. 하지만 사람들 이야기로는 그가 절대 승리할 수 없는 전투에서 몇 차례나 승리했다는 거야. 소문이 과장되었을지도 모르지만 어쨌든 그 남자를 알아 두면 재미있을 것 같아. 능력과 야심이 충분한 사람 모두가 해리 셸던이나 그 심리역사학 법칙을 믿는 건 아닐 테니까. 우리가 불신감을 부추길 수도 있고. 그러면 그자가 공격할 수도 있어."

"그리고 파운데이션은 승리하고요."

"그럴 테지. 그러나 쉽지는 않을 거야. 그게 위기로 발전할 수도 있고. 우리가 그 위기를 이용해서 파운데이션의 전제군주로 하여금 우리와 타협하도록 이끌어 내는 거야. 최악으로 치닫는다 해도 그들은 우리를 한동안 내버려 둘 테니 그사이에 우리는 계획을 세워서 충분한 준비를 갖출 수 있지.”

"어떻게 생각해, 토란?”

베이타의 질문에 토란은 힘없이 웃으며 한쪽 눈으로 흘러내린 갈색 머리카락을 쓸어 올렸다.

“지금 설명 들은 대로라면 나쁘지는 않아. 하지만 뮬이란 자는 도대체 어떤 인물이지? 그자에 대해 얼마나 알고 있나요, 삼촌?”

“아직은 아무것도. 그 부분은 네가 수고 좀 해야겠다, 토란, 네 아내만 괜찮다면 네 아내랑 함께. 그 일에 관해서 우리가 계속 검토했어, 너희 아버지랑 내가, 우리가 철저하게 검토했어.”

“어떤 식으로요, 삼촌? 우리가 어떻게 하면 되죠?”

젊은이가 호기심 가득한 표정으로 아내를 흘긋 보았다.

“신혼여행은 다녀왔니?”

“저어…… 네…… 파운데이션에서 여기에 온 것을 신혼여행이라고 할 수 있다면요.”

“칼간으로 멋진 신혼여행을 다녀오는 건 어때? 아열대 기후…… 해안…… 수상 스포츠…… 새 사냥…… 아주 훌륭한 휴양지야. 여기에서 7000파섹 정도 거리지……. 그리 멀지 않아.”

“칼간에 뭐가 있는데요?”

“뮬, 아니면 그 부하들. 그자가 지난달에 그곳을 점령했어. 전투도 없이. 칼간의 영주가 그곳을 빼앗기느니 차라리 행성 전체를 폭파시켜서 이온 먼지로 만들겠다고 협박했는데도.”

“그 영주는 지금 어디 있나요?”

란듀가 어깨를 으쓱했다.

"없어. 그래, 네 생각은 어떠니?"

"우리가 뭘 해야 하는 거죠?"

"나도 몰라. 형님과 나는 늙었어. 게다가 우리는 시골뜨기야. 하벤의 무역상은 본질적으로 모두 시골뜨기야. 너도 그렇게 말했잖아. 우리의 무역 상대는 매우 제한되어 있어. 게다가 우리는 우리 조상처럼 은하계를 배회하는 방랑자도 아니야. 형님, 가만있어요! 하지만 너희 둘은 은하계를 잘 알아. 특히, 베이타는 훌륭한 파운데이션 억양을 가지고 있어. 우리는 너희들이 뭐든지 알아내기만 바라는 거야. 그러다 보면 연결이 될 수도 있겠지……. 하지만 그것까지 바라지는 않아. 둘이서 곰곰이 생각해 보렴. 원한다면 우리 단체 구성원들을 만나 볼 수도 있어……. 아, 다음 주까지는 여유를 주마. 너희도 한숨 돌릴 시간은 있어야 할 테니까."

잠시 침묵이 흐른 다음에 프란이 소리쳤다.

"한 잔 더 하고 싶은 사람 없어? 나 말고?"

12장
대위와 시장

한 프리처 대위는 주위의 화려한 모습이 낯설었지만 부럽지도 않았다. 으레 그렇듯이 한 프리처 대위는 자신의 업무와 직접적인 관계가 없는 자기 분석이라든가 온갖 종류의 철학이나 형이상학에 무관심했다.

한 프리처에게는 그러는 게 도움이 되었다.

한 프리처 대위가 주로 하는 일은 육군성에서는 '첩보 활동'이라 부르고 궤변가는 '정탐 활동'이라 부르고 로맨티스트는 '스파이 활동'이라고 부르는 업무였다. 유감스럽지만 텔레비저가 아무리 그럴싸하게 떠들어도 '첩보 활동'이나 '정탐 활동'이나 '스파이 활동'은 배신과 불신이 판치는 더러운 업무에 지나지 않았다. '국가의 이익'에 기여한다는 핑계로 사회의 용인을 받을 뿐이었다. 그러나 아무리 신성한 국가의 이익이라 해도 철학적인 견지에서 볼 때 사회는 개인의 양심보다 훨씬 더 타협적이라는 결론을 내리자마자 한 프리처 대위는 철학을 버리고 말았다.

그런데 지금 화려한 시장 대기실에서 기다리는 동안 머릿속 생각은 자신도 모르게 자신의 내면을 들여다보고 있었다.

그동안 그보다 실력 없는 사람들이 그를 밟고 승진했다. 그 정도는 참을 수 있었다. 그는 끝없는 벌점과 공식적인 징계를 견디며 살아남아야 했다. 그리고 바로 그 신성한 국가의 이익에 복종하지 않는 것 자체가 사회에 대한 봉사라는 신념을 가지고 자신의 방식을 고집스럽게 지켜 왔다.

그래서 지금 여기 시장 대기실까지 온 것이다. 경비병 다섯 명의 호위를 받으며. 군법회의가 기다리는 것 같았다.

육중한 대리석 문이 스르르 열리자 반들반들한 벽과 붉은 플라스틱 카펫 그리고 금속 문양을 새겨 넣은 대리석 문 두 개가 나타났다. 3세기 전에 디자인한 일직선 무늬의 제복을 입은 관리 두 명이 나와서 소리쳤다.

"정보국 한 프리처 대위 알현입니다."

대위가 앞으로 나서자, 그들은 뒤로 물러나며 예의를 갖추어 인사했다. 그를 호위하던 병사들은 바깥문에서 멈추고 대위 혼자만 안으로 들어갔다.

이상하리만치 검소하고 넓은 실내가 나왔고 맞은편에는 이상하게 각이 진 커다란 책상에 아주 조그맣게 보이는 사내 한 명이 덩그렇게 앉아 있었다.

인드버 시장. 인드버 1세의 손자로 그 이름을 3대째 이어받은 사람이었다. 할아버지 인드버 1세는 포악한 성격에 능력이 뛰어났는데, 권력을 장악할 때 그 포악성을 유감없이 발휘하여 자유선거라는 우스운 잔재를 쓸어 버리는 재주 외에도 영토를 비교적 평화롭게 다스리는 더 놀라운 재주를 적절하게 보여 준 사람이었다.

인드버 시장은 인드버 2세의 아들이다. 인드버 2세는 파운데이션에서 권력을 세습한 최초의 시장이었고 아버지의 능력 가운데 절반만 닮았으며 아주 포악했다.

인드버 시장은 그 이름을 세 번째로 쓰고 그 권력을 두 번째로 세습한 사람으로 세 사람 가운데 능력이 제일 떨어지는 인물, 포악하지도 않고 능력도 없는 인물, 하지만 장부 정리 실력 하나는 탁월한 인물이었다. 한마디로 말해서 일류가 되기엔 부족한 자질로 최고의 권력을 누리는 독특한 인물이었다.

정리 정돈에 대한 이상한 고집은 인드버 3세에게 하나의 '시스템'이었고 매일 되풀이되는 행정 절차의 사소한 격식 하나까지 따지려는 지칠 줄 모르는 열정은 '근면'이었으며 옳은 일에 대해서 결단을 못 내리는 건 '신중함'이었고 틀린 일에 막무가내로 고집 부리는 건 '결단력'이었다.

게다가 인드버 3세는 돈을 낭비하지 않았고 사람을 불필요하게 죽이지도 않았는데, 그는 이것을 세상에서 가장 선량한 행위로 여겼다.

한 프리처 대위는 이런 우울한 생각을 하며 커다란 책상 앞에서 공손하게 기다렸다. 머릿속 생각을 조금도 드러내지 않는, 나무처럼 딱딱한 얼굴이었다. 기침도 하지 않고 자세도 바꾸지 않고 다리도 움직이지 않고 기다렸다. 그리고 시장은 조그만 여백에 주석을 달던 철필 작업을 멈추고 빽빽하게 인쇄한 서류 한 장을 산더미처럼 쌓인 서류 더미에서 들어 다른 쪽 서류 더미로 옮겨 놓은 다음에 여윈 얼굴을 천천히 들었다.

인드버 시장은 책상에 가지런히 정리한 물품을 혹여 건드리지 않도록 조심스럽게 두 손을 모았다.

"정보국의 한 프리처 대위로군."

인드버 시장이 알은척했다.

한 프리처 대위는 군대식 의례에 따라 다리 하나로 무릎을 꿇고 고개를 숙인 채 일어나라는 명령이 나오기만 기다렸다.

인드버 시장이 동정심 깃든 따뜻한 어조로 말했다.

"일어나게, 한 프리처 대위! 자네를 이곳에 부른 이유는, 한 프리처 대위, 자네 상관이 자네한테 징계 조치를 내렸기 때문이네. 거기에 대한 서류가 절차에 따라서 당연히 나한테 도달했네. 그런데 나는 파운데이션에서 일어나는 모든 사건에 관심을 기울이기 때문에 자네를 직접 불러서 물어보는 수고를 아끼지 않기로 했네. 놀라지 않았기를 바라네."

한 프리처 대위는 담담하게 대답했다.

"네, 각하. 각하의 공정하심은 천하가 다 알고 있습니다."

"그래? 정말?"

인드버 시장은 기분 좋은 목소리였다. 색깔이 엷은 콘택트렌즈가 빛을 받아 그 눈이 강하고 건조하게 보였다. 인드버 시장이 앞에 있는 금속 장정의 서류철을 부챗살처럼 조심스럽게 펼쳤다. 서류철을 넘기자 안에 있던 양피지가 부스럭거렸다.

인드버 시장은 기다란 손가락으로 내용을 짚으며 읽어 내려갔다.

"여기에 자네 기록이 있네, 대위, 완벽하게. 자네는 마흔세 살이고 육군 장교로 17년을 복무했어. 로리스에서 태어났고 부모님은 아나크레온 사람이며 어릴 때 중병을 앓은 적 없고…… 근시 질환…… 이건 중요하지 않고…… 학력, 입대 전에 과학 아카데미를 다녔고, 전공은 하이퍼 엔진, 성적은…… 으으음…… 아주 좋아. 축하를 받을 만해……. 파운데이션 기원 293년 102번째 날에 하사관으로 육군에 입대했어."

인드버 시장이 첫 번째 서류철을 옮겨 놓고 두 번째 서류철을 펼치면서 잠시 고개를 들었다.

시장이 말했다.

"알다시피 나는 그 무엇도 우연으로 넘기지 않네. 질서! 시스템!"

시장이 향기 나는 젤리 타입의 분홍색 알약을 입에 넣었다. 이건 시장이 가진 단 하나의 나쁜 습관이지만 그는 그것조차 억누르려고 엄청나게 애쓰는 중이었다. 담배꽁초 등을 처분하기 위해 거의 모든 곳에 설치한 원자 재떨이가 시장의 커다란 책상에만 없다는 사실이 좋은 증거였다. 시장은 담배를 피우지 않기 때문이었다.

그래서 방문자도 당연히 담배를 피울 수 없었다.

시장의 목소리가 애매하게 중얼거리는 투로 단계적으로 가라앉다가…… 가끔씩 의미 없는 칭찬이나 비난을 속삭이듯 웅얼대는 목소리가 들리곤 했다.

시장은 서류철을 원래 있던 자리에 천천히 쌓아 올려서 깔끔한 서류더미 하나를 완성하고는 다시 힘차게 말했다.

"으음, 대위! 자네 기록은 정말 대단해. 능력도 탁월한 것 같아. 그동안 자네가 해낸 임무도 아주 가치 있어. 임무를 수행하다가 부상을 두 번이나 당하고 임무가 아닌 일에도 용감히 나서서 무공훈장도 받았어. 과소평가하면 안 되는 것들이야."

한 프리처 대위의 얼굴은 여전히 무표정했다. 그리고 계속 꼿꼿하게 서 있었다. 의전 규칙에 따르면 시장을 알현하는 영광을 입은 신하는 앉을 수 없었다. 하지만 커다란 공간에 시장이 앉고 있는 의자 말고 다른 의자가 단 하나도 없기 때문에 굳이 강조할 필요가 없는 규칙이었다. 게다가 의전 규칙에 따르면 질문에 대한 직접적인 답변 이외에는 어떤 말도 할 수 없었다.

시장의 눈은 군인의 몸에 머문 채 미동조차 하지 않았으며 목소리는 점차 무겁고 날카롭게 변했다.

"그런데 자네는 10년이 넘도록 승진하지 못했어. 자네 상관이 제출한 보고서에는 자네가 비타협적이고 완고하다는 내용이 거듭해서 적혀 있군. 자네는 늘 반항적으로 행동하고 상관에 대해 적절한 예의를 갖출 줄 모르고 동료들과 마찰 없이 지내려는 노력조차 안 하는 사고뭉치라며 개선의 여지가 없다고 적혀 있어. 자네는 이걸 어떻게 설명하겠나, 대위?"

"각하, 저는 제가 옳다고 여기는 일을 합니다. 국가의 이익을 위해 제가 한 일과 그 과정에서 제가 입은 부상 기록을 살펴봐 주십시오. 제가 옳다고 생각한 것이 국가 이익에 부합했다는 사실을 아실 수 있을 겁니다."

"군인다운 대답이군, 대위. 하지만 위험한 논리야. 그 점은 나중에 다루기로 하지. 자네는 나의 법적 대리인이 서명한 명령서를 받고도 임무 수행을 세 번이나 거부한 혐의로 고발당했으니 말이야. 이건 어떻게 설명하겠나?"

"각하, 지금처럼 중요한 시기에 그런 임무는 그렇게 중요하지 않습니다. 그보다 훨씬 중요한 문제를 살펴야 합니다."

"오호, 그래? 자네가 말하는 문제가 훨씬 중요하다고 누가 그러던가? 그리고 정말 중요한 문제라면 그들이 그 문제를 외면한다고 누가 그러던가?"

"각하, 그 문제는 제 눈에 아주 명백하게 보입니다. 제 상관들 누구도 부정할 수 없는 제 경험과 지식으로 볼 때 너무나 분명합니다."

"하지만 이보게, 대위. 정보국 정책을 결정하는 권리를 가로채는 건 상관의 권리를 침해하는 거란 사실을 모를 정도로 자네는 눈이 멀었나?"

"각하, 제 의무는 국가에 대한 것이지 상관에 대한 것이 아닙니다."

"그렇지 않네. 자네 상관한테 또 다른 상관이 있고 그 상관이 바로 나고 내가 곧 국가이기 때문이네. 자, 그렇다면 자네 입으로 천하가 다 알고 있다고 말한 나의 판단력에 이의를 제기할 이유는 없어야 할 거야. 그런데도 이런 일이 생기게 된 이유를 자네 입으로 설명해 보게."

"각하, 제 임무는 국가에 헌신하는 것이지 칼간이라는 행성에서 은퇴한 무역상으로 위장한 채 사는 게 아니었습니다. 제가 맡은 임무는 칼간에서 파운데이션의 지하조직을 구축해 칼간의 군벌을, 특히 그 외교 정책과 관련해서 감시하는 데 만전을 기하는 것이었습니다."

"그건 나도 알고 있네. 계속하게."

"각하, 저는 칼간과 칼간의 통제 시스템이 가진 전술적 중요성을 강조하는 보고서를 계속해서 올렸습니다. 영토를 확장하려는 군벌의 야망과 군사력을 알리면서 그들이 파운데이션에 대해 가진 우호적이고 중립적인 태도에 대해서도 보고했습니다."

"자네 보고서는 꼼꼼하게 읽어 보았네, 계속하도록."

"각하, 저는 두 달 전에 돌아왔습니다. 당시에는 전쟁이 임박한 징후가 없었습니다. 예상되는 공격을 모두 물리칠 수 있는 우월한 군사적 우위 외에 다른 징후는 전혀 없었습니다. 그런데 한 달 전에 이름도 알 수 없는 운 좋은 군인이 전투조차 치르지 않고 칼간을 차지했습니다. 칼간을 지배하던 군벌은 이 세상을 떠난 게 분명합니다. 사람들은 그 행동을 반역이라고 규탄하기는커녕 뮬이라는 자의 막강한 힘과 천재성에 대해서 떠들어 대기 바쁩니다."

"누구?"

시장은 몸을 앞으로 기울였다. 기분이 상한 표정이었다.

"각하, 그자는 뮬이라고 알려져 있습니다. 겉으로 모습을 드러낸 적이 거의 없는 자입니다. 하지만 저는 단편적으로 모은 정보들 가운데 가장 믿을 만한 내용을 추려 냈습니다. 그자는 출생 신분이나 지위가 낮은 인간이 분명합니다. 아버지에 대해서 알려진 건 전혀 없습니다. 어머니는 그자를 낳다가 죽었고, 그자는 부랑자로 자라나 이리저리 떠돌면서 우주의 쇠락한 뒷골목에서 교육을 받았습니다. 알려진 것은 당나귀, 고집쟁이라는 뜻의 뮬이라는 이름밖에 없습니다. 그 이름도 자신이 골랐다고 하는데, 엄청난 체력과 목적에 대한 집요함을 나타내는 이름이라고 사람들은 해석합니다."

"군사력은 어느 정도인가, 대위? 그자의 체력은 관심 없네."

"각하, 거대한 함대를 이끌고 있다는 소문이 돌지만 칼간을 이상하게 점령한 사실에 영향을 받아서 떠도는 헛소문 같습니다. 그자가 지배하는 영역은 넓지 않지만 그 규모를 구체적으로 파악할 순 없습니다. 따라서 그자에 대한 조사가 필요합니다."

"으으음, 그래! 그래!"

시장은 명상에 잠겨서 편지지 제일 위쪽 공백에 철필을 천천히 스물네 번 움직여서 사각형 여섯 개를 그리고 종이를 뜯어서 정확히 세 조각으로 접은 다음에 오른쪽에 있는 쓰레기 처리 구멍에 집어넣었다. 종이가 깔끔하고 조용한 원자 분열기로 미끄러져 들어갔다.

"좋아, 그럼 말해 보게, 대위. 다른 건 무엇인가? 자네는 반드시 조사해야 할 것에 대해서 말했어. 그렇다면 자네가 그 전에 조사하도록 명령받은 건 무엇인가?"

"각하, 우주에 세금을 내지 않는 쥐구멍 같은 곳이 있습니다."

"그래, 그게 전부인가? 자네는 세금을 바치지 않는 자들이 파운데이션 초창기의 거친 무역상들, 파운데이션을 건설했다고 주장하며 파운데이션의 문화를 조롱하던 그 무정부주의자, 반역자, 미치광이 집단의 후손이라는 사실을 모르고 있나, 들어 본 적도 없어? 그런 쥐구멍이 우주에 하나도 아니고 여럿 존재한다는 사실을, 그런 쥐구멍이 우리가 알고 있는 것보다 훨씬 많다는 사실을, 그 쥐구멍들이 서로 연락하며 음모를 꾸미고 있을 뿐만 아니라 파운데이션 영토 전역에 존재하는 범죄 분자들과 연결되어 있다는 사실을, 자네는 알지도 듣지도 못했나 보군. 심지어는 이곳에도 그 쥐구멍이 있단 말이야, 대위, 이곳에도."

시장이 순간적인 분노를 재빨리 가라앉히며 다시 물었다.

"그걸 모르고 있었나, 대위?"

"각하, 저도 그런 사실을 들은 적이 있습니다. 하지만 국가의 신하된 자로서 저는 충직하게 봉사해야 합니다. 그리고 진실을 섬기는 자만이 가장 충직하게 봉사합니다. 옛 무역상의 잔당이 정치적으로 어떤 목적을 지니고 있든, 기본적으로 구제국에서 갈라진 영토를 물려받은 군벌들이 세력을 쥐고 있습니다. 무역상들은 무기도 없고 자원도 없습니다. 게다가 한데 뭉치지도 않았습니다. 저는 어린애처럼 심부름이나 다니는 세금 징수원이 아닙니다."

"프리처 대위, 자네는 군인이고 무력을 신뢰하지. 자네가 나한테까지 불복종할 정도로 자네를 내버려 두는 게 아니었어. 조심하게. 나의 정의는 그렇게 약하지 않아, 대위. 제국 시대 장군이든 현재의 군벌이든 우리한테 맞설 힘이 없다는 사실은 이미 밝혀졌네. 파운데이션이 걸어갈 길을 예언한 셀던의 과학은 자네도 알다시피 개인의 영웅주의가 아니라 역사의 사회적·경제적 흐름에 근거하고 있네. 그래서 우리는 이미 네 번의 위기를 성공적으로 헤쳐 나왔어, 그렇지 않은가?"

"각하, 그렇습니다. 하지만 셀던의 과학을 아는 사람은…… 셀던밖에 없습니다. 우리는 그것을 믿을 뿐입니다. 제가 자세히 배운 바에 의하면 처음 세 번의 위기를 맞았을 때 파운데이션을 이끈 지도자들은 위기의 본질을 예측하고 적절한 예비 조치를 취했습니다. 그렇게 하지 않았다면…… 어떻게 되었을까요?"

"그래, 대위. 하지만 자네는 네 번째 위기를 빠뜨렸군. 자, 대위. 그때는 지도자라고 부를 만한 사람이 아무도 없었네. 게다가 가장 영리하고 무장도 잘된 강력한 적군과 마주쳤지. 그래도 우린 역사의 필연에 따라 승리를 거두었어."

"각하, 그것도 맞습니다. 하지만 각하가 말씀하신 그 역사는 1년 넘게 필사적으로 싸운 다음에야 비로소 필연적으로 나타났습니다. 그 필연적인 승리를 얻기 위해 우리는 우주선 500척과 병사 50만을 잃었습니다. 각하, 셀던 프로젝트는 스스로 돕는 자를 돕습니다."

인드버 시장은 얼굴을 찡그렸다. 인내심을 발휘하며 설명하기가 갑자기 짜증스러웠다. 부하를 이렇게 겸손하게 대한 것 자체가 잘못이었다. 마치 영원토록 논쟁해도 된다는 허락이라도 받은 것처럼 점차 열변을 토하며 뭉그적거리고 있으니 말이다!

시장이 딱딱하게 말했다.

"어쨌거나, 대위. 셀던은 군벌에 대한 승리를 보장했고 나는 지금처럼 바쁜 시기에 신경을 분산시키고 싶지 않네. 하지만 자네가 가볍게 무시한 무역상들은 파운데이션 출신이야. 그들과 전쟁이 일어나면 내란이 될 거야. 셀던 프로젝트는 파운데이션 내란에 대해 어떤 보장도 하지 않았네……. 그들이나 우리나 모두 파운데이션이니까. 그러니 그들을 굴복시켜야 하네. 명령대로 하게."

"각하……"

"자네한테 묻지 않았네. 대위. 나는 자네한테 명령을 내렸네. 명령에 따르게. 앞으로 나나 나를 대리한 자에게 어떤 식으로든 반박하면 반역으로 간주하겠네. 그만 나가게."

한 프리처 대위는 다시 무릎을 꿇은 다음 뒷걸음질 치며 천천히 나갔다.

이름을 물려받은 건 세 번째고 파운데이션 역사상 세습으로 시장이 된 건 두 번째인 인드버 시장은 평상심을 되찾고 왼쪽에 잘 정리되어 있는 서류 더미에서 종이 한 장을 다시 집어 들었다. 그것은 경찰관 제복의 가장자리를 처리할 때 쓰는 금속 기포의 양을 줄여서 예산을 절약하자는 안건에 대한 보고서였다. 인드버 시장은 불필요한 쉼표를 없애고 잘못된 철자를 고치고 여백에 주석 세 개를 달아서 오른쪽 잘 정리한 서류 더미에 얹었다. 그리고 왼쪽의 잘 정돈된 서류 더미에서 종이 한 장을 새로 집어 들었다.

본부로 돌아온 정보국의 한 프리처 대위는 자신을 기다리는 개인용 캡슐을 발견했다. 캡슐에 든 명령서에는 '긴급'이라고 도장이 찍히고 빨간색 밑줄을 그은 글씨가 적혀 있었는데, 모든 문장이 '나'라는 굵은 글씨로 시작하고 있었다.

'하벤이라는 반역 세계'로 가라는 아주 강력한 명령서였다.

한 프리처 대위는 가벼운 1인승 고속 우주선에 혼자 올라타 차분하게 칼간으로 가는 코스를 입력했다. 그리고 그날 밤에는 끝까지 고집을 부린 남자답게 발 뻗고 잠을 잤다.

13장

중위와 어릿광대

칼간이 뮬의 군대에 함락되었다는 소식은 7000파섹이나 떨어진 곳에 사는 어떤 늙은 무역상의 호기심을 자극하고 고집스러운 대위의 걱정과 소심한 시장의 짜증을 불러일으켰으나, 칼간 주민들에게는 아무런 영향도 자극도 주지 않았다. 시간적으로나 공간적으로 멀리 떨어져 있는 쪽이 사물을 명확히 볼 수 있다는 사실은 인류 역사상 불변의 교훈이다. 기록이 제대로 남지 않아 그런 교훈을 계속 되풀이해서 깨달아야 한다는 사실이 아쉬울 뿐이다.

칼간은…… 칼간이었다. 은하계 전체에서 제국은 완전히 무너지고 스태널 왕조의 지배는 끝났으며 거대한 제국이 조각조각 나뉘어 평화 또한 사라졌다는 사실을 칼간만 모르는 것 같았다.

칼간은 호화로운 세계였다. 인류라는 거대한 구조물이 붕괴하고 있을 때도 이곳만은 황금을 받고 레저를 파는 휴양지의 모습을 그대로 유지하고 있었다.

이곳은 역사의 가혹한 격변기를 피해 갔다. 그 어떤 정복자도 황금이 계속 흘러드는 나라를 멸망시키거나 심하게 훼손할 생각이 없었기 때문이다.

그러나 이런 칼간조차도 결국에는 한 군벌의 사령부가 되었고 그곳의 문화 역시 전쟁이라는 위기 상황에 단련되어 갔다.

잘 가꾼 정글, 완만하고 이상적인 해안선, 화려한 매력이 가득한 도시에도 국외에서 수입한 용병과 강제 징집한 민병의 행진 소리가 울려 퍼졌다. 변경 지역도 모두 무장을 갖췄으며 역사상 처음으로 뇌물보다 많은 돈을 전함에 쏟아부었다. 자신이 장악한 세계를 지키고 남의 세계를 빼앗겠다는 이곳 지배자의 단호한 의지를 보여 주는 확실한 증거였다.

그는 은하계의 위대한 지배자, 전쟁과 평화를 만드는 자, 제국의 건설자, 왕조의 설립자였다.

그런데 우스꽝스러운 별명을 지닌 정체불명의 사내가 나타나 그를, 그의 군대를, 그리고 맹아기 상태의 제국을 정복했다……. 그것도 전투 한 번 치르지 않고.

칼간은 다시 예전 모습으로 돌아갔고 시민들도 군복을 벗고 원래의 평범한 생활로 서둘러 돌아갔다. 외국에서 온 직업군인들은 새로 편성된 군대에 쉽게 흡수되었다.

정글에서는 결코 인간을 해치지 못하도록 잘 훈련된 동물을 쫓는 사치스러운 사냥이 다시 시작되었고 하늘에는 커다란 새를 사냥하는 쾌속선이 날아다녔다.

도시에서는 은하계 도망자들이 주머니 사정에 따라 다양한 즐거움을 만끽했다. 반 크레디트만 내면 문을 열어 환상적인 장관을 보여 주는 영묘한 하늘 궁전에서부터 천만장자만 알 수 있는 미지의 공간에 이르기까지 다양했다.

하지만 토란과 베이타는 그런 거대한 물결에 휩쓸리지 않았다. 두 사람은 동부 반도에 있는 커다란 일반 격납고에 우주선을 등록하고 중류층에게 적당한 내해에 머물기로 결정했다. 법으로 허용된 위락 시설이 있고 품위도 있으며 모이는 사람도 아직은 그런대로 괜찮은 곳이었다.

베이타는 햇볕을 피하기 위해 검은 안경을 끼고 얇은 흰색 겉옷을 걸쳤다. 햇볕을 받아도 거의 타지 않는 분홍빛 팔로 양 무릎을 껴안은 채 베이타는 길게 누워 있는 남편의 몸뚱이를 멍하니 바라보았다. 남편의 몸뚱이가 하얗게 쏟아지는 햇빛을 받아서 화려하게 반짝거렸다.

"너무 태우지 마."

처음에 베이타가 말렸으나 토란은 죽어 가는 붉은 별처럼 꼼짝하지 않았다. 파운데이션에서 3년을 보냈음에도 토란에게 햇빛은 누리기 어려운 호사였다. 그래서 토란은 햇빛을 막아 내는 치료를 미리 받은 다음에 반바지만 걸치고 나흘 연속으로 햇볕을 즐기고 있었다.

베이타는 모래에 누워 있는 남편 옆에 웅크리고 앉았고 두 사람은 조그맣게 속삭였다.

긴장이 풀린 토란의 얼굴에서 우울한 목소리가 울려 나왔다.

"도무지 어디로 가야 할지 모르겠어. 도대체 그자가 어디에 있다는 거야? 그자는 어떤 사람이야? 이 정신 나간 세계는 그자에 대해 한마디도 하지 않아. 어쩌면 그자는 애초에 존재하지 않는 건지도 몰라."

남편의 말에 베이타는 입술도 움직이지 않은 채 대답했다.

"그자는 존재해. 아주 똑똑할 뿐이야. 당신 삼촌이 맞아. 그자는 우리한테 충분한 도움이 될 수 있어……. 그만한 시간이 남아 있다면 말이지만."

잠시 침묵이 흐른 다음에 토란이 속삭였다.

"내가 뭘 하고 있었는지 알아, 베이타? 태양 속에서 백일몽에 젖어 들고 있었어. 조화롭고 감미로운 장면이 스르르 나타나는 환상이 보였다고."

그 목소리가 거의 잦아들다가 다시 커졌다.

"대학에서 아만 박사가 했던 말을 기억해 봐, 베이타. 파운데이션은 결코 패할 수 없다는 것이 파운데이션의 지배자가 패할 수 없다는 의미는 아니라고 했어. 파운데이션의 진짜 역사는 샐버 하딘이 백과사전 편집자들을 몰아내고 터미너스 행성을 장악한 최초의 시장이 되면서 시작된 거 아니야? 그리고 다음 세기에 호버 말로가 굉장히 과격한 방법으로 권력을 손에 넣지 않았어? 지배자가 두 번이나 패한 거야. 그렇다면 앞으로도 그럴 수 있는 거야. 우리라고 그렇게 하지 못하란 법도 없지 않아?"

"그건 책에나 나오는 구태의연한 논법이야, 토란. 좋은 휴가를 그런 망상으로 낭비하다니."

"그럴까? 잘 들어 봐. 하벤이 뭐지? 파운데이션의 일부 아니야? 우리가 싸움에서 이기면 그것 역시 파운데이션의 승리가 되는 거야. 현재의 통치자가 패하는 것뿐이라고."

"우리가 그렇게 할 수 있다는 것과 우리가 그렇게 된다는 건 엄연히 달라. 당신은 지금 말장난을 하는 거라고."

토란이 몸을 꿈틀거렸다.

"아니, 베이타. 당신 지금 너무 심하게 말하는 거 아니야? 내가 펼치는 상상의 나래를 망치려는 이유가 뭐야? 당신만 괜찮다면 난 잠이나 자야겠어."

그런데 베이타가 갑자기 불쑥 목을 길게 빼더니 낄낄거리면서 안경을 벗고는 손으로 눈 위에 차양을 만들어 해안을 내려다보았다.

그 모습을 보고 토란은 몸을 일으키고 어깨를 틀어 베이타의 눈길을 좇았다.

베이타는 공중에 떠 있는 가늘고 기다란 발을 보는 게 분명했다. 누군가가 물구나무서서 왔다 갔다 하며 사람들을 즐겁게 하고 있었다. 그는 바닷가에 모여 사는 거지 곡예사 가운데 하나인 듯했는데, 사람들이 동전을 던져 주면 관절을 유연하게 꺾어서 덥석 받았다.

해안 경비원이 다른 곳으로 가라고 신호를 보내자 어릿광대는 한 손으로 물구나무선 채로 엄지손가락을 코에 갖다 댔다. 경비원이 위협적으로 다가오다가 어릿광대에게 배를 차이고 뒤로 비틀거렸다. 어릿광대는 발로 차던 동작 그대로 일어나 달아나 버렸고 경비원은 입에 거품을 물었지만 철저하게 냉담한 구경꾼들에 막혀서 더 이상 쫓아갈 수가 없었다.

어릿광대는 해안을 따라 지그재그로 내려갔다. 많은 사람을 스치며 지나다가 가끔 주춤하기도 했지만 멈추지 않았다. 이윽고 구경꾼들도 흩어지고 경비원도 사라졌다.

"이상한 사람이야."

베이타가 재미있다는 투로 말했고 토란은 무심하게 인정했다. 그런데 어릿광대가 어느새 그들 코앞까지 다가왔다. 여윈 얼굴의 이목구비가 한가운데 몰려 커다랗고 길쭉한 코로 이어졌다. 펑퍼짐한 의상 때문에 더 두드러져 보이는 가늘고 기다란 팔다리와 깡마른 몸집 탓인지 우아하고 나긋나긋하게 걷고 있는데도 무턱대고 걷고 있다는 인상을 주었다.

보기만 해도 웃음이 나오는 장면이었다.

어릿광대가 두 사람의 시선을 느꼈는지 앞을 지나다가 갑자기 멈추고 재빨리 방향을 틀면서 두 사람한테 다가왔다. 그리고 커다란 갈색 눈으로 베이타를 바라보았다.

베이타는 당황했다.

어릿광대가 웃었지만 가운데로 몰린 얼굴이 오히려 슬퍼 보이기만 했다. 그러나 그가 입을 여는 순간에 중심 구역 특유의 부드럽고 우아한 말씨가 튀어나왔다.

"만일 제가 착한 요정한테 받은 재치를 동원해서 말한다면 숙녀분은 이 세상 사람이 아니라고 말할 것 같습니다. 정신이 똑바로 박힌 사람이라면 꿈과 현실을 혼동하지 않겠지요. 하지만 저는 제정신으로 남아 있기보다 마법에 홀린 이 눈을 믿겠습니다."

베이타가 눈을 동그랗게 뜨고 감탄했다.

"어머!"

토란이 웃었다.

"오, 당신이 마법에 빠졌군. 어서, 베이타, 이 정도면 5크레디트 값어치는 되겠어. 어서 돈을 줘."

어릿광대가 펄쩍 뛰며 앞으로 다가왔다.

"아닙니다, 숙녀분. 절 그런 사람으로 보지 마세요. 전 돈 때문에 그런 말을 한 게 아닙니다. 당신의 너무나 빛나는 눈동자와 사랑스러운 얼굴 때문입니다."

"으음, 고마워요."

베이타는 이렇게 말하고 나서 토란한테 속삭였다.

"이 사람이 햇빛에 눈이 부셔서 그런 걸까?"

"그 눈과 얼굴만 그런 게 아니에요. 맑고 강인하면서도 친절한 마음씨도 그래요."

어릿광대가 계속 말했다. 굉장히 흥분한 듯했다.

토란이 일어나 나흘 동안 팔에만 걸치고 다니던 하얀 겉옷을 가져다 입으며 말했다.

"이봐요, 아저씨, 필요한 게 있으면 나한테 말하고 이 숙녀분은 그만 놀리세요."

어릿광대가 비쩍 마른 몸을 움츠리며 놀란 표정으로 뒷걸음질 쳤다.

"아니에요, 괴롭힐 생각은 전혀 없습니다. 전 여기에 처음 왔고 사람들은 저를 정신이상자라고 합니다. 하지만 저는 얼굴에서 무언가를 읽어 낼 수 있습니다. 숙녀분의 아름다운 모습 뒤에는 친절한 마음씨가 있습니다. 제가 탁 까놓고 말하자면, 곤경에 빠진 저를 도울 수 있는 마음씨 말입니다."

"5크레디트면 곤경에서 벗어날 수 있겠어요?"

토란이 쌀쌀맞게 말하며 동전을 꺼냈다. 그러나 어릿광대는 받으려 하지 않았다.

베이타가 말했다.

"내가 말해 볼게, 토란."

그리고 나지막한 목소리로 재빨리 덧붙였다.

"저 사람의 엉뚱한 말투에 신경 쓸 것 없잖아. 저 사람 말투가 그런 것뿐이야. 우리 말투도 저 사람한테 이상하게 들릴 수 있어."

그리고 어릿광대한테 시선을 돌리며 다시 말했다.

"어떤 곤경에 처했나요? 경비원이 다시 올까 봐 걱정하는 거예요? 그 사람이 당신을 더 이상 괴롭히지 못하게 도와줄게요."

"아니에요. 그 사람 때문이 아니에요. 그 사람은 제 발목에 붙은 먼지나 날려 보내는 미풍에 불과해요. 제가 피해야 할 사람은 따로 있어요. 그 사람은 온 세상을 휩쓸어 모든 걸 파괴하는 폭풍이에요. 저는 일주일 전에 그 사람한테서 도망쳐 도시의 길바닥에 누워 자고 혼잡한 인파에 숨어 지냈어요. 그러면서 저한테 도움이 될 만한 사람을 계속 찾아다녔지요. 그런데 바로 여기에서 찾은 거예요."

그는 마지막 말을 훨씬 부드럽게 반복했다. 두려움에 떠는 어투였다. 커다란 눈에는 근심이 가득했다.

"바로 여기에서 찾았다고요."

베이타가 이성적으로 대답했다.

"그래요, 나도 돕고 싶어요. 하지만 나는 세상을 쓸어 버릴 폭풍한테서 당신을 보호할 능력이 없어요. 사실대로 말하면 나는……"

바로 그 순간 거칠고 고압적인 목소리가 달려들었다.

"여기 있구나, 진흙탕에 빠져 죽을 녀석……."

벌겋게 달아오른 얼굴로 입에 거품을 물고 달려오는 해안 경비원이었다. 경비원이 실신용 전기총까지 겨누며 소리쳤다.

"거기 두 분, 그놈 좀 잡고 있어요. 도망치지 못하게."

경비원이 두툼한 손으로 어릿광대의 여윈 어깨를 잡자, 어릿광대가 신음을 뱉어 냈다.

토란이 물었다.

"이 사람이 무슨 짓을 했기에 그러는 거예요?"

"무슨 짓을 했냐고? 무슨 짓을 했느냐? 으음, 그거 좋은 질문이군."

경비원은 허리띠에 달린 조그만 주머니에서 자줏빛 손수건을 꺼내 목을 닦았다. 그리고 음미하듯 대답했다.

"이자가 무슨 짓을 했는지 알려 드리지. 이자는 탈주를 했어. 칼간 전역에 포고령이 내려져 있다고. 물구나무서서 사기꾼 같은 얼굴을 아래에 감추지 않았으면 진작 알아보았을 텐데."

경비원이 자신의 먹잇감을 기분 좋게 마구 흔들어 댔다.

베이타가 미소를 지으며 물었다.

"어디에서 도망쳤는데요?"

구경꾼들이 눈을 동그랗게 뜨고 모여들었다. 구경꾼이 불어나자 경비원은 자신이 중요한 인물이나 된 것처럼 뻐기며 커다란 목소리로 반문했다.

"어디에서 도망쳤냐고? 아마 뮬이라는 이름을 들어 봤겠지?"

주변에서 와자지껄하던 소리가 갑자기 멈췄다. 베이타는 배 속에 갑자기 차가운 얼음 방울이 서리는 느낌을 받았다. 어릿광대는 베이타만 바라보았다. 경비원의 우락부락한 손아귀에 잡혀 부들부들 떨고 있었다.

경비원이 힘주어 계속 말했다.

"이놈은…… 넝마처럼 지긋지긋한 이놈은 군벌 각하의 궁정 곡예사인데 이렇게 도망쳐 나온 거야."

경비원이 포로를 거칠게 잡아서 흔들며 다그쳤다.

"그렇지 않냐, 이 멍청한 놈아?"

그에 대한 대답으로 어릿광대의 얼굴에 하얀 공포가 어렸다.

베이타가 토란의 귀에 대고 나지막하게 속삭였다.

이윽고 토란이 친근한 얼굴로 경비원에게 다가갔다.

"자, 이봐요. 잠깐 그 손을 치우는 게 좋겠네요. 당신이 붙잡고 있는 사람은 우리한테 춤을 보여 주고 있었는데 아직 우리가 치른 값어치를 못 했어요."

경비원이 어이가 없다는 표정으로 소리쳤다.

"여기에서 말이야? 포상금이······."

"만일 이 사람이 당신이 찾던 인물이라는 사실을 증명할 수 있다면 상금은 당신 몫이지요. 하지만 그러기 전까지는 손을 놓으세요. 알다시피 관광객을 방해하면 당신만 곤란해질 텐데요."

"당신은 지금 군벌 각하를 방해하는 거야, 나중에 심각한 상황에 처할 수도 있어."

경비원이 이렇게 말하며 어릿광대를 다시 흔들었다.

"저분의 돈을 빨리 돌려줘, 이 나쁜 놈아."

토란이 재빨리 손을 놀려 경비원의 손을 거칠게 꺾고 전기총을 낚아챘다. 경비원은 고통과 분노로 씩씩거렸다. 토란이 경비원을 옆으로 우악스럽게 밀치자, 그 손에서 풀려난 어릿광대는 토란 뒤로 허둥지둥 숨었다.

사람들은 이미 공포에 질려 싸움이 어떻게 마무리되었는지 제대로 보지도 못했다. 간혹 목을 길게 빼고 보는 사람도 있었지만 대부분은 싸움이 벌어지는 현장에서 멀리 떨어지기로 결심한 듯 뒤로 물러났.

그때 멀리서 웅성거리는 소리와 거칠게 명령하는 소리가 들려왔다. 인파가 갈라지면서 길이 열리고 그 길을 따라 전기채찍을 휘두르며 병사 두 명이 다가왔다. 그들이 입은 자주색 군복에는 행성을 가르는 번개가 그려져 있었다.

중위 복장을 한 새까만 거인이 뒤따라 나타났다. 검은 피부에 검은 머리칼 그리고 잔뜩 찌푸린 표정이었다.

새까만 거인은 자신의 힘을 강조하기 위해 크게 소리칠 필요가 전혀 없다는 듯 위협적인 목소리로 조그맣게 물었다.

"우리에게 신고한 사람이 자넨가?"

경비원은 여전히 비틀린 손을 붙잡은 채 고통스럽게 일그러진 얼굴로 웅얼거렸다.

"중위님, 상금은 제 것입니다. 그리고 저 남자를 고발합니다."

"그래, 상금은 자네 것이야."

중위가 쳐다보지도 않고 대답했다. 그리고 부하들한테 퉁명스럽게 손짓하며 명령했다.

"저자를 잡아!"

토란은 어릿광대가 필사적으로 움켜잡은 자신의 옷이 찢어지는 걸 느끼고는 떨리는 목소리를 내지 않으려고 목청 높여 외쳤다.

"미안합니다만, 중위. 이 사람은 내 사람이에요."

병사들은 그 말에 눈초차 꿈쩍하지 않았다. 병사 하나가 채찍을 들어 올렸지만 중위가 내리라고 명령했다.

중위가 앞으로 나와 근육이 울퉁불퉁 힌 세끼만 묘뚱이료 토란 앞에 섰다.

"누구냐?"

대답이 울려 나왔다.

"파운데이션 시민이에요."

효과가 있었다....... 구경꾼들한테 어느 정도는. 무거운 침묵이 깨지고 소곤거리는 소리가 났다. 뮬이란 이름이 두렵긴 하지만 어쨌든 이제 막 등장한 이름이고 파운데이션은 사람들 마음속에 생생하게 박혀 있는 이름이었다. 파운데이션, 그것은 제국을 멸망시키고 가혹한 전제정치로 은하계 전체를 지배하는 공포의 대상이었다.

중위가 안색 하나 바꾸지 않은 채 물었다.

"당신 뒤에 있는 자의 정체를 알고 있나?"

"이자가 당신 지도자의 궁정에서 도망쳤다고 들었어요. 하지만 내가 확실히 아는 건 이자가 내 친구라는 사실이에요. 이 사람을 데려가려면 이 사람의 정체부터 확실히 밝혀야 할 거예요."

구경꾼 사이에서 숨죽인 탄성이 터져 나왔다. 그래도 중위는 못 들은 척하며 물었다.

"파운데이션 시민이라는 증명서를 가지고 있나?"

"내 우주선에 있지요."

"지금 당신이 법을 어기고 있다는 사실을 알고 있나? 난 당신을 쏠 수도 있다."

"그렇겠지요. 하지만 나를 쏘는 것은 파운데이션 시민을 쏘는 것이고 따라서 당신은 나중에 파운데이션으로 끌려가 사지가 찢길 거예요. 다른 군벌도 그런 일을 겪었다고요."

중위가 입술을 적셨다. 토란의 말은 사실이었다.

중위가 물었다.

"이름은?"

하지만 토란은 자신의 장점을 계속 살려 나갔다.

"그 이상의 질문에 대해서는 내 우주선에 가서 대답할래요. 격납고에 가면 등록 번호를 알 수 있어요. '베이타'라는 이름으로 등록했으니까."

"탈주자를 내놓지 않겠다는 거냐?"

"뮬이 온다면 내놓겠지요. 당신 주인을 보내세요."

중위는 뭐라고 중얼거리다가 홱 돌아섰다.

"사람들을 해산시켜!"

중위가 부하들에게 소리치며 분노를 삭였다.

전기채찍이 사방으로 올라가다 내려왔다. 사람들은 날카로운 비명과 함께 흩어져 사방으로 달아났다.

토란은 격납고로 돌아오면서 혼잣말처럼 중얼거렸다.
"맙소사, 베이타. 내가 어떻게 그럴 수 있었지? 너무나 무서워서……."
"그래. 정말 대단했어."
베이타가 대답했다. 여전히 떨리는 음성이었다. 두 눈에는 숭배에 가까운 표정이 여전히 담겨 있었다.
"하지만 난 아직도 무슨 일이 일어났는지 모르겠어. 내가 다룰 줄도 모르는 전기총을 들고 중위한테 반박하다니. 내가 왜 그랬는지 모르겠어."
토란은 해변을 빠져나가는 단거리용 비행선 선내 통로 너머로 뮬의 어릿광대가 잠들어 있는 좌석을 건너보았다. 그리고 겁에 질린 목소리로 덧붙였다.
"지금까지 내가 겪은 일 가운데 가장 힘든 일이었어."

중위가 수비대장 앞에 공손히 섰다.
수비대장이 그를 쳐다보며 말했다.
"잘했어. 자네 임무는 끝났네."
중위는 곧바로 물러나지 않고 어두운 표정으로 말했다.
"뮬 각하께서 군중 앞에서 모욕당하신 겁니다. 위엄을 지키기 위해서는 단호한 조치가 필요합니다."
"벌써 조치해 두었네."

중위는 반쯤 돌아서다가 여전히 분이 풀리지 않은 목소리로 다시 말했다.

"명령은 명령이라는 사실을 기꺼이 인정합니다만 전기총을 들고 건방을 떠는 민간인 앞에 꾹 참고 서 있는 건 지금까지 제가 겪은 일 가운데 가장 힘든 일이었습니다."

14장

돌연변이

    칼간 행성의 격납고는 우주 관광객이 타고 온 엄청난 수의 우주선을 수용하는 동시에 필연적으로 발생하는 숙박 문제까지 해결하기 위해 생겨난 아주 독특한 시설이었다. 이렇게 확실한 해결책을 처음으로 고안한 사람은 순식간에 백만장자가 되었고 그 후손은 가문으로나 재산으로나 칼간 상류층에 쉽게 편입할 수 있었다.

    격납고는 사방 수 킬로미터에 걸쳐 뻗어 있어서 격납고라는 단어만으로는 완전하게 설명할 수 없었다. 정확히 말하면 이곳은 호텔, 즉 우주선을 위한 호텔이었다. 요금만 내면 여행자는 정박지를 배정받아 지내다가 언제라도 원하는 시간에 우주 공간으로 날아갈 수 있었다. 손님은 언제나 그래 왔던 것처럼 여기에서도 자신의 우주선에서 생활했다. 물론 일반 호텔과 마찬가지로 음식물이나 의약품을 공급받을 수 있고 간단한 우주선 정비도 받을 수 있으며 저렴한 요금으로 칼간 전역으로 가는 특별 운송 서비스를 받을 수도 있었다.

    그 결과, 여행자들은 정박료만 내고도 숙박까지 해결해 경비를 절약하고 경영자는 토지 공간을 일시적으로 빌려 주는 방법으로 이윤을 챙기며 정부는 막대한 세금을 거둔다. 모두한테 이익이다. 아무도 손해를 보지 않는다. 간단하다!

양옆으로 수없이 뻗어 나간 격납고 날개 한가운데 넓은 통로를 걸어가는 사내가 있었다. 사내는 예전에 그곳을 걸을 때마다 위에서 설명한 시스템의 실용성과 독창성에 대해서 깊이 생각하곤 했다. 하지만 지금은 그런 한가로운 생각을 할 때가 아니었다.

가지런히 배열된 칸막이방들을 따라 거대한 폭과 높이를 과시하며 늘어선 웅장한 우주선들 사이를 사내는 차례대로 지나갔다. 그 모습이 그곳에 사는 거만한 금속제 괴물들이 내려다보는 가운데 기어가는 조그만 곤충 같았다. 그는 지금 자신이 하는 일을 너무도 잘 알고 있었다. 격납고 등록 서류에서 우주선 수백 대가 들어 있는 특정한 날개 이상의 필요한 정보를 걸러 낼 수 없다면 그곳에 가서 수백 대를 훑어보는 방법으로 자신이 원하는 우주선을 손쉽게 찾을 수 있었다.

사내가 걸음을 멈추고 쭉 늘어선 우주선들을 살피고 있는데 적막 속에서 희미한 탄식이 흘러나왔다.

여기저기 우주선 선창에서 흘러나오는 불빛은 기업화된 쾌락에서 자신만의 아주 단순하고(또는 아주 사적이고) 폐쇄적인 쾌락으로 일찍 돌아온 사람이 있다는 사실을 나타내고 있었다.

사내가 멈춰 선 우주선은 아주 빠른 게 분명한 늘씬한 우주선이었다. 독특한 디자인으로 보아 자신이 찾는 우주선이 확실했다. 흔한 우주선이 아니었다. 은하계에 널려 있는 우주선 대부분은 파운데이션 디자인을 모방하거나 파운데이션 기술자들이 만든 것이었다. 그런데 이 우주선은 특별했다. 파운데이션 우주선이었다. 파운데이션 우주선만이 갖출 수 있는 보호막의 흔적이 표면에 살짝 돋아 있었다. 다른 근거도 몇 가지 있었다.

사내는 조금도 주저하지 않았다.

프라이버시를 보호하기 위해 격납고 측에서 늘어선 우주선들에 배치한 기다란 전자 장벽은 사내에게 아무런 문제도 되지 않았다. 몸에 지닌 아주 특별한 중화 에너지를 사용하면 경보기를 울리지 않고 전자 장벽을 쉽게 가를 수 있었기 때문이다.

그래서 우주선 내부에 침입자가 들어왔다는 사실을 알려 준 건, 주기밀실 한쪽에 있는 조그만 광전관을 사내가 손바닥으로 누른 결과, 우주선 거실에서 친근하게 여겨질 정도로 조그맣고 느긋하게 울리며 반짝거린 부저 신호가 처음이었다.

한편, 사내가 조사를 순조롭게 진행하는 동안 토란과 베이타는 베이타호 강철 벽 안에서 불안한 가운데 조금씩 안정감을 찾아 가고 있었다. 가느다란 몸집에 비해 마그니피코 자이갠티쿠스라는 거창한 이름으로 불리는 뮬의 어릿광내는 등을 구부린 채 식탁에 앉아 눈앞에 있는 음식을 게걸스럽게 먹고 있었다.

가끔씩 고개를 들 때면 어릿광대는 슬픈 갈색 눈동자로 식품 저장실과 식탁 사이를 부산하게 오가는 베이타의 움직임만 좇았다.

어릿광대가 중얼거렸다.

"약자의 감사는 아무런 가치도 없죠. 하지만 숙녀분에게 정말로 감사하고 싶습니다. 지난 일주일 동안 음식물 찌꺼기 조금밖에 못 먹었는데, 체구는 이렇게 작아도 식욕은 상상할 수 없을 정도로 엄청나답니다."

베이타가 웃으며 대답했다.

"그래요, 어서 먹어요! 인사치레하느라 시간 낭비하지 말고. 감사에 대한 중앙 은하계 속담을 예전에 들은 것 같은데, 그런 게 있나요?"

"그럼요. 숙녀분. 어떤 현명한 사람이 옛날에 '감사의 말은 공허하게 증발하지 않을 때 가장 좋고 가장 효과적이다.'라고 했다는 말을 들었답니다. 그렇지만 슬프게도 내가 하는 말은 공허한 말의 집합체에 불과한 것 같아요. 나의 공허한 말이 뮬을 즐겁게 하자 궁중의 옷과 으리으리한 이름이 나한테 주어졌지요. 원래는 보보라는 이름이었는데 뮬이 좋아하지 않았거든요. 그리고 나의 공허한 말이 그를 기쁘게 하지 못하자 채찍과 매질이 날아들었답니다."

토란이 조종실에서 돌아오며 말했다.

"베이타, 지금은 기다리는 방법밖에 없어. 뮬이 파운데이션 우주선은 파운데이션 영토라는 사실을 알고 있기만 바랄 뿐이야."

한때는 보보였던 마그니피코 자이갠티쿠스가 눈을 크게 뜨고 소리쳤다.

"뮬의 잔인한 부하들조차 그 앞에 서면 벌벌 떤다는 파운데이션은 얼마나 위대한가!"

"파운데이션에 대해서 들어 봤나요?"

베이타가 웃으며 물었다.

마그니피코가 신비로운 목소리로 속삭였다.

"못 들어 본 사람도 있을까요? 사람들은 그곳을 위대한 마법의 세계, 행성 전체를 태워 버릴 불, 전능한 힘의 비밀을 간직한 세계라고 부른답니다. 은하계 최고의 귀족도 '나는 파운데이션 시민'이라고 말할 수 있는 평범한 시민만큼의(설사 그자가 우주의 비천한 광부이거나 서저럼 하찮은 인간일지라도) 명예와 존경을 누릴 순 없다는 말도 있고요."

베이타가 말했다.

"자, 마그니피코, 계속 연설하다가 식사는 언제 끝내겠어요? 여기, 향을 섞은 우유를 가져왔어요. 맛있을 거예요."

베이타는 우유병을 식탁에 놓고 토란한테 밖으로 나오라는 신호를 보냈다.

"토란, 이제 어떻게 하지…… 저 사람을?"

베이타가 부엌을 가리키며 물었다.

"무슨 뜻이야?"

"뮬이 오면 저 사람을 넘겨줄 거야?"

"글쎄, 다른 방법 있어, 베이타?"

걱정스러운 목소리였다. 젖은 머리칼을 이마 너머로 쓸어 넘기는 동작에도 그런 마음이 그대로 드러났다.

토란이 초조한 어투로 다시 말했다.

"여기에 오기 전까지 나는 뮬이 있는 곳을 찾아서 공동의 관심사를 찾으면 된다는 엉뚱한 생각을 했어. 당신도 알다시피 확실한 거라곤 하나도 없는 관심사를 말이야."

"당신이 무슨 말을 하려는 건지 나도 알아, 토란, 난 내가 뮬을 만날 거란 기대조차 하지 않았어. 그저 이곳에서 일어나는 혼란에 관해 조금이라도 구체적인 정보를 구해서 행성 간 음모에 관해 조금이라도 더 알고 있는 사람한테 전달할 순 있을 거라고 생각했지. 난 소설책에 나오는 스파이가 아니거든."

토란이 팔짱을 끼고 얼굴을 찡그리며 대답했다.

"나도 마찬가지야, 베이타. 어떻게 이런 일이! 이런 기묘한 사건이 일어나지 않았다면 우린 뮬 같은 사람이 있다는 사실조차 몰랐을 거야. 그자가 어릿광대를 찾으러 올 것 같아?"

베이타는 남편을 쳐다보았다.

"나는 그자가 오기를 바라는지조차 모르겠어. 무슨 말을 하고 어떻게 대응해야 할지 정말 모르겠어. 당신은 알아?"

바로 그 순간 우주선 거실의 부저가 단속적으로 반짝거리며 울리더니 베이타의 입술이 소리 없이 움직였다.

"뮬!"

마그니피코가 눈을 크게 뜨고 문가에 다가와 울음 섞인 소리로 중얼거렸다.

"뮬?"

"문을 열어 줘야겠어."

토란이 중얼거렸다.

손을 대자 안쪽 잠금장치가 열리고 방문자 뒤쪽의 바깥문이 닫혔다. 스캐너에는 한 사람의 그림자만 나타났다.

"한 사람이야."

토란이 안도의 한숨을 내쉬며 말하고는 신호관에 입을 대고 살짝 떨리는 음성으로 물었다.

"누구세요?"

"나를 들여보낸 다음에 확인하는 게 어떻겠습니까?"

수신기에서 가느다란 음성이 흘러나왔다.

"당신한테 경고하겠는데 이 우주선은 파운데이션 우주선이기 때문에 국제조약에 따르면 이곳은 파운데이션의 영토라고요."

"나도 알고 있습니다."

"두 손을 들고 들어와요. 그렇지 않으면 쏘겠어요. 난 무장했다고요."

"좋습니다!"

토란은 안쪽 문을 열고 전자총을 들어서 엄지손가락을 발사 버튼에 올렸다. 발소리가 들리고 문이 활짝 열리는 순간 마그니피코가 커다랗게 소리쳤다.

"뮬이 아니에요. 하지만 남자예요."

그 '남자'는 어릿광대를 향해 정중하게 고개를 숙이며 이렇게 대답했다.

"맞습니다. 난 뮬이 아닙니다."

사내가 양손을 펴 보이며 덧붙였다.

"난 무장하지 않았습니다. 평화적인 목적으로 왔습니다. 마음 놓고 총을 내려놓으십시오. 당신이 손을 덜덜 떨고 있으니 내 마음이 편치 않습니다."

"누구세요?"

토란이 퉁명스럽게 묻자, 방문객이 차갑게 되물었다.

"그건 내가 묻고 싶은 말입니다. 가면을 쓰고 있는 사람은 내가 아니라 당신이니 말입니다."

"왜 그렇죠?"

"당신은 파운데이션 시민이라고 주장했는데 이 행성에는 허가받은 무역상이 한 사람도 없기 때문입니다."

"그렇지 않아요. 당신이 그걸 어떻게 안다고 이러는 거죠?"

"내가 파운데이션 시민이기 때문입니다. 나에게 그걸 증명할 서류도 있습니다. 하지만 당신 서류는 어디에 있습니까?"

"그만 나가는 게 좋겠네요."

"아니요. 아무리 사기꾼이라 해도 파운데이션 방식을 조금이라도 알고 있다면 당신은 내가 정해진 시각까지 내 우주선으로 살아 돌아가지 않을 경우에 가장 가까운 파운데이션 사령부로 신호가 간다는 사실을 알고 있을 것입니다. 그러니 당신이 들고 있는 무기는 실제로 별다른 효과를 발휘할 수 없을 것입니다."

무거운 침묵이 흘렀다. 이윽고 베이타가 조용히 말했다.

"총을 내려놔, 토란. 이 사람 말을 그대로 받아들여. 사실인 것 같아."

"고맙습니다."

방문객이 말했다.

토란은 옆에 있는 의자에 총을 내려놓으며 말했다.

"무슨 일로 찾아온 건지 설명해 보세요."

하지만 방문객은 가만히 서 있었다. 골격이 크고 손발이 길쭉했다. 딱딱하게 굳은 얼굴은 지금까지 한 번도 웃은 적이 없는 것 같았다. 하지만 두 눈은 딱딱하지 않았다.

사내가 말했다.

"발 없는 소문이 천리를 갑니다. 믿기 힘든 소문은 특히 더 그렇습니다. 뮬의 부하들이 오늘 파운데이션에서 온 여행객 두 사람한테 톡톡히 당했다는 소문을 모르는 사람은 아마 이 칼간 행성에 아무도 없을 것입니다. 나도 저녁 전에 대략 요점만 들어서 알았습니다. 그런데 앞서 말한 대로 이 행성에는 나를 제외한 파운데이션 여행객은 없습니다. 우리는 그런 일은 잘 알고 있습니다."

"'우리'라니요?"

"'우리'는 '우리'입니다! 나도 그 가운데 하나이고. 당신들이 격납고에 있다는 사실도 알아냈습니다. 당신이 그렇게 말하는 걸 들은 사람이 있었습니다. 그래서 난 내 방식으로 등록소를 조사해서 내 방식으로 이 우주선을 찾아냈습니다."

사내가 베이타 쪽으로 갑자기 몸을 돌리며 물었다.

"당신은 파운데이션 출신이지요? 태어날 때부터……"

"나요?"

"당신은 민주주의를 주장하는 조직의 구성원입니다. 지하조직이라고 하는…… 나는 당신의 이름은 기억하지 못하지만 얼굴은 기억합니다. 아주 최근에 출국했어요…… 중요한 인물이었다면 그럴 수 없었을 겁니다."

베이타는 어깨를 으쓱했다.

"참 많은 걸 알고 있군요."

"그렇습니다. 어떤 남자와 출국한 걸로 아는데, 이 남자입니까?"

"내가 대답해야 하나요?"

"아닙니다. 서로를 철저하게 이해하고 싶을 뿐입니다. 당신이 급히 떠난 그 주에 조직에서 사용한 암호는 '셀던, 하딘, 자유'였습니다. 당신 구역의 지도자는 포피라트 하트였고."

베이타가 갑자기 화를 내며 달려들었다.

"어디에서 그런 걸 들었죠? 경찰이 그를 체포했나요?"

토란이 잡아끌었지만 베이타는 그 손을 뿌리치며 계속 앞으로 달려들었다.

파운데이션에서 온 사내가 조용히 대답했다.

"아무도 체포하지 않았습니다. 지하조직이 이상한 곳까지 퍼진 것뿐입니다. 나는 정보국의 한 프리처 대위고 나 자신도 어떤 식으로든 한 구역을 담당하고 있는 지도자입니다."

한 프리처 대위는 잠시 기다리다가 다시 입을 열었다.

"아니요. 당신들이 날 믿을 필요는 없습니다. 우리 임무에서는 필요

이상으로 의심하는 편이 그렇지 않는 편보다 나으니까. 하지만 이 정도면 신원 확인은 끝난 것 같은데⋯⋯."

토란이 대답했다.

"당신이 그렇다면 좋아요."

"앉아도 되겠습니까? 고맙습니다."

한 프리처 대위는 의자에 앉아서 기다란 다리를 꼬고 긴 팔을 의자 뒤로 늘어뜨리며 계속 말했다.

"우선 나는 당신들이 이런 일을 벌이는 이유를 모르겠다는 말부터 하고 싶습니다. 당신들 두 사람이 파운데이션 출신은 아니지만 독립 무역 국가 출신일 거라고 어렵지 않게 추측할 수 있습니다. 그건 그다지 신경 쓰이지 않습니다. 하지만 궁금해서 묻는데⋯⋯ 당신들은 저 친구, 당신들이 보호하는 저 어릿광대에게 원하는 게 뭡니까? 목숨을 거는 위험까지 무릅쓰고 저자를 데려온 이유가 도대체 뭡니까?"

"그건 말할 수 없어요."

"으으음, 그래요⋯⋯. 나도 당신들이 대답할 거라고 생각하지 않았습니다. 하지만 어릿광대를 데려가려고 뮬이 호른과 드럼과 전자오르간 연주자를 대동하고 이곳에 직접 찾아오리라고 생각했다면 정신 차리십시오. 뮬은 그런 식으로 움직이지 않습니다."

"뭐라고요?"

토란과 베이타가 동시에 물었다. 방 한구석에서 귀를 쫑긋 세운 채 이야기를 듣고 있던 마그니피코가 갑자기 기쁜 표정이 되었다.

"그래요, 나도 그자와 직접 접촉하려고 여러 번 시도했습니다. 당신네 같은 아마추어는 흉내도 낼 수 없을 정도로 완벽하게 시도했지만 아무 소용 없었습니다. 그자는 사람 앞에 결코 모습을 드러내는 법이 없습니다. 사진도 못 찍게 하고 자신에 대한 흉내도 못 내게 합니다. 최측근에 있는 사람들만 그자를 볼 수 있습니다."

"그런 말로 우리 관심을 끌 수 있다고 생각해요, 대위?"

토란이 물었다.

"아니, 저 광대가 열쇠입니다. 저 광대는 그를 직접 본 몇 안 되는 사람 가운데 하나입니다. 난 저자를 원합니다. 저자는 내가 파운데이션을 깨우는 데 필요한 물증이, 절실하게 필요한 물증이 될 수 있습니다."

베이타가 갑자기 날카롭게 소리쳤다.

"파운데이션을 깨운다고요? 무엇에 대해서요? 그리고 당신의 역할은 무언가요? 민주주의를 주장하는 반역자인가요, 아니면 비밀경찰이자 음모자인가요?"

대위의 표정이 굳어졌다.

"혁명 투사 아가씨, 파운데이션 전체가 몰락하면 민주주의자도 독재자도 모두 망합니다. 우선 더 강력한 전제군주에게서 우리의 전제군주부터 구하고 나서 나중에 몰아내야 합니다."

"당신이 말하는 더 강력한 전제군주가 누군가요?"

베이타가 발끈하며 물었다.

"뮬. 그자에 대해서 조금밖에 모르지만 그것만으로도 나는 여러 차례 목숨을 잃을 위기에 처했습니다. 내가 조금만 굼뜨게 움직였다면 지금 이 자리에 없었겠지. 저 어릿광대를 내보내십시오. 은밀하게 할 이야기가 있습니다."

"마그니피코!"

베이타가 소리치며 나가라는 몸짓을 하자 광대는 아무 말 없이 물러났다.

대위가 심각하게 입을 열었지만 잔뜩 긴장한 데다 소리도 낮아서 베이타와 토란은 몸을 바짝 기울여서 들을 수밖에 없었다.

"뮬은 빈틈없는 책략가입니다. 대중 앞에 직접 나서는 편이 훨씬 유리하다는 사실을 잘 알 정도로 빈틈이 없지요. 하지만 그자가 그렇게 하지 않는 데는 그만한 이유가 있습니다. 그자가 직접 나서면 드러나지 말아야 할 아주 중요한 사실이 드러나기 때문입니다."

한 프리처 대위는 질문을 물리치며 더 빨리 말을 이었다.

"난 그 사실을 알아내려고 그자가 태어난 곳으로 갔습니다. 거기에서 사람들한테 물어보았습니다. 자신들이 알고 있는 사실 때문에 오래 살지 못할 사람들이었지요. 아직까지 살아 있는 극소수 증인들인 셈입니다. 그들은 30년 전에 태어난 아기를 기억하고 있었습니다. 그 아기 엄마의 죽음과 이상한 유년시절까지. 뮬은 인간이 아닙니다!"

가만히 듣고 있던 두 사람은 갑작스러운 공포에 떨며 뒤로 물러났다. 그 말의 의미를 분명하게 이해할 수는 없어도 그 말에 들어 있는 공포심은 확실히 느낄 수 있었다.

대위가 계속 말했다.

"그자는 돌연변이입니다, 크게 성공한 돌연변이. 그자가 살아온 과정을 보면 분명히 알 수 있습니다. 난 그자의 능력을 모릅니다. 사람들이 광분하는 '슈퍼맨'의 능력을 얼마큼이나 지니고 있는지도 모릅니다. 하지만 하층계급 출신이 불과 2년 만에 칼간의 군벌을 정복한 걸 보면 그자가 얼마나 대단한지 짐작이 갈 겁니다. 아직도 그 위험을 모르겠습니까? 예측 불가능한 생물학적 돌연변이를 셀던 프로젝트가 과연 충분히 고려했겠습니까?"

베이타가 천천히 말했다.

"난 믿을 수 없어요. 아주 복잡한 음모가 진행되는 것 같아요. 만일 그자가 슈퍼맨이라면 그 부하들이 우릴 죽이지 않은 이유가 뭐겠어요, 마음만 먹으면 충분히 죽일 수 있었는데."

"그자의 돌연변이가 어느 정도인지 모른다고 내가 말하지 않았던가요? 아직 파운데이션에 대한 준비는 안 되었을 수도 있고, 준비가 될 때까지 도발을 자제한다는 위대한 지혜의 증거일 수도 있고……. 이제 어릿광대와 잠시 이야기를 나눌 수 있도록 해 주시겠습니까?"

마그니피코가 다시 들어왔고 대위는 덜덜 떠는 어릿광대를 바라보았다. 어릿광대는 자신의 앞에 있는 커다란 덩치에 표정이 딱딱한 대위를 불신하는 게 분명했다.

이윽고 대위가 천천히 묻기 시작했다.

"당신은 뮬을 직접 본 적이 있습니까?"

"너무 많이 보았죠, 존경하는 대위님. 이 몸으로 그자의 무거운 팔도 직접 느껴 보았으니까요."

"나도 그렇게 생각했습니다. 그렇다면 그자의 모습을 설명할 수 있겠습니까?"

"그자를 생각하기만 해도 저는 두렵습니다, 존경하는 대위님. 그자는 체격이 거대한 사내입니다. 그자에 비하면 대위님은 한 줄기 갈대에 불과하지요. 머리카락은 타오르는 진홍색이고 그 팔은 어찌나 무거운지 제가 체중을 모두 실어도 움직일 수 없답니다. 설사 움직인다 해도 머리카락 두께만큼도 안 되지요."

마그니피코의 가느다란 몸뚱이가 길쭉한 팔다리 사이로 무너져 내릴 것처럼 보였다.

"그자는 툭하면 손가락 하나로 제 허리띠를 잡아서 아찔한 높이까지 들어 올린 다음에 시를 읊으라고 하였지요. 한 스무 구절쯤 읊은 다음에야 비로소 내려놓는데, 시구를 완전히 즉흥적으로 운율까지 정확하게 맞춰서 읊어야 했지요. 조금이라도 틀리면 처음부터 다시 해야 한답니다. 그자는 상상을 초월한 괴력의 소유자랍니다, 존경하는 대위님. 그런 힘을 아주 잔인하게 사용하지요……. 그리고 그자의 눈은, 존경하는 대위님, 그자의 눈은 아무도 못 본답니다."

"뭐요? 그 말이 무슨 뜻입니까?"

"그자는 안경을 끼고 있답니다, 존경하는 대위님. 아주 기묘한 안경이지요. 안경알이 불투명한데도 그자는 인간의 능력을 훨씬 뛰어넘는 마법의 힘으로 볼 수 있다고 사람들이 말한답니다."

어릿광대의 목소리가 조그맣고 신비롭게 흘러나왔다.

"그자의 눈을 보는 건 죽음을 보는 거라고, 그자는 눈으로 사람을 죽인다고 들었습니다, 존경하는 대위님."

마그니피코는 자신을 바라보는 얼굴들을 하나씩 재빨리 훑어보았다. 그리고 떨리는 목소리로 덧붙였다.

"사실입니다. 내가 살아 있는 것처럼 그것 역시 틀림없는 사실입니다."

베이타가 숨을 깊이 들이마시며 말했다.

"당신 말이 맞는 것 같군요, 대위. 이자를 데려가고 싶은가요?"

"으음, 우선 상황을 판단해 봅시다. 이곳 요금은 다 지불했습니까? 격납고 지붕이 열려 있습니까?"

"언제든 떠날 수 있어요."

"그러면 떠나십시오. 뮬은 파운데이션과 충돌하는 걸 원하지 않을수도 있지만 마그니피코가 도주하면 어떤 위험이라도 무릅쓰려 할 것입니다. 이 불쌍한 자 때문에 큰 소동을 일으킨 것만 봐도 알 수 있습니다. 그러니 저 위에 당신들을 기다리는 우주선들이 있을지도 모릅니다. 당신들이 우주에서 행방불명이 되면 누가 그랬는지 아무도 모르겠지요."

"당신 말이 옳아요."

토란이 처량한 음성으로 인정했다.

"하지만 당신네 우주선은 방어벽이 있고 그들보다 빨리 날 수 있습니다. 그러니 대기권을 벗어나자마자 반대쪽 반구를 향해 중성 비행으로 원을 그린 다음 최고 속도를 내서 바깥쪽으로 날아가십시오."

베이타가 차갑게 대답했다.

"그러죠. 그런데 우리가 파운데이션으로 돌아가면 그다음에는 어떻게 되는 거죠, 대위님?"

"그다음 당신들은 우호적인 칼간 시민이 되겠지요, 그렇지 않나요? 다른 가능성은 모르겠습니다."

아무도 말이 없었다. 토란은 조종간으로 몸을 돌렸다. 이윽고 거의 느낄 수 없을 정도의 진동이 일어났다.

칼간의 반대쪽으로 충분히 멀리 나와 처음으로 행성 간 도약을 시도하려는데 한 프리처 대위의 얼굴에 살짝 주름이 잡혔다. 그들이 떠나는 걸 방해하는 뮬의 우주선이 한 척도 없었기 때문이다.

토란이 말했다.

"우리가 마그니피코를 데려가도록 놔두는 것 같군요. 당신 이야기와 다른 것 같아요."

"무슨 꿍꿍이가 있을 수도 있습니다. 파운데이션한테 불리한 꿍꿍이……."

한 프리처 대위가 대답했다.

마지막 도약을 해서 파운데이션의 중성 비행 거리에 들어선 순간 비로소 울트라웨이브 방송이 잡혔다.

전파를 타고 흘러나온 뉴스는 하나였다. 따분한 목소리가 전하는 소식은 이름을 밝히지 않는 군벌 한 명이 왕궁 신하를 강탈당한 데 항의하기 위해 파운데이션에 사절을 보낸다는 내용 같았다. 그런 다음에 스포츠 뉴스가 나왔다.

한 프리처 대위가 차가운 어투로 중얼거렸다.

"그자가 선수를 쳤군."

그리고 깊은 생각에 잠겼다가 이렇게 덧붙였다.

"그자가 파운데이션을 공격할 준비를 마친 것 같습니다. 그래서 이번 사건을 구실로 파운데이션을 공격하려는 것 같습니다. 상황이 한층 어려워졌어요. 우리가 먼저 행동에 나서야 할 것 같습니다, 그만한 준비는 안 되었지만."

15장

심리학자

'순수 과학자'가 파운데이션에서 가장 존경받는 직업이 된 데는 이유가 있다. 파운데이션의 지배가 150여 년 계속되는 동안 물리적인 힘을 급격히 확대시켜 왔음에도 은하계에 대한 파운데이션의 우월성은 (심지어 그 존재 가치조차도) 여전히 기술의 우월성에 의존하고 있었기 때문이다. 그만큼 과학자는 중요한 인물이었고 과학자들도 그런 사실을 잘 알고 있었다.

마찬가지로 잘 모르는 사람만이 박사 칭호를 붙이는 에블링 미스가 파운데이션의 '순수 과학자' 가운데 가장 자유로운 특권을 누리며 살아가는 데도 그만한 이유가 있었다. 과학이 존중받는 세계에서도 그는 대문자 칭호로 시작하는 '과학자'였기 때문이다. 그는 절대적으로 중요한 인물이었으며 그 자신도 그 사실을 잘 알고 있었다.

그래서 다른 사람들이 시장 앞에서 모두 무릎을 꿇을 때도 그는 자신의 선조들은 어떤 고약한 시장 앞에서도 무릎을 꿇지 않았다며 큰소리쳤다. 심지어 옛 조상들은 시민들이 시장을 선출하고 자유롭게 해임했으며 어떤 지위든 선천적인 권리를 이유로 물려받는 사람은 타고난 저능아밖에 없었다는 주장까지 했다.

그래서 에블링 미스는 인드버를 만날 일이 있을 때마다 관례처럼 행해지는 엄숙한 절차에 따라 알현을 청하고 대답을 기다리는 과정을 무시하고 딱 두 벌 있는 정복 가운데 그나마 나아 보이는 한 벌을 걸치고 괴상한 모양의 낡은 모자를 한쪽 머리에 걸치고 금지된 담배를 입에 문 채 어쩔 줄 몰라 하며 울먹거리는 보초 두 명을 지나 시장 관저로 돌진했다.

시장 각하가 정원에서 이 침입자를 처음 알아차린 건 시끄럽게 옥신각신하는 소리와 커다란 욕지거리가 점차 가까워지고 있을 때였다.

인드버는 모종삽을 천천히 내려놓았다. 그리고 천천히 일어나 천천히 얼굴을 찌푸렸다. 인드버는 매일 업무에서 벗어나 휴식을 취하기 위해 날씨가 괜찮은 날이면 이른 오후에 두 시간 정도 정원에서 보내곤 했다. 정원에는 붉은색과 노란색 꽃이 질서정연하게 어우러지고 꼭대기에 보라색 꽃이 피고 초록색 잡목들이 둘러싼 사각형과 삼각형 화단들이 갖춰져 있었다. 자신이 이런 정원에 있는 시간만은 그 누구도 방해할 수 없었다. 그 누구도!

인드버는 흙 묻은 장갑을 벗으며 정원의 조그만 문을 향해 다가갔다. 인드버가 물었다.

"도대체 무슨 일인가?"

인류가 생겨난 이후 수없이 많은 인간이 이런 경우에 되뇌던 바로 그 말, 바로 그 질문이었다. 물론 이 질문은 위엄을 갖추는 것 이외의 의도는 없었다.

그러나 이에 대한 대답은 아주 분명했다. 미스가 소리를 지르면서 정원으로 뛰어들어 갈기갈기 찢어진 겉옷 자락에 매달리는 보초한테 주먹을 휘둘렀기 때문이다.

인드버가 근엄한 얼굴로 기분 나쁜 표정을 지어 보초들을 쫓아 보내자, 에블링 미스는 몸을 굽혀 찌그러진 모자를 주워 들고 이리저리 흔들어 달라붙은 흙을 털어 낸 다음 겨드랑이에 찔러 넣으며 말했다.

"이것 보시오, 인드버. 당신의 무례한 부하들이 내 옷을 망쳤으니 보상받아야겠소. 아직은 충분히 입을 만한 옷인데 말이오."

에블링 미스는 아직 흥분이 가라앉지 않았는지 한숨을 훅 내쉬고 이마를 손으로 문질렀다.

시장은 불쾌한 표정으로 뻣뻣이 서서 159센티미터의 키로 쳐다보며 아주 거만하게 말했다.

"당신이 알현을 청했다는 보고는 못 받았는데, 에블링 미스. 아직까지 알현 허가가 안 난 게 분명하오."

에블링 미스는 어이가 없다는 표정으로 시장을 쳐다보았다.

"맙소사! 인드버, 어제 내가 보낸 쪽지를 못 받았단 말이오? 내가 어제 자주색 제복을 입은 당신 부하에게 직접 건네주었소. 당신에게 직접 건네주고 싶었지만 당신이 절차를 대단히 좋아하는 것 같아서 말이오."

"절차!"

인드버의 눈에서 불꽃이 튀더니 그가 열변을 토했다.

"당신, 정식 절차라는 말도 못 들었소? 앞으로는 알현 신청서 세 통을 제대로 작성해서 담당 기관에 제출하도록 하시오. 그리고 절차를 밟아서 알현 시간을 통고받을 때까지 기다리도록 하시오. 그리고 여기에 올 때는 정장을 갖추도록 하시오. 알겠소? 정장을 갖춰서 아주 정중하게. 이제 가 보시오."

에블링 미스가 분통을 터뜨리며 물었다.

"내 옷이 뭐가 잘못되었소? 저 악마 같은 놈들이 손대기 전까지는 내가 가진 옷 가운데 가장 좋은 옷이었소. 내가 여기에 온 용건을 알려 주는 즉시 나가겠소. 맙소사! 셀던 위기에 관한 것만 아니면 당장 떠났을 텐데."

"셀던 위기!"

인드버가 비로소 관심을 보였다. 에블링 미스는 위대한 심리학자였다. 그 밖에 민주주의자이자 촌뜨기에 반역자인 것도 틀림없었지만 그래도 심리학자였다. 에블링 미스가 꽃을 아무렇게나 꺾어 코에 갖다 대다가 잔뜩 얼굴을 찌푸리며 던져 버릴 때 시장은 갑자기 가슴 아픈 통증을 느꼈지만 아무 말도 못 하고 허둥댈 뿐이었다.

이윽고 인드버가 냉랭하게 말했다.

"나를 따라오시오. 정원은 심각한 얘기를 나누기에 부적절하오."

에블링 미스의 분홍빛 두피를 아주 조금만 가려 주는 몇 올 안 되는 머리카락이 내려다보이는 커다란 책상의 높은 의자에 앉고 나서야 시장은 기분이 좋아졌다. 에블링 미스가 이리저리 눈알을 굴려서 의자가 없나 살피며 불안한 자세로 서 있는 모습을 보니 기분이 더 좋아졌다. 거기에 지시 버튼을 누른 직후에 제복 차림의 부하가 재빨리 들어와 허리를 굽히고 머리를 조아리며 두툼한 금속 장정의 서류 뭉치를 책상에 놓고 물러나는 순간에는 기분이 최고였다.

"자, 이제 비공식적인 면담을 최대한 빨리 끝내기 위해 되도록 간략하게 말하시오."

그러거나 말거나 에블링 미스는 아주 느긋하게 물었다.

"당신은 내가 요즘 무엇을 하는지 아시오?"

시장이 만족스럽게 대답했다.

"여기에 당신에 대한 보고서가 있소. 잘 요약된 내용과 함께 말이오. 내가 이해한 바에 따르면 당신의 수학적 통계에 대한 심리역사학적 연구는 해리 셀던의 작업을 모방하려는 의도에 불과하오. 결과적으로 파운데이션의 효용에 대한 미래의 역사를 추적하자는 것이지."

에블링 미스가 냉랭하게 말했다.

"정확하시군. 셀던이 파운데이션을 처음 설립할 때 그는 아주 현명하게도 이곳에 있는 과학자 가운데 심리학자는 하나도 포함시키지 않았소. 그래서 파운데이션은 언제나 역사적 필연성을 맹종하며 열심히 달려오기만 했지. 하지만 나는 '시간 유품관'에서 찾아낸 몇 가지 힌트에 근거해서 연구를 시작했소."

"나도 그건 알고 있소, 에블링 미스. 다시 말하는 건 시간 낭비야."

에블링 미스가 버럭 소리를 질렀다.

"그걸 말하자는 게 아니오. 내가 말할 내용은 그 보고서에 없는 거니까."

인드버가 바보처럼 더듬거렸다.

"그게 무슨 말이오……. 보고서에 없다니? 어떻게 그럴 수가……."

"맙소사! 내가 말 좀 하게 가만히 있으시오, 귀찮은 양반. 말끝마다 토를 달거나 말끝마다 질문 좀 하지 말고. 그렇지 않으면 내가 그냥 나가서 당신 주변이 다 무너지도록 놔둘 테니까. 명심하시오, 멍청한 양반. 파운데이션은 이후에도 필연적으로 존속하겠지만 지금 내가 여기를 그냥 나가면…… 당신은 아니오."

에블링 미스는 모자로 바닥을 툭툭 쳐서 흙먼지를 잔뜩 일으키더니 커다란 책상이 있는 연단으로 뛰어올라 책상에 있는 서류를 난폭하게 밀어붙인 다음 그 모서리에 앉았다.

당황한 인드버는 보초를 부를까 책상에 장착한 전자총을 사용할까 고민했다. 하지만 에블링 미스의 얼굴이 무섭게 내려다보고 있었기 때문에 억지로 최대한 좋은 표정을 지을 수밖에 없었다.

인드버가 최소한의 격식을 갖추며 말했다.

"에블링 미스 박사, 당신은……"

하지만 에블링 미스가 무섭게 소리쳤다.

"닥쳐요! 그리고 가만히 들어요."

그리고 금속 장정의 서류 묶음을 손바닥으로 무겁게 누르며 계속 말했다.

"만일 여기에 있는 게 내 보고서 뭉치라면…… 갖다 버리시오. 내가 쓴 보고서가 당신 손에 들어가려면 20여 명의 관리를 거친 다음에 또 20여 명을 거쳐야 할 거요. 당신이 비밀로 하고 싶은 게 하나도 없다면 그래도 좋소. 으음, 하지만 당신한테 아주 은밀하게 전달할 내용이 있소. 극비 사항이오. 내 밑에서 일하는 연구원들조차 모르는 내용이지. 물론 작업은 그들이 했지만 각자 연관성이 없는 파편만 알 뿐이오. 그것을 모두 취합한 사람은 나 하나요. 당신은 '시간 유품관'이 무언지 아시오?"

인드버가 고개를 끄덕였지만 에블링 미스는 상황을 마음껏 즐기며 계속 목소리를 높였다.

"으음, 어쨌든 내가 당신에게 이야기하겠소. 은하계 차원에서 너무나 황당한 미래를 나 혼자 너무 오랫동안 상상했기 때문이오. 난 당신 마음을 읽을 수 있소, 사기꾼 같은 양반. 지금이라도 옆에 있는 조그만 손잡이를 건드려서 무장한 부하 500명을 불러 나를 끝장내고 싶겠지만 당신은 내가 발견한 내용을 두려워하고 있소……. 셀던 위기가 두려울 테니 말이오. 하지만 나는 그게 아니라도 당신이 책상에 달린 무엇 하나라도 건드리면 누가 여기까지 오기 전에 당신 머리를 박살 내고 말겠소. 당신과 당신의 강도 부친과 당신의 해적 조부는 어쨌든 충분히 오랫동안 파운데이션의 피를 빨아먹었으니 말이오."

"이건 반역이야."

인드버가 빠르게 내뱉었다.

에블링 미스가 고소하다는 표정으로 인드버를 쳐다보며 말했다.

"분명히 그렇소. 하지만 당신이 뭘 어쩌겠소? '시간 유품관'에 대해 말해 주지. '시간 유품관'은 해리 셀던이 애초부터 우리가 위기를 극복하도록 도와주기 위해서 이곳에 만들어 놓은 거요. 위기가 닥칠 때마다 셀던은 미리 준비한 영상으로 나타나 상황을 설명하여 우리를 도와주었소. 지금까지 네 번의 위기가 있었고 그 영상 역시 네 번 출현했소. 처음에는 첫 번째 위기가 절정에 달했을 때 모습을 나타냈고 두 번째에는 두 번째 위기가 제대로 무르익은 직후에 나타났소. 우리 조상들은 그때마다 그곳에서 기다리다가 셀던이 하는 말을 들었소. 세 번째와 네 번째 위기 때는 셀던을 무시했소. 그가 필요치 않았기 때문일 수도 있지만…… 최근 조사에 의하면(물론 당신이 가지고 있는 보고서에는 없지만) 어쨌든 그는 필요한 순간에 정확히 나타났음이 판명되었소. 알겠소?"

에블링 미스는 대답을 기다리지 않았다. 다 타서 꽁초만 남은 담배를 끄고 새 담배를 더듬어서 찾은 다음에 불을 붙였다. 그리고 연기를 마구 내뿜으며 다시 말했다.

"공식적으로 난 심리역사학의 과학성을 재건하려고 노력했소. 으음, 그 누구도 그 작업을 하려 들지 않았고 한 세기 안에 그걸 완성해 낼 사람도 없을 것이오. 하지만 나는 보다 간단한 원리에 근거해서 연구를 발전시켰고 거기에서 '시간 유품관'이 작동하는 원리를 찾으려고 했소. 내가 해 온 연구에는 해리 셀던이 다음에 출현할 날짜를 아주 정확하게 예측하는 것도 들어 있소. 쉽게 말해서 앞으로 다가올 셀던의 위기, 즉 다섯 번째 위기가 절정에 달하는 정확한 날짜를 당신에게 알려 줄 수 있다는 뜻이오."

"그게 언제요?"

인드버가 긴장된 어조로 물었다.

에블링 미스는 아주 즐겁고 느긋한 태도로 자신이 가져온 폭탄을 터뜨렸다.

"넉 달 후. 이틀 모자라는 넉 달 후."

인드버가 자신도 모르게 커다랗게 소리쳤다.

"넉 달? 말도 안 돼."

"그래, 말도 안 되겠지, 꽉 막힌 눈으로는……"

"넉 달, 그게 무슨 뜻인지 아시오? 넉 달 만에 위기가 절정에 달한다는 건 누군가가 그 위기를 몇 년 동안 준비했다는 뜻이오."

"그래서 어쨌다는 거요? 환한 햇빛을 가득 받아야 위기가 숙성된다는 자연의 법칙이라도 있소?"

"하지만 그렇게 절박한 상황은 하나도 없소. 아무도 우리를 뒤엎을 수 없소."

인드버는 초조한 표정으로 두 손을 꽉 맞잡았다. 그러다가 갑자기 경련이라도 일어난 것처럼 사납게 소리쳤다.

"내 책상에서 내려오시오. 이제 정돈해야겠어. 내가 이런 상태에서 무슨 생각을 할 수 있겠냐고!"

에블링 미스는 깜짝 놀라 무거운 몸을 일으켜 옆으로 움직였다.

인드버는 미친 듯이 빠른 동작으로 모든 물건을 제자리에 갖다 놓으며 재빨리 말했다.

"당신은 이런 식으로 이곳에 쳐들어올 권리가 없소. 당신이 이 이론을 제출했다면……"

"이건 이론이 아니오."

"나한테 그건 이론이오. 당신이 충분한 증거와 의견을 붙여서 적당한 방식으로 제출했다면 아마 역사과학부에서 그걸 충분히 검토하고 분석한 결과를 나한테 제출했을 것이고 그러면 나는 당연히 적절한 조치를 취했겠지. 그런데 실제로는 그렇지 않았거든. 당신은 나를 이유도 없이 곤경에 빠뜨렸을 뿐이오. 아, 여기 있군."

인드버는 투명한 은빛 종이 한 장을 집어 들어 옆에 있는 땅딸막한 심리학자에게 흔들어 보였다.

"이건 현재 진행되는 외교 문제에 대해 내가 매주 작성하는 핵심 내용이오. 들어 보시오. 우리는 모레스 행성과 무역협정을 체결하고 리오네세와 협상을 계속하고 있소. 또 본데에는 축하 사절단을 보냈고 칼간에서 몇 가지 불만 사항이 들어왔소. 조사하기로 약속한 상태라고. 아스페르타에는 거래상의 사기 행위에 관한 항의문을 보냈는데 그들이 조사하겠다고 했소. 대강 이런 식이오."

시장은 암호로 적힌 목록을 대견하다는 듯 훑어보더니 다시 조심스럽게 제자리에 넣으며 덧붙였다.

"내가 분명히 말하는데, 에블링 미스, 여기에는 질서와 평화를 제외하고는 그 어떤 조짐도 없소."

멀리서 문이 열리고 눈에 띄게 평범한 옷차림을 한 인물 하나가 들어섰다. 마치 현실 세상이 문을 열고 들어온 것 같았다.

인드버는 반쯤 일어섰다. 너무 많은 일이 한꺼번에 일어나면 뭔가 비현실적이라는 느낌을 받게 되는데 그때 인드버가 그랬다. 에블링 미스가 침입할 때도 한바탕 난리를 치렀는데 전혀 예기치 못한 침입자가 아무런 통보 없이 또 나타난 것이다. 그런데 이번 침입자는 규칙을 너무나 잘 알고 있는 비서였다.

비서가 무릎을 꿇었다.

인드버가 날카롭게 물었다.

"뭔가?"

비서가 눈길을 마루에 고정한 채 대답했다.

"각하, 각하의 명령을 어기고 칼간으로 갔다가 귀환한 정보국의 한 프리처 대위가 각하의 명령 X20-513에 따라 투옥되어 처형을 기다리고 있습니다. 그와 함께 온 자들도 심문을 받기 위해 구금한 상태입니다. 상세한 보고서는 이미 제출했습니다."

인드버가 괴로워하며 대답했다.

"상세한 보고서는 이미 받았다. 제기랄!"

"각하, 한 프리처 대위는 칼간의 새 군주가 위험한 음모를 꾸미고 있다는 막연하여 종잡을 수 없는 보고를 했습니다. 각하의 명령 X20-651에 따라 공식적인 심문 없이 그가 한 진술을 모두 기록해서 상세한 보고서를 작성하고 있습니다."

인드버가 소리쳤다.

"상세한 보고서는 이미 받았다니까! 제기랄!"

"각하, 살리니언 전선에서 15분 전에 보고가 들어왔습니다. 칼간 소속으로 밝혀진 우주선들이 허가 없이 파운데이션의 영토에 들어섰다고 합니다. 무장한 우주선이라고 합니다. 전투가 일어났답니다."

비서는 엎드리다시피 하고 있었고 인드버는 계속 가만히 서 있었다.

에블링 미스가 온몸을 흔들며 비서한테 다가가 어깨를 힘차게 두드리며 말했다.

"이봐, 한 프리처 대위를 석방해 빨리 이리로 데려와. 어서!"

비서가 나가고 에블링 미스는 시장한테 몸을 돌렸다.

"빨리 손을 쓰는 게 낫지 않겠소, 인드버? 넉 달이오."

인드버는 흐릿한 눈을 벽에 고정한 채 계속 가만히 서 있었다. 손가락 하나만 살아 있는 것 같았다……. 그 손이 눈앞에 있는 반듯한 책상을 빠르고 거칠게 더듬으며 삼각자를 찾았다.

16장
회의

 독립 무역 국가 27개국은 파운데이션이라는 모행성을 불신했다. 그래서 이것을 유일한 공통점으로 연합해서 자신들끼리 합동 회의를 열었다. 조그만 나라들이지만 자국에 대한 긍지가 드높았고 독자적으로 세운 전통이 강력했으며 외부의 위험에 아주 단호했다. 그래서 사소한 차이를 극복하기 위한 예비 절충에 참을성이 아주 뛰어난 사람조차 지겨워할 정도로 아주 오랜 시간이 걸렸다.
 투표 방법이나 대표하는 형식 등 구체적인 문제를 나라의 크기에 따를 것인가 인구 비례에 따를 것인가에 대해 사전에 결정하는 것으로 충분하지 않았다. 이것은 정치적으로 매우 중요한 문제였기 때문이다. 회의장에서든 만찬장에서든 좌석에 앉는 순서를 정하는 문제도 그랬다. 이것 역시 국제적인 지명도와 관련된 문제였기 때문이다.
 회의 장소도 그랬다. 이것이야말로 지역감정을 촉발시킬 수 있는 가장 민감한 문제였기 때문이다. 외교적 우여곡절을 거쳐 장소는 라돌로 낙착되었다. 한가운데에 위치하고 있다는 논리적 근거에 따라 처음부터 회의 장소로 꼽혔던 행성이었다.

라돌은 작은 행성이었다. 게다가 군사적인 잠재력에서 볼 때 27개 국가 가운데 가장 약했다. 이런 특징 역시 회의 장소를 고를 때 또 다른 요인으로 고려되었다.

이곳은 띠 모양을 한 행성이었다. 은하계에는 이런 행성이 수없이 많지만 사람이 사는 곳은 거의 없었다. 각각의 반구에 극도의 냉기와 극도의 열기만 존재하고 생명체가 살 수 있는 지역은 황혼이 비치는 가느다란 띠 모양의 가운데 지점밖에 없기 때문이다.

일반인에게는 그렇게 매력적으로 느껴지지 않지만 전략적 목적 때문에 설치한 생존 지점이 있는데, 도시 라돌이 그 가운데 하나였다.

이곳은 완만한 언덕이 경사면을 따라 펼쳐지고 험준한 산이 극한의 반구 가장자리를 따라 쭉 늘어서서 가공할 만한 얼음과 냉기를 막아주는 천연의 요새였다. 절반쯤 떠오른 태양은 건조한 공기를 따사롭게 흘려보내고 산에서는 파이프를 통해 물을 공급해 주었다. 그래서 양쪽 반구 사이에 위치한 도시 라돌은 6월의 아침 같은 기후가 영원히 계속되는 낙원이었다.

주택가는 낙원 같은 꽃밭 한가운데 늘어서서 자연이 주는 기쁨을 모두 누릴 수 있었다. 꽃밭에는 원예용 촉성재배 온상이 있어 외국으로 수출하는 고가의 식물들이 환상적으로 자라고 있었다. 그러나 라돌은 전형적인 생산국으로 발전하기 전에는 전형적인 무역국에 가까웠다.

따라서 라돌은 끔찍한 행성에 별세계처럼 존재하는 기름지고 화려한 조그만 지점으로 마치 에덴동산 일부를 떼어 온 것 같은 느낌을 주었다. 이것 또한 라돌을 회의 장소로 선택한 이유 가운데 하나였다.

26개 무역 행성에서 온 대표단과 아내, 비서, 신문기자, 승무원 등의 이방인 때문에 라돌의 인구는 거의 두 배로 불어났으며 라돌의 자원은 바닥이 보이기 시작했다. 모두가 마음껏 먹고 마음껏 마시며 잠은 한숨도 자지 않았기 때문이다.

그러나 이렇게 먹고 떠드는 사람들 가운데 은하계 전역이 일종의 소리 없는 전쟁으로 천천히 빨려 들고 있다는 사실을 모르는 사람은 어디에도 없었다. 그리고 그런 사람들은 크게 세 부류로 나눌 수 있었다. 첫 번째 부류가 가장 많았는데, 상황을 제대로 모르면서 자신감만 가득한 이 부류는······.

모자 꺾쇠에 하벤의 꽃 모양 모자표를 달고 있는 젊은 우주 조종사는 유리잔을 눈앞에 들어서 맞은편에 앉아 엷은 미소를 띠고 있는 라돌 처녀의 관심을 간신히 끌 수 있었다.

우주 조종사가 말했다.

"우리는 일부러 전투 지역 한가운데를 지나 이곳으로 왔습니다. 중성 비행으로 약 1광분 거리를 날아 호레거를 곧바로 통과해서······"

이 모임에서 주최자 역할을 하는 기다란 다리의 토착민이 끼어들었다.

"호레거요? 그곳은 뮬이 지난주에 무모하게 공격한 곳이 아녜요?"

"뮬이 무모하게 공격했다는 말을 어디에서 들었나요?"

조종사가 거만하게 물었다.

"파운데이션 방송요."

"그래요? 으음, 뮬이 호레거를 장악했답니다. 우리도 하마터면 그들의 순찰선이랑 마주칠 뻔했으니까요. 놈들이 출발한 곳이 바로 호레거였답니다. 전투 현장에 직접 가 보면 상대편은 그렇게 호전적으로 보이지 않고 소위 용감무쌍한 수비대는 급히 도망치기 일쑤랍니다."

누군가가 애매한 목소리로 소리쳤다.

"그런 식으로 말하지 마세요. 파운데이션은 처음에는 언제나 궁지에 몰렸어요. 하지만 가만히 앉아서 계속 지켜보세요. 파운데이션 특유의 정신이 살아나 반격할 테니까요. 그래서 한 방에 꽝!"

묵직한 목소리가 결론을 내리고 애매하게 웃었다.

하벤에서 온 조종사는 잠시 침묵하다가 다시 말을 이었다.

"어쨌든 아까도 말했듯이 우리는 뮬의 우주선 여러 척을 똑똑히 보았습니다. 상태가 아주 좋아 보였지요, 정말로. 내 말은…… 새로 만든 우주선처럼 보였다는 뜻이에요."

토착민 하나가 생각에 잠기며 물었다.

"새로 만든 우주선이라고요? 그들이 그런 걸 직접 만들었다고요?"

토착민은 머리 위에 늘어진 나뭇가지에서 나뭇잎 하나를 떼어 조심스럽게 냄새를 맡은 후 입에 넣고 소리 내어 씹었다. 바스러진 얇은 이파리에서 녹색 진액이 흘러나오며 박하 향이 풍겼다.

토착민이 다시 말했다.

"당신 말은 그들이 자기네 나라에서 만든 우주선으로 파운데이션 우주선을 물리쳤다는 뜻입니까? 말도 안 돼."

"우리 눈으로 분명히 보았어요. 그리고 난 우주선과 혜성 정도는 구별할 수 있어요."

토착민이 몸을 앞으로 바싹 기울이며 말했다.

"당신도 내 생각을 알잖아요. 자기 자신을 속이지 마세요. 전쟁은 쉽게 일어나는 게 아니고 우리는 만반의 준비를 갖춘 행성 연합이에요. 상대가 안 된다는 사실을 그들도 잘 알고 있어요."

여유만만한 어조로 이야기하던 토착민이 갑자기 소리쳤다.

"예전의 파운데이션을 보세요. 그들은 마지막 순간을 기다렸다가 단번에 꽝!"

 토착민이 입을 멍청하게 벌린 채 여자를 바라보며 히죽 웃자, 그 여자는 멀리 떨어져 앉았다.

 "친구, 당신은 그 뮬이라는 작자가 지휘한다고 생각하는 것 같은데, 절대 그렇지 않아요."

 토착민이 손가락을 가로흔들며 계속 말했다.

 "내가 아주 높은 곳에서 흘러나온 이야기를 들은 바에 의하면 그자 역시 우리가 부리던 자였대요. 우리가 그자에게 돈도 주고 우주선도 만들어 주었대요. 그 문제를 현실적으로 보자고요. 아마 우리가 그랬을 거예요. 그러니 그자는 파운데이션을 장기적으로 물리칠 수 없어요. 잠시 파운데이션을 흔들 순 있겠지요. 우리는 바로 그 순간에 뛰어드는 거예요."

 여자가 입을 열었다.

 "그게 당신이 말할 수 있는 전부인가요, 클레브? 전쟁? 정말 지루해요."

 하벤에서 온 조종사가 과감하게 기사도 정신을 발휘하여 제안했다.

 "화제를 바꿉시다. 숙녀분을 지루하게 만들 수는 없으니까요."

 여자에게 마음을 빼앗긴 조종사는 이 말을 반복하면서 손잡이가 달린 컵을 리듬에 맞게 두드렸다. 양편으로 갈라져 논쟁을 벌이던 사람들은 킬킬거리면서 몸을 흔들었고 햇살이 환하게 비치는 뒤편의 주택가에서도 이와 비슷한 상황이 벌어졌다.

 그래서 대화는 아주 일반적이고 아주 다양하고 아주 의미 없는 내용으로 변했고…….

 그런데 내막을 좀 더 자세히 아는 반면에 자신감은 그리 많지 않은 사람들도 있었다.

외팔이 프란이 바로 그런 인물이었다. 공식적으로 하벤을 대표해 여기까지 온 커다란 덩치의 프란은 그에 걸맞은 수준 높은 생활을 하면서 새 친구들을 사귀고 있었다……. 여자는 기회가 있을 때마다…… 남자는 필요할 때마다.

새로 사귄 친구의 언덕 꼭대기 주택의 태양 플랫폼에서 프란은 처음으로 편안한 휴식을 취할 수 있었다. 따지고 보면 프란이 라돌에서 이런 느긋한 시간을 즐긴 게 두 번밖에 되지 않았다. 새로 사귄 친구는 마음이 아주 잘 맞는 라돌 사람 이와 리온이었다. 이와의 집은 일반 주택가와 떨어져 꽃향기와 풀벌레 소리에 둘러싸인 외딴집이었다. 태양 플랫폼은 약 45도 경사진 초목이 우거진 잔디밭이었으며 프란은 그곳에 큰대 자로 누워 일광욕을 마음껏 즐겼다.

"하벤에서는 단 한 번도 이런 일광욕을 즐길 수가 없었어."

프란이 말하자, 이와가 졸린 목소리로 대꾸했다.

"극한의 추위가 몰아치는 반구에 가 본 적 있나? 여기에서 불과 30킬로미터 떨어진 곳인데 너무 추워서 산소가 액체산소로 변해 물처럼 흘러 다니지."

"말도 안 돼."

"사실이야."

"좋아. 그렇다면 내가 자네한테 이야기 하나를 해 주지, 이와. 내 팔이 떨어져 나가기 전 아주 옛날에 내가 방랑하면서 보고 들은 이야기……. 아마 자네는 믿기 어려울 걸세. 하지만……."

프란의 이야기는 상당히 오래 계속되었고 이와는 그 이야기를 믿을 수 없었다.

마침내 이와가 하품하면서 말했다.

"요즘 젊은이들은 옛날처럼 살지 않아. 실제로."

프란이 열을 내며 말했다.

"그래, 맞아. 하지만 다 그런 건 아니야. 나한테 아들 녀석이 있는데, 그 녀석은 아직까지 옛날 분위기를 간직하고 있어. 위대한 무역상이 될 거야. 머리에서 발끝까지 나를 꼭 빼닮았지. 머리끝에서 발끝까지, 결혼한 점만 빼고."

"합법적으로 결혼했다는 말이야, 여자랑?"

"그래. 나는 그 애가 왜 그랬는지 이해할 수 없어. 둘이서 칼간으로 신혼여행을 갔지."

"칼간…… 칼간이라고? 맙소사, 도대체 언제?"

프란은 환하게 웃으며 천천히 말했다.

"뮬이 파운데이션에 전쟁을 선포하기 직전에."

"그래서?"

프란은 고개를 끄덕이며 이와에게 좀 더 가까이 다가오라는 신호를 보냈다. 그리고 쉰 목소리로 나지막이 말했다.

"사실은…… 자네가 다른 사람한테 말하지 않겠다면 몇 가지 더 말할 게 있는데, 사실은 내가 어떤 목적으로 아들을 칼간에 보낸 거야. 그 목적이 무엇인지는 자네한테 말하고 싶지 않네만 현재 상황을 보면 자네도 충분히 짐작할 수 있을 걸세. 어쨌든 내 아들은 임무를 맡고 그곳에 갔어. 우리 무역상들에게 제법 큰 소동이 필요했거든."

프란이 교활하게 웃으며 덧붙였다.

"그래서 이런 일이 일어난 거야. 우리가 어떻게 했는지는 말하지 않겠네. 어쨌든 내 아들은 칼간에 갔고 뮬은 전함을 파견했어. 내 아들!"

이와는 그 얘기를 듣고 막연한 감동을 느꼈다. 프란에 대한 신뢰가 커지는 걸 느끼며 그는 이렇게 말했다.

"잘했어. 자네도 알다시피 우리 측은 전함 500척이 당장에라도 공격할 채비를 갖추고 있다고 하더군."

프란이 권위적인 어투로 말했다.

"아마 그 이상일 거야. 그건 아주 효과적인 전략이야. 내가 가장 좋아하는 전략이지."

프란이 배를 북북 긁으며 다시 말했다.

"그러나 뮬이 영리한 놈이라는 사실을 잊으면 안 돼. 호레거에서 일어난 일이 걱정스러워."

"뮬이 전함 열 척을 잃었다고 들었네."

"맞아. 하지만 그자한테는 100척 이상의 전함이 있었고 파운데이션은 물러날 수밖에 없었네. 폭군이 지는 건 좋지만 이렇게 빨리는 아니야."

이와는 고개를 끄덕였다.

"내가 알고 싶은 건 뮬이 어디에서 그만한 함대를 얻었냐는 거야. 우리가 만들어 주었다는 소문이 파다해."

"우리가? 무역상들이? 하벤은 그 어떤 독립 무역국보다도 거대한 조선소를 보유하고 있지만 그곳에서는 우리가 쓰는 우주선만 만들어. 자네가 보기엔 연합 전선이라는 예방책도 세우지 않고 뮬한테 함대를 만들어 줄 나라가 있을 것 같아? 그건…… 동화 같은 얘기야."

"으음, 그렇다면 함대를 어디에서 구했을까?"

프란은 어깨를 으쓱했다.

"그들이 직접 만든 것 같아. 난 그것도 걱정스럽네."

프란은 태양을 향해 눈을 깜박이며 매끄러운 나무 발판에 올려놓은 발을 꼼지락거렸다. 이윽고 서서히 잠에 빠져들며 부드러운 숨소리가 곤충이 윙윙거리는 소리에 섞였다.

마지막 부류는 상당히 많은 내용을 알고 있으면서 자신감은 전혀 없는 극소수였다.

그들은 란듀 같은 사람들로, 란듀는 무역상 전원회의가 열린 5일째 되는 날 중앙 홀에 들어와 여기에서 만나기로 약속한 두 사람을 발견했다. 500석이나 되는 좌석은 텅 비었고…… 당분간 그럴 터였다.

란듀가 좌석에 앉기 직전에 재빨리 말했다.

"우리 셋이 독립 무역국의 군사력 절반을 대표하고 있군요."

이스 행성의 맨긴이 대답했다.

"그래요, 우리도 그런 말을 하고 있었어요."

란듀가 다시 말했다.

"난 신속하고 솔직하게 말할 준비가 되어 있어요. 미묘한 흥정 따위는 흥미가 없으니까. 우리 입장이 아주 난처해지고 있어요."

"어떻게 그런……"

니몬 행성에서 온 오발 그리가 한탄하자, 란듀가 다시 말했다.

"최근에 일어난 사건 때문이에요. 부탁인데, 처음부터 찬찬히 짚어봅시다. 첫째, 우리가 처한 처지는 우리가 초래한 것이 아니지만 우리가 어쩔 수 있는 것도 아니라는 사실입니다. 우리가 거래한 상대는 원래 뮬이 아닌 다른 사람이었어요. 그중에 특히 칼간의 전 군벌이 있었지요, 우리에게 가장 불리한 시기에 뮬한테 패배한 바로 그 군벌."

"그래요, 하지만 뮬은 가치가 충분한 대안이었어요. 내가 구체적으로 얘기할 입장은 아니지만."

맨긴이 말했다.

"우선 내 얘기부터 자세히 들은 다음에 얘기하는 게 좋겠군요."

란듀가 이렇게 말하고는 몸을 앞으로 구부려 탁자에 양손을 올려놓고 손바닥을 펼쳤다. 솔직하게 털어놓겠다는 의지의 표현이었다.

란듀가 다시 입을 열었다.

"나는 한 달 전에 조카 부부를 칼간으로 보냈어요."

"당신 조카를! 그자가 당신 조카인 줄 몰랐습니다."

오발 그리가 놀라서 소리쳤다.

"무슨 목적으로? 혹시?"

맨긴이 냉랭하게 묻고는 엄지손가락으로 허공에 커다란 동그라미를 그렸다.

"아니요. 파운데이션에 대해 뮬이 일으킨 전쟁을 의미한다면 그건 아니에요. 내가 어떻게 그렇게 커다란 일을 꾸밀 수 있겠어요. 게다가 그 애는 아무것도 몰라요. 우리 목적이나 우리 조직에 대해서도 몰라요. 그 애는 내가 하삔 애국 단체의 말단 구성원이라는 얘기만 들었어요. 칼간에서 그 애가 할 역할도 단지 아마추어적인 관찰자에 불과해요. 내가 그 애를 칼간에 보낸 동기가 다소 애매하다는 사실은 나도 인정해요. 가장 커다란 동기는 뮬에 대한 호기심이었어요. 그자는 불가사의한 현상이고 곰곰이 검토해야 할 대상이잖아요. 둘째는 파운데이션에서 지내며 파운데이션 지하조직과 접촉한 경험이 있는, 앞으로 우리한테 많은 도움을 줄 젊은이에게 아주 재미있고 교육적인 훈련이 될 거라고 생각했기 때문이에요. 당신들도 알다시피……."

오발이 커다란 이를 드러내 기다란 얼굴로 수직선을 그리며 끼어들었다.

"그렇다면 당신은 그 결과에 깜짝 놀랐겠군요. 당신 조카가 파운데이션의 이름으로 뮬의 신하를 유괴해서 뮬로 하여금 전쟁을 선포하게 만들었다는 사실을 모르는 무역상은 하나도 없을 텐데. 세상에, 란듀, 당신이 그런 일을 꾸미다니…… 당신이 그 일에 손대지 않았다는 것도 믿을 수가 없어요. 정말 뛰어난 솜씨였어요."

란듀는 백발의 머리를 흔들었다.

"내가 꾸민 일이 아니에요. 내 조카가 의도적으로 한 일도 아니고. 그 애는 지금 파운데이션 감옥에 갇혀 있어요. 그 애가 했다는 탁월한 작업의 결과가 나타날 때까지 살아남지 못할 수도 있어요. 나도 그 사실을 이제 막 들었다고요. 개인용 캡슐이 비밀리에 빠져나와 전투 지역을 지나 하벤으로 갔다가 다시 여기까지 찾아왔거든요. 한 달이나 걸려서요."

"그래서요?"

란듀는 손바닥에 다른 손을 무겁게 올려놓으며 슬픈 어조로 말했다.

"우리가 칼간 군벌의 전철을 밟지나 않을까 두려워요. 뮬이 돌연변이랍니다!"

순간적으로 불안감이 몰려들었다. 심장박동이 빨라지는 것 같았다. 하지만 란듀가 착각한 것일 수도 있었다. 맨긴이 입을 열었을 때 아주 차분한 목소리가 흘러나왔기 때문이다.

"당신이 그걸 어떻게 알아요?"

"칼간에 다녀온 우리 조카가 그렇게 말했기 때문이죠."

"어떤 종류의 돌연변이래요? 당신도 알다시피 돌연변이는 많아요."

란듀는 끓어오르는 조바심을 억지로 가라앉혔다.

"그래요, 맨긴. 돌연변이는 무수히 많아요. 아주 다양하지요! 하지만 뮬과 같은 돌연변이는 딱 한 종류예요. 어떤 종류의 돌연변이가 미지의 세계에서 나와 군대를 모으고 소문에 의하면 10제곱킬로미터도 안 된다는 소행성을 기지로 삼아 행성을 정복하고 시스템을 구축해 지역 전체를, 그다음엔 파운데이션을 공격해서 호레거를 정복할 수 있겠어요? 그것도 이삼 년 만에."

오발 그리가 어깨를 으쓱했다.

"그렇다면 당신은 그자가 파운데이션을 이길 거라고 생각하나요?"

"모르겠어요. 하지만 만일 그렇게 된다면?"

"미안하지만 나는 그렇게 멀리 내다볼 수가 없어요. 파운데이션은 아무도 이길 수 없으니까. 보세요, 경험이 부족한 젊은이가 한 말 외에는 근거가 될 사실이 하나도 없잖아요. 그러니 그건 잠시 잊어버립시다. 뮬이 계속 승리했지만 지금까지 우리는 걱정하지 않았어요. 그리고 그자가 지금보다 훨씬 더 큰 승리를 거둘 때까지 우리는 입장을 바꿀 이유가 없다고 생각해요, 안 그래요?"

란듀는 절망감에 휩싸여 눈살을 찌푸렸다. 그리고 두 사람에게 물었다.

"아직도 뮬과 접촉한 사람이 한 사람도 없나요?"

"그래요."

두 사람이 동시에 대답했다.

"하지만 우리가 접촉을 시도한 건 사실이잖아요, 그렇죠? 그리고 우리가 그자한테 접근하지 않는 한 우리 모임도 별다른 의미가 없어요, 그렇죠? 지금까지 우리는 생각하기보다 술 마시길 좋아하고 일하기보다 노는 걸 즐겼어요. 오늘 아침 《라돌 트리뷴》 사설에 실린 말이에요. 이 모든 게 우리가 뮬한테 접근할 수 없어서 생긴 일이지요. 여러분, 우리에겐 여차하면 파운데이션을 장악할 전투 채비를 갖춘 전함이 1000척가량 있어요. 나는 우리가 입장을 바꿔야 한다고 주장해요. 지금 전함 1000척을 모두 투입해야 해요. 그래서 뮬을 물리쳐야 해요."

"폭군 인드버와 파운데이션의 흡혈귀들을 위해서?"

란듀는 힘없이 손을 들어 올렸다.

"형용사는 아무래도 좋아요. 중요한 건 뮬을 물리쳐야 한다는 사실이니까. 누구한테 도움을 주자는 게 아니에요."

오발 그리가 벌떡 일어나며 말했다.

"란듀, 나는 그 일에 관여하지 않겠어요. 정치 생명이 끊기고 싶으면 오늘 밤 전원회의에 그걸 안건으로 제출하든가."

오발 그리가 그 말과 함께 나가고 맨긴도 조용히 뒤따라 나갔다. 란듀는 혼자 남아서 해답을 찾을 수 없는 고민에 잠겼다.

그날 밤 전원회의에서 란듀는 한마디도 하지 않았다.

그러나 다음 날 아침 란듀의 방으로 오발 그리가 뛰어들었다. 면도도 하지 않고 머리도 헝클어지고 옷만 겨우 걸친 상태였다.

란듀는 파이프를 떨어뜨릴 정도로 놀라서 아직 치우지 않은 아침 식사 탁자 너머로 물끄러미 바라보았다.

오발이 단도직입적으로 다급하게 말했다.

"우리 니몬 행성이 우주 공간에서 치명적인 공격을 받았어요."

란듀는 눈을 가늘게 떴다.

"파운데이션인가요?"

"뮬이에요! 뮬!"

오발이 절규하면서 급하게 덧붙였다.

"선전포고도 없이 계획적으로 도발했어요. 우리 함대는 대부분 국제 함대에 참석한 상태였어요. 국내 경비용으로 남아 있던 전함 몇 척으로는 충분하지 않았지요. 순식간에 파괴되었어요. 아직은 그들이 상륙하지 않았고 앞으로도 마찬가지일 것 같아요. 보고에 의하면 침략군 절반이 파괴되었대요. 하지만 이것은 전쟁이고 나는 하벤 측에서 이 문제에 어떤 입장을 취할 것인지 물으러 왔어요."

"확신하건대 하벤은 연방 헌장 정신을 따를 거예요. 하지만 이제 알겠어요, 뮬이 우리도 공격할 거란 사실을?"

"뮬이라는 작자는 미쳤어요. 혼자서 우주 전체를 이길 수 있을까요?"

머뭇거리던 오발이 의자에 앉아서 란듀의 손목을 움켜잡으며 덧붙였다.

"우리 측 생존자가 보고한 바로는 뮬이…… 신병기를 갖고 있대요. 원자력장 억압기래요."

"뭐라고요?"

란듀가 깜짝 놀라자, 오발이 다시 말했다.

"우리 전함 대부분은 원자력 무기가 작동하지 않아서 패배했대요. 그건 우연한 사고일 수가 없어요. 뮬이 신병기를 쓴 게 분명해요. 우리 무기는 완벽하게 작동하지 않았고 그 효과도 간헐적이었대요. 대부분 중성화되었기 때문이죠. 내가 받은 보고는 구체적이지 않았어요. 하지만 그런 신병기가 있으면 모든 함대를 쓸모없게 만들어서 전세를 완전히 뒤집을 수도 있어요."

란듀는 한순간에 늙어 버린 느낌이 들었다. 절망감으로 얼굴이 축 처졌다.

"나는 괴물이 자라나서 우리 모두를 삼켜 버릴까 봐 두려워요. 그래도 우리는 그 괴물과 싸워야 해요."

17장
비지소너

터미너스 시 인근의 그다지 번잡하지 않는 곳에 자리한 에블링 미스의 집은 파운데이션의 인텔리와 학자와 작가 들 사이에서 유명했다. 그 집의 특징은 누가 글을 쓰느냐에 따라 다양하게 표현되었다. 요컨대 사려 깊은 전기 작가는 이곳을 '비학구적인 현실에서의 도피처'로 표현했고, 사교계 소식란 기고가는 특유의 매끈한 언어로 '태평하면서도 어수선하며 대단히 남성적인 분위기'라고 은근하게 썼다. 대학의 철학과 교수는 냉담한 태도로 '학구적이지만 비조직적'이라고 평했으며, 대학과 관계없는 친구는 '언제라도 한잔하며 소파에서 편히 쉴 수 있는 공간'이라고 평가했다. 또 미사여구를 즐겨 쓰는 생기 넘치는 주간 뉴스 방송은 '좌익 성향인 불경스럽고 뻔뻔한 에블링 미스의, 풍류가 없고 현세적이지만 결코 몰상식하다고 할 수 없는 집'이라고 말했다.

하지만 당장은 구경꾼이 자신밖에 없다고 생각하는, 그리고 직접 경험했다는 장점이 있는 베이타에게 그 집은 그저 지저분한 집에 불과했다.

처음 며칠을 제외하면 감옥 생활은 그다지 힘들지 않았다. 누군가가 은밀하게 감시하고 있을 가능성이 높은 심리학자의 집에서 이렇게 30분을 기다리는 것보다는 훨씬 편한 것 같았다. 게다가 감옥에서는 토란이 바로 옆에 있었다.

마그니피코가 기다란 코를 늘어뜨리며 훨씬 더 긴장한 모습을 보이지 않았다면 베이타 자신이 훨씬 힘들었을 거란 생각이 들었다.

마그니피코는 축 늘어진 뾰족한 턱 아래로 비쩍 마른 다리를 꼬고 앉아 있었다. 마치 몸을 잔뜩 웅크려서 어디론가 사라지려고 하는 것 같았다. 베이타가 손을 뻗어서 다정하게 토닥거려 주자, 마그니피코가 잠시 움찔하다가 웃었다.

"마님, 아직도 제 몸은 제 머리에 들어오는 정보를 거부하고 다른 사람의 손이 때리길 기대하는 것 같아요."

"걱정할 필요 없어요, 마그니피코. 내가 옆에 있으니까. 그 누구도 당신을 때리지 못하게 하겠어요."

어릿광대는 베이타를 슬그머니 보다가 재빨리 눈길을 돌리며 말했다.

"하지만 저들은 처음에 저를 마님과 그리고 마님의 친절한 남편과 떼어 놓았어요. 그래서 저는 친구가 없어서 쓸쓸했어요. 마님은 웃으시겠지만."

"아니에요, 웃지 않아요. 나도 그랬으니까."

어릿광대는 표정이 확 밝아지며 무릎을 더 힘주어 껴안았다.

"마님은 우리가 만날 사람을 예전에 본 적이 없지요?"

마그니피코가 조심스럽게 물었다.

"네, 없어요. 하지만 유명한 사람이라 뉴스에서 여러 번 보고 얘기도 아주 많이 들었어요. 좋은 사람 같아요, 마그니피코. 우리를 해치지 않을 거예요."

어릿광대는 그래도 불안한 듯 몸을 움찔했다.

"그래요? 그럴지도 모르지만 마님, 저는 벌써 그 사람한테 심문을 받았는데, 아주 무뚝뚝하고 목소리도 커서 몸이 부들부들 떨렸어요. 그 사람이 이상한 말을 너무 많이 해서 대답을 하려고 해도 목구멍에 걸려 나오질 않았어요. 심장이 목구멍까지 차올라서 도저히 말을 할 수 없다는 얘길 예전에 소설책에서 본 적이 있는데 이제 비로소 그 말을 이해할 것 같아요."

"하지만 지금은 달라요. 그는 한 사람이고 우린 두 사람이에요. 우리 두 사람을 한꺼번에 위협할 수는 없을 거예요, 그렇지 않나요?"

"네, 마님."

어디에선가 문을 닫는 쾅 소리와 함께 커다란 목소리가 집 안으로 흘러들었다. 그 목소리가 방문 밖까지 와서 날카롭게 소리쳤다.

"여기에서 냉큼 사라져!"

그와 동시에 제복 차림 경비병 두 명이 허둥지둥 물러가는 모습이 열린 문틈으로 얼핏 보였다.

에블링 미스는 잔뜩 찌푸린 얼굴로 들어와 포장한 꾸러미를 바닥에 조심스레 내려놓았다. 그리고 베이타에게 다가와 손을 힘껏 잡으며 악수했다. 베이타도 남자처럼 씩씩하게 손을 꼭 잡고 흔들었다. 미스는 비로소 알아차렸다는 듯 어릿광대를 흘긋 보고는 베이타를 다시 오랫동안 쳐다보았다.

미스가 물었다.

"결혼했나?"

"네, 법적 절차를 밟았어요."

미스는 잠시 침묵하다가 다시 물었다.

"행복한가?"

"지금까지는."

미스는 어깨를 으쓱하고는 다시 마그니피코 쪽으로 시선을 돌렸다. 그리고 보따리를 풀며 물었다.

"이게 뭔지 알겠나, 친구?"

마그니피코가 자리에서 몸을 던지듯 튀어나와 건반이 잔뜩 달린 악기를 움켜잡았다. 무수히 많은 가느다란 구멍을 손가락으로 만져 보고는 아주 기뻐하며 갑자기 뒤로 재주를 넘다가 하마터면 옆에 있는 가구를 부술 뻔했다.

마그니피코가 쉰 목소리로 말했다.

"비지소너. 죽은 사람의 영혼에도 기쁨이 샘솟게 하는 악기."

마그니피코는 기다란 손가락으로 물 흐르듯 잔잔하고 부드럽게 수많은 구멍을 어루만지며 건반과 건반 사이를 춤추듯 노닐었다. 주변 공기가 장밋빛으로 보드랍게 반짝거리기 시작했다.

에블링 미스가 말했다.

"좋아, 친구. 자네가 이 악기를 연주할 수 있다고 했으니 어디 한번 해 보게. 하지만 조율부터 하는 게 좋을 거야. 박물관에서 가져온 거니까."

그러고는 옆에 있는 베이타한테 말했다.

"내가 아는 한, 파운데이션에는 이것을 제대로 연주할 사람이 하나도 없어."

그런 다음 아예 베이타 쪽으로 몸을 기울이며 재빨리 덧붙였다.

"어릿광대는 당신이 아니면 누구의 말도 듣지 않을 거야. 도와주겠나?"

베이타가 고개를 끄덕이자, 미스가 다시 말했다.

"좋아! 마그니피코는 항상 겁에 질려 있는 것 같아. 그래서 정신 탐침을 견딜 만한 정신력이 없을 거야. 다른 방법으로 무엇이든 알아내려면 마그니피코의 마음을 진정시켜야 해, 알겠나?"

베이타는 고개를 다시 끄덕였다.

"비지소너는 1단계야. 마그니피코는 저걸 다룰 수 있다고 했어. 저 반응을 보면 비지소너는 마그니피코가 아주 좋아하는 악기가 분명해. 그러니 연주를 잘하든 못하든 관심을 보이며 칭찬하는 게 좋겠어. 그런 다음에 나에 대한 우정과 신뢰를 보여 주길 바라. 무엇보다 매사에 내가 지시하는 대로 움직이고."

그러면서 소파 한구석에 웅크리고 앉아 악기를 민첩하게 조율하는 마그니피코를 흘긋 보았다. 마그니피코는 악기에 흠뻑 빠져든 게 분명했다.

미스가 베이타에게 평상시에 대화하는 투로 담담하게 물었다.

"비지소너 연주를 들어 본 적이 있나?"

베이타 역시 담담하게 대답했다.

"진귀한 악기들을 모아 놓은 콘서트에서 한 번 들어 본 적 있어요. 별다른 감흥을 느끼진 못했어요."

"으음, 연주자가 형편없었나 보군. 비지소너를 훌륭하게 연주할 수 있는 사람은 거의 없어. 건반이 몇 열로 나열되어 있는 피아노가 물리적인 조화가 필요하다면 비지소너는 막힘없이 흐르는 창조 정신이 필요하지."

미스가 목소리를 낮추고는 속삭였다.

"그래서 살아 있는 해골 같은 저자가 우리가 상상하는 이상으로 훌륭하게 연주할 수 있지 않을까 생각하는 거야. 훌륭한 연주자는 다른 점에서 멍청해 보이는 경우가 종종 있거든. 심리학을 재미있게 만드는 기묘한 특징 가운데 하나지."

에블링 미스가 대화를 편하게 이끌려고 애쓰며 덧붙였다.

"저 악기가 어떤 원리로 작동하는지 알고 있나? 그 원리를 파악하려고 이리저리 살폈지만 지금까지 파악한 건 방사선이 시각신경에 닿지 않고 뇌의 시각중추를 직접 자극한다는 사실뿐이야. 일반적인 분류에 속하지 않는 어떤 감각을 활성화시키는 거지. 생각해 보면 정말 대단해. 소리란 고막이랑 달팽이관을 자극해서 두뇌에 전달되는 게 일반적인데 말이야. 그런데…… 쉬잇! 준비가 된 것 같군. 스위치를 끄게. 어두운 게 효과적이니까."

어둠 속에서 희미하게 보이는 마그니피코는 조그만 덩어리 같았고 에블링 미스는 숨을 거칠게 몰아쉬는 커다란 그림자 같았다. 베이타는 걱정스러워서 잔뜩 긴장한 눈으로 바라보았다. 처음에는 아무것도 보이지 않았다. 그러더니 허공에서 가냘픈 진동이 일어나며 울퉁불퉁하게 떨렸다. 이리저리 맴돌다 가라앉으며 조용해지더니, 다시 일어나서 격렬한 충돌로 돌변하며 얇은 커튼을 가르는 천둥 같은 소리를 냈다.

힘차게 고동치는 고운 빛깔의 조그만 방울이 규칙적으로 솟구치면서 커지다가 무형의 물방울이 되어 하늘 한가운데로 높이 올라가더니 이리저리 뒤얽히며 휘도는 시냇물처럼 내려왔다. 그러다가 서로 합쳐져서 완전히 다른 색의 조그만 방울로 변하기 시작했다. 그때부터 베이타는 물체를 알아볼 수 있었다.

눈을 꼭 감으니 색상의 무늬가 한층 선명하게 보였다. 조금씩 움직이는 색채마다 자기만의 가느다란 음색을 지니고 있을 뿐 그게 어떤 색인지 분간할 수 없었다. 그러다가 그것이 방울이 아니라 조그만 사람의 모습이라는 사실을 깨달았다.

무수히 흩날리며 빛나다가 홱 사라지는 것 같더니 다시 어딘가에서 나타나 서로 부닥치고 합쳐져서 새로운 색으로 변하는 조그만 사람의 모습, 흔들리는 조그만 불꽃.

깜깜한 밤에 눈이 시릴 만큼 꼭 감고 있으면 나타나는 어떤 색깔의 물방울을 베이타는 자신도 모르게 떠올렸다. 색이 변하는 다양한 반점들이 폴카에 맞춰 행진하다가 한가운데로 모여들고 순간적으로 흔들리며 사방으로 흩어졌다. 훨씬 크고 훨씬 다양한 형태로…… 하나하나가 조그만 색깔처럼 보였다.

조그만 반점들이 둘씩 짝지어 달려들자, 베이타는 순간적으로 놀라 두 손을 들어 올렸다. 반점들이 공중에서 빙그르르 돌며 순식간에 에워싸서 베이타는 마치 눈부시게 빛나는 눈보라 한가운데 있는 것 같았다. 차가운 빛이 다가와 베이타의 어깨와 팔을 타고 흘러내리다가 딱딱하게 굳어 버린 손가락으로 뚝뚝 떨어지더니 서서히 빛나는 허공의 초점으로 모여들었다. 밑에서는 다양한 음색이 물 흐르듯 흘러넘쳤다. 베이타는 빛과 음을 이제 더 이상 구별할 수 없었다.

에블링 미스도 자신과 같은 현상을 보고 있는 건지, 아니면 다른 걸 보고 있는 건지 베이타는 궁금했다. 하지만 궁금증은 사라지고…….

베이타는 다시 바라보았다. 조그만 사람들이, 조그만 사람이 맞지? 아니, 소녀들이다, 마음의 초점을 못 맞출 정도로 빠르게 돌며 허리를 숙이는, 불꽃처럼 새빨간 머리칼의 작고 귀여운 소녀들이 별 모양으로 모이더니 음악이 희미한 웃음으로, 귓속에서 소녀들의 웃음소리로 변했다.

별들이 모여들어 서로한테 섬광을 퍼뜨리고 서서히 모양을 이루더니 아래쪽에서 궁전 모양이 갑자기 솟아올랐다. 벽돌 하나하나가 색이 달랐고 색상 하나하나가 조그맣게 반짝였으며 각각의 반짝임은 모양을 바꾸면서 날카로운 빛을 터뜨려 보석 스무 개로 장식한 뾰족탑 위쪽으로 시선을 끌어모았다.

빛나는 카펫이 쏟아져 나와서 소용돌이치며 사방에 실체 없는 그물을 짜고 거기에서 눈부신 가지가 위로 뻗어 나와 나무를 만들고 나무마다 다양한 음악이 흘러나왔다.

베이타는 그 속에 휩싸인 채 앉아 있었다. 선율이 주위에 모이다가 서정적으로 빠르게 날아올랐다. 베이타는 손을 뻗어서 섬세한 나무와 꽃이 달린 바늘 모양의 물체를 잡으려 했다. 하지만 그것들은 맑고 희미하게 딸랑딸랑 소리를 울리면서 아래로 내려가 사라졌다.

음악은 심벌즈 수십 개가 동시에 울리는 굉음으로 변했고 바로 눈앞에서 불꽃이 솟구쳤으며 눈에 보이지 않는 폭포수 계단이 무릎으로 흘러내렸다. 거기에서 넘쳐흐른 거센 물보라는 허리춤에서 격렬한 불꽃을 일으켰고 무릎에서 무지개 다리가 되어 걸렸으며 그 위에 조그만 사람들이 올라가서…….

끝없이 넓은 왕궁과 정원이 뻗어 나가고 다리 위의 조그만 남자들과 여자들은 장엄한 현악의 음률 사이를 헤엄치며 베이타를 향해 우르르 몰려들어서…….

그러다가…… 겁에 질린 침묵과 서먹서먹한 망설임, 급작스러운 붕괴가 일어나는 것 같았다. 색채가 도망가며 하나의 방울로 줄어들더니 공중으로 솟구치며 사라졌다.

주위는 다시 어둠에 잠겼다.

무거운 발을 뻗어 스위치를 누르자 밝은 빛이 쏟아져 들어왔다. 단조롭고 평범한 태양 광선이었다. 베이타는 떠난 임을 그리워하듯 눈을 깜빡이다가 눈물을 글썽거렸다. 에블링 미스도 눈이 휘둥그레져서 입을 멍하니 벌린 채 가만히 있었다.

마그니피코 혼자만 생생한 무아지경을 느끼며 비지소녀를 쓰다듬고 있었다.

마그니피코가 침을 꿀꺽 삼키며 말했다.

"마님! 정말로 이건 성능이 마법처럼 훌륭해요. 이 이상 섬세한 안정감을 기대할 수 없을 정도로 음의 반응과 균형이 좋아요. 이 정도라면 저도 기적을 일으킬 수 있을 것 같아요. 제가 작곡한 선율이 어땠나요, 마님?"

"정말 마그니피코가 작곡한 거예요? 직접?"

베이타가 속삭이듯 물으며 감탄스럽다는 눈으로 바라보자, 마그니피코의 야윈 얼굴이 큼지막한 코끝까지 빨갛게 달아올랐다.

"그래요, 마님. 뮬은 좋아하지 않았지만 저 혼자 재미 삼아서 이 곡을 자주 연주했답니다. 예전에 어릴 적에 궁전을 본 적이 있어요. 축제가 한창일 때 멀리서 보아도 눈부실 만큼 아름다운 보석으로 장식한 장대한 건물을 보았어요. 꿈에서도 본 적이 없는 화려하고 호사스러운 사람들이 있었어요. 그렇게 장대하고 화려한 광경은 그 후 어디에서도, 심지어 뮬의 궁전에서도 못 보았어요. 지금 제가 그린 장면은 당시를 흉내 낸 것인데, 제 마음이 가난해서 더 이상은 모방할 수가 없어요. 저는 이 곡을 「천국의 기억」이라고 부른답니다."

어릿광대가 이렇게 말하는 사이에 미스가 몽롱한 기분을 털어 내며 물었다.

"이보게, 마그니피코, 지금 자네가 한 걸 다른 사람들한테도 들려줄 수 있겠나?"

"다른 사람들요?"

순간적으로 어릿광대가 움찔하는 것을 보고 미스가 얼른 설명했다.

"파운데이션 대강당에 모인 수천 명 앞에서 연주할 수 있느냔 말일세. 자네 스스로 주인이 되어서 온갖 명예와 재화를 누리면서……."

에블링 미스는 상상력의 한계를 느끼며 이렇게 덧붙였다.

"하여튼 그렇게 사는 거야, 응? 자네 생각은 어떤가?"

"그렇지만 제가 어떻게 그럴 수 있나요, 나리, 세상의 위대함을 누릴 수 없는 슬픈 어릿광대에 불과한 제가?"

심리학자는 후 하고 숨을 내쉬며 손등으로 이마를 쏠고는 말했다.

"하지만 자네의 지금과 같은 연주 실력이라면, 자네가 시장과 무역조합 사람들 앞에서 지금과 같은 연주를 할 수 있다면 세상은 자네 거야. 그렇게 할 생각이 없는가?"

어릿광대는 재빨리 베이타를 살폈다.

"이분도 제 옆에 계시는 거예요?"

베이타가 웃으며 대답했다.

"물론이지요, 바보 아저씨. 당신이 유명해지고 부자가 될 텐데 내가 무엇 때문에 당신 곁을 떠나겠어요?"

어릿광대가 진지하게 대답했다.

"모두 당신에게 바치겠어요. 제가 당신의 친절한 은혜에 보답하려면 은하계 전체를 바쳐도 모자랄 거예요."

"하지만 그 전에 우선 나부터 도와주고……."

미스가 느긋하게 끼어들자, 마그니피코가 물었다.

"무슨 일인데요?"

심리학자는 잠시 침묵하다가 빙그레 웃으며 대답했다.

"조금도 아프지 않은 간단한 표면 탐색기가 있는데, 자네 머리에 살짝 대기만 하면 돼."

마그니피코의 눈에 공포의 빛이 떠올랐다.

"탐색기는 싫어요. 그걸 사용하는 장면을 본 적이 있어요. 정신을 빼내서 텅 빈 두개골만 남겨요. 뮬은 반역자한테 그걸 사용해서 그들이 거리를 멍청하게 돌아다니다가 결국 살해당하도록 만들었어요."

어릿광대는 미스를 밀어내려는 듯 한 손을 내밀었다. 하지만 미스는 차분하게 설명했다.

"그건 정신 탐침이야. 그것도 잘못 사용할 때만 사람에게 해를 끼치지. 내가 가져온 이건 갓난아기도 해치지 않는 표면 탐색기야."

베이타가 부추겼다.

"그 말이 맞아요, 마그니피코. 뮬을 물리쳐서 아주 멀리 보내려고 그러는 거예요. 이 일만 끝나면 당신과 나는 부자가 돼서 한평생 유명하게 살 수 있어요."

마그니피코가 떨리는 손을 내밀었다.

"그럼 제 손을 잡아 주시겠어요?"

베이타는 두 손으로 어릿광대의 손을 꼭 잡아 주었다. 어릿광대는 반짝거리며 다가오는 전극판을 커다란 눈으로 바라보았다.

에블링 미스는 인드버 시장의 관저에서 극진한 대접의 의미로 내준 아주 사치스러운 의자에 전혀 고마울 것 없다는 듯 아무렇게나 앉아서 조그만 시장이 안절부절못하는 모습을 가만히 보고만 있었다. 그러다가 담배꽁초를 획 던지고 담배 찌꺼기를 뱉어 내며 말했다.

"인드버, 만일 당신이 '말로 홀'의 다음 연주회에서 뭔가 특별한 연주를 바란다면 전자악기는 모두 하수구에 버리고 어릿광대한테 비지소녀 연주를 시키시오. 인드버, 그 소리는 이 세상 소리가 아니오."

인드버가 신경질적으로 대답했다.

"나는 음악 강의를 듣자고 당신을 부른 게 아니거든. 뮬은 어떻게 되었지? 그 얘기를 해. 뮬은 어떻게 되었냐고?"

"뮬? 음, 얘기하지. 나는 표면 탐색기를 사용해서 약간의 정보를 입수했소. 어릿광대의 정신력이 너무 약해서 정신 탐침은 사용할 수 없었소. 정신 탐침을 갖다 대는 순간에 저항이 심해서 그 녀석의 정신력 퓨즈가 나가 버릴 테니까. 하지만 알아낸 사실은 있소. 한데 손톱으로 톡톡 치는 짓 좀 그만둘 수 없소?

우선, 우리는 뮬이 지닌 육체적인 힘을 지나치게 두려워했소. 강한 놈인 건 분명하지만 그에 대한 어릿광대의 환상적인 이야기는 무서운 기억 때문에 상당히 과장된 것 같소. 그자는 아주 묘한 안경을 쓰고 있다는데 그 눈으로 사람을 죽인다는 걸 보면 정신력이 뛰어난 건 분명하오."

"그 정도는 처음부터 알고 있었소."

시장이 퉁명스럽게 내뱉었다.

"그렇다면 탐색기는 그 사실을 확인한 거요. 그리고 나는 그것에 기초해서 수학적 연구를 계속하는 중이오."

"그래? 그건 시간이 어느 정도나 걸릴까? 당신이 떠벌리는 소리에 귀가 먹을 것 같군."

"대략 한 달 정도면 가시적인 결과가 나올 거요. 물론 그렇지 않을 수도 있고. 하지만 만일 이 모든 게 셀던 프로젝트가 예상하지 못한 거라면 우리가 이길 가능성은 아주 적소, 거의 없다고 해도 좋소."

인드버가 심리학자를 맹렬하게 몰아붙였다.

"이제야 본색을 드러내는군, 반역자. 거짓말쟁이! 당신은 파운데이션 전역에 패배주의와 공포를 퍼뜨려 나를 이중으로 힘들게 만들려는 반역자에 불과해."

"나? 내가?"

에블링 미스도 슬슬 화가 치밀기 시작했다.

인드버는 계속 거칠게 몰아붙였다.

"왜냐하면 우주 전체를 걸고 말하건대 파운데이션은 승리할 것이기 때문이오. '반드시' 승리해야 하기 때문이오!"

"호레거에서 졌는데도 말이오?"

"그건 진 게 아니오. 당신은 그런 유언비어를 믿는단 말이오? 우리 군대가 숫자에서 압도를 당한 데다가 배신까지 당해서……"

"누구한테?"

에블링 미스가 경멸스러운 어투로 묻자, 인드버는 격앙된 목소리로 대답했다.

"빈민가에 사는 이가 들끓는 민주주의자들한테. 나는 그 함대가 민주주의 조직에게 잠식당했다는 사실을 오래전부터 알고 있었소. 그래서 조직 대부분을 쓸어 버렸지만 그 잔당이 남아 있다가 이번 전투가 한창일 때 전함 스무 척을 무조건 넘겨준 거요. 겉으로 패배한 것처럼 보이도록.

그 점에서 욕 잘하고 단순한 애국자이자 소박한 미덕의 본보기라고 할 수 있는 당신은 그 민주주의자들과 어떤 관계가 있는 거지?"

에블링 미스는 어깨를 으쓱하며 한마디로 일축했다.

"지금 당신은 자신이 헛소리를 지껄이고 있다는 사실을 아시오? 그렇다면 이후에 계속된 패배와 사이웨나 절반을 빼앗긴 건 뭐요? 그것도 민주주의자들이 한 짓이오?"

조그만 시장이 날카롭게 웃었다.

"아니, 민주주의자들 소행은 아니오. 예전에도 그랬듯이, 우리가 패한 건 파운데이션이 공격을 받으면 역사의 필연성이 우리 쪽으로 돌아설 때까지 계속 패하기 때문이오. 하지만 이제 그 성과가 보이고 있소. 소위 지하에 숨어 있던 모든 민주주의 조직이 정부에 힘을 보태기로 맹세하는 성명을 발표했다고. 더 엄청난 반역을 저지르기 위한 속임수일 수도 있지만 나는 그걸 멋지게 이용할 셈이오. 반역자들이 어떤 음모를 꾸민다 해도 거기에서 퍼뜨린 선전을 걸러 내면 그런대로 효과가 있거든. 게다가 더 좋은 건……"

"더 좋은 건 뭐요, 인드버?"

"맞혀 보시지. 이틀 전에 이른바 독립 무역상 연맹이 뮬에 선전포고를 했소. 그것으로 파운데이션 함대가 단번에 1000척이나 늘어났소. 당신도 알겠지만 뮬이란 자가 너무 심했소. 처음에는 우리가 갈라져서 서로 싸웠지만 그자가 공격하는 순간에 우리는 다시 하나가 돼서 강력한 힘을 구축했소. 그자는 질 수밖에 없소! 그건 필연적이야……. 항상 그래 왔던 것처럼."

하지만 에블링 미스는 여전히 회의적이었다.

"그렇다면 당신은 셸던이 돌연변이 발생이라는 우발적인 상황까지 예상했다는 말이오?"

"돌연변이라니! 아직 그건 밝혀진 게 없소. 당신이 그렇게 주장하는 건 반역을 저지른 대위와 외국의 젊은 애들 그리고 엉터리 사기꾼 어릿광대가 하는 헛소리 때문이지. 정작 당신은 가장 결정적인 증거를 외면하고 있소……. 바로 당신 자신!"

"나?"

순간적으로 에블링 미스가 움찔하자, 시장은 비웃는 투로 계속 말했다.

"그래, 당신. 시간 유품관이 이제 아홉 주 후에 열린다고 했는데, 그건 뭐지? 그건 위기가 절정에 달한 순간에 열려. 그런데 뮬의 이번 공격이 위기의 절정이 아니라면 '진짜' 위기는 어디에 있소, 시간 유품관이 열리게 된 진짜 위기 말이요? 대답해, 비곗덩어리 양반."

심리학자는 어깨를 으쓱했다.

"좋소. 그래서 기분이 좋아진다면. 그렇지만 조건이 있소. 만일의 경우에 대비해서…… 셀던이 별 볼 일 없는 연설을 할 경우에 대비해서 유품관이 열리는 시간에 나를 참여시켜 주시오."

"좋아, 이제 나가시지. 그리고 아홉 주 동안 내 눈에 띄지 않도록 하시오."

"기꺼이 그러지, 이 끔찍한 양반아."

18장

파운데이션 함락

 시간 유품관에는 여러 가지 측면에서 한마디로 정의할 수 없는 묘한 분위기가 감돌았다. 조명도 충분했고 빈틈없이 손질해서 황폐한 느낌은 없었다. 벽 색깔도 밝았으며 편안하게 고정시킨 좌석은 영구적으로 사용하도록 만든 게 분명했다. 고풍스럽다는 느낌조차 없었다. 3세기라는 세월의 흔적을 전혀 찾아볼 수 없었기 때문이다. 존경심과 경외심을 일으키려는 노력조차 배제한 단순하고 평범한 시설을 보고 있노라면 허전한 느낌까지 들 정도였다.

 그럼에도 아주 특이한 시설이 하나 있었다. 유품관의 절반을 차지하는 속이 텅 빈 육면체 유리가 바로 그것이었다. 생생하게 살아 있는 해리 셸던의 환영이 3세기 동안 네 차례에 걸쳐서 그곳에 나타나 이야기를 했는데 그 가운데 두 번은 본 사람이 아무도 없었다.

 우주 제국의 위대한 발전을 직접 계획한 노인은 아홉 세대가 지난 300년이란 오랜 세월에 걸쳐서 스스로 그 모습을 드러냈다……. 그는 아홉 세대 이후의 자손들이 사는 은하계에 대해 그 누구보다도 많은 걸 알고 있었다.

텅 빈 입방체는 인내심 있게 기다렸다.

제일 먼저 도착한 사람은 불안하리만치 조용한 거리를 행사 때 쓰는 육상용 자동차로 유유히 달려온 시장 인드버 3세였다. 전용 의자도 함께 도착했다. 그곳에 있는 의자보다 높고 큰 의자였다. 그 의자는 제일 앞줄에 놓였으며 인드버는 눈앞의 텅 빈 유리 상자 외의 모든 것을 압도했다.

왼쪽에 있던 근엄한 관리가 정중하게 고개를 숙이며 보고했다.

"각하, 오늘 저녁 각하의 공식 발표를 최대한 광범위하게 전달할 서브 에테르 방송 준비를 완료했습니다."

"좋아. 그 전까지는 시간 유품관에 대한 행성 간 특별 방송을 계속하게. 물론 어떤 식으로든 예측이나 판단은 하지 말고. 대중의 반응은 아직도 만족스러운가?"

"각하, 대단히 좋습니다. 최근까지 퍼져 나가던 사악한 소문이 계속 가라앉고 있습니다. 확신이 퍼져 나가고 있습니다."

"좋아!"

그는 관리를 물리고 우아한 모피 목도리를 매무시했다.

지금 시각은 12시 20분 전이었다.

시장 지지자 중에서 뽑은 집단이(거대한 무역 연합 지도자들이) 각자 자신의 경제적 지위에 걸맞은 훌륭한 옷차림으로 한 사람 두 사람 모습을 드러냈다. 차례차례 시장에게 인사하고 한두 마디 덕담을 들은 다음에 지정된 자리에 앉았다.

하벤의 란듀가 이처럼 대단한 의식과는 동떨어진 분위기로 나타나 돌연 사람들 사이를 헤치고 시장의 전용 의자로 다가갔다. 그러고는 머리를 숙이며 조그맣게 말했다.

"각하!"

인드버는 얼굴을 찡그렸다.

"당신은 알현 허가를 받지 않았는데."

"각하, 저는 일주일 전부터 알현을 요청했습니다."

"유감이네만 셸던이 출현하는 국가적 대사 때문에……"

"각하, 저도 그게 유감입니다. 하지만 각하, 독립 무역상 연맹의 함선을 파운데이션 함대에 배속하라는 명령을 철회해야 합니다."

인드버는 말이 가로막히자 화가 나서 얼굴을 붉혔다.

"지금은 그런 얘기를 할 때가 아니오."

하지만 란듀는 열심히 속삭였다.

"각하, 기회는 지금밖에 없습니다. 독립 무역국의 대표로서 저는 그와 같은 명령에 복종할 수 없음을 말씀드립니다. 셸던이 우리 문제를 해결하기 전에 그 명령을 철회해야 합니다. 일단 위기를 넘기면 조정할 시기를 놓치게 되어 우리의 동맹이 무너질 것입니다."

인드버는 란듀를 차갑게 노려보았다.

"당신은 내가 파운데이션 군대의 총사령관이라는 사실을 알고 있소? 나한테 군사 정책을 결정할 권한이 있는 거요, 없는 거요?"

"각하, 물론 있습니다. 하지만 몇 가지는 적절하지 않습니다."

"나는 적절하지 않은 건 없다고 확신하오. 지금처럼 위급한 시기에 당신들한테 독자적인 함대를 허가하는 건 위험하거든. 개별 행동을 한다는 건 적군을 돕는 거나 마찬가지요. 대사, 우리는 군사적으로나 정치적으로나 하나가 되어야 하오."

란듀는 목이 뻣뻣하게 굳는 걸 느꼈다. 그래서 '각하'라는 칭호조차 생략했다.

"당신은 셀던이 나타날 거라는 사실에 안심하고 우리를 적대시하는군요. 한 달 전에 우리 함선이 테렐에서 뮬의 군사를 격파했을 때 당신은 유약하고 타협적이었습니다. 파운데이션 함대는 전투에서 다섯 번이나 패배했지만 독립 무역국 함선은 당신에게 승리를 가져다 주었다는 사실을 상기시키고 싶군요."

인드버는 험악한 표정을 지었다.

"대사, 터미너스는 이제 당신을 더 이상 반기지 않소. 오늘 저녁까지 떠나시오. 그리고 터미너스에서 활동하는 민주주의 반역 세력과 당신의 관계를 예전처럼 계속 조사하겠소."

란듀가 대답했다.

"내가 떠나면 우리 함대도 떠납니다. 나는 이 행성의 민주주의자들과 아무런 관계도 없습니다. 내가 알고 있는 건 당신네 파운데이션 전함이 뮬한테 넘어간 건 일반 승무원이 아니라, 사령관이 배신했기 때문이란 사실입니다. 민주주의자든 뭐든 말입니다. 거듭 말씀드리지만 호레거에서 파운데이션 전함 스무 척은 아무런 타격도 받지 않고 패하지도 않은 상태에서 해군 소장의 명령에 따라 항복했습니다. 그 해군 소장은 당신 측근으로서 칼간에서 돌아온 내 조카를 재판했던 사람입니다. 우리가 알고 있는 사례는 그게 전부가 아닙니다. 반역할 여지가 많은 일당한테 우리 전함과 승무원을 맡길 순 없습니다."

인드버가 말했다.

"어서 떠나시오. 당신한테 감시병을 붙이겠소."

터미너스의 지배계급 모두가 멸시의 눈초리로 따갑게 쏘아보는 가운데 란듀는 그곳을 물러났다.

베이타와 토란은 벌써 도착한 상태였다. 두 사람은 뒷자리에서 일어나 지나가는 란듀한테 손짓했다.

란듀는 온화하게 웃었다.

"결국 너희도 왔구나. 어떻게 여기까지 올 수 있었니?"

토란이 하얀 이를 드러내며 웃었다.

"마그니피코 덕분이에요. 인드버가 마그니피코한테 유품관을 소재로, 인드버 자신을 주인공으로 삼아서 비지소녀 곡을 지으라고 명령했어요. 마그니피코는 우리 없이는 참석하지 않겠다고 했고요. 에블링 미스도 함께 왔어요. 여기 어딘가를 돌아다니고 있을 거예요."

그러다가 금방 걱정스러운 얼굴로 물었다.

"왜 그러세요, 뭐가 잘못됐나요, 숙부님? 안색이 안 좋은 것 같아요."

란듀가 고개를 끄덕였다.

"그래. 상황이 나빠졌어, 토란. 뮬을 물리친 다음에는 우리 차례가 될 것 같아."

떡 벌어진 어깨에 하얀 옷을 입은 사내가 다가와서 뻣뻣하게 머리를 숙였다.

베이타가 검은 눈동자에 미소를 담으며 손을 내밀었다.

"한 프리처 대위! 이제 우주로 복귀한 건가요?"

대위는 그 손을 잡고 더 깊숙이 머리를 숙였다.

"아뇨, 그렇지 않습니다. 내가 이곳에 온 건 미스 박사의 노력 덕분인데, 이것도 일시적입니다. 내일 국경 수비대로 돌아가야 합니다. 지금 몇 시입니까?"

지금 시각은 12시 3분 전이었다!

마그니피코는 풀 죽은 비참한 표정이었다. 어딘가로 숨으려는 듯 몸을 계속 웅크리고 있었다. 기다란 코가 콧구멍으로 움츠러들고 밑으로 처진 눈을 휘둥그렇게 뜨고 불안하게 주변을 두리번거렸다.

마그니피코가 손을 움켜잡는 바람에 베이타가 그쪽으로 기울어지자, 마그니피코가 귀에 대고 속삭였다.

"마님, 여기에 계신 위대한 분 모두, 제가…… 제가 비지소너를 연주할 때 참석하시나요?"

베이타는 그 손을 상냥하게 흔들며 마그니피코를 안심시켰다.

"그래요, 한 사람도 빠짐없이. 저 사람들 모두가 당신을 은하계 최고의 연주자라고, 이렇게 훌륭한 연주는 들어 본 적이 없다고 생각할 게 분명해요. 그러니까 몸을 쭉 펴고 똑바로 앉아요. 위엄을 갖춰야 해요."

베이타가 장난스러운 표정으로 살짝 찡그리자, 마그니피코는 힘없이 웃으며 뼈만 앙상한 기다란 다리를 천천히 폈다.

정오가 되었다.

육면체 유리 상자는 더 이상 텅 빈 상태가 아니었다.

영상이 출현하는 과정을 목격한 사람은 아무도 없는 것 같았다. 순식간이었다. 조금 전까지 없었던 게 다시 보니 나타난 것이다.

유리 상자 안에 늙고 쭈글쭈글한 사람 하나가 휠체어에 앉아 있었다. 주름진 얼굴에서는 눈이 반짝거리고 무릎에는 책이 한 권 놓여 있었다. 입을 여는 순간 생생한 목소리가 부드럽게 흘러나왔다. 정적을 깨는 천둥처럼 강렬한 목소리였다.

"내가 해리 셀던입니다! 내가 해리 셀던입니다! 지금 여기에 누가 있는지 없는지 감각으로 알 수는 없지만 그건 중요하지 않아요. 나는 아직도 프로젝트가 무너진다는 걱정을 하지 않습니다. 왜냐하면 처음 3세기 동안에는 성공 가능성이 94.2퍼센트기 때문입니다."

셀던은 잠시 말을 멈추고 조용히 웃다가 다정하게 말했다.

"그건 그렇고, 서 있는 사람이 있다면 편하게 앉으세요. 담배를 피우고 싶은 사람은 피우십시오. 나는 살아 있는 게 아니니까 예의를 갖출 필요가 없습니다. 그러면 당면 문제로 들어가겠습니다. 파운데이션은 지금 최초로 내란에 휩싸였거나 휩싸이기 직전 단계에 도달했을 겁니다. 지금까지는 외부의 공격을 적절하게 물리쳤고 그것은 심리역사학의 엄격한 법칙에 따른 필연적인 결과입니다. 당장의 위기는 지나치게 권위적인 중앙정부에 대한 파운데이션 외곽 집단의 지나치게 미숙한 공격입니다. 이런 과정은 필요하고 그 결과는 명백합니다."

고관대작들의 위엄이 무너지기 시작했다. 인드버가 의자에서 엉거주춤 일어났다.

당황한 베이타는 이리저리 둘러보며 상체를 앞으로 쑥 내밀었다. 위대한 셀던이 지금 무슨 말을 하고 있단 말인가? 베이타는 결국 몇 마디를 놓치고…….

"……두 가지 관점에서 긍정적인 결과를 낳을 것입니다. 독립 무역상 연맹의 반란은 자신감이 지나친 정부에 새로운 불확실성을 불어넣어 다시 고군분투하던 시절의 패기가 살아날 겁니다. 비록 패하더라도 민주주의의 건전한 발전은……."

여기저기에서 웅성거림이 일어났다. 속삭임은 커다란 외침으로 변했다. 겁에 질린 목소리였다.

베이타가 토란의 귀에 대고 물었다.

"뮬에 대한 이야기는 왜 없지? 무역상 연맹은 반란을 일으킨 적이 없잖아."

토란도 어깨를 으쓱할 뿐이었다.

좌중이 소란스러운 가운데 셀던은 휠체어에 앉아서 쾌활하게 말을 이어 나갔다.

"……새로 태어난 확고한 연립정부는 파운데이션에 일어날 수밖에 없었던 내란의 필연적이고 바람직한 결과입니다. 계속적인 확장을 막는 장애물은 이제 구제국의 잔재밖에 없으며 그들 역시 향후 몇 년 동안 아무런 문제가 되지 못합니다. 물론 지금 나는 다음 문제의 본질을 폭로할 수 없지만……"

커다란 소동이 일어나는 가운데 셀던의 입술이 소리 없이 움직였다.

에블링 미스가 옆에 있는 란듀에게 빨갛게 상기된 얼굴로 소리쳤다.

"셀던이 미쳤어! 엉뚱한 위기를 말하고 있다고. 당신네 무역상 쪽에서 내란을 계획한 적이 있었소?"

란듀가 나지막한 목소리로 대답했다.

"네, 한 번은 계획했습니다. 뮬이 나타나는 바람에 철회했지만."

"그렇다면 뮬은 셀던의 심리역사학이 예견하지 못한 뜻밖의 요소란 말인가! 이제 어떻게 되는 걸까!"

얼어붙은 듯한 침묵 속에서 유리 상자가 갑자기 텅 빈 상태로 돌아간 것을 베이타는 발견했다. 벽에서 쏟아지던 원자력 광선이 사라지고 부드러운 에어컨 바람도 멈췄다.

어디선가 날카로운 사이렌 소리가 불안하게 커졌다 작아졌다 했다.

란듀가 입술을 오므려서 말하는 모양을 만들었다.

"우주 공습!"

에블링 미스가 손목시계를 귀에 대고 갑자기 소리쳤다.

"시계가 멈췄어! 맙소사! 이 방에 움직이는 시계가 있는 사람?"

커다란 외침에 손목시계 스무 개가 귀 스무 개로 올라갔다. 20초도 지나지 않아 모든 시계가 멈췄음이 확인되었다.

에블링 미스는 간담이 서늘해지는 결론을 내렸다.

"무언가가 시간 유품관의 원자력을 완전히 정지시켜 버렸어……. 뮬이 공격하는 거야."

인드버가 주변의 소음을 뚫고 소리쳤다.

"모두 자리에 앉아 있어! 뮬은 50파섹 떨어진 거리에 있다고."

에블링 미스가 반박했다.

"그건 일주일 전 얘기야. 지금 터미너스가 공습당하고 있다고."

베이타는 가슴에 몰려드는 깊은 절망감을 느꼈다. 절망감이 온몸을 무겁게 누르며 조여들어서 숨 쉬는 것조차 고통스러웠다.

밖에서 군중이 웅성대는 소리가 들렸다. 문이 활짝 열리고 한 사람이 헐레벌떡 뛰어들더니, 인드버에게 달려와 다급히 속삭였다.

"각하, 거리를 달리던 자동차가 모두 멈추고 외부와 통신도 완전히 끊어졌습니다. 보고에 의하면 제10함대가 격파되었고 뮬의 함대가 대기권 밖에 도착했습니다. 참모상은……."

인드버가 바닥에 맥없이 주저앉았다. 홀에서는 이제 개미 소리 하나 나지 않았다. 밖에서 점차 불어나는 군중도 두려움에 사로잡혀 침묵하고 있었다. 얼음처럼 차가운 공포가 깔리기 시작했다.

인드버는 부축을 받으며 일어나 와인으로 입술을 적셨다. 눈을 감은 채 움직이는 입술에서 "항복!"이라는 말이 흘러나왔다.

베이타는 눈물이 터져 나올 것 같았다. 비탄이나 치욕이 아니라 공포와 절망감 때문이었다.

에블링 미스가 소매를 잡아당겼다.

"이봐, 어서 와……."

베이타가 의자에서 무거운 몸을 일으켰다.

에블링 미스가 다시 말했다.

"여기에서 나가야 해. 음악가도 데리고 나와."

통통한 심리학자의 입술이 핏기를 잃고 떨렸다.

"마그니피코."

베이타가 힘없이 부르자, 어릿광대는 공포에 떨었다. 두 눈이 눈물을 머금은 유리구슬 같았다. 비명이 터져 나왔다.

"뮬이…… 뮬이 나를 잡으러 오고 있어."

마그니피코는 베이타의 손길을 난폭하게 뿌리쳤다. 토란이 몸을 굽혀 매섭게 주먹을 날렸다. 기절한 마그니피코를 토란이 감자 부대처럼 둘러맸다.

다음 날 뮬 휘하의 전함 행렬이 전투에 찌든 모습으로 터미너스 행성 착륙 기지로 물밀듯 몰려들었다. 점령군 사령관은 외제 육상용 자동차를 타고 인기척조차 없는 터미너스 번화가를 질주했다. 도시 전역에는 꼼짝도 못하는 원자력 자동차들이 널려 있었다.

점령 선언은 셀던이 파운데이션의 기존 권력층 앞에 모습을 나타내고 정확히 24시간이 지난 다음에 공표되었다.

파운데이션 계열 행성 가운데 독립 무역상 연맹만 남았다. 이제 파운데이션의 정복자, 뮬의 군대가 그들 쪽으로 공격의 화살을 돌리고 있었다.

19장
탐색 개시

고독한 행성 하벤은(은하계 사이의 진공 지대로 초라하게 빨려 드는 은하계 구역에 속한 유일한 태양의 유일한 행성은) 포위되었다.

군사적 관점에서 엄밀하게 볼 때 그곳은 포위된 게 확실했다. 은하계 방면으로 20파섹 너머의 우주 공간 전체를 뮬의 전진기지가 감싸고 있었기 때문이다. 파운데이션이 신산이 무너진 이후 4개월 동안 하벤의 통신망은 면도칼에 끊긴 거미줄처럼 토막토막 끊겼다. 하벤의 전함들마저 모국으로 집결한 상황에서 이제는 하벤이 유일한 전투 기지였다.

포위 상황은 훨씬 더 위급하게 느껴졌다. 암울한 절망의 장막이 행성 전체를 휘감았기 때문이다.

베이타는 우윳빛 플라스틱 탁자 사이를 무거운 걸음으로 오가며 빈자리를 찾았다. 팔걸이가 높은 의자에 앉으며 건성으로 인사를 주고받은 다음, 힘없이 손을 들어 피로에 찌든 눈을 비비고 메뉴판을 집었다.

하벤에서는 아주 맛있는 고급 요리라고 하지만 파운데이션에서 길든 입맛으로는 거의 먹을 수 없는 양식 버섯 요리 몇 종류가 적혀 있는 것을 보고 베이타는 반사적으로 심한 혐오감을 느꼈다. 그러다가 비로소 근처에서 훌쩍이는 울음소리를 듣고 고개를 들었다.

식탁에 비스듬히 앉은 금발 머리 들창코 쥬디에 대한 베이타의 관심은 그때까지 잘 모르는 인간에 대한 관심에 불과했다. 그런데 지금 쥬디는 축축한 손수건을 입에 문 채 아주 구슬프게 울고 있었다. 복받치는 설움을 억지로 참으려는 듯 얼굴이 온통 시뻘겋게 부어오른 모습이었다. 가녀린 어깨 위엔 볼품없는 내방사능 의복이 힘없이 걸쳐져 있고 투명한 안면 방패는 디저트 그릇에 떨어져 있었다.

베이타는 서로 어깨를 두드리고 머리카락을 쓰다듬으며 두서없이 속삭이는 세 여자에게 가까이 다가가 조그맣게 물었다.

"무슨 일인가요?"

한 아가씨가 돌아보며 어깨를 살짝 으쓱했다.

"몰라요."

그러더니 자신의 태도가 부적절하다고 느꼈는지 베이타를 옆으로 살며시 끌어당겼다.

"쥬디가 아주 힘든 하루를 보낸 것 같아요. 지금 남편을 걱정하고 있어요."

"남편이 우주 정찰에 나섰나요?"

"네."

베이타는 쥬디에게 다정하게 손을 내밀며 말했다.

"집으로 가서 쉬어요, 쥬디."

지금까지 무기력하게 공기 중을 떠돌던 위로의 말을 베이타의 목소리가 사무적으로 시원하게 뚫고 들어갔다.

쥬디가 살짝 화난 표정으로 쳐다보았다.

"이번 주에 벌써 한 번 나갔다 왔어요."

"그럼 두 번째로 나가면 되잖아요. 그냥 여기에 있으면 다음 주에 사흘 나가게 될 거예요. 그러니 지금 집에 가는 것이 애국하는 거예요. 누구 이분과 같은 부서에서 일하는 분 없어요? 으음, 그렇다면 당신이 쥬디 카드를 챙겨요. 쥬디, 우선 세면장으로 가서 화장부터 하는 게 좋겠어요. 자, 빨리!"

베이타는 자기 자리로 돌아와 우울한 안도감에 젖어 든 채 메뉴를 집어 들었다. 저런 분위기는 전염성이 있다. 이렇게 예민한 시기에는 훌쩍거리는 여자 한 명이 부서 전체를 얼어붙게 만들 수 있었다.

베이타는 마지못해 결정을 내리고 팔꿈치에 있는 버튼을 누른 다음 메뉴판을 원래 자리에 꽂았다.

베이타 맞은편에서 키 크고 가무잡잡한 여자가 말했다.

"우린 우는 것 말고 할 수 있는 게 별로 없잖아요, 그렇지 않나요?"

놀라울 정도로 축 늘어진 입술이 살짝 움직이더니 그 끝에 지금 막 뱉어 낸 궤변이 흘려 내는 애매하고 부자연스러운 미소가 어렸다.

베이타는 그 말에서 묻어나는 사악한 가시를 속눈썹이 긴 눈으로 가만히 쳐다보았다. 그러다가 마침 자동장치가 배달해 준 음식에 감사하는 마음으로 관심을 돌렸다. 베이타는 나이프와 포크를 정성스레 싼 종이를 풀어서 열기가 식을 때까지 조심스럽게 만졌다.

베이타가 말했다.

"다른 생각을 할 순 없나요, 헬라?"

헬라가 대답했다.

"아, 네. 할 수 있지요!"

헬라가 익숙한 솜씨로 자연스레 손가락을 튕겨서 담배꽁초를 조그만 구멍에 던지자, 바닥에 닿기도 전에 조그만 불빛이 달려들었다.

헬라가 빈틈없이 손질한 가는 두 손을 턱 밑에 받치며 말했다.

"예를 들면 나는 우리가 뮬과 아주 멋진 협상을 맺고 이런 바보스러운 행위를 그만둘 수 있다는 생각도 해요. 물론 나는 뮬이 장악하는 순간에 이곳을 재빨리 빠져나갈…… 방법이 없겠지만."

베이타의 시원한 이마는 여전히 시원했으며 그 목소리는 가볍고 경쾌했다.

"당신은 참전한 형제나 남편이 없나 보죠?"

"그래요, 없어요. 그렇기 때문에 나는 다른 사람의 형제나 남편이 희생하는 이유를 더더욱 납득할 수 없어요."

"항복하면 더 많은 희생이 따르니까요."

"파운데이션은 항복해서 이제 평화를 되찾고 있어요. 우리 남자들은 죄다 떠나갔고 은하계는 우리를 적으로 돌리고 있어요."

베이타는 어깨를 으쓱하며 상냥하게 말했다.

"당신은 그 두 가지 가운데 첫 번째 때문에 힘들어하는 것 같군요."

베이타는 채소 접시로 눈을 돌린 다음 주변의 침묵에 갑갑함을 느끼며 음식을 먹었다. 주위 사람 누구도 헬라의 냉소에 신경 쓰지 않았다.

베이타는 다음에 올 교대조를 위해서 식탁 치우기 버튼을 누르고 재빨리 일어났다.

세 자리쯤 떨어진 곳에서 다른 여자가 헬라한테 다 들으라는 듯이 속삭였다.

"저 여자 누구야?"

헬라의 변화무쌍한 입술이 관심 없다는 듯 비틀렸다.

"우리 조정관 조카며느리. 그것도 몰랐어?"

그 여자는 멀어지는 베이타의 뒷모습을 보며 물었다.

"그래? 여기에서 무슨 일을 하고 있는데?"

"그냥 조립공이야. 요새는 애국자인 척하는 게 유행인 거 몰라? 뭐든지 다 민주적이어야 하고……. 정말 구역질 나."

헬라 오른편에 있던 통통한 여자가 말했다.

"그래도, 헬라. 저 여자는 아직까지 우리한테 시숙부 얘기를 한 번도 안 했잖아. 이제 그만해."

헬라는 흘긋 쏘아보고는 그 말을 무시한 채 담뱃불을 다시 붙였다.

세 자리 떨어져 앉은 여자는 맞은편에 앉은 눈이 반짝반짝 빛나는 경리 아가씨가 조잘대는 소리에 귀를 기울였다. 말이 정말 빠르게 흘러나왔다.

"……그런데 저 여자 말예요, 시간 유품관에 있었다는데, 진짜 유품관요, 셀던이 나타날 때요, 소문에 의하면 시장이 입에 거품을 물며 화를 내고 주변엔 난리가 날 때 저 여자는 뮬이 상륙하기 직전에 빠져나왔대요, 포위망을 뚫는 등등 탈출이 아주 스릴 넘쳤을 텐데, 저 여자가 그 이야기를 책으로 내지 않는 이유가 정말 궁금해요, 요즘은 그런 전쟁물이 아주 인기가 많은데. 게다가 저 여자는 뮬이 있는 행성에 간 적도 있다는 거예요. 칼간이라는 곳, 그래서……."

시간을 알리는 벨 소리가 요란하게 울렸고 식당은 천천히 비어 갔다. 그래도 경리 아가씨는 계속 조잘거렸고 맞은편 여자는 눈이 휘둥그레져서 "저어엉말?" 하고 맞장구치며 열심히 들었다.

거대한 동굴의 조명이 줄어들며 밤의 장막이 서서히 깔리고 열심히 일한 사람들이 잠자리에 들 즈음 베이타는 집으로 돌아왔다.

버터 바른 빵을 손에 든 토란이 문 앞에서 베이타를 맞아 주었다.

"어디에 다녀온 거야?"

토란이 입에 가득 문 음식을 우물거리며 묻더니, 다시 제대로 말했다.

"그럭저럭 저녁 식사 준비를 했어. 마음에 안 들더라도 봐줘."

베이타가 눈이 휘둥그레져서 물었다.

"토란? 군복은 어떻게 된 거야? 시민 복장을 하고 뭘 하는 거야?"

"명령이야, 베이타. 지금 란듀 삼촌이 에블링 미스와 함께 은신처에 숨었어. 어떻게 되는 건지 모르겠어. 이제 당신 뜻대로 되었어."

"나도 가는 거야?"

베이타가 깜짝 놀라며 토란한테 다가갔다.

토란은 키스한 다음에 대답했다.

"응, 그런 것 같아. 아마 위험한 임무가 될 거야."

"위험하지 않은 게 어디 있어?"

"그건 그래. 아, 그리고 마그니피코를 데려올 사람을 보냈어. 아마 마그니피코도 우리랑 함께 갈 거야."

"그럼 엔진 공장에서 열릴 콘서트는 취소하고?"

"그래."

베이타는 방으로 들어가서 '그럭저럭'이란 말이 어울리는 식탁에 앉았다. 그리고 샌드위치를 능숙하게 두 쪽으로 가르며 말했다.

"콘서트를 못 열다니 참 안됐어. 공장 아가씨들이 학수고대하고 있었는데, 마그니피코도 마찬가지고."

베이타가 고개를 저으며 덧붙였다.

"마그니피코는 정말 독특한 사람이야."

"그 사람이 당신의 모성애를 자극하는 거야, 베이타. 우리한테 아기가 생기면 당신도 마그니피코를 잊겠지."

베이타는 샌드위치를 입에 가득 물고 씹으며 대답했다.

"내 모성애를 자극하는 건 당신밖에 없어."

그러고는 샌드위치를 내려놓고 갑자기 진지한 표정으로 불렀다.

"토란?"

"으, 응?"

"토란, 오늘 시청에…… 생산국 사무실에 갔어. 그래서 이렇게 늦은 거야."

"거기에 뭘 하러 갔는데?"

베이타가 애매하게 우물거리다가 대답했다.

"저어…… 아무리 노력해도 공장 분위기를 견디기가 너무 힘들어. 사기가 너무 저조해. 여자애들이 별일도 아닌 걸 가지고 훌쩍거려. 그렇지 않은 사람은 마냥 우울한 표정이고. 온순한 사람들까지 통통 부어 있어. 우리 부서만 해도 내가 처음 왔을 때에 비해 생산량이 4분의 1로 줄었고 출근 카드가 다 찬 날은 하루도 없어."

토란이 대답했다.

"알았어. 엉뚱한 얘기 그만하고, 거기에 뭐 하러 간 건데?"

"몇 가지 물어보려고. 그런데 토란, 다 똑같아. 하벤 전체가 그런 상태야. 생산율은 떨어지고 불신과 반발은 계속 늘어나. 국장부터가 그래. 면회 대기실에서 한 시간이나 기다린 다음에 내가 조정관 조카며느리라는 사실 때문에 겨우 만나 준 국장조차 어쩔 수가 없다는 말만 하더라고. 솔직히 말해서 그 사람은 그런 문제에 관심조차 없는 것 같아."

"쓸데없는 소리 그만해, 베이타."

베이타가 분통을 터뜨렸다.

"국장이 그런 일에 관심조차 없었다고! 뭔가 잘못된 게 분명해. 시간 유품관에서 셀던이 우릴 포기할 때 느꼈던 끔찍한 좌절감을 다시 느꼈을 정도니까. 당신도 그런 걸 느꼈잖아."

"그래, 느꼈어."

베이타는 계속 격렬한 어투로 말을 이어 나갔다.

"으음, 그게 다시 나타나고 있어. 우린 뮬한테 대항할 수 없어. 우리한테 자원은 있지만 마음이나 정신이나 의지 같은 건 없어. 토란, 이런 상태로 싸우는 건 아무런 의미가 없어······."

토란이 기억하기에 베이타는 아직까지 운 적이 없고 사실 지금도 우는 건 아니었다. 하지만 토란은 베이타의 어깨에 손을 살며시 얹으며 속삭였다.

"그만 잊어버려, 베이타. 나도 무슨 말인지 알아. 하지만 어쩔 도리가 없어······."

"그래, 우리가 어쩔 수 있는 건 없어! 모두가 그렇게 말하지······. 우린 그저 이렇게 앉아서 칼이 목에 들어오기만 기다리는 거야."

베이타는 샌드위치와 차를 마저 먹었다. 토란은 말없이 잠자리를 폈다. 바깥은 이제 완전한 어둠에 잠겼다.

전시체제에 들어간 하벤의 도시연맹 조정관으로 새로 임명된 란듀는 자진해서 위층에 있는 방을 배정받았다. 창문 너머로 도시의 녹지대와 지붕 꼭대기가 보이는 방이었다. 동굴 조명이 희미하게 줄어드는 지금, 도시는 어디라 할 것 없이 어두운 그림자에 젖어 들고 있었다. 하지만 란듀는 그게 상징하는 의미에 대해 깊이 생각하고 싶지 않았다.

"하벤에는 '동굴 조명이 꺼질 때는 열심히 일한 사람이 잠자리에 들 때'라는 말이 있답니다."

란듀가 에블링 미스한테 말했다.

에블링 미스가 작고 맑은 눈으로는 손에 들고 있는 술잔에 더 많은 관심을 기울이며 물었다.

"당신은 최근에 충분히 잡니까?"

"아니에요! 이렇게 늦게 당신을 불러서 미안합니다, 에블링 미스. 왠지 요즘 나는 밤이 더 좋아요. 이상하지 않아요? 하벤 주민들은 어둠이 수면을 의미한다는 사실을 아주 엄격하게 받아들인답니다. 저도 그렇고요. 하지만 요즘은 달라요……."

에블링 미스가 노골적으로 대답했다.

"그건 당신이 무언가를 숨기고 있어서 그래요. 깨어 있는 동안에는 사람들이 둘러싼 채 잔뜩 기대하는 눈으로 당신만 쳐다보니까. 당신은 그 부담을 견딜 수 없는 거요. 하지만 잠자는 동안에는 거기에서 벗어날 수 있지."

"그렇다면 당신도 그걸 느끼나요? 이 참담한 패배감을?"

에블링 미스가 고개를 천천히 끄덕였다.

"그렇소, 일종의 군중심리지, 터무니없는 공포. 란듀, 당신은 어떻게 생각하시오? 지금 우리의 모든 문화는 옛날에 죽은 영웅 한 명이 모든 걸 계획해서 시민 한 사람 한 사람의 생명을 보살핀다는 맹목적인 신념으로 변질되었소. 사고방식 자체가 종교적인 색채를 띠고 있는데, 그게 무슨 의미인지 아시오?"

"전혀 모르겠어요."

에블링 미스는 설명할 기분이 나지 않았다. 이런 기분은 처음이었다. 그래서 가느다란 신음 소리를 내고 손가락 사이에서 굴리던 기다란 담배를 가만히 들여다보며 대답했다.

"강력한 신앙은 그만큼 강한 반작용이 있소. 신념은 커다란 충격이 없는 한 흔들리지 않지만 한번 흔들리기 시작하면 엄청난 정신 분열이 일어나지. 약하게는 히스테리나 병적 불안감, 더 나아가면 광기와 자살."

란듀는 엄지손톱을 깨물었다.

"셸던이 우리를 포기했다는 건 우리의 정신적 지주가 사라졌다는 뜻인데, 우리 모두 그에게 너무나 오랫동안 의존했기 때문에 그가 사라지는 순간 제대로 서 있지도 못할 정도로 근육이 위축되었다는 거군요."

"바로 그거요. 서툰 비유지만 바로 그거요."

"그렇다면 에블링 미스, 당신의 근육은 어떤가요?"

심리학자는 담배를 한 모금 깊이 빨아 연기를 천천히 내뿜었다.

"녹슬긴 했지만 위축되지는 않았소. 나는 직업상 어느 정도 독자적인 사고방식을 갖고 있기 때문이오."

"그래서 돌파구는 보입니까?"

"아니오, 하지만 반드시 있을 거요. 셸던은 뮬에 대해 아무런 대비도 하지 않은 것 같소. 우리가 승리한다는 보장도 하지 않은 것 같소. 하지만 우리가 패할 거라는 보장도 하지 않았소. 이번 전투에서 셸던은 제삼자요. 우리 스스로 해결해야 하오. 우리 스스로 뮬을 물리쳐야 하오."

"어떻게요?"

"우리가 적을 물리치는 유일한 방법으로…… 우리의 장점으로 적의 약점을 공격하는 방법으로. 보시오, 란듀, 뮬은 슈퍼맨이 아니오. 그자가 결국 패배하고 나면 모두가 그 사실을 깨달을 것이오. 문제는 그자가 모습을 드러내지 않고 그래서 전설이 순식간에 쌓여 간다는 거요. 사람들은 그자를 돌연변이로 여기고 있소. 그리고 그 결과는? 무지한 인간들한테 돌연변이는 슈퍼맨을 의미하지만 사실은 그렇지 않소.

은하계에서는 어림짐작으로 돌연변이가 매일 수백만 개씩 생겨나고 있소. 그 가운데 현미경이나 화학적인 방법으로만 구별할 수 있는 건 1~2퍼센트에 불과하오. 나머지는 모두 우리 눈으로 구분할 수 있소. 그리고 그 가운데 99퍼센트는 오락실이나 실험실에서 죽음을 맞이하지. 나머지는 한두 가지 측면에서만 이상한 돌연변이요, 인간한테 아무런 해도 없을뿐더러 개중에 좋아 보이기도 하는. 하지만 그것 역시 열성일 가능성이 많아. 무슨 말인지 알겠소, 란듀?"

"네, 그게 뮬이랑 어떤 관계가 있다는 거죠?"

"뮬이 돌연변이라면 우리는 그자가 세계 정복에 사용할 수 있는 특이한 정신력을 지니고 있다고 추측할 수 있소. 이 말은 그자한테 치명적인 결함이 있다는 뜻이기도 하오. 우리는 그것을 찾아내야 하오. 그 결함이 그렇게 치명적이지 않다면 그렇게 사람들의 눈을 피하면서까지 비밀로 하지 않을 것이오. 그자가 진짜 돌연변이라면 말이오."

"다른 가능성도 있나요?"

"당연하지. 돌연변이라는 판단은 파운데이션 전 정보국원 한 프리처 대위의 증언에 근거한 것이오. 한 프리처 대위는 뮬 또는 뮬일지도 모르는 누군가의 어린 시절을 잘 안다는 사람들이 더듬어 낸 희미한 기억에 근거해서 그런 결론을 끌어냈소. 한 프리처 대위가 수집한 정보는 충분하지 않소. 게다가 그가 발견했다는 증거는 뮬이 사전에 의도적으로 뿌려 놓은 것일 가능성도 있소. 왜냐하면 뮬은 돌연변이 슈퍼맨이라는 소문으로 많은 이익을 보았기 때문이오."

"재미있는 이야기로군요. 언제부터 그런 생각을 하셨나요?"

"확신이 있는 건 아니오. 하나의 가능성이란 차원에서 생각한 것뿐이오. 예를 들면, 란듀, 뮬이 원자력 반응을 억제하는 방사선을 개발한 것처럼 인간의 정신력을 억누를 수 있는 방사선을 개발했다고 가정해 봅시다. 그럼 어떻게 되겠소? 지금 우리한테 몰아치고 있는 분위기를…… 그리고 파운데이션에 몰아친 분위기를 설명할 수 있지 않겠소?"

란듀는 잠시 침울해하다가 물었다.

"뮬의 어릿광대에 대한 연구는 어떻게 됐나요?"

이번에는 에블링 미스가 잠시 망설이다가 대답했다.

"아직은 소용이 없소. 파운데이션이 무너지기 직전에 시장한테 용감하게 말했지, 주로 그 용기를 북돋워 주기 위해서…… 그리고 부분적으로는 나 자신의 용기를 북돋우기 위해서. 그렇지만 란듀, 만일 내 수학적 능력이 그렇게 뛰어났다면 나는 어릿광대 하나로 뮬을 완전히 분석할 수 있었을 것이오. 그랬다면 뮬 같은 건 가볍게 물리칠 수 있었겠지. 아주 독특해 보이는 이상한 현상도 금방 해결했을 테고."

"예를 들면?"

"생각해 보시오, 친구. 뮬은 파운데이션 해군을 격파했지만 그보다 훨씬 약한 독립 무역상 연맹의 함대를 지금까지 공개적인 전투에서 한 번도 이긴 적이 없소. 파운데이션은 단칼에 무너졌지만 독립 무역상 연맹은 총력을 기울여서 대항하고 있소. 뮬은 처음에 니몬의 독립 무역상한테 원자력 소멸 역장을 사용했소. 기습 공격을 받았기 때문에 그 전투에서 패하긴 했지만 독립 무역상 함대는 그 역장에 반격을 가했소. 그 후로 뮬은 독립 무역상 연맹 함대에 그 역장을 단 한 번도 성공적으로 사용한 적이 없소.

하지만 파운데이션 함대에는 그 방법이 계속 커다란 효력을 발휘했소. 심지어, 파운데이션에도 아주 효과적이었소. 그 이유가 뭘까? 현재 우리가 알고 있는 지식으로 볼 때 그건 아주 비논리적인 현상이오. 따라서 우리가 아직 알아내지 못한 요인이 있는 게 분명하오."

"배신?"

"그건 상식 밖의 요소요, 란듀, 어이없는 농담이거나. 파운데이션에서 승리를 믿지 않은 사람은 하나도 없었소. 확실히 이기는 쪽을 배신할 사람이 어디에 있겠소?"

란듀는 곡선형 창문으로 다가가 캄캄한 세상을 바라보며 말했다.

"비록 뮬한테 엄청난 약점이 있다고 해도, 허점이 여러 군데 있다고 해도, 지금으로서는 어쩔 도리가 없어요. 우리가 패배하는 건 거의 확실해요."

란듀가 뒤돌아보지는 않았지만 축 처진 뒷모습이나 불안하게 뒷짐을 지는 모습으로 에블링 미스는 그 심중을 충분히 헤아릴 수 있었다.

란듀가 다시 말했다.

"에블링 미스, 시간 유품관 사건 이후에 우린 아주 쉽게 탈출했어요. 다른 사람들도 탈출할 수 있었죠. 하지만 소수일 뿐이에요. 다수는 그러지 않았어요. 소멸 역장을 중화시킬 수 있었는데도요. 물론 창의력과 노력이 어느 정도 필요했겠지요. 파운데이션 해군의 전함 모두가 하벤이나 이웃 행성으로 날아가서 우리처럼 전투를 계속할 수도 있었어요. 그런데 병력 1퍼센트도 그렇게 하지 않았어요. 대부분 적군한테 항복해 버린 거예요.

그리고 여기에 있는 사람들이 그토록 신뢰하는 파운데이션의 지하조직은 지금까지 아무 일도 하지 않고 있어요. 게다가 뮬이 뛰어난 정치적 술책을 부려 돈 많은 무역상들의 재산과 이익을 안전하게 지켜주겠다고 약속하자, 그들도 뮬한테 넘어갔지요."

에블링 미스가 확실하게 말했다.

"자본가들은 언제나 우리의 적이었소."

"게다가 그들은 언제나 권력에 달라붙었지요. 잘 들으세요, 에블링 미스. 우리는 뮬이나 그 앞잡이가 독립 무역상 내부의 유력자와 접촉하고 있다고 믿을 만한 근거를 가지고 있어요. 27개 무역국 가운데 적어도 열 개 정도의 국가가 뮬한테 넘어간 걸로 알고 있어요. 거기에 다른 열 개 국가가 동요하고 있고요. 하벤에도 뮬의 지배를 그다지 꺼리지 않는 사람이 있어요. 경제적인 기득권만 유지할 수 있다면 위기에 처한 정치권력 같은 건 넘겨줘도 된다는 달콤한 유혹에 넘어간 거지요."

"당신은 하벤이 뮬에 대항할 수 있다고 생각하지 않소?"

"하벤이 그럴 거라고 생각하지 않아요."

란듀가 곤혹스러운 표정으로 심리학자를 돌아보며 계속 말했다.

"하벤은 지금 항복할 때만 기다리고 있는 것 같아요. 당신을 부른 것도 그 말을 하기 위해서였어요. 나는 당신이 하벤을 떠나길 바라요."

에블링 미스가 깜짝 놀라 통통한 뺨을 부풀렸다.

"벌써?"

란듀는 심한 피로를 느꼈다.

"에블링 미스, 당신은 파운데이션 최고의 심리학자예요. 진짜 심리학의 대가는 셀던과 함께 사라졌지만 당신은 현존하는 최고의 학자예요. 당신만이 뮬을 격퇴시킬 수 있는 유일한 희망이에요. 하지만 여기에서는 그렇게 할 수 없지요. 당신은 제국의 잔재가 남아 있는 도시로 가야 합니다."

"트랜터?"

"그래요. 옛 제국은 지금 잔해만 남았지만 중심지에는 아직 무언가가 남아 있을 거예요. 그곳에는 기록도 있겠지요, 에블링 미스. 수학적 심리학에 대해 더 연구할 수도 있을 거고요. 그러다 보면 어릿광대의 마음 정도는 충분히 분석할 수 있겠지요. 그래서 어릿광대도 함께 갈 겁니다."

에블링 미스가 차갑게 대답했다.

"뮬을 아무리 두려워한다 해도 당신 조카며느리가 함께 가지 않는 한 그 친구는 가지 않으려 할 거요."

"알고 있습니다. 그래서 토란과 베이타도 함께 갈 겁니다. 그리고 에블링 미스, 중요한 목적이 하나 더 있어요. 해리 셀던은 3세기 전에 은하계 양쪽 끝에 파운데이션 두 곳을 설치했습니다. 당신은 제2파운데이션도 찾아야 해요."

20장
음모자

 한때 시장의 궁전이었던 건물이 어둠 속에서 서서히 그 모습을 드러냈다. 점령과 계엄령 선포 이후 도시 전체는 고요했고 여기저기 외로운 별이 떠 있는 거대한 은하계의 몽롱한 우윳빛이 파운데이션 하늘을 덮고 있었다.
 과거 3세기 동안 파운데이션은 은밀한 임무를 부여받은 소수 과학자 집단에서 출발하여 문어발식으로 은하계 깊숙이 뻗어 나간 무역 제국으로 성장해 전성기를 누리다가 반년 전에 정복당하고 말았다.
 하지만 한 프리처 대위는 그런 현실을 거부했다.
 침울한 정적에 잠긴 도시의 밤, 어두운 궁전, 침략자의 점령 등이 상징하는 의미는 이미 분명했지만 혀 밑에 소형 원자폭탄을 물고 궁전 외곽 출입구에 들어선 한 프리처 대위는 그 현실을 받아들이지 않았다.
 그림자 하나가 다가오고…… 한 프리처 대위는 머리를 숙였다.
 잔뜩 숨죽인 채 속삭이는 소리가 들렸다.
 "경보 시스템은 예전과 똑같다, 대위. 전진하라! 경보기는 울리지 않을 것이다!"

대위는 아치 아래로 난 길을 살그머니 빠져나와 인드버의 정원으로 통하는 연못가의 조그만 길을 따라갔다.

한 프리처 대위의 기억은 4개월 전 시간 유품관에서 일어난 사건에 딱 멈춰 있었다. 그 기억은 생각지도 않은 때, 대체로 저녁에 단편적으로 몰려들곤 했다.

희망을 산산이 부숴 버린 자애로운 셸던 노인의 말들, 엄청난 혼란, 온몸이 딱딱하게 굳어 버리며 졸도한 인드버 시장의 얼굴과 그에 어울리지 않는 화려한 옷차림, 구름떼처럼 몰려들어 '항복'이라는 불가피한 단어가 나오기만 기다리며 공포에 떨던 군중, 젊은 토란이 뮬의 어릿광대를 둘러메고 옆문으로 사라지던 장면 등등.

그리고 움직이지 않는 자동차를 버리고 우여곡절 끝에 탈출한 자신의 모습도.

지도자도 목적지도 없이 무작정 도시를 벗어나는 거대한 군중을 헤치며 나아가던 일도.

한 프리처 대위는 과거 80년 동안 실패와 축소를 거듭한 지하 민주주의 운동의 본부였던 지저분한 공간을 닥치는 대로 뒤지고 다녔다.

그러나 지하 본부는 어디나 비어 있었다.

다음 날 인근 도시의 밀집한 건물들 사이로 조용히 내려오는 외계의 새까만 전함들을 발견한 순간 한 프리처 대위는 온몸으로 파고드는 무력감과 절망감을 느꼈다.

한 프리처 대위는 남은 힘을 끌어모아 앞으로 나아갔다.

30일 동안 300킬로미터 이상을 걸었고 길가에서 죽은 지 얼마 되지 않은 수경 재배 공장 노동자의 옷으로 갈아입었으며 적갈색 턱수염을 길렀다.

그런 다음에야 지하조직의 잔당을 발견했다.

전에는 산뜻한 주택이었지만 지금은 세파에 찌들어 버린 뉴튼 시의 어느 초라한 건물에서 눈이 가늘고 몸집이 단단한 사내가 주머니에 손을 찌른 채 살짝 열린 문 안쪽에 죽은 듯이 서 있었다.

"미란에서 왔소."

한 프리처 대위가 조그맣게 말했다.

사내는 상대의 말을 받아 엄숙하게 대답했다.

"미란은 올해는 빠르오."

한 프리처 대위가 대답했다.

"작년만큼 빠르진 않소."

하지만 사내는 옆으로 비키지 않고 다시 물었다.

"당신은 누구요?"

"당신은 폭스 아니오?"

"당신은 언제나 질문으로 대답하시오?"

한 프리처 대위는 숨을 크게 내쉬고 나서 조용히 대답했다.

"나는 한 프리처, 함대의 대위, 민주주의 지하조직의 일원입니다. 들어가게 해 주겠습니까?"

폭스는 길을 비켜 주며 말했다.

"나는 본명이 오럼 펠리예요."

사내가 손을 내밀자 대위는 악수했다.

화려하진 않지만 실내는 잘 정돈되어 있었다. 한쪽 구석에 장식을 한 필름책 영사기가 놓여 있었다. 군인 출신인 대위는 그걸 보자마자 전자총을 위장한 것임을 알 수 있었다. 투사 렌즈는 출입구를 겨눈 상태였고 원격조종할 수 있었다.

폭스는 수염이 더부룩한 방문객의 시선을 좇으며 팍팍하게 웃었다.

"맞아요! 하지만 인드버와 그 흡혈귀 일당이 판치던 시대의 유물에 불과할 뿐인걸요. 뮬한테는 별다른 효과가 없을 테니, 그렇지 않아요? 뮬을 당할 수 있는 건 아무것도 없지. 배고파요?"

대위는 턱수염 아래 턱 근육을 딱딱하게 긴장시킨 채 고개를 끄덕였다.

"1분쯤 걸리니까 기다리세요."

폭스는 선반에서 통조림을 꺼내 프리처 대위 앞에 두 개를 놓았다.

"그 위에 손가락을 올려놓고 있다가 충분히 데워지면 뚜껑을 따세요. 온도 조절기가 고장 났거든요. 이런 걸 보면 지금 전쟁 중이라는 사실이 실감나지요……. 그런데 그것도 벌써 옛날 일이 되었나?"

폭스는 빠른 말투로 밝은 얘기를 하려고 애썼지만 어조만은 어쩌질 못했다. 그의 두 눈은 수심에 잠겨 있었다.

폭스가 대위 맞은편에 앉으며 다시 말했다.

"만일 당신에게 내 마음에 안 드는 구석이 있었다면 당신이 앉은 자리에는 타다 남은 흔적만 남았을 거예요. 알아요?"

대위는 대답하지 않았다. 앞에 있는 통조림을 눌러 뚜껑을 열기만 했다.

폭스가 짧게 말했다.

"스튜로군요! 안됐지만 식료품이 부족해요."

"알고 있습니다."

대답과 함께 대위는 고개를 푹 숙이고 허겁지겁 먹었다.

폭스가 다시 말했다.

"전에 당신을 본 적이 있어요. 내 기억에 그 수염은 없었던 것 같은데."

"면도한 지 30일이나 지났습니다."

대위가 대답하고는 날카롭게 물었다.

"원하는 게 무엇입니까? 나는 암호도 똑바로 말했고 신분증명서도 갖고 있습니다."

상대가 손을 흔들었다.

"아, 당신이 프리처라는 건 나도 알아요. 하지만 암호를 지껄이고 신분증명서를 지닌 놈들 가운데 뮬과 손잡은 놈이 한둘이 아니라서요. 레보라는 이름을 들어 본 적 있어요?"

"그렇습니다."

"그 녀석도 뮬한테 붙었어요."

"네? 그자는……"

"그래요. 모두가 '항복을 모르는 사내'라고 불렀지."

폭스의 입가에 싸늘한 웃음기가 맴돌았다.

"그리고 윌리그 녀석도 뮬한테 붙었어요! 가레와 노스도 뮬한테 붙었고! 이런 상황에서 프리처는 다를 거라고 내가 어떻게 장담하겠냐고요."

한 프리처 대위는 머리만 흔들었다.

폭스가 조용히 말했다.

"하지만 상관없어요. 노스가 넘어갔다면 저놈들은 내 이름을 알고 있을 게 분명하고 당신이 아직 변절하지 않았다면 날 만난 것 때문에 나보다 더 위험해질 테니까."

대위는 다 먹고 나서 의자에 기대며 물었다.

"여기에도 조직이 없다면 어디에 가야 찾을 수 있습니까? 파운데이션은 항복했을지 몰라도 나는 아닙니다."

"그래서요? 영원히 도망쳐 다닐 순 없어요, 대위. 요즘 파운데이션 시민은 마을에서 마을로 이동할 때 허가증을 소지해야 하거든. 그 사실을 알고 있죠? 신분증명서도 꼭 가지고 다녀야 해요. 게다가 구해군 장교는 점령지 근처 사령부에 신고하라는 명령이 떨어졌지. 당신 같은 사람 말이야, 알겠어요?"

대위는 딱딱한 목소리로 대답했다.

"그렇습니다. 지금 내가 무서워서 도망 다니는 줄 압니까? 나는 칼간이 뮬한테 함락되고 얼마 되지 않아 그곳에 갔습니다. 한 달도 못 돼서 옛 군벌의 장교들이 몽땅 체포되었는데, 그 이유는 반란이 일어나면 그들이 군사 지도자가 될 수 있기 때문입니다. 해군을 일부라도 장악하지 않은 상태에서는 그 어떤 혁명도 성공할 수 없다는 게 지하운동의 상식입니다. 뮬도 그 사실을 알고 있는 게 분명합니다."

폭스는 생각에 잠겨서 고개를 끄덕였다.

"충분히 그럴 수 있어. 뮬은 철저하거든."

"나는 최대한 빨리 군복을 벗어 던지고 수염을 길렀습니다. 아마 다른 사람들도 나와 비슷한 과정을 거쳤을 겁니다."

"결혼했어요?"

"아내는 죽었습니다. 아이는 없고."

"그럼 발목 잡힐 일은 없겠군."

"그렇습니다."

"내가 하는 충고를 들을 수 있겠어요?"

"좋은 충고라면."

"난 뮬의 정책이 뭔지, 의도가 뭔지 몰라요. 하지만 지금까지 숙련공은 피해를 입지 않았어요. 오히려 임금이 올라갔지. 온갖 유형의 원자력 병기를 활발하게 생산하는 중이거든."

"그래요? 계속 공격하겠다는 뜻으로 들립니다."

"모르겠어요. 뮬이란 놈은 교활하고 음흉하니까. 노동자를 회유하고 복종시키려는 술수일 수도 있고. 셀던의 심리역사학도 녀석의 정체를 모르는데 내가 그걸 어떻게 알겠어요. 하지만 당신은 지금 노동자 차림을 하고 있어요. 그걸 적극적으로 이용하는 게 좋지 않겠냐, 이거죠."

"난 숙련공이 아닙니다."

"군사교육 받을 때 원자학을 배웠을 거 아녜요?"

"물론입니다."

"그걸로 충분해요. 이 마을에 원자력장 베어링 회사가 있어요. 그곳에 가서 경험이 있다고 해요. 인드버를 위해 공장을 경영하던 더러운 녀석이 지금도 그대로 운영하고 있어요. 지금은 뮬을 위해서 일하고 있지. 자기들을 살찌우기 위해서 더 많은 노동자를 구하려고 하니까 별다른 질문은 안 할걸요. 그러면 신분증명서가 나오고 회사 사택을 신청할 수도 있어요. 지금 당장 움직이는 게 좋겠네요."

그리하여 국가 함대의 한 프리처 대위는 원자력장 베어링 제조사 제45공장에서 일하는 전기 기술자 '로 모로'가 되었다.

그리고 정보국원에서 '음모자'로 변신한 한 프리처 대위가 몇 개월의 기다림 끝에 특수 임무를 띠고 예전에 인드버의 정원이었던 곳으로 잠입한 것이다.

정원에서 한 프리처 대위는 손바닥에 있는 라도미터를 살폈다. 내부 경보 역장이 계속 움직이고 있어서 가만히 기다려야 했다.

앞으로 30분이면 입안에 있는 원자폭탄의 생명이 끝난다. 한 프리처 대위는 혀로 그것을 조심스럽게 굴려 보았다.

라도미터가 꺼져서 까맣게 변하기를 기다렸다가 대위는 재빨리 앞으로 나아갔다.

지금까지는 모든 게 순조로웠다.

원자폭탄의 생명은 바로 자신의 생명이고 폭탄의 죽음은 바로 자신의 죽음이며 동시에 퓰의 죽음이기도 하다는 사실을 대위는 냉정하게 되새겼다.

4개월에 걸친 개인의 전쟁은(이곳에서 탈출했다가 뉴튼 시의 공장까지 전전해야 했던 전쟁은) 이제 클라이맥스를 향해 치닫고 있었다…….

겉모습에서 군인의 흔적이 완전히 사라질 때까지 한 프리처 대위는 2개월 동안 납으로 된 앞치마와 무거운 안면 방패를 쓰고 살았다. 노동자가 되어서 임금을 받았고 밤에는 길거리를 돌아다녔으며 단 한 번도 정치 이야기를 꺼내지 않았다.

그 2개월 동안 폭스도 만나지 않았다.

그러던 어느 날, 그가 앉은 벤치 앞에서 한 남자가 넘어지더니 주머니에 편지 한 장을 넣어 주고 떠났다. 거기에는 '폭스'라고 쓰여 있었다. 한 프리처 대위는 편지를 원자실에 넣고 에너지 출력을 1밀리마이크로볼트로 올려 순식간에 없애 버렸다. 그리고 다시 일에 몰두했다.

그날 밤, 한 프리처 대위는 폭스의 집에서 두 남자와 트럼프를 쳤다. 한 명은 소문으로 대충 아는 사람이고 다른 한 명은 얼굴과 이름을 모두 아는 사람이었다.

세 사람은 서로 지폐 대용물을 주고받으며 이야기했다.

대위가 말했다.

"이건 근본적인 실수입니다. 지금 우리는 완전히 깨져 나간 과거를 살고 있습니다. 지난 80년 동안 우리 조직은 올바른 역사적 순간이 오기만 기다렸습니다. 셸던의 심리역사학에 눈이 멀었던 겁니다. 그 대전

제 가운데 하나가 바로 개인은 중요하지 않다는 겁니다. 개인은 역사를 만들 수 없고 오로지 복잡한 사회적·경제적 요인에 압도되어 꼭두각시 노릇만 한다는 겁니다."

한 프리처 대위는 카드를 조심스럽게 맞추고 카드에 적힌 숫자를 살핀 뒤 지폐 대용물 하나를 내밀며 물었다.

"뮬을 죽이지 않는 이유가 뭡니까?"

"으음, 지금 그렇게 한다고 무슨 소용이 있겠어요?"

왼쪽에 앉은 사내가 날카롭게 물었다.

대위는 카드 두 장을 버리면서 대답했다.

"요컨대 그런 태도가 문제입니다. 4조나 되는 인구 가운데 개인 하나가 무슨 힘이 있겠는가! 한 사람이 죽는다고 은하계가 어떻게 되는 건 아니다! 하지만 뮬은 인간이 아닙니다. 그자는 돌연변입니다. 그자는 벌써 셀던 프로젝트를 뒤집어엎었습니다. 그것이 무엇을 의미합니까? 그것은 한 개인이, 한 돌연변이가 셀던의 심리역사학을 뿌리째 뒤집어엎었다는 의미예요. 그자가 태어나지 않았다면 파운데이션은 무너지지 않았을 겁니다. 그자가 죽는다면 파운데이션도 이렇게 몰락한 상태에 머물지 않을 테고…….

그래요, 민주주의 조직원들은 지난 80년 동안 시장과 무역상을 상대로 은밀하게 싸워 왔지요. 암살을 시도합시다."

"어떻게?"

폭스가 냉철한 상식을 견지하며 끼어들었다.

대위가 천천히 대답했다.

"지난 3개월 동안 줄곧 생각했는데 아무런 해결책도 떠오르지 않았습니다. 그런데 여기 와서 5분 만에 좋은 생각이 떠올랐어요."

한 프리처 대위는 오른쪽에 앉아 있는 사내를 흘긋 보았다. 사내는 불그스레하고 넓적한 얼굴에 함박웃음을 머금고 있었다.

"당신은 예전에 인드버 시장의 시종이었습니다. 나는 당신이 지하 조직의 일원인 줄 몰랐어요."

"나도 당신이 그렇다는 사실을 몰랐어요."

"으음, 그렇다면 당신은 시종이었으니까 궁전의 경보 시스템을 정기적으로 점검했을 겁니다."

"그렇죠."

"그리고 뮬은 지금 궁전을 차지하고 있습니다."

"발표에 의하면 그렇지요. 하지만 그는 겸허한 정복자라서 아직까지 연설이나 성명을 발표한 적이 없을뿐더러 공식 석상에 모습을 드러낸 적도 없어요."

"그건 누구나 아는 이야기예요. 특별한 의미가 없다고요. 우리가 필요한 건 오직 시송 출신인 당신뿐입니다."

카드를 펼친 다음에 폭스가 지폐 대용물을 몽땅 쓸어 갔다. 그리고 다시 카드를 천천히 돌렸다.

전직 시종이었던 사내가 자신의 카드를 한 장씩 집었다.

"안타깝게도 대위, 내가 경보 시스템을 점검하긴 했지만 형식적이었기 때문에 자세히 기억나는 게 없어요."

"나도 그럴 것이라 생각했습니다. 하지만 당신 머리에는 그걸 점검한 기억이 남아 있습니다. 정신 탐침으로 충분히 알아낼 수 있습니다."

붉게 상기되었던 시종의 얼굴이 갑자기 창백하게 일그러졌다. 손에 든 카드가 꽉 움켜쥔 주먹 안에서 여지없이 구겨졌다.

"정신 탐침?"

한 프리처 대위가 날카롭게 되받았다.

"걱정할 필요 없습니다. 취급 방법을 잘 알고 있으니까. 이삼 일 정도 체력이 약해질 뿐 특별히 해로운 건 없습니다. 설사 해롭다 해도 그건 당신이 감수해야 할 위험이고 당신이 지불해야 할 대가지요. 우리 가운데 경보기 제어장치의 파장을 조작할 수 있는 사람이 분명히 있을 겁니다. 그리고 조그만 시한폭탄을 만들 수 있는 사람도 있을 겁니다. 그러면 내가 그걸 뮬한테 직접 가져가겠습니다."

세 사람 모두 탁자 위로 얼굴을 숙였다.

한 프리처 대위가 선언했다.

"저녁 시간에 터미너스 시 궁전 부근에서 난동을 일으키는 겁니다. 진짜 싸우는 건 아닙니다. 혼란만 일으키고 도망치는 겁니다. 그래서 호위병이 그쪽에 관심을 쏟는 사이에……."

그날부터 한 달 동안 준비가 진행되었고 국가 함대의 한 프리처 대위는 음모자에서 암살자로 탈바꿈했다.

궁전 안에 몸을 숨긴 암살자 한 프리처 대위는 자신이 세운 작전이 만족스러웠다. 바깥에 경보 시스템이 철저하게 설치되어 있다는 건 대체적으로 내부에 경호원이 거의 없다는 의미였고, 지금 이 경우에는 아무도 없다는 의미였다.

내부 평면도는 한 프리처 대위의 머리에 선명하게 들어 있었다. 그는 카펫이 깔린 비탈길을 조그만 얼룩처럼 조용히 올라갔다. 그리고 비탈길 꼭대기에서 벽에 몸을 바싹 기댄 채 기다렸다.

굳게 닫혀 있는 개인 집무실의 조그만 문이 눈앞에 있었다. 그 문 뒤에는 무적의 국가를 굴복시킨 돌연변이가 있을 게 분명했다. 약간 일찍 도착했다. 폭발까지 10분이나 남았다.

5분이 지났다. 주변은 여전히 고요했다. 퓰의 생명은(그리고 프리처 대위 자신의 생명도) 앞으로 5분이 남았다.

한 프리처 대위는 갑자기 충동적으로 발을 내디뎠다. 이 계획은 이제 실패할 수가 없었다. 폭탄이 터지면 궁전이(궁전 전체가) 통째로 날아가 버린다. 문 하나 정도는(10미터 거리 정도는) 아무것도 아니었다. 하지만 한 프리처 대위는 죽기 전에 퓰을 한 번 보고 싶었다.

한 프리처 대위는 문을 쾅쾅 무례하게 두드렸다.

문이 열리면서 환한 빛이 흘러나왔다.

한 프리처 대위는 비틀거리며 들어가다가 몸을 똑바로 세웠다. 좁은 실내 한가운데 매달아 놓은 어항 앞에 엄숙하게 서 있던 사내가 천천히 고개를 들었다.

수수한 검은 제복으로 몸을 감싼 사내가 가볍게 두드리자, 어항이 갑자기 흔들리면서 주황색과 붉은색 지느러미가 깃털처럼 돋은 금붕어가 빠르게 돌아다녔다.

사내가 말했다.

"들어오게, 대위!"

떨리는 대위의 혀 밑에서 조그만 쇠구슬이 불길하게 불어나고 있었다. 그건 물리적으로 불가능하다는 사실을 대위는 잘 알고 있었다. 작은 쇠구슬은 폭발 직전이었다.

제복을 입은 사내가 말했다.

"그 멍한 쇠구슬을 뱉어 내고 자유롭게 이야기하는 게 좋아. 그건 폭발하지 않으니까."

폭발 예정 시간에서 1분이 지났다. 대위는 천천히 고개를 숙여 손바닥에 은빛 구슬을 뱉은 다음 던졌다. 구슬은 맹렬한 기세로 벽에 부딪

쳤다. 날카롭고 조그만 금속성 소리와 함께 튕겨 나온 구슬이 반짝이며 돌아다녔다. 그게 전부였다.

제복을 입은 사내가 어깨를 으쓱했다.

"그게 전부야. 어차피 저 구슬은 자네한테 아무런 소용이 없어, 대위. 난 뮬이 아니니까. 그 밑에 있는 총독일 뿐이야."

"어떻게 알았습니까?"

대위가 볼멘소리로 중얼거렸다.

"훌륭한 스파이 조직 덕분이지. 나는 자네의 하찮은 조직에 가입한 사람들은 물론 그들이 세운 계획까지 모조리 알고 있어."

"그런데 지금까지 그냥 놔둔 겁니까?"

"그러면 안 되나? 자네를 비롯한 몇 사람을 여기에서 찾아내는 게 내 주된 임무 가운데 하나였어. 특히 자네를. 나는 자네를 몇 개월 전에 체포할 수도 있었네, 자네가 뉴튼의 베어링 공장에서 노동자로 일하는 동안. 하지만 이러는 편이 훨씬 재미있잖아. 자네가 이 계획을 직접 제안하지 않았다면 내 부하 가운데 하나가 자네한테 비슷한 계획을 제안했을 거야. 그러면 아주 극적이면서도 아주 잔인한 재미가 있거든."

대위가 눈을 부릅떴다.

"나도 동감입니다. 이제 다 끝난 겁니까?"

"이제 시작이야. 자, 대위, 앉게. 영웅심 같은 건 그것에 감동하는 바보들한테 넘겨주고. 대위, 자네는 유능한 사람이야. 내가 입수한 정보에 따르면 자넨 파운데이션에서 뮬의 능력을 제일 먼저 알아낸 사람이야. 그래서 대담하게도 뮬의 유년시절에 관심을 보였어. 게다가 자네는 어릿광대를 납치한 일당 가운데 하나기도 해. 웬일인지 아직까지 발견되지 않았지만 그 녀석들은 그만큼 커다란 보복을 받을 거야. 뮬께선 자네 능력을 당연히 인정하셨네. 뮬께선 적의 능력을 두려워하시지 않아, 적의 능력을 친구의 능력으로 만드실 수 있기 때문이지."

"당신 목적이 바로 그겁니까? 그렇다면 안됐군. 그렇게 되진 않을 테니까!"

"천만에, 그렇게 될 거야! 오늘 밤에 벌어진 코미디의 목적이 바로 그것이거든. 자네는 똑똑하지만 뮬을 암살하겠다는 서툰 음모는 우스꽝스러운 실패로 끝나고 말았어. 이건 음모라고 말하기조차 우스워. 가망 없는 작전으로 전함을 낭비하는 게 자네가 받은 군사훈련의 일부인가?"

"그 전에 이 작전이 가망이 없다는 사실을 인정해야겠지."

총독이 부드럽게 대답했다.

"그래, 그럴 거야. 뮬께선 이미 파운데이션을 정복하셨어. 파운데이션은 지금 뮬께서 거대한 목적을 이루시는 데 필요한 무기 공장으로 빠르게 변신하고 있어."

"거대한 목적이라는 게 뭐지?"

"은하계 정복, 흩어진 세계를 새로운 제국으로 다시 통합하는 일. 자네의 셀던이 꿈꾼 제국을 700년 앞당겨서 완성하는 것이야, 아둔한 애국자여. 그 사업을 완성하는 데 자네가 기여할 수 있어."

"물론 그럴 수 있겠지. 하지만 절대로 그렇게 하지 않아."

한 프리처 대위가 반발하자, 총독이 이성적으로 말했다.

"그래, 독립 무역 국가 세 나라가 아직까지 저항하고 있으니까. 하지만 그들도 오래가진 않을 거야. 그러면 파운데이션 군대 전체가 끝나는 거야. 그래도 자네는 버틸 셈인가?"

"그렇다."

"그럴 순 없지. 자발적인 참여가 가장 효과적이야. 하지만 다른 방법도 괜찮을 거야. 불행히도 지금 뮬께선 여기에 계시지 않아. 지금도 전투를 지휘하며 독립 무역상을 무찌르는 중이시지. 하지만 우리랑 계속 연락하고 계셔. 자네도 그리 오래 기다릴 필요는 없을 거야."

"무엇을 말이지?"

"자네의 전향 말이야."

"나만은 마음대로 되지 않는다는 걸 뮬도 깨닫게 될 거야."

대위가 냉정하게 말했다.

"그렇지 않을 거야. 나만 해도 그분의 능력 밖에 있지 못했으니까. 자네는 나를 모르겠나? 잘 봐, 칼간에서 나를 본 적이 있을 테니까. 외알 안경을 걸치고 모피로 테를 두른 새빨간 예복에 높은 왕관을 썼던……."

대위는 순간적으로 좌절감에 휩싸여 뻣뻣하게 굳었다.

"당신은 칼간의 군벌."

"그래, 그리고 지금은 뮬의 충실한 총독이지. 자네도 알겠지만 뮬께선 감화력이 뛰어나시거든."

21장

우주의 간주곡

포위망은 성공적으로 돌파할 수 있었다. 해군이 아무리 총력을 기울인다 해도 광활한 우주 공간을 완벽하게 감시할 순 없었다. 우주선 한 척과 숙련된 조종사 그리고 적당한 행운만 따라 주면 빠져나갈 구멍은 사방에 널려 있었다.

토란은 주변을 차분하게 살피며 한 행성 주변에서 다른 행성 주변으로 과감하게 우주선을 몰았다. 거대한 질량 근처에서 하는 행성 간 도약은 어려운 작업이었지만 적의 탐지기를 거의 무용지물로 만드는 장점이 있었다.

적군의 포위망을 돌파한 다음 어떤 통신 전파도 통과할 수 없는 서브 에테르 봉쇄 지대의 내부 공간까지 통과했다. 토란은 3개월 만에 처음으로 해방된 느낌이었다.

일주일 후 적군의 뉴스 프로그램은 파운데이션에 대한 통제력이 계속 강화되고 있다는 자화자찬을 늘어놓았다. 그 일주일 동안 토란의 무장 무역선은 도약을 거듭한 끝에 외곽성역을 벗어나 은하계 한가운데로 계속 날아갔다.

에블링 미스가 조종실에 대고 커다랗게 부르는 소리에 토란은 우주 지도에서 고개를 들고 껌뻑거리며 물었다.

"무슨 일입니까?"

그러고는 조그만 중앙 선실로 내려왔다. 이곳은 현재 베이타가 거실로 개조해 쓰고 있었다.

에블링 미스가 머리를 흔들었다.

"전멸한 것 같아. 뮬의 홍보 대사가 특별 발표를 할 예정이야. 자네도 듣고 싶을 것 같아서."

"물론이죠. 베이타는 어디 갔나요?"

"식당에서 식사 준비를 하거나 식단을 짜거나 하겠지."

토란은 마그니피코의 간이침대에 앉아서 기다렸다. 뮬의 상투적인 선전에 불과한 특별 발표는 언제나 변함없이 똑같았다. 먼저 군가가 흐르고 아나운서가 나와서 알랑거릴 터였다. 그리고 중요하지 않은 뉴스가 연달아 나오다가 잠시 침묵이 흐른 다음에 트럼펫 소리로 분위기를 고조시키며 절정으로 치닫는 식이었다.

토란은 쭉 참으며 기다렸다. 에블링 미스는 혼잣말로 투덜댔다.

아나운서가 우주 전투에서 살덩이가 터지고 쇳덩이가 녹는 식의 매끈한 어투로 상투적인 군대 용어를 써 가며 뉴스를 시작했다.

"사민 해군 중장이 지휘하는 쾌속 순양함대가 오늘 이스에서 적군의 기동 타격대에 맹렬한 반격을 가했습니다."

화면에 비친 아나운서의 조심스럽고 무표정한 얼굴이 사라지면서 칠흑 같은 우주 공간에서 치열한 전투를 벌이며 날아다니는 전함들이 나타났다. 소리 없는 폭발 장면이 나오는 동안에도 아나운서의 목소리는 계속 이어졌다.

"이번 전투에서 가장 눈에 띄는 작전은 신성급에 해당하는 적함 세 척을 상대한 순양함 클러스터호의 측면 지원이었는데……."

카메라가 방향을 바꾸며 가까이 다가갔다. 거대한 전함 한 척이 불꽃을 내뿜고 있었고, 결사적으로 달려들던 공격선 한 척이 거대한 폭발을 일으키고 있었다. 카메라가 잠시 흔들린 사이 공격선이 기우뚱거리면서 그냥 부닥치려고 달려들었다. 클러스터호가 뱃머리를 크게 틀며 정면충돌을 피하자 돌격하던 공격선은 기우뚱거리며 떨어져 나갔다.

아나운서는 최후의 일격과 선체가 파괴되는 마지막 모습까지 매끄럽고 잔잔한 어조로 보도했다.

잠시 침묵이 흐르다가 니몬의 전투 상황에 대한 비슷비슷한 화면과 목소리가 흘러나왔다. 새로운 점이라면 치고 빠지는 상륙 방식에 대한 장황한 묘사와 폭격을 당한 도시와 초췌한 표정으로 웅크리고 있는 포로 등이 잠시 나왔다는 것이었는데 거기서 화면은 다시 중단되었다.

니몬은 이제 오래 버티지 못할 것 같았다.

방송이 재개되었고 이번에도 예상대로 귀에 거슬리는 트럼펫 소리가 흘러나왔다. 화면은 길게 늘어선 위풍당당한 병사들 사이로 성큼성큼 걸어오는 고문관 제복의 정부 대변인을 비추기 시작했다.

숨 막히는 침묵이 흘렀다.

마침내 흘러나온 목소리는 느리고 딱딱했다.

"우리 주군의 명령으로 다음과 같이 발표한다. 지금까지 우리와 맞서 싸우던 행성 하벤이 패배를 인정하고 항복했다. 현재 우리 군대는 그 행성을 점령하는 중이다. 적은 중심을 잃고 사분오열되어 급속히 무너지고 있다."

화면이 점차 희미해지더니 아나운서가 다시 나와서 소식이 도착하는 대로 신속하게 알려 주겠다고 엄숙하게 선언했다.

곧이어 댄스음악이 나와 에블링 미스는 스위치를 껐다.

토란은 비틀거리며 일어나 아무 말 없이 나가고 심리학자는 가만히 있었다.

베이타가 부엌에서 나오자 에블링 미스는 조용하라는 신호를 보내며 말했다.

"녀석들이 하벤을 점령했어."

"벌써요?"

베이타가 두 눈을 동그랗게 뜨며 물었다. 믿을 수 없다는 표정이었다.

"제대로 싸워 보지도 못하고……."

에블링 미스가 침을 꿀꺽 삼키고 나서 다시 말했다.

"토란을 혼자 내버려 두는 게 좋을 거야. 기분이 안 좋을 테니까. 이번에는 우리끼리 식사하자고."

베이타는 조종실을 흘긋 보고는 어쩔 수 없다는 표정으로 대답했다.

"그래요!"

마그니피코는 식탁에 조용히 앉았다. 말도 하지 않고 음식에 손도 대지 않고 몸에서 힘이 다 빠져나간 무서운 표정으로 앞만 멍하니 바라보았다.

에블링 미스는 냉동 과일 디저트 접시를 건성으로 밀치며 분통을 터뜨렸다.

"이제 남아서 싸우는 무역국은 두 나라밖에 없어. 그들도 싸우고 피 흘리며 죽어 가고 있지만 항복하진 않아. 오직 하벤만 파운데이션이 그런 것처럼……"

"그 이유가 뭐죠? 도대체 왜?"

심리학자가 머리를 흔들며 대답했다.

"그것 역시 다양한 문제의 일부야. 이상한 점 하나하나가 바로 뮬의 본질을 꿰뚫는 힌트야. 우선, 그자가 피 한 방울 흘리지 않고 단숨에 파운데이션을 정복할 수 있었다는 사실…… 독립 무역국들이 여전히 버티고 있는 상황에서. 원자력 반응을 방해하는 건 아주 하찮은 무기야. 신물이 날 만큼 얘기했지만 그 무기는 파운데이션에서만 통했어."

에블링 미스가 희끗희끗한 눈썹을 바싹 치켰다.

"란듀가 말한 것처럼 의지 저하 방사선 때문일 가능성도 있어. 그게 하벤을 정복하는 데 결정적인 역할을 한 것 같아. 그런데 문제는 니몬과 이스에서 그것을 사용하지 않는 이유는 또 뭐냐는 거야. 두 나라는 지금 뮬 군대가 파운데이션 함대 절반과 함께 공격하는데도 거세게 저항하고 있어. 그래, 침략군에 가담한 파운데이션 전함을 내 눈으로 분명히 보았어."

베이타가 소곤거렸다.

"파운데이션에 이어서 하벤까지. 재앙이 우리한테 달려들지 않고 항상 우리 뒤만 따라다니는 것 같아요. 우리가 매번 위기일발의 순간에 벗어나는 것 같아요. 이런 일이 영원히 계속될까요?"

에블링 미스는 그 말을 듣지 않았다. 혼자 깊은 생각에 빠져 있었다.

"그러나 다른 문제…… 다른 문제가 또 있어. 베이타, 자네도 기억해, 뮬의 어릿광대가 터미너스에서 발견되지 않았다는 뉴스? 어릿광대가 하벤으로 도망쳤거나 처음에 유괴한 범인들이 데려갔을 거라고 보도했잖아. 베이타, 어릿광대한테 뭔가 아주 중요한 비밀이 있는 게 틀림없어. 우리가 아직까지 모르고 있을 뿐이지. 마그니피코는 뮬의 치명적인 약점을 알고 있는 게 분명해. 확신할 수 있어."

마그니피코는 얼굴이 백지장처럼 변해 더듬거리며 항의했다.

"박사님…… 각하…… 나리…… 정말 맹세코 말씀드리지만 저는 더 이상 아는 게 없어요. 제가 아는 모든 걸 말씀드렸고 박사님은 탐색기를 사용해서 제가 모르는 기억까지 끌어내셨어요."

"알고 있어……. 알고 있어. 그건 아주 사소한 내용임이 분명해. 너무 사소한 내용이라 자네도 나도 그 본질을 깨닫지 못하는 거야. 그걸 알아내야 해. 왜냐하면 이제 니몬과 이스도 오래 버티지 못할 것이고 그들이 항복하면 우리가 바로 마지막 남은 잔당, 독립 파운데이션의 마지막 생명수가 되기 때문이야."

은하계의 중핵을 관통하면서 별들이 빽빽이 들어차기 시작했다. 중력장이 이중으로 나타나면서 행성 간 도약에 미치는 섭동(역주 : 태양계의 천체가 다른 행성의 인력으로 타원궤도에 영향을 주는 현상)이 무시할 수 없을 정도로 강하게 나타났다.

도약을 잘못해서 우주선이 적색거성의 강렬한 빛 속으로 빨려 들고 나서야 토란은 그 사실을 알아차렸다. 그래서 적색거성에 꽉 붙잡힌 상태로 열두 시간을 보낸 다음에야 잠시 그 힘이 느슨한 틈을 타서 간신히 빠져나올 수 있었다.

우주 지도는 일정한 범위만 표시되어 있고 토란은 기술적으로나 수학적으로 경험이 충분하지 않기 때문에 도약과 도약의 간격을 면밀히 산출하는 데만 며칠이 걸렸다.

그러다가 산출하는 일이 공동 작업처럼 되어 버렸다. 에블링 미스는 토란이 수학적으로 계산한 수치를 점검하고 베이타는 일반적인 방법으로 산출 가능한 모든 항로를 점검하면서 정확한 답을 구하려고 애썼다. 심지어 마그니피코도 정형적인 수치 측정 계산기를 맡게 되었는데 설명을 한 번 들은 다음에 그는 몹시 즐거워하면서 놀라운 능력을 발휘했다.

이렇게 한 달가량을 보낼 무렵 베이타는 선내 은하 렌즈의 입방체 모형 내부 중앙 부분까지 구불구불 가로지르는 빨간 선을 측량할 수 있었다.

베이타가 비꼬는 투로 이렇게 말했다.

"이게 뭐처럼 보이는지 알아? 심한 소화불량에 걸린 3미터 길이의 지렁이처럼 보여. 당신은 우리를 하벤으로 다시 데려갈 생각이야?"

토란은 우주 지도를 거칠게 펼치면서 으르렁댔다.

"그럴 거야. 당신이 입 다물지 않으면."

그러나 베이타는 계속 말했다.

"그래서 말인데, 자오선처럼 곧게 뻗은 항로가 있는 것 같아."

"그래? 으음, 그걸 찾으려면 아마 우주선 500척이 500년 동안 사방을 돌아다녀야 할걸. 이런 싸구려 우주 지도로는 그런 걸 도저히 찾을 수가 없어. 게다가 그런 직선 항로는 피하는 게 좋아. 우주선이 가득할 테니 말이야. 그리고……"

"아, 제발, 시시한 얘기를 그럴싸하게 늘어놓지 좀 마."

베이타가 토란의 머리카락에 두 손을 찔러 넣었다.

"아야! 놔줘!"

토란이 소리치며 베이타의 손목을 밑으로 잡아당겼다. 다음 순간 두 사람은 의자와 함께 바닥에 나뒹굴었고, 갖가지 엉터리 누르기와 엉터리 타격으로 이루어진 폭소 레슬링 시합이 벌어졌다.

마그니피코가 헐레벌떡 뛰어드는 바람에 토란은 얼른 일어났다.

"무슨 일이야?"

어릿광대의 얼굴에 걱정이 가득했다. 커다란 콧잔등이 새하얗게 질릴 정도였다.

"기계가 이상하게 움직여요. 저는 아무것도 몰라서 손을 쓸 수가……."

1초 만에 토란은 조종실로 들어갔다. 그리고 마그니피코한테 차분하게 말했다.

"에블링 미스를 깨워. 이리 오시라고 해."

토란은 손가락으로 머리를 빗으며 매무시를 가다듬는 베이타한테 말했다.

"우리가 탐지되었어, 베이타."

베이타가 팔을 축 늘어뜨렸다.

"탐지됐다고? 누구한테?"

토란이 중얼거렸다.

"모르겠어. 하지만 상대는 이미 전자총을 겨냥하고 있는 것 같아."

토란은 의자에 앉아 낮은 소리로 말하며 우주선 등록 번호를 서브에테르 지대로 송신하기 시작했다.

에블링 미스가 가운을 입은 채 잠이 덜 깬 눈으로 들어왔을 때 토란은 모든 걸 포기한 듯 차분하게 말했다.

"우리가 필리아 자치령이라는 지역의 내부 왕국 국경선에 들어선 것 같아요."

"그런 나라는 처음 들어."

에블링 미스가 퉁명스럽게 말했다.

토란이 대답했다.

"저도 그래요. 그런데 필리아 전함이 우리 우주선에 정지 명령을 보냈어요. 앞으로 어떻게 될지 모르겠어요."

필리아 전함의 검열관이 무장한 병사 여섯 명과 함께 올라왔다. 조그만 키에 숱이 적은 머리칼, 가느다란 입술에 거친 피부의 사내였다. 사내는 날카롭게 기침을 해 대며 자리에 앉아 팔 밑에 끼고 있던 서류철을 펼쳤다.

"신분증과 우주선 출항 허가증을 주시오."

"그런 건 없습니다."

토란이 대답했다.

"없다고?"

사내가 이렇게 묻더니, 허리춤에 단 마이크로폰을 낚아채 빠르게 말했다.

"남자 셋, 여자 하나. 서류는 없음."

그러고 나서 서류에 똑같이 기입했다. 그리고 다시 물었다.

"어디에서 왔소?"

"사이웨나."

토란이 신중하게 대답했다.

"그곳이 어디요?"

"여기에서 3만 파섹, 트랜터 서쪽 80도, 북쪽 40도······"

"좋소, 이제 그만."

토란은 검열관이 '출발 지점, 외곽성역'이라고 기입하는 걸 보았다.

필리아 검열관이 계속 물었다.

"행선지는?"

토란이 대답했다.

"트랜터 구역."

"목적은?"

"관광."

"화물은?"

"없습니다."

"으으으음, 그건 우리가 조사하지."

사내가 고개를 끄덕이자 부하 두 명이 즉각 움직였다. 토란은 그들을 막지 않았다.

"필리아 영역에 들어온 이유가 무엇이오?"

필리아 검열관의 두 눈이 무뚝뚝하게 빛났다.

"우리도 모르겠습니다. 제대로 된 우주 지도가 없어서……"

"그렇다면 그에 대한 벌금 100크레디트를 내야 하오. 물론 소정의 관세도 함께."

검열관이 마이크에 대고 다시 중얼거렸다. 하지만 말하기보다 주로 듣는 편이었다. 이윽고 검열관이 토란한테 물었다.

"원자 공학에 대해 아는 게 있소?"

"조금."

토란이 조심스럽게 대답했다.

"그래?"

검열관이 서류철을 덮으며 이렇게 덧붙였다.

"외곽성역 사람들은 그 방면에 밝다는 평판이 있소. 우주복을 입고 나와 함께 갑시다."

베이타가 앞으로 나서며 물었다.

"이 사람을 어떻게 하려는 거죠?"

토란이 베이타를 부드럽게 밀어내며 차갑게 물었다.

"나를 어디로 데려가려는 겁니까?"

"우리 동력실에 손볼 것이 있소. 저 사람도 함께 갑시다."

검열관이 들어 올린 손가락은 마그니피코를 가리키고 있었다. 마그니피코는 울상이 되어서 갈색 눈을 동그랗게 떴다.

"이 사람은 왜요?"

토란이 날카롭게 묻자 검열관이 냉정하게 대답했다.

"근처에서 해적 행위가 일어났다는 정보가 있소. 그 가운데 한 사람과 인상착의가 비슷합니다. 이건 단순한 확인 작업에 불과합니다."

토란은 망설였지만 눈앞에 병사 여섯 명과 전자총 여섯 자루가 있었다. 토란은 선반에서 우주복을 꺼냈다.

한 시간 후 토란은 필리아 전함 기계실에 우뚝 서서 분통을 터뜨렸다.

"내가 보기에 모터는 아무 이상이 없어. 모선(역주 : 전류를 분배하는 가느다란 전선)도 문제가 없고 L관도 연료 공급이 원활해. 반응 분석도 좋은 편이고. 이곳 책임자가 누구예요?"

기술 책임자가 조용히 대답했다.

"나요."

"으음, 이제 그만 나가지요……."

안내를 받아 조그만 대기실에 들어간 토란은 그곳에서 차가운 인상의 해군 소위 한 명과 마주쳤다.

"나와 함께 온 사람은 어디 있습니까?"

"기다리시오."

해군 소위가 대답했다.

마그니피코를 대기실로 데려온 건 5분이 지난 다음이었다.

"저들이 당신한테 무슨 짓을 했나요?"

"아무것도, 아무것도 안 했어요."

마그니피코가 이렇게 대답하며 고개를 천천히 흔들었다.

필리아 측의 요구를 충족시키는 데 250크레디트가 들었다. 50크레디트는 즉각적인 석방에 들어가는 비용이었다. 그들은 다시 자유의 몸이 되었다.

베이타가 억지로 웃으면서 말했다.

"우리한테 감시원 비용은 청구하지 않았어? 국경선 너머로 추방하는 건 아니래?"

토란이 심각하게 대답했다.

"저건 필리아 전함이 아니야. 우리도 당분간 떠나지 않을 거야. 모두 여기에 모여 보세요."

모두가 그 주위에 모이자, 토란이 창백한 표정으로 말했다.

"저건 파운데이션 전함이에요. 타고 있는 놈들은 뮬의 부하고."

에블링 미스가 바닥에 떨어뜨린 담배를 집으려고 몸을 숙이면서 물었다.

"여기까지? 여기는 파운데이션에서 3만 파섹이나 떨어진 거리야."

"우리도 여기에 왔는데 저놈들이라고 못 올 건 없잖아요. 도대체 에블링 미스, 내가 파운데이션 전함도 분간하지 못할 거라 생각해요? 엔진만 봤지만 그것 하나로도 충분해요. 내가 장담하는데, 그건 파운데이션 전함에 있는 파운데이션 엔진이었어요."

베이타가 논리적으로 캐물었다.

"그렇다면 어떻게 여기까지 왔지? 특정한 우주선 두 척이 우주 공간에서 우연히 만날 가능성이 어느 정도나 될까?"

토란이 격하게 반발했다.

"그게 무슨 상관이야. 우리가 추격당했다는 사실만 증명될 뿐이지."

"추격당해? 초공간 사이를?"

베이타가 어이없다는 표정으로 되물었다.

에블링 미스가 피곤한 표정으로 끼어들었다.

"충분히 가능해······. 훌륭한 우주선에 우수한 조종사만 있으면. 중요한 건 그런 가능성이 아니야."

"나는 항해 흔적을 감추지 않았어. 이륙한 뒤로 줄곧 똑바로 날아왔어. 장님이라도 우리 항로를 산출할 수 있었을 거야."

토란의 주장에 베이타가 소리쳤다.

"말도 안 돼. 술 취한 사람처럼 도약했기 때문에 최초의 방향 관측은 아무런 의미가 없을 정도였다고. 도약해서 엉뚱한 곳으로 나온 게 한두 번이 아니잖아."

토란이 이를 부드득 갈며 소리쳤다.

"논쟁은 시간 낭비야. 저건 뮬 휘하의 파운데이션 전함이야. 우리 우주선을 세우고 내부를 수색했어. 마그니피코 혼자만 데려가고. 나는 남아 있는 사람들이 낌새를 채고 소란을 피울 경우에 대비한 인질이었을 뿐이야. 어서 저 전함을 폭파해서 우주로 날려 버려야 해."

에블링 미스가 그 팔을 잡았다.

"기다리게. 자네가 적이라고 생각한 전함 한 척 때문에 우리를 죽일 셈인가? 생각해 보게, 저들이 엄청난 우주 공간을 거의 불가능에 가까운 항로로 추적해 왔는데 우리를 대충 조사하고 석방한 이유가 무엇일까?"

"저 녀석들은 내내 우리 행선지에 관심을 보였어요."

"그럼 우리를 세워서 경계심을 품게 만든 이유가 뭐지? 자네 설명은 납득할 수가 없어."

"내 방식대로 하겠어요. 팔을 놔요, 에블링 미스. 안 그러면 때려눕히겠어요."

마그니피코가 즐겨 앉는 의자에 앉아 균형을 잡으며 상체를 앞으로 내밀었다.

"말씀 중에 죄송한데요, 부족한 제 머리에 문득 이상한 생각이 떠올라서……."

베이타는 토란이 그 말을 무시할 거라 판단하고 에블링 미스와 함께 토란을 잡으며 말했다.

"어서 말해요, 마그니피코. 우리 모두 열심히 들을 테니까."

마그니피코가 말했다.

"저 전함에 있는 동안 저의 산만한 머리는 공포의 전율 때문에 아무 생각도 할 수 없었어요. 사실은 저기에서 있었던 일이 거의 기억조차 나지 않아요. 많은 사람이 저를 흘긋거리면서 알아듣지 못할 말을 했어요. 그런데 마지막 순간에 마치 구름이 걷히고 한줄기 햇살이 쏟아지는 것처럼 예전에 본 적이 있는 얼굴이 눈에 들어왔어요. 얼핏 보았을 뿐인데 그 얼굴이 제 기억 속에서 강하고 선명하게 떠올랐어요."

"그게 누구지?"

토란이 물었다.

"오래전에 여러분이 저를 구해 준 다음에 찾아온 대위였어요."

마그니피코는 사람들을 흥분시키려는 의도가 있었음이 틀림없었다. 커다란 코밑까지 번진 회심의 미소는 그 의도가 성공했음을 나타내고 있었다.

에블링 미스가 엄하게 물었다.

"한…… 프리처…… 대위? 확실한가? 정말 틀림없나?"

어릿광대는 앙상한 손을 야윈 가슴에 올려놓으며 대답했다.

"확실해요, 박사님. 뮬 앞에서도 맹세할 수 있어요. 뮬이 모든 방법을 동원해서 그걸 부정한다고 해도."

베이타가 화들짝 놀라며 물었다.

"도대체 어떻게 된 거지?"

어릿광대는 베이타를 열심히 쳐다보며 대답했다.

"마님, 이런 거 같아요. 우주의 영이 제 마음에 살짝 내려놓기라도 한 것처럼 문득 떠오른 생각이 있어요."

마그니피코는 토란이 끼어드는 것을 막으려고 목소리를 높이며 베이타한테 일방적으로 퍼부었다.

"마님. 만일 대위님이 우리처럼 전함을 타고 탈출한 거라면, 우리처럼 어떤 목적을 품고 여행하는 거라면, 그러다가 우리를 만난 거라면, 그분도 우리가 자신을 미행했다고 의심할 거예요. 우리가 의심하는 것처럼요. 그렇다면 우리 우주선에 들어오는 연극을 한 게 뭐가 이상하겠어요?"

토란이 몰아붙였다.

"그럼 우리를 자기 전함으로 데려간 이유는 뭐지? 앞뒤가 안 맞아."

어릿광대는 어떻게 된 일인지 알겠다는 투로 대답했다.

"아니에요, 맞아요. 한 프리처 대위님은 우리 얼굴을 모르는 부하를 보내서 마이크를 통해 인상착의를 보고받았어요. 그래서 저처럼 말라비틀어진 어릿광대가 있다는 사실에 깜짝 놀랐겠지요. 은하계가 아무리 넓다고 해도 저 같은 말라깽이는 그리 많지 않으니까요. 저를 보고 나머지 일행을 확인한 거예요."

"그래서 우리를 석방한 거란 말이야?"

베이타가 묻고, 토란이 반박했다.

"대위의 임무에 대해…… 그리고 그 비밀에 대해 우리가 아는 게 뭐지? 우리가 적이 아니란 사실을 알아냈다고 해서 비밀이 드러날 위험을 무릅쓰고 예정대로 자기 계획에 몰두하는 걸 과연 그자가 바람직하게 여겼을까?"

베이타가 천천히 말했다.

"고집 부리지 마, 토란. 마그니피코가 충분히 설명했잖아."

"그래, 충분히 가능해."

에블링 미스도 동의했다.

모두가 한목소리로 주장하자 토란도 어쩔 수 없었다. 어릿광대의 능숙한 설명이 왠지 미심쩍었다. 뭔가 문제가 있었다. 그러나 지금으로선 뭘 어떻게 해야 좋을지 몰랐다. 게다가 화도 많이 가라앉았다.

토란이 속삭였다.

"잠시나마 뮬의 전함을 한 척이라도 해치울 수 있겠다는 생각이 든 것뿐이에요."

토란의 두 눈에 조국 하벤을 잃은 고통이 얼룩졌다.

세 사람은 그 마음을 충분히 이해했다.

22장
네오트랜터에서의 죽음

네오트랜터

'대약탈' 이후에 이름을 바꾼 델리카스의 조그만 행성. 제1제국의 마지막 왕조가 거의 100여 년을 지낸 소재지. 실체가 없는 국가, 실체가 없는 제국으로 법률적 의미에서만 존재했다. 네오트랜터 왕조 초기에…….

—『은하대백과사전』

 네오트랜터가 그 이름이었다! 새로운 트랜터! 네오트랜터를 말하는 순간, 그 사람은 네오트랜터가 과거의 위대한 트랜터와 너무나 비슷하단 사실에 단번에 질리게 된다. 옛 트랜터의 태양은 여전히 2파섹 거리에서 빛나고 있었고, 지난 세기의 은하제국 수도는 그 궤도를 영원히 되풀이할 듯 여전히 침묵 속에 우주 공간을 가르고 있었다.

 심지어 그 트랜터에 거주하는 사람도 있었다. 1억 인구였다. 50년 전에 그곳에서 우글대던 400억 인구에 비하면 많지 않은 숫자였다. 금속으로 만든 거대한 세계는 엉망으로 부서졌다. 띠 모양의 하나밖에 없는 기지에서 뻗어 나온 무수한 고층 건물은 이리저리 마구 잡아 뜯긴 것처럼 뼈대를 드러낸 채 폭탄에 맞은 구멍이나 화염에 그슬린 흔적이 그대로 남아 있었다. 40년 전 대약탈의 흔적이었다.

2000년에 걸쳐 은하계의 중심으로 무한한 우주를 통치하던 세계, 다양한 변덕으로 우주를 뒤흔들던 위정자나 입법자들이 살던 세계, 그런 곳이 불과 한 달 만에 파괴될 수 있다는 게 이상했다. 1000년에 걸친 위대한 정복과 퇴각 과정에서도 아무런 타격을 입지 않았고 그 이후 1000년에 걸친 내란이나 궁정 혁명에도 끄떡없던 세계가 마침내 쓰러졌다는 게 참으로 이상했다. '은하제국의 영광'이 썩어 문드러진 시체로 변했다는 게 너무나 이상했다.

그리고 슬펐다!

50세대에 걸친 인류의 위업이 과거의 유물로 쇠락한 게 불과 몇 세기 전이었다. 몰락하는 인류에게 그 영광과 위업은 아무런 쓸모가 없었다.

수십억 주민 가운데 살아남은 몇백만은 행성의 빛나는 금속 토대를 떼어 내 1000년 동안 태양 빛이 닿지 않던 흙을 드러냈다.

인간 노력의 결정체인 완벽한 기계와 인류의 경이적인 공업 설비 들이 사방에 널려 있었지만 사람들은 환경의 압박에서 벗어나 토지로 돌아갔다. 거대한 교통 통제소에서 밀과 옥수수가 자랐다. 거대한 건물 그늘에서 양이 풀을 뜯었다.

그러나 네오트랜터는 존재했다. 숨통이 끊어질 지경에 이른 왕족이 '대약탈'의 포화와 화염에 밀려서 최후의 피난처인 이곳으로 피신하기 전까지 이곳은 강대한 트랜터의 그늘에 가려진 행성의 외진 마을에 불과했다. 그들은 이곳에서 반란의 태풍이 가라앉을 때까지 간신히 지탱했다. 이곳에서 유명무실한 과거의 영광에 기대어 제국의 잔재를 통치했다.

농업 행성 20개가 은하제국이 된 것이다!

시골의 완고한 대지주와 굼뜬 농부들이 사는 20개 국가의 지배자 다고버트 9세가 은하제국의 황제이자 우주의 군주였다.

아버지와 함께 네오트랜터로 도피한 살육의 날에 다고버트 9세는 25세였다. 그 눈과 마음에는 예전 제국의 영광과 권세가 여전히 생생하게 살아 있었다. 하지만 나중에 다고버트 10세가 될 그의 아들은 네오트랜터에서 태어났다.

그가 아는 건 20개 국가가 전부였다.

조드 코마슨이 소유한 공중 무개차는 네오트랜터에서 최초로 만든 공중 무개차였다. 그건 너무나 당연했다. 코마슨이 네오트랜터 최대의 지주이기 때문이 아니었다. 예전에 그가 중년에 접어든 황제에 반발하는 젊은 황태자의 단짝이자 사악한 천재였기 때문이다. 그리고 지금은 이미 늙어 버린 황제를 혐오하고 압박하는 중년 황태자의 단짝이자 사악한 천재이기 때문이다.

그래서 조드 코마슨은 진주와 황금과 루메트론 장식이 번쩍이는 자동차에 소유자의 명패를 굳이 붙이지 않은 채 자동차에 올라타 한없이 펼쳐지는 자신의 영지를, 몇 킬로미터에 걸쳐 물결치는 자신의 밀밭을, 자신의 거대한 탈곡기와 수확기를, 자신의 소작농과 기술자 들을 바라보았다. 그러면서 자신의 문제를 신중하게 검토했다.

옆에서는 허리가 구부정하고 주름이 쪼글쪼글한 운전사가 공중 무개차를 몰아 상승기류를 부드럽게 가로지르며 빙그레 웃고 있었다.

조드 코마슨이 상승기류와 바람과 하늘에 대고 말했다.

"내가 한 말을 기억하나, 인치네이?"

인치네이의 숱 적은 회색 머리카락이 바람에 날렸다. 그가 듬성듬성 빠진 이가 보이도록 입꼬리를 올리며 웃자 얇은 입술과 뺨의 잔주름이 마치 영원한 비밀을 담고 있는 것처럼 깊이 파였다. 속삭이는 목소리는 이 사이에서 휘파람처럼 새어 나왔다.

"기억하고 있습니다, 주인님. 그래서 계속 생각했습니다."

"무슨 생각을 한 거지, 인치네이?"

조금은 채근하는 말투였다.

인치네이는 자신이 잘생긴 청년이었던 시절을, 옛 트랜터의 귀족이었던 시절을 떠올렸다. 그런 자신이 지금은 네오트랜터에서 초라한 노인이 되어 영주 조드 코마슨의 은총에 의지하고 살면서 그 보답으로 주인의 요구에 따라 지혜를 빌려 주고 있다는 사실을 떠올렸다.

인치네이가 아주 조그맣게 탄식하며 이렇게 속삭였다.

"파운데이션에서 온 방문객은 괜찮은 것 같습니다, 주인님. 우주선이 한 척밖에 없고 싸울 수 있는 사내도 한 명밖에 없으니까요, 주인님. 그들을 어떻게 대우하실 건가요?"

조드 코마슨이 음침하게 말했다.

"대우해? 으음, 그럴 수도 있겠지. 하지만 그놈들은 마법사야. 힘이 셀지도 몰라."

인치네이가 대답했다.

"후유. 머나먼 거리의 신비가 진실을 가리고 있군요. 파운데이션도 하나의 세계에 불과합니다. 그곳 사람들도 인간에 불과합니다. 총으로 쏘면 그들도 죽습니다."

인치네이는 공중 무개차를 정상 항로로 유지했다. 밑에서 굽이치는 강물이 반짝거렸다.

인치네이가 다시 속삭였다.

"그런데 외곽성역 전체를 휘젓는 사내가 있다고 하던데, 그자는 누군가요?"

조드 코마슨이 갑자기 의심스러운 눈으로 쳐다보았다.

"자네는 그 일에 대해서 아는 게 있는가?"

운전사의 얼굴에서 미소가 사라졌다.

"아무것도 없습니다, 주인님. 아무 생각 없이 여쭤 본 겁니다."

대지주는 잠시 주저하다가 거침없이 말했다.

"자네는 아무 생각 없이 묻는 사람이 아니야. 그런 식으로 정보를 모으려고 하다간 가냘픈 모가지가 잘릴 수도 있어. 하지만…… 말해 주지! 그 남자는 뮬이라는 사람이고 그 부하가 몇 개월 전에 여기에 사업 문제로 찾아온 적이 있어……. 지금…… 나는…… 다른 부하를 기다리고 있어. 이제…… 결론을 내릴 때가 되었거든."

"그럼 이번에 온 사람들은요? 그들은 주인님께서 기다리는 사람이 아닌가 보죠?"

"그들은 당연히 지니고 있어야 할 신분증명서가 없어."

"파운데이션이 점령되었다고 하던데……"

"나는 자네한테 그런 말을 하지 않았는데."

인치네이가 얼른 해명했다.

"그런 소문이 돌았어요. 만일 그게 사실이라면 그 사람들은 패전국에서 도망 온 피난민일 수도 있어요. 그렇다면 뮬의 부하에게 우호의 표시로 넘겨줄 수도 있겠지요."

"그래?"

조드 코마슨은 확신이 없었다.

"게다가 나리, 정복자의 친구는 마지막에 죽는다는 유명한 말도 있으니 그들을 넘겨주는 건 훌륭한 방어책이 될 수 있습니다. 정신 탐침이 있고 지금 파운데이션의 두뇌 넷이 우리 손에 들어왔으니까요. 파운데이션에 대해서 알아 두면 아주 유리하실 겁니다. 뮬에 대해선 말할 것도 없고요. 그렇게 되면 뮬과 우정을 쌓는 데 다소 유리할 거예요."

조드 코마슨은 조용한 상승기류에 몸을 부르르 떨면서 처음 생각으로 돌아갔다.

"하지만 만일 파운데이션이 무너지지 않았다면? 그 정보가 거짓이라면? 그 나라는 절대 무너질 수 없다는 예언이 있다고 들었어."

"예언자의 시대는 이미 지나갔어요, 주인님."

"하지만 무너지지 않았다면, 인치네이. 생각해 봐! 만일 무너지지 않았다면. 뮬이 나한테 몇 가지 약속한 게 있긴 하지만……."

너무 많이 말했다는 생각에 조드 코마슨은 말머리를 돌렸다.

"그건 그자가 허풍을 떤 걸 거야. 하지만 허풍은 금방 날아가고 행위는 단단하게 남는 법이지."

인치네이가 소리 없이 웃었다.

"그래요. 행위는 단단하게 남지요, 일단 시작한 다음에는. 은하계 끝에 있는 파운데이션을 두려워할 이유는 없어요."

"하지만 황태자가 있잖아."

조드 코마슨이 혼잣말처럼 중얼거렸다.

"그렇다면 황태자도 뮬과 거래하고 있습니까, 주인님?"

조드 코마슨은 무의식중에 지어지는 회심의 미소를 굳이 숨기려고 하지 않았다.

"꼭 그렇지는 않아. 내가 하는 것만큼은 아니야. 하지만 황태자가 점차 드세고 걷잡을 수 없게 변하고 있어. 악마가 달라붙은 거야. 내가 이 사람들을 붙잡고 있다 해도 황태자가 제멋대로 데려간다면, 황태자는 좀처럼 빈틈을 보이지 않기 때문에 나는 반박할 명분이 없을 거야."

조드 코마슨이 얼굴을 찡그리자 살찐 뺨이 보기 싫게 늘어졌다.

그런데 잿빛 머리칼의 운전사가 엉뚱한 이야기를 꺼냈다.

"어제 그 사람들을 언뜻 보았는데 머리칼이 새까만 여자가 아주 독특하더군요. 남자처럼 씩씩한 걸음걸이에 까맣게 빛나는 머리칼, 그리고 놀라울 정도로 창백한 얼굴……."

소곤거리는 쉰 목소리에 따스한 느낌이 깃드는 것을 느끼고 조드 코마슨은 깜짝 놀라며 그를 쳐다보았다.

인치네이는 계속 말했다.

"제 생각으로 황태자에게 적당한 타협안을 제시하면 그다지 어려울 게 없을 것 같아요. 그 여자만 내주면 나머지는 주인님이 가질 수 있어요."

조드 코마슨의 눈이 번쩍 뜨였다.

"묘안이야! 아주 기발한 묘안! 인치네이, 돌아가세! 그리고 인치네이, 이번 일이 잘 풀리면 자네를 자유인으로 풀어 주는 문제를 적극적으로 검토하겠네."

집으로 돌아온 다음에 서재에서 기다리는 개인용 캡슐을 발견하고 조드 코마슨은 미신적인 확신을 느꼈다. 캡슐이 극소수만 아는 주파수를 타고 날아온 것이다. 뮬의 신하가 오는 중이고 파운데이션은 무너진 게 확실했다.

베이타는 황제의 궁전에 대해 막연하게 품고 있던 환상이 처참히 깨지는 걸 느끼고 마음속으로 막연한 실망을 느꼈다. 실내는 좁고 거의 평범하다고 할 정도로 검소했다. 궁전은 옛 파운데이션의 시장 관저에도 못 미쳤다. 그리고 다고버트 9세는…….

베이타에게는 황제는 어떠한 모습이어야 한다는 확고한 관념이 있었다. 황제는 비쩍 마른 백발에 쭈글쭈글한 모습이 아니어야 했다. 인정 많은 이웃집 할아버지처럼 보여서는 안 되었다. 손님을 적극적으로 배려하며 차까지 손수 따라 주어도 안 되었다.

그러나 현실은 그랬다.

다고버트 9세는 낄낄 웃으면서 베이타가 거북하게 내민 컵에 차를 따랐다.

"정말 기분이 좋아, 아가씨. 신하도 격식도 없이 이렇게 만나니까. 요즘에는 나의 외곽 관구에서 찾아온 방문객을 대접할 기회가 없어. 이제 내가 늙어서 그런 일은 아들이 처리하거든. 아들을 아직 만나지 못했나? 훌륭한 아이야. 다소 고집은 세지만 아직 젊어서 그래. 향료 캡슐을 넣겠나? 싫어?"

토란이 끼어들려고 했다.

"황제 폐하……"

"왜?"

"황제 폐하, 저희는 폐하를 방해할 의도가……."

"아니야, 이건 방해가 아니야. 오늘 밤에 공식 환영회를 열겠지만 그때까지는 괜찮아. 가만있자, 자네들이 어디에서 왔다고 했지? 우리가 공식 환영회를 여는 건 참 오랜만인 것 같아. 아나크레온 지방에서 왔다고 했던가?"

"파운데이션입니다, 폐하!"

"그래, 파운데이션. 이제 생각나는군. 위치도 확인했어. 그곳은 아나크레온 관구야. 난 그곳에 가 본 적이 없어. 주치의가 장거리 여행을 금지했거든. 아나크레온에 있는 총독한테 최근에 보고를 받은 기억이 없어. 그곳은 상태가 어떤가?"

황제가 걱정스레 물었다.

"폐하, 불만은 없습니다."

토란이 조그맣게 대답했다.

"그렇다니 다행이군. 그곳 총독을 칭찬해야겠어."

토란이 속수무책이라는 표정으로 쳐다보자, 에블링 미스가 무뚝뚝하게 말했다.

"폐하, 트랜터 제국 대학 도서관을 방문하려면 폐하의 허가가 필요하다고 들었습니다."

황제가 온화하게 물었다.

"트랜터? 트랜터라고?"

황제의 여윈 얼굴에 당혹스러운 고통의 표정이 떠올랐다.

황제가 속삭였나.

"트랜터? 아, 생각났네. 나는 전함을 거느리고 트랜터로 귀환할 계획을 세우고 있네. 자네들도 함께 가세. 우리가 힘을 합쳐 반역자 길머를 타도하는 거야. 우리가 함께 손잡고 제국을 재건하는 거야!"

황제의 굽은 등줄기가 쭉 펴지고 목소리에 힘이 들어갔다. 순간적으로 두 눈도 진지해졌다.

그러나 황제는 곧 눈을 깜빡거리며 조용히 말했다.

"하지만 길머는 죽었어. 생각이 나는 것 같아……. 그래, 그래! 길머는 죽었어! 트랜터도 죽었어……. 순간적으로 그게…… 자네들, 어디에서 왔다고 했지?"

마그니피코가 베이타에게 속삭였다.

"저분이 정말 황제가 맞나요? 저는 황제란 보통 사람보다 현명하고 위대하다고 생각했어요."

베이타가 조용히 하라는 신호를 보내고는 말했다.

"황제 폐하께서 저희가 트랜터에 가는 걸 허가하는 서류에 서명하신다면 우리 공동의 이익에 많은 도움이 될 거예요."

"트랜터에 가?"

황제는 이해하지 못하겠다는 멍한 표정이었다.

"폐하, 아나크레온 총독의 말에 의하면 길머는 아직 살아 있습니다."

다고버트 9세가 냅다 고함을 질렀다.

"살아 있어? 살아 있어? 어디에? 그럼 전쟁이 일어나는 거야!"

"황제 폐하, 아직 공표하지 마십시오. 소재가 분명치 않습니다. 총독은 폐하께 그 사실을 전하기 위해 우리를 파견했습니다. 또한 길머의 은신처를 찾을 가능성이 있는 유일한 장소가 트랜터입니다. 일단 그를 발견하면……"

"그래, 그래…… 그놈을 기필코 찾아야 해……."

늙은 황제는 비틀거리며 벽으로 다가가 떨리는 손가락으로 조그만 광전판을 건드렸다. 그리고 잠시 기다리다가 힘없이 중얼거렸다.

"시종들이 오지 않아. 계속 기다릴 수가 없어."

다고버트 9세는 백지에 서명하고 맨 뒤에 'D'라고 화려한 글씨를 남겼다.

황제가 말했다.

"길머는 황제의 힘을 더 많이 깨달아야 해. 자네들은 어디에서 왔다고 했지? 아나크레온인가? 그곳은 상태가 어떻지? 황제의 이름에 권위가 있나?"

베이타는 황제의 힘없는 손끝에서 종이를 넘겨받으며 대답했다.

"국민들은 폐하를 존경합니다. 국민에 대한 폐하의 인자하심이 널리 알려져 있습니다."

"나는 아나크레온의 선량한 백성을 만나러 가야 해. 하지만 주치의가 말하길…… 주치의가 뭐라고 했는지 기억나지 않아. 하지만……."

다고버트 9세는 눈꺼풀이 쭈글쭈글한 회색 눈을 날카롭게 치뜨며 물었다.

"자네가 길머에 대해서 이야기했나?"

"아닙니다, 황제 폐하."

"그놈을 막아야 해. 더 이상 진격시키면 안 돼. 귀국해서 자네 국민들에게 그렇게 전하게, 트랜터는 끝까지 저항한다고! 아버님이 지금 함대를 지휘하시니 무엄한 반역자 길머는 반역의 무리와 함께 우주 공간에서 얼어 죽을 것이다."

황제는 비틀거리면서 의자로 돌아왔다. 두 눈은 다시 얼이 빠졌다.

"내가 무슨 이야기를 했지?"

토란이 일어나 머리를 조아리며 대답했다.

"황제 폐하의 은혜에 깊이 감사드립니다. 저희에게 허락하신 알현 시간은 이제 끝났습니다."

방문자들이 한 사람씩 뒷걸음질 치며 나가는 동안 다고버트 9세는 일어나서 등을 쭉 펴고 서 있었다. 잠깐이나마 황제다운 모습이었다.

하지만 바깥으로 나가자마자 무장 군인 스무 명 정도가 기다리다가 그들을 에워쌌다.

손에서 무기가 번쩍거리고…….

베이타는 어슴푸레하게 의식이 돌아왔지만 "여기가 어디야?"라고 물을 기분이 아니었다. 황제라고 자처하던 기묘한 노인과 밖에서 대기하던 군인들이 선명하게 떠올랐다. 손가락 마디마디가 아픈 것으로 보아 실신용 총에 맞은 게 분명했다.

베이타는 눈을 감고 정신을 집중해 마침 들려오는 대화에 귀를 기울였다.

남자 두 명이 있었다. 한 사람은 목소리가 느리고 조심스러우며 겉으로 순종하는 척하지만 속에 교활함을 감추고 있었다. 또 한 사람은 목소리가 걸걸하면서도 쩌렁쩌렁했다. 베이타는 두 목소리 모두 맘에 들지 않았다.

걸걸한 목소리가 주로 말하고 있었다.

베이타는 마지막 말을 들었다.

"저 늙어 빠진 미치광이는 영원히 살 거야. 그래서 정말 피곤해. 정말 짜증이 나. 코마슨, 나도 저렇게 되겠지? 나도 나이를 먹을 테니 말이야."

"전하, 우선 저 사람들한테 어떤 쓸모가 있는지 알아보아야 합니다. 어쩌면 우리가 아버님보다 더 강한 힘을 확보하게 될지도 모릅니다."

걸걸한 말소리가 애매한 속삭임으로 변했다. 베이타는 "……이 여자……"라는 말만 간신히 들었다. 뒤이어 알랑거리는 상대방이 천박하고 나지막하게 킥킥거리더니 마치 은혜라도 베푸는 듯 동지애 넘치는 말투로 말했다.

"다고버트 전하는 나이를 먹지 않아요. 전하가 20대로 보이지 않는다고 말하는 사람은 거짓말쟁이예요."

두 사람이 동시에 웃었고 베이타는 피가 얼어붙는 느낌이었다. 다고버트—전하—노황제는 아들이 고집이 세다고 했다. 그리고 베이타는 지금 그들이 속삭이는 대화의 의미를 어렴풋이 이해할 것 같았다. 하지만 그런 일이 실제로 일어날 순 없었다.

드문드문 거친 욕설을 퍼붓는 토란의 목소리가 들려왔다.

베이타는 눈을 떴다. 자신을 바라보는 토란의 눈에 안심하는 표정이 떠올랐다.

토란이 커다랗게 소리쳤다.

"이 만행을 황제께서 용서하지 않으실 거다. 우리를 석방해라."

베이타는 손목과 발목이 흡인장에 꽉 조인 채 벽과 바닥에 고정되었다는 걸 깨달았다.

걸걸한 목소리가 토란한테 다가왔다. 올챙이처럼 볼록 나온 배와 검게 부어서 처진 눈꺼풀, 듬성듬성한 머리카락이 보였다. 높다란 모자에는 화려한 깃털 장식이 꽂혀 있고 더블릿(15~17세기 유럽에서 유행한 남성용 윗옷—옮긴이) 가장자리는 은빛 금속 기포로 수를 놓았다.

그자가 재미있다는 표정으로 콧방귀를 날렸다.

"황제? 저 불쌍한 미치광이 황제?"

"나는 황제의 통행증이 있다. 그 어떤 신하도 우리의 자유를 구속할 수 없어."

"그런데 나는 신하가 아니거든, 이 우주 쓰레기 같은 놈아. 나는 섭정이자 황태자야. 앞으로 그렇게 부르도록. 어리석은 아버지는 이따금 방문객이랑 만나는 걸 좋아해. 그리고 우리는 그런 아버지를 놀려 먹지. 제국에 대한 허망한 환상을 부추기는 식으로. 물론 다른 의도는 없어."

이번에는 베이타 앞으로 다가왔다. 베이타는 황태자를 경멸의 눈초리로 노려보았다. 황태자가 얼굴을 들이대자 그 입에서 박하 향이 진동

했다.

황태자가 말했다.

"이 여자는 눈이 맘에 들어, 코마슨. 눈을 뜨니까 더욱 아름답군. 이 정도면 괜찮을 것 같아. 입맛이 없을 때는 이국적인 요리가 좋으니까, 그렇지?"

토란이 미친 듯이 몸을 뒤틀었지만 황태자는 가볍게 무시했다. 베이타는 차가운 냉기가 뼛속까지 파고드는 느낌이었다. 에블링 미스는 여전히 머리를 가슴팍까지 축 늘어뜨린 채 기절한 상태였다. 베이타는 마그니피코를 보고 깜짝 놀랐다. 오래전에 깨어난 것 같은 커다란 갈색 눈동자가 백지장처럼 창백한 얼굴에서 튀어나올 듯 씰룩거리며 베이타를 응시하고 있었던 것이다. 어릿광대가 황태자를 턱으로 가리키며 우는 소리를 냈다.

"저 사람이 제 비지소녀를 가지고 있어요."

황태자가 새로 들려온 목소리 쪽으로 재빨리 고개를 돌리며 물었다.

"이게 자네 건가, 괴물?"

황태자가 녹색 줄에 묶어 어깨에 매달고 있던 비니소녀를 앞으로 돌렸다. 서툰 손놀림으로 건반을 만지작거렸지만 소리가 나지는 않았다.

"이걸 연주할 수 있나, 괴물?"

마그니피코가 고개를 한 번 끄덕였다.

토란이 갑자기 소리쳤다.

"당신들은 파운데이션 우주선을 약탈했어. 황제가 처벌하지 않더라도 파운데이션이 보복할 거야."

다른 사람이 아주 천천히 대답했다. 코마슨이었다.

"무슨 파운데이션? 그렇다면 뮬은 이제 뮬이 아닌가?"

아무도 대답하지 않았다. 황태자가 빙그레 웃자 고르지 못한 치아가 드러났다. 황태자는 마그니피코의 역장을 풀고 거칠게 일으켰다. 그리고 비지소녀를 그 손에 쥐여 주며 말했다.

"연주해, 괴물. 여기에 있는 이국적인 여인을 위해 사랑의 세레나데를 아름답게 연주해. 우리 아버지 나라의 감옥은 궁전이 아니지만 나는 이 여인이 장미 향수 풀장에서 헤엄치도록 해 줄 수 있다고 전해. 그래서 황태자의 사랑이 어떤지 알려 줘. 황태자의 사랑을 노래하라고, 이 괴물아."

황태자는 굵은 넓적다리 하나를 대리석 탁자에 올려서 느긋하게 흔들며 얼빠진 미소를 보냈고 베이타는 말없는 분노에 휩싸였다. 토란은 힘줄이 불끈 일어날 정도로 땀을 뻘뻘 흘리면서 역장에 묶인 손과 발을 빼내려고 애썼다. 에블링 미스가 꿈틀거리며 신음 소리를 냈다.

마그니피코가 침을 꿀꺽 삼키며 말했다.

"손가락 근육이 땅겨서 연주할 수가……"

"연주해, 괴물!"

황태자가 소리쳤다. 코마슨에게 손짓하자 조명이 줄어들었고 황태자는 희미한 빛을 받으며 팔짱을 끼고 기다렸다.

마그니피코는 건반이 많은 악기를 끝에서 끝까지 빠르고 리듬감 있게 손가락으로 훑었다. 그러자 미끄러질 듯 가느다란 무지갯빛이 실내를 날카롭게 훑었다. 낮고 부드러운 가락이 고동치듯 비통하게 울렸다. 구슬픈 웃음소리가 솟아오르고 그 밑에서 둔탁한 종소리가 울렸다.

어둠이 깊어지며 모든 걸 삼키는 것 같았다. 선율이 눈에 보이지 않는 담요처럼 베이타를 여러 겹으로 감쌌다. 어렴풋한 빛이 깊은 곳에서 베이타한테 다가왔다. 웅덩이 밑바닥에서 타오르는 한 자루 촛불 같았다.

베이타는 자동적으로 눈에 힘을 주었다. 불빛이 환하면서도 희미했다. 몽롱하고 현란한 색을 내뿜으며 다양한 빛이 움직이고 음악은 갑자기 금속성으로 변해 점차 크고 빠르게 울려 퍼졌다. 빛은 사악한 리듬과 어울리며 빠르게 깜빡였다. 무언가가 빛 속에서 몸부림쳤다. 사악한 금속 비늘을 뒤집어쓴 무언가가 몸을 뒤틀며 입을 벌렸다. 그와 동시에 선율도 뒤틀리며 입을 벌렸다.

베이타는 정체를 알 수 없는 감정과 싸우다가 겨우 정신을 차렸다. 하벤의 마지막 날이…… 시간 유품관에 있을 때가 떠올랐다. 등골이 오싹하고 넌더리 나도록 온몸에 달라붙는 거미줄 같은 공포와 절망이 다시 살아났다. 베이타는 거기에 눌려서 몸을 움츠렸다.

음악은 무서운 웃음소리와 함께 온몸을 압박했다. 둥글고 조그만 빛 테두리 저편에서 몸부림치던 공포의 대상은 베이타가 단호하게 외면하는 순간 사라지고 말았다. 베이타의 이마에 식은땀이 흘렀다.

음악이 멎었다. 15분 정도 연주한 것 같았다. 온몸에 몰아치던 압박이 사라지자 베이타는 엄청난 쾌감을 느꼈다. 밝은 빛이 이글거리고 바로 옆에는 땀을 뻘뻘 흘리며 애처로운 눈으로 바라보는 마그니피코의 얼굴이 있었다.

"마님, 기분이 어떠세요?"

마그니피코가 헐떡이며 물었다.

"괜찮아요, 그런데 어째서 그런 연주를 했나요?"

베이타가 소곤거렸다.

베이타는 실내에 있는 다른 사람들을 의식했다. 토란과 미스가 옴짝달싹 못하고 무기력하게 벽에 기대고 있었지만 베이타의 두 눈은 그 너머를 보고 있었다. 탁자 다리 밑에 이상하리만치 조용히 누워 있는 황태자가 보였다. 코마슨은 입을 벌린 채 침을 흘리며 커다란 신음 소리를 내고 있었다.

마그니피코가 한 발 다가서자 코마슨이 몸을 움츠리며 외마디 비명을 질렀다.

마그니피코가 홱 돌아서서 벽에 묶인 두 사람에게 달려들어 역장을 풀어 주었다.

토란은 단숨에 뛰어가 코마슨의 멱살을 낚아챘다.

"당신은 우리랑 가는 거야. 당신이 필요해······. 우리 우주선까지 확실하게 가려면."

두 시간 뒤 베이타는 우주선 주방에서 손수 만든 커다란 파이를 내놓았다. 마그니피코는 식사 예절을 깡그리 무시하고 덤벼드는 것으로 우주 공간에 돌아온 것을 자축했다.

"마그니피코, 맛있어요?"

"우적······ 우적······ 쩝쩝!"

"마그니피코?"

"네, 마님."

"아까 연주한 게 뭔가요?"

어릿광대가 몸을 비틀었다.

"말씀드리지 않는 게 좋겠어요. 예전에 배운 건데, 비지소녀는 신경 조직에 깊숙이 작용하거든요. 확실히 비지소녀는 사악한 악기예요. 마님처럼 아름답고 순결한 분에게는 맞지 않아요."

"어머, 아니에요, 마그니피코. 난 그렇게 순결하지 않아요. 그렇게 부추기지 마세요. 그들이 본 걸 나도 보았나요?"

"그러지 않았기를 바라요. 그 사람들한테만 연주한 거예요. 마님이 보셨대도 아마 극히 일부분일 거예요."

"그래도 그걸로 충분했어요. 황태자가 완전히 뻗었던 거 알고 있나요?"

마그니피코는 파이를 입에 가득 물고 우울하게 대답했다.

"그 사람은 죽었어요, 마님."

"뭐라고?"

베이타는 너무 놀라서 숨을 꼴깍 삼켰다.

"제가 연주를 마칠 즈음에 죽어 있더군요. 그렇지 않았다면 연주를 더 했을 거예요. 코마슨은 신경 쓰지 않았어요. 그자가 가할 수 있는 협박은 죽음이나 고문이었어요. 그러나 마님, 그 황태자는 마님을 사악한 눈빛으로 보았어요. 그리고……."

마그니피코는 노여움과 당혹감 때문에 말을 잇지 못했다.

베이타는 이상한 생각이 들었지만 입 밖에 내지 않고 꾹 참았다.

"마그니피코, 당신은 의협심이 강하군요."

"아, 마님."

마그니피코는 빨간 코를 파이 쪽으로 숙였지만 왠지 더 이상 먹지 않았다.

에블링 미스는 공항을 물끄러미 보고 있었다. 트랜터가 보였다. 공항의 금속성 광택이 눈부셨다. 토란도 옆에 가서 섰다.

"여기까지 왔는데 아무런 소득이 없네요, 에블링 미스. 뮬의 부하가 선수를 쳤어요."

토란이 씁쓸한 어투로 말했다.

에블링 미스는 전보다 훨씬 가늘어진 손으로 이마를 비비고는 넋 나간 사람처럼 속으로 중얼거렸다.

토란은 짜증이 났다.

"저들은 파운데이션이 함락되었다는 사실을 알고 있었어요. 제 말은……"

"응?"

에블링 미스가 애매한 표정으로 보았다. 그러더니 토란의 손목에 가볍게 손을 대고 조금 전에 들은 말은 완전히 안중에도 없다는 듯 중얼거렸다.

"토란, 나는…… 나는 지금 트랜터를 보고 있네. 네오트랜터에 도착한 다음부터…… 아주 기묘한 느낌이 들어…… 내 맘 알겠나? 일종의 충동, 내면에서 쭉쭉 밀리듯 올라오는 충동! 토란, 나는 할 수 있어. 분명히 할 수 있어. 마음속 생각이 선명하게 정리되고 있어…… 이렇게 확실한 느낌은 처음이야."

토란은 물끄러미 박사를 쳐다보았다……. 그리고 어깨를 으쓱했다. 에블링 미스의 말에도 토란은 확신이 들지 않았다. 그래서 주저하며 입을 열었다.

"에블링 미스?"

"응?"

"우리가 네오트랜터를 떠날 때 우주선 한 척이 내려오는 것을 못 봤습니까?"

에블링 미스는 별 생각 없이 대답했다.

"못 봤어."

"나는 봤어요. 착각인지 모르지만 그건 바로 그 필리아 우주선일 가능성이 높아요."

"한 프리처 대위가 타고 있다던 우주선?"

"누가 타고 있었는지 모르는 우주선. 마그니피코가 알려 준 내용은…… 그 우주선이 여기까지 쫓아온 거예요, 에블링 미스."

에블링 미스는 말이 없었다.

토란이 자꾸 캐물었다.

"어디가 불편하세요? 무슨 문제라도 있나요?"

하지만 에블링 미스의 눈은 여전히 깊은 생각에 잠긴 채 야릇한 빛을 띠고 있었다. 그는 아무런 대답도 하지 않았다.

23장
폐허로 변한 트랜터

광활한 트랜터 행성에서 목표물을 찾아내기란 은하계에서 아주 독특한 문제였다. 2000킬로미터나 떨어진 거리에서 찾아낼 수 있는 대륙이나 대양은 하나도 없었다. 구름 사이로 보이는 강이나 호수나 섬 역시 하나도 없었다.

금속으로 뒤덮인 세상은 과거의 광대한 도시였다. 대기권 밖에서 이방인이 단번에 알아볼 수 있는 건 옛 제국의 황궁이 유일했다. 베이타호는 공중차 높이로 돌면서 주변을 열심히 살폈다.

극지방에서는 금속 첨탑에 덮인 얼음이 온도 조절기가 고장 난 상태로 방치된 실상을 그대로 보여 주고 있었다. 베이타호는 그곳에서 남쪽으로 날아갔다. 눈에 보이는 것과 네오트랜터에서 입수한 엉성한 지도가 가리키는 것 사이에 별 상관관계가 없는 것 같았다.

하지만 가까이 접근해서 살펴보니 그렇지도 않았다. 행성을 덮은 금속 피막에 80킬로미터나 되는 기다란 틈새가 있었다. 독특한 녹지대가 사방으로 수백 제곱킬로미터나 뻗어 나가며 옛날 황제가 살던 황궁의 위용을 가리고 있었다.

베이타호는 공중을 선회하며 서서히 방향을 잡았다. 거대한 제방 길이 보였기 때문이다. 지도상에 길고 곧은 화살 모양으로 나온 제방 길이 밑에서 리본처럼 반짝거리고 있었다.

그들은 지도에 대학 구내라고 표시된 지점을 어림짐작으로 찾아 예전에 빈번하게 이착륙한 것으로 보이는 평탄한 지역에 우주선을 하강시켰다.

하늘에서는 매끈하고 아름답게 보이던 복잡한 금속 구조물 사이로 하강하고 보니, 부서지고 뒤틀린 잔해가 똑똑히 보였다. 대약탈의 흔적이었다. 첨탑 위쪽은 잘려 나가고 매끄러운 벽면은 서로 뒤엉켰는데, 틈 사이로 노출된 지면이 얼핏 눈에 들어왔다. 대략 10만 제곱미터는 될 것 같은 새까만 땅에 쟁기질이 되어 있었다.

우주선이 조심스럽게 착륙하는 동안 리 센터는 기다렸다. 이상한 우주선이었다. 네오트랜터에서 온 우주선은 아니었다. 그래서 속으로 한숨을 쉬었다. 우주 외곽에서 낯선 우주선을 탄 사람들이 온다는 건 짧은 평화의 종말을, 죽음과 전쟁이 난무하던 과거로의 역행을 의미할 수 있었다. 리 센터는 그곳 그룹의 지도자로서 옛날 책들을 관리하면서 많은 책을 읽은 터였다. 그는 외부인이 오는 걸 원치 않았다.

낯선 우주선이 평탄한 지면에 내려서느라 10분 정도가 걸리는 동안 리 센터는 옛날 기억을 자세히 떠올렸다. 우선 어린 시절의 대농장이 뇌리를 스쳤다. 수많은 사람이 바쁘게 오가던 시절이었다. 그러다가 새로운 토지로 이주하는 젊은 가족들의 행렬이 떠올랐다. 당시에 리 센터는 열 살밖에 되지 않았다. 그래서 두려움과 당혹감에 휩싸였다.

그 후 새로운 건물이 들어섰다. 커다랗고 두꺼운 금속판을 송두리째 들어내서 잘라 내고 드러난 땅을 뒤집어서 비료를 뿌리고 근처 건물을 헐어서 평탄하게 만들고 남은 건물은 주거용으로 개조했다.

곡식을 재배하고 추수하며 이웃 농장과도 평화롭게 지냈다.

그렇게 발전과 팽창이 진행되고 조용한 자치 생활이 정착되었다. 이윽고 땅에서 태어난 튼튼한 아이들이 새로운 시대를 열었다. 자신이 이곳 그룹의 지도자로 선출되어 열여덟 번째 생일 이후 처음으로 면도하지 않은 덥수룩한 '지도자의 수염'을 공개한 영광의 날도 있었다.

그런데 이제 은하계 외부 세력이 침입하고 있는 것이다. 고립된 목가적인 생활에 종지부를 찍게 될지도 모른다.

우주선이 착륙했다. 리 센터는 출입구가 열리는 모습을 말없이 지켜보았다. 네 사람이 주위를 경계하며 조심스럽게 나왔다. 남자는 나이 먹은 사람과 젊은 사람 그리고 비쩍 마른 사람 셋으로 모두 긴장한 표정이었다. 그런데 여자 하나가 그들 사이에서 동등하게 활보하고 있었다. 리 센터는 두 갈래로 기른 시커먼 턱수염에서 손을 떼고 앞으로 나아갔다.

그런 다음 보편적으로 통용되는 평화의 신호를 보여 주었다. 두 손을 앞으로 내밀고 굳은살이 박인 손바닥을 위로 올린 것이다.

젊은 사내가 두 발짝 앞으로 나와 똑같은 몸짓을 하며 말했다.

"평화적인 용무로 왔습니다."

말투는 낯설지만 무슨 말인지 이해할 수 있었고 호감도 갔다. 리 센터는 진지하게 대답했다.

"평화 안에서 번창하기를. 우리는 당신들을 환영합니다. 배가 고픈가요? 먹을 걸 드리겠습니다. 목이 마르세요? 마실 것도 드리겠습니다."

그에 대한 대답이 천천히 나왔다.

"여러분의 친절에 감사합니다. 우리 세계로 돌아가면 여러분 그룹에 대해 호의적으로 보고하겠습니다."

기묘한 대답이지만 마음에 들었다. 리 센터 뒤에서 그룹 사람들이 웃었고 주위 건물에서 여자들도 모습을 드러냈다.

리 센터는 자신의 숙소에 들어가 은밀히 자물쇠를 채워 숨겨 둔, 거울이 달린 상자를 꺼냈다. 그리고 특별한 순간에 쓰려고 소중히 간직한 기다랗고 통통한 시가를 손님들한테 하나씩 권했다. 하지만 여자 앞에서는 잠시 망설였다. 여자는 남자들 사이에 앉아 있었다. 같이 온 남자들도 당연하게 받아들이는 것 같았다. 리 센터는 어색하게 상자를 내밀었다.

여자가 웃으면서 시가를 집어 향기로운 연기를 기분 좋게 빨아들였다. 리 센터는 어이가 없었지만 꾹 참았다.

식사에 앞선 형식적인 대화에서 트랜터의 농업에 관한 주제가 조심스럽게 나왔다.

"수경 재배는 어떻습니까? 트랜터 같은 나라는 수경 재배가 해답일 텐데요?"

이렇게 물은 건 노인이었다.

리 센터는 천천히 고개를 저었다. 어떻게 대답해야 좋을지 몰랐다. 자신이 알고 있는 건 옛날 책에서 읽어서 잘 모르는 내용이 전부였다.

"화학약품에 의한 인공 재배 말입니까? 아니요, 트랜터에서는 아닙니다. 그런 수경 재배는 공업국, 예를 들면 거대한 화학 공업국에서나 필요하지요. 또 전쟁 중이거나 재해를 입었거나 산업이 붕괴되어 사람들이 굶주릴 때도 그렇고요. 하지만 모든 식량을 인공적으로 만들 수는 없습니다. 일부는 식량으로서 가치를 잃으니까요. 흙이 경제적이고 좋아요. 훨씬 믿음직하지요."

"그래도 식량 공급이 충분한가요?"

"충분합니다, 종류가 많지 않지만. 우리는 알을 낳는 닭도 기르고 유제품을 만드는 가축도 기른답니다. 하지만 육류는 수입에 의존하지요."

젊은 사내가 갑자기 흥미롭다는 표정으로 끼어들었다.

"수입요? 그렇다면 무역을 하시는군요. 그렇다면 무엇을 수출하시나요?"

"금속요."

리 센터는 짧게 대답하고는 이렇게 설명했다.

"주변을 보세요. 이미 가공된 금속이 무한합니다. 네오트랜터 사람들이 우주선을 몰고 나타나 지정된 지역을 헐어 금속을 가져가는 대신 고기와 과일 통조림, 농축 식료품, 농기구를 비롯한 다양한 물건을 줍니다. 우리는 필요한 물품을 얻고 경지 면적도 넓혀서 좋고 그들은 필요한 금속을 가져가서 좋지요. 쌍방 모두에게 이익입니다."

그들은 빵과 치즈와 아주 맛있는 채소 국을 배불리 먹었다. 유일한 수입 식품인 설탕에 잰 과일 디저트까지 대접받은 다음에야 이방인들은 자신들이 단순한 방문객이 아님을 드러냈다. 젊은 사내가 트랜터 지도를 꺼낸 것이다.

리 센터는 지도를 차분하게 바라보았다. 그리고 가만히 듣다가 진지하게 말했다.

"대학 구내는 공휴 지역입니다. 그곳에서는 아무것도 경작하지 않습니다. 가능한 한 들어가지 못하게 하지요. 몇 안 되는 유적 가운데 하나이므로 원래대로 보존할 예정입니다."

"우리는 지식을 탐구하는 사람들입니다. 아무것도 훼손하지 않겠습니다. 그 보증으로 우리 우주선을 맡기겠습니다."

늙은 사람이 간절하게 열망하는 표정으로 제안했다.

"그렇다면 제가 그곳에 데려다 드리겠습니다."

리 센터가 대답했다.

그날 밤 이방인들이 잠든 사이 리 센터는 네오트랜터로 통신을 보냈다.

24장
전향자

 그들이 대학 구내의 거대한 건물들 사이에 들어서는 순간 그나마 남아 있던 트랜터의 흔적은 완전히 사라지고 말았다. 엄숙하고 고독한 정적만이 주변에 가득했다.

 파운데이션의 이방인들은 밤낮으로 몰아치던(하지만 대학 구내만 피해 간) 그 피비린내 나는 '대약탈'에 대해서 아무것도 모른다. 제국이 붕괴된 이후에 학생들이 학도병 부대를 조직해서 무기를 빌리고 경험조차 없는 창백한 얼굴로 용감히 맞서며 은하계 학문의 중심지를 수호한 역사를 모른다. 길머와 그 병사들의 군홧발에 황궁마저 짓밟히던 짧은 순간에도 7일간의 전투 끝에 대학의 자유를 보장하는 휴전협정을 체결한 사실도 모른다.

 하지만 이곳을 처음 방문한 파운데이션 사람들은 낡은 세계가 부서지고 새로운 세계가 건설되는 와중에도 이 구역은 과거의 위대함을 간직한 조용하면서도 우아한 문화재로 남았다는 사실 하나만은 확실히 느낄 수 있었다.

 그들은 어떤 의미에서 침입자였다. 주위에 가득한 공허가 그들을 밀어내고 있었다. 학구적인 분위기가 여전히 생생하게 살아 있어 갑작스러운 침입에 노여워하는 것 같았다.

도서관은 얼핏 보면 조그만 건물처럼 보였지만 지하의 광대한 공간에서 방대한 분량의 장서가 침묵과 명상에 잠겨 있었다. 에블링 미스는 정교하게 그려진 응접실 벽화 앞에서 걸음을 멈췄다.

박사는 속삭였다. 왠지 이곳에서는 속삭여야 할 것 같았다.

"아무래도 목록실을 지나온 것 같아. 다시 거슬러 가야겠어."

그러다가 얼굴이 벌게지더니 손을 덜덜 떨면서 덧붙였다.

"아무한테도 방해받고 싶지 않아, 토란. 나중에 지하로 식사를 갖다 줄 수 있겠나?"

"그렇게 할게요. 우리가 무슨 일이든 도와 드릴 거예요. 조수가 필요하면 저희가……"

"아니야, 됐어. 혼자 있는 게 좋아."

"원하는 내용을 찾을 것 같습니까?"

에블링 미스가 확신에 차서 침착하게 대답했다.

"그래, 확실해!"

토란과 베이타는 결혼 이후 '가정을 꾸린다'는 평범한 말에 그 어느 때보다 가까운 생활을 하게 되었다. 그러나 색다른 '살림'이었다. 두 사람은 장엄한 건물 한가운데에서 다소 구색이 맞지 않는 간소한 살림을 꾸려 나갔다. 식량은 주로 리 센터의 농장에서 사고 무역상이라면 우주선에 으레 싣고 다니는 조그만 원자력 기구들로 값을 치렀다.

마그니피코는 도서관 열람실에서 혼자 영사기 사용법을 배워 걸핏하면 에블링 미스처럼 끼니도 거르고 잠도 거르면서 모험소설이나 연애소설에 빠져들었다.

에블링 미스는 완전히 연구에 파묻혔다. 고집을 부려서 심리학 참고 열람실에 그물침대까지 설치할 정도였다. 그 얼굴은 나날이 여위고 창백하게 변했다. 목소리도 활기를 잃고 자신만만한 독설도 완전히 꼬리를 감췄다. 때로는 토란이나 베이타도 알아보지 못하는 것 같았다.

에블링 미스는 마그니피코와 단둘이 지내는 시간이 많았다. 늙은 심리학자가 끝없이 방정식을 적거나 헤아릴 수 없이 많은 필름책을 뒤지며 자신만 아는 목표물을 향해 돌진하는 동안 마그니피코는 식사를 가져왔다가 의자에 앉아 그 모습을 홀린 표정으로 몇 시간이고 지켜보았다.

어두컴컴한 방에서 토란이 불쑥 달려들어 날카롭게 불렀다.

"베이타!"

베이타는 뭔가 찔리는 게 있는 사람처럼 화들짝 놀랐다.

"왜? 나 불렀어, 토란?"

"그래. 도대체 왜 이런 데 앉아 있는 거야? 트랜터에 온 후로 당신 행동이 이상해. 무슨 일 있어?"

"아, 토란, 그만해."

베이타가 피곤하다는 투로 대답했다.

토란이 못 참고 그대로 흉내 냈다.

"아, 토란, 그만해."

그러고 나서 갑자기 다정하게 덧붙였다.

"무슨 일인지 말해 주지 않을래, 베이타? 뭔가 걱정이 있는 것 같아."

"아니야! 아무 일도 없어, 토란. 그렇게 계속 잔소리하면 난 정말 미쳐 버릴 거야. 혼자 가만히 생각하고 있는 것뿐이라고."

"그러니까 무슨 생각을 하는 건데?"

"별거 아니야. 그냥, 뮬이나 하벤, 그리고 파운데이션, 기타 등등에 대해 생각하고 있어. 에블링 미스가 과연 제2파운데이션에 대한 단서를 찾아낼 수 있을까, 그리고 그 내용이 우리한테 도움이 될까……. 이런저런 생각. 이제 만족해?"

베이타의 목소리가 격앙되었다.

"단지 생각만 하는 거라면 그만둘 수 없어? 즐거운 일도 아니고 상황에 도움이 되는 것도 아니잖아."

베이타가 일어나서 힘없이 웃었다.

"좋아, 난 행복해. 이것 봐, 쾌활하게 웃고 있잖아."

그때 바깥에서 마그니피코가 허둥대는 소리가 들렸다.

"마님……."

"무슨 일이에요? 들어와요……."

열린 문으로 딱딱하게 굳은 커다란 얼굴이 보이는 순간 베이타는 숨이 턱 막혔다.

"프리처!"

토란이 소리쳤다.

베이타는 순간적으로 숨을 꿀꺽 삼켰다.

"대위님! 우리가 여기 있는 걸 어떻게 알았죠?"

한 프리처가 안으로 들어와 냉정하고 조용하게 말했다. 감정이 전혀 실리지 않은 목소리였다.

"지금 나는 대령입니다……. 뮬 휘하의."

"뮬…… 휘하라고?"

토란이 더듬거리며 물었다.

세 사람은 물끄러미 서로를 바라보았다.

마그니피코는 토란의 등 뒤에 숨어서 눈을 크게 뜨고 있었다. 아무도 마그니피코를 보지 않았다.

베이타는 부들부들 떨리는 두 손을 애써 맞잡으며 물었다.

"우리를 체포하러 왔나요? 당신이 정말 그쪽에 붙은 건가요?"

대령이 선뜻 대답했다.

"당신들을 체포하러 온 건 아닙니다. 당신들에 대한 지령은 받지 않았습니다. 당신들에 관한 한 난 자유롭습니다. 당신들만 괜찮다면 예전처럼 우정을 나누고 싶습니다."

토란은 얼굴을 찌푸리며 분노를 억눌렀다.

"우리를 어떻게 찾았죠? 필리아 우주선에 당신이 타고 있었나요? 우리를 쫓아온 건가요?"

목각 인형처럼 무표정한 프리처의 얼굴에 약간 당혹스러운 빛이 어렸다.

"그렇습니다, 난 필리아 우주선에 있었습니다! 처음에 당신들을 만난 건…… 으음…… 우연이었지요."

"그런 우연은 수학적으로 불가능해요!"

"아니요. 가능성이 적을 뿐입니다. 내 말을 믿어야 해요. 어쨌든 당신들은 필리아 사람들한테(물론 필리아라는 나라는 실제로 없지만) 트랜터 지역으로 간다고 대답했습니다. 그리고 뮬은 이미 네오트랜터와 연결되어 있기 때문에 당신들을 그곳에 묶어 두는 건 어렵지 않았습니다. 불행히도 내가 도착하기 전에 당신들이 도망쳤지만, 그리 오래는 아니었지요. 트랜터에 있는 여러 농장에 당신들이 나타나면 보고하라고 명령할 시간은 있었으니까. 그래서 내가 여기까지 오게 된 겁니다. 앉아도 되겠습니까? 나는 우호적으로 찾아온 것이니 믿어 주십시오."

프리처가 앉았다. 토란은 고개를 숙이고 쓸데없는 생각을 했다. 베이타는 어이없어하면서도 차를 준비했다.

토란이 차갑게 노려보았다.

"으음, 당신은 무엇을 기다리는 거예요…… 대령? 당신의 우정이란 게 도대체 뭔데요? 체포하지 않으면 어떻게 하겠다는 건데요? 보호 차원의 억류? 부하를 불러 명령을 내리시지요."

프리처는 꾹 참으며 머리를 흔들었다.

"아니요, 토란, 나는 당신과 할 얘기가 있어서 자의적으로 찾아온 것입니다. 당신들이 무익한 일을 하고 있다는 사실을 알려 주려고 말입니다. 설득이 안 된다면 그냥 떠나겠습니다. 그뿐이에요."

"그뿐이에요? 으음, 그렇다면 하고 싶은 연설이나 선전을 하고 가시든가요. 나는 차 필요 없어, 베이타."

프리처는 고맙다고 말하며 정중하게 잔을 받았다. 그리고 차를 한 모금 마시면서 토란을 계속 쳐다보았다.

프리처가 말했다.

"뮬은 돌연변이입니다. 그는 도저히 패배할 수 없습니다, 돌연변이라는 특징 때문에……"

"왜요? 어떤 돌연변이인데요? 이제는 이야기할 수 있는 거 아닌가요?"

토란이 비꼬며 물었다.

"그렇습니다, 이야기할 수 있습니다. 당신들이 안다고 해도 그를 해칠 순 없으니까. 뮬은 인간의 감정을 조절하는 능력이 있습니다. 요술처럼 들릴지 모르지만 그건 정말 대단한 능력입니다."

베이타가 눈살을 찌푸리며 끼어들었다.

"인간의 감정? 자세히 설명해 주지 않겠어요? 난 전혀 이해가 안 가요."

"예를 들면 유능한 장군의 마음속에 뮬에 대한 절대적 충성심과 뮬은 승리한다는 절대적 확신을 쉽게 심어 놓을 수 있다는 뜻입니다. 장군들은 뮬에게 감정을 지배당하고 있습니다. 그들은 뮬을 배신할 수도 없고 나약해질 수도 없습니다. 그들은 영원히 지배당하고 있지요. 가장 뛰어난 적이 가장 충실한 부하가 된 것입니다. 칼간의 군벌은 자신의 행성을 바치고 파운데이션에서 뮬의 총독이 되었습니다."

베이타가 쏩쓸하게 덧붙였다.

"그리고 당신은 자신의 지조를 내팽개치고 트랜터에서 뮬의 외교관 노릇을 하고 있고 말이지요, 알았어요!"

"아직 내 말 끝나지 않았습니다. 뮬의 재능은 반발이 있을 때 더 커다란 효과가 있습니다. 절망감도 일종의 감정이니 말입니다! 결정적인 시기에 파운데이션의 주요 인물 모두가(그리고 하벤의 주요 인물 모두가) 절망감에 빠졌습니다. 그리고 그 나라들은 그다지 저항도 하지 않고 항복했습니다."

베이타가 긴장하며 물었다.

"그렇다면 내가 시간 유품관에서 느낀 감정도 뮬에 의해 영향을 받은 거란 말인가요?"

"나도 그렇고 모두가 그렇습니다. 하벤은 마지막에 어떤 상태가 되었습니까?"

베이타는 고개를 돌렸다.

프리처 대령은 계속 열심히 설명했다.

"그 힘은 나라 단위로도 작용하고 개개인에도 작용합니다. 당신은 필요한 순간에 당신을 손쉽게 복종시키거나 충실한 부하로 만드는 힘을 가진 상대와 맞서 싸울 수 있습니까?"

토란이 천천히 물었다.

"그 말이 사실이란 걸 어떻게 알 수 있죠?"

"파운데이션이나 하벤의 항복을 다른 식으로 설명할 수 있습니까? 내가 전향한 이유를…… 다른 식으로 설명할 수 있습니까? 생각해 보십시오! 당신이나 나나 또는 은하계 전체가 지금까지 뮬을 상대로 싸워서 얻은 게 뭡니까? 조그만 성과라도 있었습니까?"

오기가 난 토란이 갑자기 큰 소리로 외쳤다.

"내가 꼭 그렇게 하고 말겠어! 그래, 당신의 위대한 뮬은 네오트랜터에 연락해서 우리를 억류하라고 했지. 하지만 결과는 실패였어. 아니, 그 이상이었지. 우리는 황태자를 죽였고 다른 한 명은 바보처럼 흐느끼고 있었으니까. 뮬은 거기에서 우리를 막지 못했으니 그만큼 실패한 거야."

"아니요, 전혀 그렇지 않습니다. 그 두 사람은 우리 동료가 아닙니다. 황태자는 늘 술에 취해서 지내는 멍청이고 또 한 사람 코마슨은 잘 알다시피 바보지요. 자기 나라에서 권력을 쥐고 있기는 하지만 그렇다고 해서 사악하고 교활하고 무능하지 않은 건 아닙니다. 우린 그들과 아무런 상관도 없습니다. 말하자면 그들은 껍데기에 불과한……"

"우리를 억류하려고 한 건 그 두 사람이었어."

"다시 말하는데, 아닙니다. 코마슨에게 노예가 있습니다……. 인치네이라는 늙은이입니다. 억류는 그 노인의 책략이었습니다. 늙긴 했지만 그는 당분간 우리를 도울 겁니다. 당신도 그를 죽일 생각은 하지 못했을 겁니다, 그렇지 않습니까?"

베이타가 몸을 홱 돌렸다. 역시 차에 입도 대지 않은 상태였다.

"그럼, 당신 말대로라면 당신의 감정도 통제당하고 있겠군요. 당신은 뮬에 대한 믿음과 신앙, 변태적이고 병적인 신앙을 지니고 있을 거고요. 그렇다면 당신의 의견에 무슨 가치가 있지요? 객관적으로 사고할 능력을 모두 잃어버렸는데."

대령은 머리를 천천히 흔들며 대답했다.

"그렇지 않습니다. 고정된 건 내 감정뿐입니다. 내 이성은 옛날 그대로예요. 통제된 감정이 경향성에 일정한 영향을 미칠 순 있지만 강제적인 건 아닙니다. 감정에서 해방되니까 오히려 예전보다 확실하게 사물을 볼 수 있어요.

난 뮬의 계획이 이성적이며 가치 있다는 사실을 깨달았습니다. 나는 전향하기 전에 뮬이 처음 출현한 7년 전부터 그 뒤를 추적했습니다. 그는 돌연변이 정신력으로 처음에 용병 대장과 그 부하들을 복종시켰습니다. 그 힘으로, 그리고 그 성신력으로 세력을 확장하고 마침내 칼간의 군벌을 손에 넣었습니다. 하나하나의 단계가 지극히 논리적이지 않습니까. 칼간을 손아귀에 넣어 일류 함대를 얻은 다음 그는 그 힘으로, 그리고 그 정신력으로 파운데이션을 공격할 수 있었습니다.

파운데이션은 아주 중요한 의미가 있습니다. 그곳은 은하계 최대의 공업 중심지니까요. 지금 파운데이션의 원자력 기술이 그의 수중에 들어간 이상 뮬은 은하계의 실질적인 지배자라고 할 수 있습니다. 이 기술력으로, 그리고 그 정신력으로 그는 제국의 잔존 세력을 지배하고 마침내 살 날이 얼마 안 남은 늙고 미친 황제가 죽는 순간 스스로 황제 자리에 오를 겁니다. 그래서 실질적인 세력에 걸맞은 명칭을 가지게 될 겁니다. 그렇게 되면, 그리고 그 정신력까지 있는데 과연 뮬에 맞설 나라가 은하계 어디에 있겠습니까!

과거 7년 동안 뮬은 새로운 제국을 건설했습니다. 바꿔 말하면 앞으로 7년 후에는 셀던의 심리역사학이 총력을 기울여도 700년 이내에는 해내지 못할 위대한 업적을 달성하고 말 겁니다. 은하계에 마침내 평화와 질서가 찾아올 겁니다.

당신들은 그것을 막을 수 없습니다. 돌진하는 행성을 그 어깨로 막을 수 없듯이 말입니다."

프리처가 이야기를 끝내자, 긴 침묵이 이어졌다. 그가 마시던 차는 완전히 식었다. 하지만 그는 잔을 비우고 새로 한 잔을 따라 천천히 마셨다. 토란은 애꿎은 엄지손톱만 열심히 깨물었다. 베이타는 핏기를 잃고 넋이 빠진 표정이었다.

이윽고 베이타가 자신 없는 목소리로 말했다.

"우리는 납득할 수 없어요. 뮬이 그렇게 원한다면 직접 와서 우리를 세뇌하라고 하세요. 당신도 직접 설득당하는 순간까지 저항한 것 같은데, 아닌가요?"

"맞습니다."

프리처 대령이 무겁게 대답했다.

"그러면 우리도 그럴 수 있도록 해 주세요."

프리처 대령이 일어났다. 그리고 마지막이라는 듯 긴장한 어투로 말했다.

"그럼 나는 떠나겠습니다. 아까도 말했지만 현재 내 임무는 당신들과 무관합니다. 그러니 당신들이 여기에 있다는 사실을 보고할 필요도 없을 것 같습니다. 하지만 그건 그리 대단한 친절도 아닙니다. 뮬이 당신들을 붙잡고 싶으면 다른 부하를 보내서 그렇게 할 테니 말입니다.

하지만 그건 그거고 난 내 임무 이상으로 기여할 생각이 없습니다."

"고맙군요."

베이타가 힘없이 말했다.

"그런데 마그니피코는 어디에 있습니까? 밖으로 나오시오, 마그니피코, 자네를 어떻게 하진 않을 테니까……."

"그를 찾는 이유가 뭐죠?"

베이타가 갑자기 흥분하며 물었다.

"별일 아닙니다. 내가 받은 지령에는 마그니피코에 대한 언급도 없으니까. 마그니피코를 찾더란 얘기는 들은 적이 있지만 적당한 시기가 오면 뮬이 찾아내겠지요. 나는 아무 보고도 하지 않을 겁니다. 악수하겠습니까?"

베이타는 고개를 저었다. 토란은 경멸하는 표정으로 눈을 부라렸다.

대령의 떡 벌어진 어깨가 약간 처졌다. 그는 문 쪽으로 성큼성큼 걸어가다가 뒤돌아보며 다시 말했다.

"마지막으로 한마디 하겠습니다. 당신들이 이렇게 완고한 이유를 내가 모른다고 생각지 말아 주십시오. 당신들이 제2파운데이션을 찾고 있다는 사실은 나도 알고 있습니다. 뮬은 때가 되면 적절한 조치를 취할 겁니다. 아무것도 당신들에게 도움이 될 수 없습니다. 하지만 나는 전부터 당신들을 알고 있습니다. 내가 이렇게 행동하는 건 아마 양심 때문일 겁니다. 하여튼 당신들이 너무 늦기 전에 치명적인 위험에서 벗어나도록 도와주고 싶었습니다. 그럼, 잘 지내십시오."

프리처는 짧게 경례하고…… 사라졌다.

베이타는 꼼짝도 않는 토란한테 고개를 돌리고 속삭였다.

"저들이 제2파운데이션까지 알고 있어."

도서관 모퉁이 어두컴컴한 곳에서는 에블링 미스가 이런 일을 까맣게 모른 채 한줄기 불빛 아래 웅크리고 앉아 혼자서 의기양양하게 중얼거리고 있었다.

25장

심리학자의 죽음

그 후 불과 2주 만에 에블링 미스는 세상을 떠났다.

이 2주 동안 베이타는 그를 세 번 만났다. 첫 번째는 프리처 대령이 다녀간 날 밤이었다. 두 번째는 그로부터 일주일이 지난 다음이었다. 세 번째는 또 일주일이 지나 에블링 미스가 사망한 날(마지막 날)이었다.

우선 프리처 대령이 다녀간 날 밤 토란과 베이타는 누구한테 심하게 맞은 사람처럼 한 시간 정도 침울하게 가만히 있었다.

베이타가 말했다.

"토란, 에블링 미스한테 가서 알려 주자."

토란이 힘없는 목소리로 대답했다.

"그 사람이 도움이 될 수 있을 것 같아?"

"우리 둘뿐이잖아. 부담을 조금이라도 덜어야 해. 도움이 될지도 모르고."

"그 사람은 변했어. 중후한 맛도 사라지고 약간 들떠 있어. 약간 멍청해진 것 같아."

토란이 손가락을 머리에 대고 빙빙 돌리고는 덧붙였다.

"때로는 그 사람이 우리한테 별다른 도움을 줄 수 없다는 느낌이 들어. 때로는 전혀 도움이 안 될 거란 생각도 들고."

베이타는 울음이 나오려는 걸 꾹 참으며 소리쳤다.

"그러지 마! 토란, 그러지 마! 당신이 그렇게 말하니까 뮬이 지금 우리한테 영향을 미치고 있는 것 같잖아. 에블링 미스한테 가서 말하자, 토란……. 지금 당장!"

두 사람이 다가가자 에블링 미스는 기다란 책상에서 머리를 들고 눈을 흐릿하게 떴다. 그렇지 않아도 얼마 없는 머리숱이 요즘 들어 많이 빠진 것 같았고 졸음에 겨운 듯 입에서 쩝쩝거리는 소리까지 냈다.

"으응? 누가 불렀나?"

에블링 미스가 물었다.

베이타가 무릎을 구부렸다.

"우리가 깨운 건가요? 그냥 갈까요?"

"간다고? 누군데? 베이타? 아니야, 아니야, 여기 있어! 의자가 없나? 분명히 있었는데……."

에블링 미스가 손가락으로 멍하니 가리켰다.

토란이 의자 두 개를 앞으로 밀었다. 베이타는 자리에 앉아 심리학자의 쭈글쭈글한 손을 꼭 잡았다.

"박사님, 이야기 좀 나눌 수 있을까요?"

베이타는 평소에 거의 사용하지 않던 칭호까지 붙였다.

"무슨 일이 있나? 뭐가 잘못됐어?"

에블링 미스의 멍한 눈동자에서 가냘픈 총기가 살아나고 쭈글쭈글 늘어진 뺨에서 희미한 핏기가 돌았다.

베이타가 대답했다.

"프리처 대위가 다녀갔어요. 내가 얘기할게, 토란, 프리처 대위를 기억하세요, 박사님?"

"응…… 기억해…… 키가 큰 남자, 민주주의자."

에블링 미스가 대답하며 손가락으로 입술을 잡아 늘이다가 놓았다.

"네, 그 사람요. 그 사람이 뮬의 감화 세뇌 능력을 밝혀냈어요. 여기에 찾아와서 우리한테 설명해 줬어요, 박사님."

에블링 미스가 놀라는 표정으로 말했다.

"하지만 그건 전혀 새로운 사실이 아니야. 뮬의 감화 세뇌 능력은 예전에 밝혀졌어. 내가 말하지 않았나? 자네들한테 말하는 걸 잊어버렸나?"

"무슨 말을 잊었다는 겁니까?"

토란이 재빨리 물었다.

"그야 물론 뮬의 감화 세뇌 능력에 대해서지. 그는 인간의 감정을 좌우할 수 있어. 감정을 지배한다고! 내가 말하지 않았나? 도대체 내가 왜 그걸 잊어버렸을까?"

박사는 아랫입술을 천천히 빨면서 생각에 잠겼다.

굼뜬 두뇌가 윤활유를 잘 칠한 궤도에 들어선 것처럼 목소리가 천천히 활기를 띠고 눈도 크게 떠졌다. 그는 두 사람 사이 어딘가를 보며 꿈을 꾸는 듯한 얼굴로 말했다.

"아주 간단한 원리야. 특별한 전문 지식이 필요하지 않아. 심리역사학의 수학에서 단번에 풀리는 3급 정도의 방정식이야. 그 이상이 아니야. 그런 건 신경 쓸 필요 없어. 보통 우리가 쓰는 말로도 대충 설명할 수 있어. 심리역사학 현상으로 보면 간단해.

"생각해 보게, 해리 셀던의 정밀한 계획을 뒤집을 수 있는 게 뭔가, 응?"

에블링 미스는 은근히 캐묻는 표정으로 두 사람을 번갈아서 보았다.

"셀던의 근본적인 가설이 무엇인가? 첫째, 향후 2000년 동안 인류사회에서 근본적인 변화는 일어나지 않는다는 것이지.

예를 들어, 은하계의 과학기술에 커다란 변화가 일어난다고 가정해 보세. 에너지 이용의 새로운 원리를 발견한다든가, 전자신경 생물학 연구를 완성한다든가 하는 커다란 변화 말이야. 그런 변화는 셀던이 세운 방정식을 시대에 뒤떨어진 것으로 만들어 버리겠지. 하지만 지금까지 그런 일은 발생하지 않았어, 그렇지 않나?

아니면 파운데이션 밖에서 파운데이션의 모든 군사 장비를 물리칠 새로운 병기를 발명했다고 가정해 보자고. 이것 역시 확실성은 떨어지지만 셀던의 법칙에서 많이 벗어나는 계기가 될 거야. 하지만 그런 일도 아직 일어나지 않았어. 뮬의 원자력장 억압기는 어설픈 무기라서 우리가 충분히 대응할 수 있어. 그리고 뮬이 사용한 신무기는 그것밖에 없어, 아주 빈약한 신무기인 거지.

그렇지만 두 번째 가설이 있어. 훨씬 미묘한 가설. 셀던은 자극에 대한 인간의 반응은 일정하다고 가정했어. 첫 번째 가설이 맞는다면 두 번째 가설이 무너진 거야! 어떤 요인이 인간의 감각적인 반응을 왜곡하고 있는 게 분명해. 그렇지 않다면 셀던은 실패할 수가 없고 파운데이션도 몰락하지 않았을 거야. 그런데 뮬 이외에 어떤 요인이 있지?

내 말이 틀렸나? 내 말에 어떤 허점이 있어?"

베이타는 통통한 손으로 에블링 미스의 손을 다정하게 두드리며 대답했다.

"아니요, 전혀 없어요, 에블링 미스."

에블링 미스는 어린아이처럼 기뻐하며 계속 설명했다.

"이런 모든 생각이 아주 간단하게 떠올라. 마치 내 몸속에서 무슨 일이 일어나는 것 같아. 가끔 궁금할 때가 있어. 전에는 도무지 모르겠던 내용이 지금은 아주 선명하게 이해되거든. 이해하지 못할 문제가 없어. 가끔 그런 문제가 생겨도 머릿속에서 저절로 이해가 되는 거야. 어떤 가설을 떠올려도 증명할 수가 있어. 몸속에서 무언가가…… 끊임없이 몰아붙이는 것 같아…… 그래서 멈출 수가 없어……. 먹고 싶지도 자고 싶지도 않아……. 끊임없이 앞으로…… 앞으로 나아가는 거야…… 계속……."

거의 속삭이는 듯한 말투였다. 파리한 정맥이 비치는 쭈글쭈글한 손이 파르르 떨며 이마로 올라갔다. 두 눈에 어리던 총기도 희미하게 사그라졌다.

에블링 미스가 차분한 목소리로 다시 말했다.

"그런데 뮬의 감화 세뇌 능력에 대해서 내가 자네들한테 아무 말도 안 했지, 그렇지? 하지만…… 자네들도 그걸 알고 있다고 했나?"

"프리처 대위한테 들었어요, 에블링 미스. 기억나세요?"

베이타가 말했다.

"그가 말했다고? 하지만 그자가 그걸 어떻게 알았지?"

박사의 목소리에는 어렴풋이 노여움이 깃들었다.

"그자는 뮬한테 세뇌당했어요. 그래서 지금 대령이 되었어요, 뮬의 부하가 되었어요. 우리한테 뮬에게 항복하라는 충고를 하러 와서 그 말을 했어요. 박사님 말씀과 똑같은 말을 했어요."

"그러면 우리가 여기에 있다는 사실을 뮬이 안다는 거야? 서둘러야겠어. 마그니피코는 어디 있지? 자네들과 같이 있지 않았나?"

"마그니피코는 자고 있어요. 지금은 한밤중이에요."

토란이 짜증스럽게 대답했다.

"그래? 그럼…… 자네들이 들어왔을 때 내가 자고 있었나?"

베이타가 단호하게 대답했다.

"네. 이제 그만 일하세요. 잠자리에 드세요. 어서, 토란, 도와줘. 그리고 박사님은 저를 밀지 마세요. 주무시기 전에 샤워를 시키지 않는 걸 고맙게 여기셔야 해요. 구두를 벗겨, 토란. 그리고 내일 여기에 다시 내려와서 박사님이 완전히 정신을 잃기 전에 억지로 밖에 데리고 나가서 신선한 공기를 쐬게 해. 에블링 미스, 거울을 보세요. 수염이 거미줄처럼 더부룩하게 자랐어요. 배는 고프지 않으세요?"

간이침대에 누운 에블링 미스가 머리를 가로저으며 투정 부리는 어린아이처럼 쳐다보았다.

"내일 마그니피코를 여기로 보내 주게."

베이타가 시트를 목까지 끌어 올려 덮어 주며 대답했다.

"내일은 제가 올게요, 세탁한 옷을 가지고. 목욕도 하고 밖에 나가 농장도 방문하고 일광욕도 하는 거예요."

에블링 미스가 가냘프게 대답했다.

"그런 건 하고 싶지 않아. 무슨 말인지 알아? 난 너무 바빠."

박사의 얼마 남지 않은 머리숱이 하얀 실처럼 베개에 퍼졌다. 그는 한층 작은 목소리로 다시 속삭였다.

"자네들, 제2파운데이션을 찾아내고 싶지, 그렇지?"

토란이 몸을 홱 돌려서 간이침대 옆에 웅크리고 앉았다.

"제2파운데이션이 왜요?"

심리학자는 시트 밑에서 한쪽 팔을 빼어 지친 손가락으로 토란의 소매를 잡았다.

"파운데이션 계획은 해리 셀던이 주재한 위대한 심리학 총회에서 수립되었네. 토란, 나는 그 총회의 의사록을 발견했어. 두꺼운 필름으로 스물다섯 권이야. 중요한 내용은 이미 살펴보았네."

"그런데요?"

"으음, 다소나마 심리역사학 지식이 있는 자라면 그 서류에서 제1파운데이션의 위치를 정확히 알아내는 건 그리 어렵지 않다는 사실을 그대는 알고 있나? 그 위치를 자주 말하고 있거든, 방정식 형태로 말이야. 그런데 토란, 제2파운데이션에 관해서는 아무도 언급하지 않아. 그것에 관한 건 단 한마디도 없어."

토란이 미간을 찌푸렸다.

"그럼 존재하지 않는 겁니까?"

그러자 에블링 미스가 화난 어투로 소리쳤다.

"당연히 존재하지. 누가 존재하지 않는다고 했나? 그에 대한 언급이 없다는 거지. 그것에 대한 모든 내용을 은폐하고 잊어버려야 할 정도로 중요했던 거야. 모르겠나? 둘 가운데 제2파운데이션이 훨씬 중요해. 그거야말로 결정적인 파운데이션, 가장 중요한 파운데이션이라고! 그런데 내가 셀던 총회의 의사록을 손에 넣었어. 뮬도 아직까지 찾아내지 못한 걸……"

베이타가 조용히 불을 끄며 말했다.

"주무세요!"

토란과 베이타는 자기네 숙소로 조용히 올라갔다.

다음 날 에블링 미스는 목욕하고 옷을 차려입은 뒤에 트랜터의 태양과 트랜터의 바람을 마지막으로 즐겼다. 그리고 그날 저녁 다시 도서실의 커다란 방에 틀어박혀 그곳에서 두 번 다시 나오지 않았다.

다음 일주일 동안, 생활은 다시 틀에 박힌 대로 돌아갔다. 네오트랜터의 태양은 평온했고 트랜터의 밤하늘은 밝은 별이 빛났다. 농장은 봄 모내기로 분주했고 대학 구내는 인기척조차 없이 정적만 감돌았다. 은하계가 텅 비어 뮬 같은 건 존재하지 않는 것 같았다.

토란은 조심스럽게 담뱃불을 붙이고 지평선을 에워싼 금속 구조물 틈새로 보이는 파란 하늘을 올려다보았다. 베이타는 그런 토란을 보며 생각에 잠겼다.

"오늘 날씨는 정말 좋군."

토란이 말했다.

"그래, 정말 좋아. 사야 할 물건은 모두 적었어, 토란?"

"그럼, 버터 반 파운드, 달걀 한 줄, 강낭콩…… 모두 적었어, 베이타. 빼먹지 않고 잘 사 올게."

"그래. 채소는 금방 딴 건지 꼭 확인해. 그런데 마그니피코를 못 봤어?"

"아침 식사 이후로 못 봤어. 에블링 미스가 있는 곳에 가서 필름책을 보고 있겠지."

"알았어. 오래 걸리면 안 돼. 저녁에 달걀을 쓸 거니까."

토란은 뒤돌아보고 빙긋이 웃다가 손을 흔들며 나갔다.

토란이 미로 같은 금속 사이로 사라지자마자 베이타는 고개를 돌렸다. 그리고 부엌문 앞에서 잠시 망설이다가 천천히 오른쪽으로 돌아서 지하실로 내려가는 엘리베이터가 있는 복도에 들어섰다.

에블링 미스는 그곳에서 영사기 접안렌즈에 머리를 처박은 채 얼어붙은 것처럼 꼼짝도 하지 않고 연구에 몰두하고 있었다. 그 옆에서는 마그니피코가 의자에 웅크리고 앉아서 예리한 눈으로 지켜보고 있었다. 유난히 긴 코와 바싹 마른 팔다리 때문에 말라빠진 얼굴이 두드러져 보였다.

"마그니피코……."

베이타가 가만히 부르자 마그니피코가 반가운 표정으로 벌떡 일어나며 속삭였다.

"네, 마님!"

베이타가 다시 말했다.

"마그니피코, 토란이 농장에 갔는데 금방 돌아오지 않을 거예요. 당신이 쫓아가서 내가 적은 쪽지 좀 전해 주지 않을래요? 부탁할게요."

"그럼요, 마님. 저는 작은 일밖에 할 수 없지만 도움이 된다면 기꺼이 하겠어요."

이렇게 해서 베이타는 에블링 미스와 단둘이 있게 되었고, 에블링 미스는 여전히 똑같은 자세를 하고 있었다. 베이타는 그 어깨에 단호하게 손을 얹었다.

"에블링……."

심리학자는 깜짝 놀라더니 눈을 찡그리며 신경질적으로 소리쳤다.

"뭐야? 자넨가, 베이타? 마그니피코는 어디 있지?"

"심부름 보냈어요. 잠시 둘만 있고 싶어서요."

베이타가 일부러 또박또박 말하고는 덧붙였다.

"박사님이랑 얘기하고 싶어서요, 에블링 미스."

심리학자는 다시 영사기에 집중하려 했지만 베이타가 그 어깨를 단단히 붙잡았다. 옷 밑으로 앙상한 뼈가 느껴졌다. 트랜터에 온 뒤로 살이 완전히 빠져 버린 것 같았다. 누렇게 뜨고 야윈 얼굴에는 일주일 동안 자란 수염이 덥수룩했다. 앉은 자세에서도 어깨가 눈에 띄게 구부정했다.

베이타가 다시 말했다.

"마그니피코가 방해되지 않나요, 에블링 미스? 허구한 날 여기에 오는 것 같던데."

"아니야, 아니야! 전혀 그렇지 않아. 조금도 방해되지 않아. 잠자코 있는데 무슨 방해? 가끔 필름을 갖다 놓거나 가져오는 식으로 나를 도와줘. 말하지 않아도 내가 무엇을 바라는지 알고 있는 것 같아. 그냥 놔둬."

"잘됐군요. 하지만 에블링 미스, 마그니피코가 이상하지 않아요? 제 이야기를 듣고 있어요, 에블링 미스? 마그니피코가 이상하지 않느냐고요?"

베이타는 의자를 끌어서 박사 옆에 바싹 당겨 앉고는 대답을 끌어내려는 듯 두 눈을 뚫어지게 쳐다보았다.

에블링 미스는 고개를 흔들었다.

"아니. 지금 무슨 말을 하는 거야?"

"프리처 대령도 박사님도 뮬은 인간의 감정을 지배하는 힘이 있다고 했어요. 하지만 박사님도 그걸 확신하나요? 마그니피코 자체가 그 주장에 대한 반증 아닌가요?"

침묵이 흘렀다.

베이타는 심리학자의 어깨를 잡아 흔들고 싶은 강한 충동을 억눌렀다.

"도대체 왜 그러는 거예요, 에블링 미스? 마그니피코는 뮬의 어릿광대였어요. 그런데 마그니피코한테는 왜 사랑과 충성의 마음이 없는 거죠? 뮬과 접촉한 모든 사람 가운데 오직 마그니피코만 뮬을 그렇게 미워하는 이유가 뭐죠?"

"하지만…… 하지만 마그니피코도 확실히 지배받고 있어. 확실해, 베이타!"

에블링 미스는 말하면서 점점 자신감이 붙는 것 같았다.

"자네는 뮬이 장군들을 다루는 방식으로 어릿광대를 다룬다고 생각하나? 그는 장군들한테 충성과 신의를 요구하지만 어릿광대한테 원하는 건 공포심이야. 자네는 마그니피코가 항상 공포에 사로잡혀 있는 것 자체가 병적이라고 생각한 적은 없나? 인간이 항상 그렇게 겁에 질려 있는 게 자연스럽다고 생각하나? 공포도 그 정도면 우스꽝스러운 거야. 뮬이 원한 게 그것일 가능성이 많아. 그것 때문에 우리가 마그니피코한테 초기에 얻을 수 있는 도움을 못 얻었으니 뮬한테는 그게 바람직한 거야."

베이타가 물었다.

"그러면 뮬에 관한 마그니피코의 정보가 틀렸다는 건가요?"

"오해를 불러일으켰지. 병적인 공포에 휩싸였으니까. 뮬은 마그니피코가 생각하는 것처럼 덩치가 크지 않을걸. 정신력을 빼면 아주 평범한 사람에 가까울 거야. 하지만 가련한 마그니피코의 눈에 슈퍼맨으로 보이는 걸 뮬이 좋아했다면……."

심리학자는 어깨를 으쓱하며 덧붙였다.

"어쨌든 마그니피코의 정보는 이제 더 이상 중요하지 않아."

"그럼 뭐가 중요하죠?"

에블링 미스는 대답 대신 베이타의 손을 풀고 영사기로 돌아갔다.

"그러면 중요한 게 뭔데요? 제2파운데이션인가요?"

베이타가 다시 묻자, 심리학자가 깜짝 놀란 표정으로 고개를 들었다.

"내가 그런 말을 한 적이 있어? 아무 말도 한 기억이 없는데…… 아직은 말할 단계가 아니거든. 내가 무슨 말을 했지?"

베이타는 정신을 바짝 차리며 대답했다.

"아니요. 아무것도. 아, 정말 아무 말도 안 했어요. 하지만 듣고 싶어요. 힘들어서 죽을 지경이에요. 연구가 도대체 언제 끝나죠?"

에블링 미스는 안타까운 눈으로 베이타를 쳐다보았다.

"으음, 베이타…… 자네한테 상처를 줄 생각은 없어. 가끔 잊어버려…… 누가 친구인지. 그리고 때때로 내가 연구하는 내용을 절대로 말하지 말아야 할 것 같은 생각이 들어. 비밀로 할 필요가 있거든……. 하지만 그건 뮬한테지 자네한테는 아니야."

에블링 미스는 베이타의 어깨를 다정하게 토닥거렸다.

"제2파운데이션은 어떤가요?"

베이타가 다시 물었다.

에블링 미스가 자동적으로 목소리를 낮추고 조그맣게 속삭였다.

"셀던이 그 흔적을 얼마나 철저하게 숨겼는지 알아? 불과 1개월 전만 해도, 이처럼 불가사의한 통찰력을 얻기 전까지만 해도 셀던 회의의 진행 방식 자체가 나한테 아무런 의미가 없었어. 지금도 약간…… 빈약할 정도야. 회의에 제출한 서류는 연관성이 떨어질 때가 많고 내용도 항상 애매해. 총회 참석자들이 셀던의 마음을 과연 얼마나 알고 있었을까 의심스러운 게 한두 번이 아니었어. 셀던이 회의를 명목상으로 이용하면서 혼자 골조를 만들어 나간 건 아닌가 하는 생각이 많이 들었어."

"두 파운데이션의 골조 말인가요?"

베이타가 다그쳤다.

"제2파운데이션의 골조! 우리 파운데이션은 단순한 거야. 하지만 제2파운데이션은 이름만 있어. 그것도 수식으로 철저하게 숨겨 놓았지. 아직도 내가 실마리조차 못 찾아낸 게 수두룩하지만 뿔뿔이 흩어져 있던 조각이 모여 지난 일주일 사이에 어슴푸레하게나마 윤곽을 그리고 있어.

제1파운데이션은 물리학자의 세계였어. 쇠퇴하는 은하계의 과학을 다시 살려 내는 데 필요한 조건을 모두 집약시킨 과학의 집결지. 심리학자는 한 사람도 없었어. 이건 아주 독특한 왜곡인데, 그 이유가 분명히 있을 거야. 가장 쉬운 해석은 개개의 노동 단위가(즉 인간이) 앞으로 다가올 사건을 모르는 것이, 그래서 모든 환경에 자연스럽게 반응하는 것이 셀던의 심리역사학에 가장 효과적이기 때문에 그렇게 했다는 거야. 무슨 말인지 이해하겠나, 자네?"

"네, 박사님."

"그럼 자세히 들어 봐. 제2파운데이션은 정신과학자의 세계였어. 그건 우리 세계를 거울에 비춘 것과 같아. 물리학 대신 심리학이 군림한다는 게 다를 뿐이야."

에블링 미스가 자랑스럽게 물었다.

"이제 알겠나?"

"모르겠어요."

"자, 생각해 봐, 베이타. 머리를 굴려 보라고. 해리 셀던은 자신의 심리역사학이 가능성을 예측할 뿐 확실한 건 아니라는 사실을 알고 있었어. 언제나 약간의 오차가 있고 시간이 지나면서 그 오차는 등비수열로 증가해. 셀던으로선 당연히 그런 사태에 대비한 조치를 최대한 강구해 놓아야 했겠지. 우리 파운데이션은 과학적으로 엄청나게 발전했어. 군대와 무기를 정복할 수 있었어. 힘에는 힘으로 대응할 수 있었어. 하지만 뮬 같은 돌연변이의 정신적 공격은 어떨까?"

"바로 그게 제2파운데이션 심리학자들의 임무군요!"

베이타는 몸속에서 일어나는 흥분을 느꼈다.

"그래! 그거야! 물론이지!"

"하지만 그들은 지금까지 아무런 조치도 취하지 않았어요."

"그들이 아무런 조치도 취하지 않았다는 걸 어떻게 확신하지?"

베이타는 가만히 생각하며 대답했다.

"모르겠어요. 그들이 뭔가 행동을 취했다는 증거가 있나요?"

"아니, 아직은 모르는 게 너무나 많아. 제2파운데이션은 우리 세계 이상으로 충분히 성장하지 않았을 거야. 그들은 현재 자신들의 실력이 어느 정도인지 알고 있어. 과연 뮬과 싸울 정도로 충분한 힘이 있을까? 그들은 처음부터 위험을 알아차렸을까? 유능한 지도자는 있을까?"

"하지만 그들이 셀던 프로젝트에 따른다면 뮬은 제2파운데이션에 격파당해야 하잖아요."

에블링 미스가 생각에 잠기며 야윈 얼굴에 주름살을 만들었다.

"아! 또 그 얘긴가? 하지만 제2파운데이션은 제1파운데이션보다 훨씬 어려운 작업일 거야. 훨씬 복잡한 구조기 때문에 오차 가능성도 훨씬 크지. 그래서 제2파운데이션이 뮬을 물리치지 못하면 끝장이야……. 영원히 끝장이야. 그렇게 되면 아마 인류가 사라지게 될 거야."

"설마!"

"아니야, 그럴 거야. 만일 뮬의 자손이 정신적인 능력을 이어받는다면 인류는 대항할 수 없어. 새로운 지배 종족이, 새로운 특권계급이 생기고 인류는 열등 종족이 되어 노예 노동에 내몰리겠지. 그렇지 않겠어?"

"네, 그렇겠지요."

"그리고 설사 뮬한테 무슨 일이 생겨서 왕조를 수립할 수 없다 해도 자기 자신의 힘으로만 지탱되는 변칙적인 제국을 새로 수립할 거야. 그러다가 뮬의 죽음과 함께 그 제국은 사라지고 은하계는 뮬이 나타나기 이전 상태로 남겠지. 다른 점이라면 참으로 건강한 제2제국의 중심이 되어야 할 파운데이션 두 개가 완전히 사라졌다는 것뿐. 그건 비문명 상태가 몇천 년이나 계속된다는 걸 의미해. 그 결과는 아무도 예측할 수 없어."

"그럼 우리가 어떻게 해야 하죠? 제2파운데이션에 알려 줘야 하는 거 아닌가요?"

"무슨 일이 있어도 그렇게 해야 해. 그렇지 않으면 그들은 아무것도 모른 채 무너질 수도 있어. 그런 일은 결단코 막아야 해. 하지만 그들한테 알릴 방법이 없어."

"전혀?"

"나는 그들이 어디에 있는지도 몰라. 알고 있는 건 '은하계 맞은편 끝'이라는 게 전부야. 하지만 그런 행성은 수백만 개라고."

"그래도, 에블링 미스, 여기에 아무런 단서도 없나요?"

베이타가 탁자에 수북히 쌓인 필름을 두루뭉술하게 가리켰다.

"아니야, 없어. 찾을 수가 없어…… 아직은. 하지만 이처럼 감춰 놓은 이유가 있을 게 분명해. 틀림없이 이유가 있을 거야……."

에블링 미스의 눈동자에 다시 혼란스러운 표정이 떠올랐다.

"이제 그만 가 봐. 시간을 많이 낭비했어. 시간이 줄어들고 있어…… 계속 줄어들고 있어."

에블링 미스가 초조하게 얼굴을 찡그리며 몸을 돌렸다.

마그니피코의 가벼운 발소리가 다가왔다.

"남편이 돌아오셨습니다, 마님."

에블링 미스는 어릿광대에게 알은척도 하지 않았다. 다시 영사기로 고개를 돌릴 뿐이었다.

그날 저녁에 이야기를 다 들은 토란이 주저하며 말했다.

"그런데 당신은 그 말이 정말로 옳다고 생각해, 베이타? 어쩌면 그는……."

"박사님 말이 옳아, 토란. 병색이 있다는 건 나도 알아. 이상하게 변한 태도, 쭉 빠진 살, 말하는 방식 하며…… 박사님은 병들었어. 하지만 뮬이나 제2파운데이션 등 지금 연구하는 문제가 화제로 나오면 박사님은 우주의 하늘처럼 아주 또렷하게 변해. 자신이 무슨 말을 하는지 알고 있어. 나는 박사님을 믿어."

"그렇다면 희망이 있다는 건가."

토란이 묻듯이 말하자, 베이타가 대답했다.

"나도 아직 모르겠어. 그런 것 같기도 하고 아닌 것 같기도 해! 나는…… 지금부터 전자총을 지니고 다닐 거야."

베이타의 손에 번쩍거리는 총이 들려 있었다.

"만일의 경우를 대비해서, 토란, 만일의 경우."

"예를 들면, 어떤?"

베이타가 미친 듯이 웃었다.

"신경 쓰지 마, 토란. 나도 약간 이상해졌나 봐…… 박사님처럼."

그때가 에블링 미스의 생명이 7일 남았을 때이다. 그 7일도 하루씩 조용히 흘러갔다.

주변은 토란을 멍청하게 만들 요소가 다분했다. 따뜻한 햇살과 나른한 적막이 그를 무기력하게 만들었다. 모든 생활이 활력을 잃고 끝없는 동면의 바다로 빠져드는 것 같았다.

에블링 미스는 구석에 숨어들었고 연구 결과는 아직 하나도 알려지지 않았다. 그는 스스로 울타리를 치고 그 안에 갇혀 지냈다. 토란도 베이타도 그를 만날 수가 없었다. 마그니피코를 통해서 들리는 소식이 에블링 미스가 살아 있다는 유일한 증거였다. 하지만 마그니피코조차 말수가 줄고 생각에 잠기는 일이 많았다. 발끝으로 살금살금 식사를 나르고 어두컴컴한 데서 박사의 연구를 물끄러미 지켜보는 게 마그니피코의 일과였다.

베이타 또한 자기 생각 속으로 계속 빠져들었다. 생기 넘치던 태도는 사라지고 자신감도 흔들리기 시작했다. 베이타 역시 틈만 나면 혼자 생각에 잠겼다. 한번은 토란이 전자총을 만지작거리는 베이타와 우연히 마주친 적도 있었다. 베이타는 총을 재빨리 치우면서 억지로 웃었다.

"그걸 가지고 뭘 하는 거야, 베이타?"

"그냥 갖고 있는 거야. 그러면 안 돼?"

"자칫하면 그 멍한 머리가 날아갈 수도 있어."

"그것도 괜찮겠지. 큰 문제는 아니야!"

토란은 베이타가 우울할 때는 무슨 얘기를 해도 헛수고라는 사실을 결혼 생활에서 충분히 배운 터였다. 그래서 어깨를 으쓱하며 그 자리를 떠났다.

마지막 날 마그니피코가 숨을 헐떡거리며 두 사람에게 달려와 겁에 질린 얼굴로 매달렸다.

"박사님이 두 분을 부르세요. 상태가 나쁜 것 같아요."

실제로 박사는 상태가 나빴다. 부자연스러울 만큼 커다란 눈이 부자연스러울 정도로 환하게 빛나고 있었다. 그런데 몸뚱이는 알아볼 수 없을 정도로 지저분했다.

"에블링 미스!"

베이타는 가슴이 찢어질 것 같았다.

심리학자는 야윈 팔꿈치로 상체를 겨우 지탱하면서 쉰 목소리로 말했다.

"가만히 있어. 나 말 좀 하게. 난 이제 끝이야. 자네들한테 연구 내용을 알려 주겠네. 노트로 작성한 건 없어. 관련 자료도 완전히 없앴어. 다른 사람이 알면 안 돼. 자네들 머릿속에 모두 넣어 둬야 해."

베이타가 거칠게 소리쳤다.

"마그니피코. 위로 올라가!"

어릿광대는 마지못해 일어나 뒷걸음질 쳤다. 슬픈 눈망울은 여전히 에블링 미스를 향하고 있었다.

에블링 미스가 힘없이 손짓했다.

"괜찮아, 여기 있어도 돼. 마그니피코, 여기에 있어."

어릿광대는 얼른 앉았다. 베이타는 바닥에 시선을 고정한 채 천천히, 아주 천천히 아랫입술을 깨물었다.

에블링 미스가 갈라진 목소리로 속삭였다.

"나는 제2파운데이션이 승리할 수 있다고 확신해, 뮬이 너무 일찍 공격하지만 않는다면. 제2파운데이션은 이제까지 비밀을 지켜 왔어. 이 비밀은 계속 지켜져야 해. 이유가 있으니까. 자네들은 반드시 그곳에 가야 해. 자네들의 정보가 결정적이야…… 그 정보가 모든 걸 바꿀 수 있어. 내 말 듣고 있나?"

토란이 고통스러워하며 소리쳤다.

"네! 그곳으로 가는 방법을 알려 주세요, 박사님! 그곳이 어디인가요?"

"가르쳐 주지."

에블링 미스가 희미한 목소리로 말했다.

하지만 그럴 수 없었다.

얼굴이 백지장처럼 굳은 베이타가 전자총을 들어 커다란 소리를 울리며 발포했던 것이다. 에블링 미스는 허리 윗부분이 사라졌고 벽에 울퉁불퉁한 구멍이 뚫렸다. 맥이 풀린 베이타의 손에서 전자총이 바닥에 떨어졌다.

26장
탐색 완료

 아무도 말이 없었다. 폭발음은 바깥 건물까지 물결치다가 메아리로 변해 지하로 내려와 거친 숨결을 내뿜으며 사그라졌다. 하지만 완전히 사그라지기 전에 메아리는 베이타의 총이 떨어지는 날카로운 소리와 마그니피코의 날카로운 비명을 덮고 토란의 불분명한 외침까지 삼켜 버렸다.
 고통스러운 침묵이 흘렀다.
 베이타는 질식할 듯한 어둠 속에서 고개를 떨어뜨렸다. 눈물방울이 뚝 떨어지면서 불빛에 반짝였다. 어린 시절 이후로 한 번도 울어 본 적이 없는 베이타였다.
 토란은 경련이 일어나 온몸을 부들부들 떨었다. 도저히 진정할 수가 없었다. 앙다문 이를 영원히 벌릴 수 없을 것 같았다. 마그니피코의 얼굴은 생기를 잃고 가면처럼 되었다.
 드디어 토란이 앙다문 이 사이로 신음에 가까운 말을 뱉어 냈다.
 "다…… 당신은 뮤……울의 저…… 저…… 정부였군. 녀석이 당신을 사로잡았어!"

베이타가 고개를 들었다. 그 입이 고통으로 일그러져 있었다.

"내가 뮬의 정부? 정말 재미있군."

베이타는 쓴웃음을 지으며 머리카락을 뒤로 넘겼다. 그러다가 평소 목소리로 천천히 돌아왔다.

"다 끝났어, 토란. 이제 얘기할 수 있어. 앞으로 얼마나 살지 모르지만 이제 얘기를 시작할 수 있어."

토란이 긴장의 무게를 견디지 못하고 몸이 풀린 듯 무기력하게 물었다.

"무슨 말을 한다는 거지, 베이타? 이제 와서 무슨 말을 한다는 거야?"

"우리를 따라다닌 재난에 대해서. 전에 말한 적 있어, 토란, 기억나? 패배가 끊임없이 우리 발목을 잡았지만 우리는 한 번도 잡히지 않고 가까스로 탈출한 거? 우리가 파운데이션에 있을 때 독립 무역상 연맹이 여전히 싸우고 있는데도 파운데이션은 항복하고 말았어. 그래도 우린 하벤으로 순조롭게 탈출할 수 있었어. 우리가 하벤에 있을 때는 하벤이 항복했어. 아직 다른 행성들이 싸우고 있는데도 말이야. 이번에도 우린 항복 직전에 도망쳐 나왔어. 그래서 네오트랜터로 갔더니, 이번에는 네오트랜터 역시 여지없이 뮬과 손을 잡았어."

토란은 가만히 듣다가 머리를 흔들며 말했다.

"무슨 말인지 모르겠어."

"토란, 이런 일은 실생활에서 일어날 수 있는 일이 아니야. 당신이나 나나 대수롭지 않은 인간이야. 불과 1년 남짓한 사이에 그렇게 많은 정치적 소용돌이에 말려들 순 없어…… 우리가 그 소용돌이를 몰고 다니는 게 아니라면, 전염병의 원인을 우리가 데리고 다니는 게 아니라면!

이제 알겠어?"

토란이 입술을 꼭 다물었다. 공포에 질린 눈길은 조금 전까지 인간이었던 에블링 미스의 피투성이 주검에 못 박혀 있었다. 괴로운 눈빛이었다.

"여기서 나가자, 베이타. 밖으로 나가자."

바깥은 흐렸다. 바람이 세차게 불어 베이타의 머리칼을 흩뜨려 놓았다. 마그니피코는 두 사람을 가만히 따라 나와 대화 소리가 들릴 듯 말 듯한 곳에서 어물거리고 있었다.

토란이 긴장한 어조로 물었다.

"그럼 당신은 에블링 미스가 그 전염병의 원인이라서 죽인 거야?"

그는 베이타의 눈빛을 보고 목소리를 낮추며 다시 물었다.

"그자가 뮬이었어?"

토란은 자신이 한 말을 믿지도 않았고 믿을 수도 없었다.

베이타가 날카롭게 웃었다.

"가엾은 에블링 미스가 뮬이냐고? 당치도 않아! 만일 박사님이 뮬이라면 내가 그렇게 죽일 수 없었을 거야. 내 움직임에 따른 감정을 간파하고 내 마음속의 감정을 사랑이든 헌신이든 숭배든 공포든 자기가 원하는 대로 바꿔 버렸을 테니까. 내가 박사님을 죽인 건 그가 뮬이 아니었기 때문이야. 내가 박사님을 죽인 건 그가 제2파운데이션의 위치를 알고 그것을 뮬한테 털어놓으려고 했기 때문이라고."

"뮬한테 비밀을 털어놓으려고 했다, 뮬한테 비밀을 말하려고 했다……."

토란이 멍청하게 중얼거렸다.

그러다가 날카로운 비명을 터뜨리며 뒤로 고개를 돌려 무서운 눈으로 어릿광대를 노려보았다. 지금 자신의 귀에 들린 말을 알아들었다면 경악한 나머지 그 자리에서 기절했을지도 모르는 어릿광대를.

"설마 마그니피코?"

토란이 속삭이듯 물었다.

"잘 들어! 네오트랜터에서 일어난 일을 기억해? 아, 잘 생각해 봐, 토란……."

하지만 토란은 머리를 흔들며 뭐라 중얼거릴 뿐이었다.

베이타는 지친 목소리로 계속 말했다.

"네오트랜터에서 한 남자가 죽었어. 아무도 손대지 않았는데 사람이 죽었다고, 그렇지? 마그니피코가 비지소너 연주를 마쳤을 때 황태자는 이미 죽어 있었어. 이상하지 않아? 모든 걸 두려워하고 언제나 공포에 떠는 무기력한 존재가 자신의 의지에 따라 사람을 죽이는 능력을 지니고 있는 거야."

"음악과 빛의 효과가 감정에 깊숙이 작용해서……."

토란이 중얼거리자, 베이타가 중간에 끼어들었다.

"그래, 감정에 작용했어. 죽어 버릴 정도로 심하게. 감정을 조종하는 건 뮬의 특기야. 물론 우연의 일치일 수도 있어. 암시로 사람을 죽일 수 있는 사람이 두려움으로 가득한 것도 그렇고. 으음, 뮬이 그의 정신을 주물럭거렸던 거라고 설명할 수도 있겠지. 하지만 토란, 나는 황태자를 죽인 비지소너의 음률을 얼핏 들었어. 아주 잠깐이지만 시간 유품관이나 하벤에 있을 때와 똑같은 절망감을 느끼기에 충분했어. 토란, 그렇게 특이한 감정을 내가 착각할 리가 없어."

토란은 얼굴이 흐려졌다.

"나도…… 그걸 느꼈어. 그동안 잊고 있었지. 하지만 그런 가능성은 생각조차……."

"그런 생각이 처음 떠오른 건 바로 그때였어. 당시에는 아주 막연한 느낌…… 일종의 직관이었어. 아무런 근거도 없었지. 그런데 프리처가 와서 뮬이 가진 세뇌 능력에 대한 이야기를 하는 순간에 확실하게 정리되었어. 유품관에서 절망감을 자아낸 건 뮬이고 네오트랜터에서 절망감을 자아낸 건 마그니피코야. 그건 동일한 감정이었어. 따라서 뮬과 마그니피코는 동일 인물이 분명해. 잘 이해가 안 가, 토란? 기하학의 원리와 비슷하지 않을까……. 동일한 것에 동일하게 작용하는 건 서로 동일하기 때문이라는?"

베이타는 발작이 일어날 것 같았지만 애써 자제하면서 계속 말했다.

"이 사실을 깨닫고 무서워서 죽을 것 같았어. 마그니피코가 뮬이라면 내 감정을 알 수 있을 것이고…… 자신의 목적대로 내 감정을 바꿀 수 있을 것이기 때문에 나는 그런 사실을 알고 있다는 생각 자체를 들키지 말아야 했어. 그래서 나는 마그니피코를 피했어. 다행히 마그니피코 역시 에블링 미스한테 열중하느라 나와 마주치지 않았지. 나는 에블링 미스가 무슨 말을 하기 전에 죽여야겠다고 계획했어, 속으로 은밀하게, 최대한 은밀하게, 나 자신한테도 말하지 않을 정도로 은밀하게. 내가 뮬을 죽일 수 있다면 더 좋았겠지. 하지만 도박을 할 순 없었어. 그러면 뮬이 눈치챌 테고 나는 모든 기회를 잃어버릴 테니까."

베이타는 모든 감정이 고갈된 것 같았다.

토란이 거칠고 단호하게 말했다.

"말도 안 돼. 저 불쌍한 남자를 봐. 저런 자가 뮬이라고? 저자는 우리 얘기도 안 듣고 있어."

하지만 자기 손가락 끝이 가리키는 쪽을 토란이 바라보는 순간 마그니피코가 날쌔게 벌떡 일어났다. 그 눈이 날카롭고 위협적으로 반짝거렸다. 그리고 악센트 없는 목소리가 밋밋하게 흘러나왔다.

"나도 듣고 있었네, 친구. 여기에 가만히 앉아서 나처럼 지혜와 선견지명 있는 사람도 오류를 범할 수 있다는, 그래서 이처럼 심한 타격을 받을 수 있다는 사실을 곱씹으면서."

토란은 어릿광대의 손에 닿기라도 할까 봐, 그 숨결에 오염이라도 될까 봐 두려워하는 것처럼 비틀비틀 뒷걸음질 쳤다.

마그니피코는 고개를 끄덕이며 묻지도 않은 질문에 대답했다.

"내가 뮬이야."

그는 더 이상 우스꽝스럽게 보이지 않았다. 길쭉한 손발도 뾰족한 코도 익살스러워 보이지 않았다. 겁먹은 모습은 사라지고 그 자리에 의연한 태도가 나타났다.

그는 능숙하게 분위기를 장악하고 차분하게 말했다.

"두 사람 모두 앉도록. 어서, 사지를 쭉 뻗고 편하게 앉아도 괜찮아. 게임은 끝났어. 자네들한테 모든 걸 알려 주고 싶어. 내 약점은 바로 이거야. 사람들한테 이해받고 싶어 한다는 거."

베이타를 바라보는 뮬의 눈은 여전히 다정하고 슬픈 어릿광대 마그니피코의 갈색 눈동자 그대로였다. 그는 모든 것을 쏟아 놓으려는 듯 성급하게 이야기를 꺼내기 시작했다.

"나는 기억하고 싶은 어린 시절이 하나도 없어. 아마 자네들도 이해할 수 있을 거야. 앙상한 체격은 림프샘의 결과물이고 코는 선천적으로 이랬어. 이런 몰골 때문에 나는 정상적인 어린 시절을 보낼 수 없었어. 어머니는 나를 못 본 채 돌아가셨고 아버지는 누군지도 몰라. 나는 아무렇게나 자랐어. 마음은 늘 상처를 입어서 괴롭고 자기 연민과 타인에 대한 증오로 가득했어. 사람들은 나를 이상한 아이로 여겼지. 모두가 나를 피했어, 대부분은 혐오감 때문에 일부는 공포심 때문에. 그런데 기묘한 일들이 일어나기 시작했어. 으음, 그건 아무래도 좋아. 어쨌든 프리처 대위가 나의 어린 시절을 조사하면서 내가 돌연변이라는 사실을 충분히 알아차릴 정도로 많은 일이 일어났던 거야. 20대가 될 때까지는 나 자신도 알아차리지 못했는데 말이야."

토란과 베이타는 가만히 들었다. 파도처럼 밀어닥친 목소리가 공중에서 부서지며 두 사람이 앉은 땅바닥으로 떨어졌다. 어릿광대는(퓰은) 팔짱을 낀 채 바닥을 내려다보고 두 사람 앞을 천천히 거닐면서 말했다.

"보통을 뛰어넘는 내 능력에 대해 나는 천천히 깨닫게 되었지, 아주 느리게. 완전히 깨달은 다음에도 스스로 믿을 수 없을 정도였어. 나한테 인간의 마음은 지시 바늘이 감정을 가리키는 일종의 다이얼 같은 거였어. 정확한 비유는 아니지만 달리 설명할 방법이 없군. 어쨌든 나는 그런 마음속에 들어가서 내가 원하는 지점으로 바늘을 돌리고 그 상태를 영원히 지속시키는 방법을 터득했어. 그리고 다른 사람한테 그런 능력이 없다는 사실을 깨닫기까지 더 오랜 세월이 걸렸지.

하지만 이런 힘을 깨닫는 순간 이 힘으로 비참한 어린 시절을 보상받고 싶은 욕구가 생긴 거야. 아마 자네들도 이해할 수 있을 거야. 그게 아니더라도 이해하려고 노력할 순 있겠지. 변종으로 사는 건 쉽지가 않아. 정상적인 마음과 두뇌를 가지고 변종으로 산다는 건 쉽지가 않다고. 냉소와 학대! 남들과 다르다는 이유만으로! 따돌림! 정말 견딜 수 없어!"

마그니피코는 발끝에 체중을 싣고 몸을 위아래로 움직이며 회상에 잠긴 듯 하늘을 올려다보았다.

"하지만 나는 그 힘을 깨닫고 은하계를 정복하기로 결심했어. 모든 건 시기가 있는 법이고 나는 22년이란 세월을 기다렸어. 내 차례가 올 때까지! 그래서 자네들처럼 살아남은 사람이랑 겨루는 거야. 승산은 충분해. 나는 한 명! 인간은 몇 조!"

마그니피코는 말을 끊고 베이타를 흘긋 보았다.

"하지만 나한테도 약점은 있었어. 나 혼자서는 아무런 쓸모가 없다는 거. 내가 권력을 장악한다면 그건 남의 힘에 의한 거야. 성공이 중개인을 통해서 나한테 오는 거지. 항상! 프리처가 말한 그대로야. 처음에 해적을 통해서 조그만 행성의 작전기지를 얻었어. 실업가를 통해서 행성에 최초의 발판을 구했어. 다양한 중개인을 통해서 군벌에 손을 뻗었고 칼간과 그 해군을 손에 넣었어. 그다음이 파운데이션이었고 자네들 두 사람은 그사이에 만난 거야."

마그니피코는 차분히 말을 이어 나갔다.

"파운데이션은 내가 만난 가장 어려운 상대였어. 파운데이션을 격파하려면 지배계급 대부분을 타도하거나 무력화시킬 필요가 있었어. 첫 단계부터 차례대로 할 수도 있지만 지름길이 있었고 나는 그 방법을 찾았어. 요컨대 힘센 자가 200킬로그램을 들어 올릴 순 있어도 계속 그렇게 들고 있을 순 없잖아. 감정을 조종하는 건 쉬운 일이 아니라 꼭 필요할 때가 아니면 나는 그걸 쓰고 싶지 않거든. 그래서 나는 파운데이션에 대한 최초의 공격을 위해 동맹자를 선택했어.

그리고 파운데이션이 나를 조사하기 위해 칼간에 파견한 스파이를 어릿광대의 모습으로 찾아 나섰지. 바로 그게 한 프리처 대위였어. 하지만 행운의 여신은 나로 하여금 그 친구 대신 자네들을 발견하게 만들었어. 나는 정신 감화력이 있지만 완전하지 않아. 그리고 마님, 당신은 파운데이션 출신이었어. 나는 거기에 넘어간 거야. 프리처가 나중에 합류하는 바람에 치명적인 실수를 극복할 수 있었지만 어쨌든 그건 치명적인 실수의 첫걸음이었어."

토란이 처음으로 몸을 꿈틀거렸다. 그리고 화가 나서 소리쳤다.

"잠깐 기다려. 내가 칼간에서 그 중위를 실신총으로 쫓아 버리고 당신을 구했을 때 당신이 내 감정을 조종해서 그렇게 하도록 만든 거였어? 내가 지금까지 쭉 조종당하고 있었던 거냐고?"

마그니피코의 얼굴에 희미한 미소가 떠올랐다.

"그게 어때서? 당연한 거 아니야? 자신한테 물어봐. 자네가 제정신이었다면 생전 처음 보는 이상한 사내를 위해 목숨을 걸었겠어? 자신이 그렇게 했다는 사실을 나중에 깨닫고 깜짝 놀라 식은땀 좀 흘렸을 거야."

"그래, 맞아, 그랬어."

베이타가 냉랭하게 대답했다.

마그니피코는 계속 말했다.

"진실을 말하자면 토란은 전혀 위험하지 않았어. 그 중위는 우리를 놓아주라는 뮬의 엄명을 받았거든. 그래서 우리 세 사람은 프리처와 함께 파운데이션으로 왔어. 내가 얼마나 탄력적으로 움직였는지 보라고. 프리처가 군법회의에 회부되고 우리도 출석했을 때 나는 정말 바빴어. 당시의 재판관은 나중에 함대를 지휘했어. 그리고 아주 싱겁게 항복했지. 덕분에 내 해군은 호레거 전투와 다른 조그만 전투에서 승리를 거두었어.

프리처를 통해 미스 박사를 만났고 미스 박사는 자발적으로 비지소너를 가져와 내 일을 아주 쉽게 만들어 주었어. 물론 미스 박사가 완전히 자발적으로 그랬다고 볼 순 없지만."

베이타가 끼어들었다.

"그 수많은 연주회! 나는 연주회를 개최하도록 조종당했던 거야. 이제 알겠어."

마그니피코가 대답했다.

"맞아. 비지소너는 정신을 집중시키는 역할을 하지. 어떤 의미에서 그것은 감정을 통제하는 초보적인 도구야. 그 도구 덕분에 나는 한꺼번에 많은 사람을 조종할 수 있었고 한 사람을 특히 집중적으로 조종할 수 있었어. 터미너스나 하벤을 정복하기 전에 내가 그곳에서 한 연주는 대중에 패배주의를 퍼뜨리는 데 큰 몫을 했지. 비지소너가 없었다면 네 오트랜터 황태자를 아주 불쾌하게 만들 순 있었겠지만 죽일 수는 없었을 거야. 알겠나?

그런데 내가 발견한 가장 중요한 인물은 바로 에블링 미스였어. 박사는 아마……."

마그니피코가 아쉬운 표정으로 말끝을 흐리다가 얼른 추슬렀다.

"정신 조정에는 자네들이 전혀 모르는 특수한 면이 있어. 직관이든 예감이든 육감이든, 뭐라고 부르든, 그것 역시 일종의 감정으로 볼 수 있어. 최소한 나는 그렇게 생각해. 자네들은 모르겠지만, 그렇지?"

마그니피코는 대답을 기다리지 않고 계속 말했다.

"인간의 정신은 효율이 낮아. 보통 20퍼센트 정도만 사용하지. 일시적으로 이보다 커다란 힘을 발휘하는 경우가 있는데 그걸 예감이나 통찰력 또는 직관이라고 부르지. 나는 옛날부터 내가 아주 높은 효율로 타인의 뇌를 지속적으로 사용할 수 있다는 사실을 알고 있었어. 상대한테는 치명적인 영향을 미치겠지만 나에겐 아주 유용하지. 파운데이션과 싸우면서 내가 사용한 원자력장 억압기는 칼간의 어떤 기술자한테 극도의 압력을 가한 결과물이야. 그것도 중개인을 통해서 일한 거지.

에블링 미스는 핵심 인물이었어. 그는 잠재력이 대단해서 나한테 꼭 필요한 인물이었지. 나는 파운데이션과 싸우기 전부터 제국과 협상하기 위해 사자를 파견했어. 제2파운데이션을 탐색하기 시작한 것도 그 무렵이야. 하지만 당연히 못 찾아냈어. 무슨 일이 있어도 제2파운데이션을 찾아내야 한다는 사실은 나도 알고 있었고, 미스는 그 해답이었어. 그 두뇌가 고도로 가동되면 해리 셀던에 필적하는 일을 할 수도 있었지.

미스 박사는 부분적으로 그렇게 했어. 내가 극한으로 몰아갔거든. 가혹한 얘기지만 그는 그 일을 완수해야 했어. 그래서 결국 죽음에 이르겠지만 그 전에······."

여기에서 마그니피코는 원통한 표정을 짓다가 다시 입을 열었다.

"그는 딱 필요한 만큼 목숨을 부지했어. 우리 세 사람은 제2파운데이션에 갈 수 있었지. 이번이 마지막 전투가 될 뻔했는데, 내가 실수를 저질렀어."

토란이 딱딱하게 물었다.

"이야기를 이렇게 질질 끄는 이유가 뭐야? 당신이 실수한 게 뭐냐고? 빨리 이야기를 끝내!"

"자네 부인이 바로 그 실수였어. 자네 부인은 참으로 뛰어난 여자야. 나는 지금까지 이런 사람을 만난 적이 없어. 나는······ 나는······."

갑자기 마그니피코의 목소리가 갈라졌다. 그러다가 어렵게 다시 말을 이었다. 약간 떨리는 목소리였다.

"자네 부인은 내가 감정을 조종하지 않았는데도 나를 좋아했어. 나를 혐오하지도 않았고 조롱하지도 않았어. 나를 좋아했어!

모르겠나? 그게 나한테 어떤 의미였는지? 지금까지 누구 한 사람도…… 그래, 나한테는…… 그게 소중했어. 다른 사람의 감정은 자유자재로 조종하면서 정작 나 자신의 감정에 배신을 당하다니. 나는 자네 부인의 마음에 관여하지 않았어. 가만히 놔두었어. 내가 자연스러운 감정을 지나치게 소중히 여긴 거야. 그것이 나의 실수였어, 첫 번째 실수.

토란, 자네는 내가 지배했어. 자네는 한 번도 나를 의심하거나 문제 삼지 않았어. 나한테서 특이한 점이나 이상한 점을 보지 않았어. 예를 들면, 필리아 우주선이 우리를 정지시켰을 때 그들이 우리 소재를 안 건 내가 그들과 연락하고 있었기 때문이야. 내 장군들과 항상 연락을 취했거든. 그때 내가 그쪽 우주선으로 연행된 건 포로로 데려온 한 프리처를 조종하기 위해서였어. 내가 떠날 때 그는 뮬의 부하가 되고 대령이 되어 우주선을 지휘하게 되었어. 이런 과정 전체가 자네한테 그대로 드러났어, 토란. 그런데도 자네는 허점투성이인 내 설명을 그대로 믿었지. 무슨 말인지 알겠나?"

토란은 얼굴을 찡그리며 따지듯 물었다.

"그렇다면 부하 장군들과 어떻게 연락을 취했지?"

"그건 조금도 어렵지 않아. 초음파 송신기는 조작도 쉽고 가지고 다니기도 편해. 그것 때문에 의심받을 일도 없고. 내가 송신하는 현장을 본 사람은 누구든지 그 장소를 떠날 때 그 사실을 새까맣게 잊어버리거든. 가끔 그런 일이 있었지.

그런데 네오트랜터에서 어리석은 내 감정이 또다시 나를 배신했어. 비록 나는 베이타 당신을 통제하지 않았지만 만일 내가 황태자 때문에 이성을 잃지 않았다면 날 의심하는 일은 생기지 않았을 거야. 베이타에 대한 그 녀석의 불순한 생각이 나를 화나게 했어. 그래서 녀석을 죽였어. 참 어리석은 짓이었지. 좀 더 조심스러운 방법을 취해야 했는데.

하지만 선의로 하는 프리처의 말을 중단시키거나 미스에 대한 관심을 줄이고 조금만 더 신경을 썼다면 베이타 당신도 이렇게 확실하게 의심하진 않았을 거야……."

마그니피코는 어깨를 으쓱했다.

"그게 끝인가?"

베이타가 물었다.

"이게 끝이야."

"그러면 이제 어쩔 셈이지?"

"나는 내 계획을 계속 진행시킬 거야. 이렇게 문명이 퇴화한 지금, 에블링 미스 정도의 두뇌와 역량을 지닌 사람은 나타나지 않을지도 몰라. 다른 방법으로 제2파운데이션을 찾아야 할 것 같아. 그런 점에서 베이타 당신이 나를 이겼어."

베이타가 당당하게 자리를 박차고 일어났다.

"그런 점에서? 단지 그런 점에서? 우리는 당신을 완전히 이긴 거야! 은하계가 비문명 상태로 변한 지금, 파운데이션을 제외한 당신의 승리는 아무런 의미가 없어. 제1파운데이션 자체는 사소한 승리에 불과해, 그곳에는 당신과 같은 유형의 위기를 막을 수단이 없었으니까. 당신이 이겨야 할 상대는 제2파운데이션이야, 제2파운데이션. 당신을 물리칠 상대도 제2파운데이션이고. 당신이 승리할 수 있는 유일한 방법은 제2파운데이션이 준비를 마치기 전에 소재를 파악해서 공격하는 거야. 하지만 지금은 그럴 수 없어. 지금부터 그들은 당신에 대해 철저하게 준비하겠지. 지금도, 바로 지금 이 순간에도 방어장치가 돌아가고 있을지도 몰라. 당신은 뼈저리게 느끼겠지, 그들한테 패하는 순간에…… 그래서 짧은 권세가 끝나고 피비린내 나는 역사의 한 장을 장식한 정복자 가운데 하나에 불과했다는 사실을 깨달을 때…….”

베이타는 숨을 거칠게 몰아쉬었다. 숨을 제대로 쉬지 못할 정도였다.

“그리고 우리는, 토란과 나는, 당신을 이겼어. 이제 죽어도 좋아.”

하지만 뮬의 슬픔 가득한 갈색 눈동자는 여전히 애처로운 사랑에서 헤어 나오지 못하는 마그니피코의 눈이었다.

“나는 당신이나 당신 남편을 죽이지 않아. 당신네 두 사람은 나를 더 이상 아프게 할 수도 없고 두 사람을 죽인다 해서 에블링 미스가 돌아오는 것도 아닐 테니까. 실수한 건 나야. 그렇다면 그 책임도 내가 져야지. 당신은 남편과 함께 떠나! 편하게 가도록. 나의 우정을 기리며.”

그러다가 갑자기 자존심을 내세우려는지 딱 잘라 말했다.

“그래도 나는 여전히 뮬이야, 은하계 최고 권력자라고. 제2파운데이션을 반드시 물리칠 거야.”

베이타는 단호한 확신으로 마지막 화살을 쏘았다.

“당신은 그럴 수 없어! 나는 아직도 셀던의 지혜를 믿고 있어. 당신은 당신 왕조의 최초이자 최후의 지배자가 될 거야.”

마그니피코가 문득 좋은 생각을 떠올리는 것 같았다.

“나의 왕조? 그래, 나도 그런 생각을 여러 번 했어. 왕조를 세우는 일. 적당한 배우자를 구하는 일.”

돌연 베이타는 그의 눈에 어리는 의도를 간파하고 몸이 꽁꽁 얼어붙는 걸 느꼈다.

마그니피코는 고개를 흔들었다.

"당신의 혐오감은 알아. 하지만 그건 어리석은 생각이야. 일이 이렇게 되지 않았다면 나는 당신을 아주 간단한 방법으로 행복하게 만들어 줄 수 있었어. 물론 인공적인 황홀감이겠지만 순수한 감동과 별다른 차이가 없지. 하지만 사태는 이렇게 흘러오고 말았어. 나는 나 자신을 뮬이라고 불러. 하지만 그건 내 힘 때문이 아니야, 그건……."

마그니피코는 이렇게 말하며 떠났다. 단 한 번도 뒤돌아보지 않았다.

옮긴이 | 김옥수

서울에서 태어나 한국외국어대학교 영어과를 졸업하고 임프리마 코리아 영미권 부장을 지냈다. 도서출판 사람과책에서 편집부장을 지내다가 현재는 전문 번역가로 활동하고 있다. 역서로는 「파운데이션 시리즈」, 『돼지가 한 마리도 죽지 않던 날』, 『푸른 돌고래섬』, 『천상의 예언』, 『레모네이드 마마』, 『행운을 부르는 아이』, 「뱀파이어 다이어리 시리즈」, 「셉티무스 힙 시리즈」 외 다수가 있다.

파운데이션과 제국

1판 1쇄 펴냄 2013년 10월 4일
1판 21쇄 펴냄 2024년 7월 22일

지은이 | 아이작 아시모프
옮긴이 | 김옥수
발행인 | 박근섭
편집인 | 김준혁
펴낸곳 | 황금가지

출판등록 | 2009. 10. 8 (제2009-000273호)
주소 | 06027 서울 강남구 도산대로 1길 62 강남출판문화센터 5층
전화 | 영업부 515-2000 **편집부** 3446-8774 **팩시밀리** 515-2007
홈페이지 | www.goldenbough.co.kr

도서 파본 등의 이유로 반송이 필요할 경우에는 구매처에서 교환하시고
출판사 교환이 필요할 경우에는 아래 주소로 반송 사유를 적어 도서와 함께 보내주세요.
06027 서울 강남구 도산대로 1길 62 강남출판문화센터 6층 민음인 마케팅부

한국어판 © ㈜민음인, 2013. Printed in Seoul, Korea

ISBN 978-89-6017-757-4 04840 (2권)
ISBN 978-89-6017-763-5 04840 (set)

㈜민음인은 민음사 출판 그룹의 자회사입니다.
황금가지는 ㈜민음인의 픽션 전문 출간 브랜드입니다.